UNSHICKLICH

EINE VERNUNFTEHE

DER PHÖNIX CLUB
BUCH VIER

DARCY BURKE

Übersetzt von
PETRA GORSCHBOTH

Intolerabel:
Die Schwester des besten Freundes

Copyright © 2021 Darcy Burke
All rights reserved.
ISBN: 9781637261040

Buchgestaltung: © Darcy Burke.
Buchumschlag: © Dar Albert, Wicked Smart Designs.
Umschlagfoto: © Period Images.
Deutsche Übersetzung: Petra Gorschboth.

❀ Erstellt mit Vellum

UNSCHICKLICH: EINE VERNUNFTEHE

.

Die exklusivste Einladung der feinen Gesellschaft...

Willkommen im Phönix Club, in dem Londons waghalsigste, anrüchigste und intriganteste Ladys und Gentlemen Skandale, Erlösung und eine zweite Chance finden.

Wenn Bennet St. James, der Viscount Glastonbury, keine Braut mit einer beachtlichen Mitgift findet, wird er zusammen mit seiner unzähligen weiblichen Verwandtschaft im Armenhaus landen, die ihn – wenn er sie auch allesamt liebt – um das wenige Vermögen bringt, das er von seinem Vater geerbt hat, als dieser an seiner finanziellen Misere starb. Verzweifelt heckt er den Plan aus, eine Erbin zu entführen, nur um dann von einer sehr faszinierenden, verführerischen – und leider vollkommen mittellosen – bezahlten Gesellschafterin getäuscht zu werden.

Prudence Lancaster ist redlich bemüht, ihre Mutter zu finden, um die fehlenden Puzzleteile ihres Lebens zusammenzusetzen. Doch ein niederträchtiger Viscount durchkreuzt ihre Pläne und mit seinem überraschenden Charme und Verständnis bringt er sie auf die unschicklichste Weise in Versuchung. Bald schon träumt sie von einer Zukunft, anstatt in der Vergangenheit zu graben. Als Bennet jedoch ein dunkles Geheimnis verrät, verpuffen ihre Hoffnungen. Denn er wird das Versprechen nicht brechen, das er seiner Familie gegeben hat, selbst wenn das bedeutet, dass er die größte Liebe seines Lebens verliert.

KAPITEL 1

England 1815

Vom Aufprall an die Innenwand der Kutsche wachgerüttelt, murmelte Prudence Lancaster etwas äußerst Undamenhaftes. Wenn sie keinen Sack über dem Kopf gehabt hätte, hätte sie erkennen können, wohin sie fuhr oder ob es noch Nacht war. Sie vermutete, dass dem so war. Zwar hatte sie es geschafft ein wenig zu dösen, doch die holprige Straße erlaubte ihr nicht, sich lange auszuruhen.

Sie hatte keine Ahnung, wohin sie fuhr oder wer sie entführt hatte, geschweige denn aus welchem Grund. Dass sich jemand die Mühe machte, sie zu entführen – eine unwichtige, bezahlte Gesellschafterin –, war gelinde gesagt verblüffend. Hoffentlich würde sie einige Antworten bekommen, sobald sie an ihrem vorgesehenen Reiseziel ankämen. Sie betete, dass es bald so weit sein würde.

Mit den gefesselten Händen und Füßen und dem um den Kopf gebundenen Tuch fühlte sie sich äußerst unbehaglich.

Vor geraumer Zeit schon war sie vom Sitz gestürzt und hatte sich nicht mehr aufrappeln können. Ihre Entführer waren nicht im Geringsten rücksichtsvoll.

Das Prasseln des Regens auf dem Dach besänftigte sie zumindest.

Sie wälzte sich auf den Rücken und war dankbar, dass ihre Hände vorne und nicht hinter ihrem Rücken gefesselt waren. Freilich wäre es ihr lieber gewesen, wenn sie gar nicht gefesselt gewesen wären. Jeder ihrer Versuche, den Strick zu lockern, war vollkommen vergeblich gewesen. Das hatte sie bereits vor einiger Zeit aufgegeben.

Wie lange war das genau her? Sie war sich nicht einmal sicher, um wie viel Uhr sie entführt worden war, da man sie aus dem Tiefschlaf gerissen hatte.

Nach ihrer Rückkehr vom Boxkampf in das Gasthaus bei Croydon war sie in einen traumlosen Schlummer gefallen. An mehr konnte sie sich nicht erinnern. Dorthin war sie mit Cassandra, der Tochter des Herzogs, deren Gesellschafterin sie war, aus London geeilt, damit Cassandra mit dem Mann zusammenkommen konnte, den sie liebte. Lord Wexford war einer der Boxkämpfer gewesen. Cassandra und er hatten sich glücklich wiedervereint, und dann waren sie aufgebrochen, um die Nacht in dem Quartier zu verbringen, in dem er logierte.

Prudence hatte nichts unternommen, um sie aufzuhalten, da sie keine Anstandsdame war, woran sie Cassandra wiederholt erinnert hatte. Im Gegenteil, sie freute sich, dass Cassandra so glücklich war.

Weit weniger erfreulich für Prudence war die Art und Weise gewesen, wie sie irgendwann in der Nacht unsanft geweckt worden war. Sie hatte das Gesicht desjenigen nicht erkannt, der sie gepackt hatte, ehe man ihr den Mund mit einem Lappen zugebunden und einen Sack über den Kopf gezogen hatte. Schock und Schrecken hatten ihr die Sinne geraubt.

Dann war sie an Händen und Füßen gefesselt worden, und die beiden hatten sie die Treppe hinunter und aus dem Gasthaus King's Arms getragen. Sie nahm an, dass die Entführer zu zweit waren, da sie zu diesem Zeitpunkt nur zwei Stimmen gehört hatte. Draußen hatten die beiden sich zu einem dritten Mann gesellt, ehe sie Prudence in die Kutsche bugsiert und ihr versichert hatten, dass sie »bald bei ihm sein« würde und »kein Grund zur Furcht« bestünde.

Bei wem? Und wie, um alles in der Welt, sollte sie keine Angst haben, wenn sie derart sorglos mit ihr umsprangen? Viele Körperteile schmerzten, da sie immer wieder auf dem Boden der Kutsche umhergeschleudert wurde. Von dem Lappen in ihrem Mund, mit dem man sie geknebelt hatte, litt sie unter einem absolut ekelhaften Geschmack im Mund.

Doch Prudence weigerte sich, aufzugeben. Irgendwann würde sie freikommen.

Und was dann?

Dies hing ihrer Vermutung nach davon ab, mit wem sie bald zusammen sein würde. Da man ihr versichert hatte, sie hätte nichts zu befürchten, klammerte Prudence sich an dieses Versprechen. Vielleicht gab es eine gute Erklärung für ihre Entführung.

Das Grauen, das ihr seit Stunden im Nacken saß, sprach dagegen.

Das Geräusch des Regens schwoll zu einem heftigen Stakkato an, und sie hoffte, dies würde ihre Kutschfahrt nicht bremsen. Sie wollte ankommen, wohin auch immer sie fuhren. Ihren Körper zu strecken und einen tiefen, ungehinderten Atemzug zu tun, war ein unglaublich verlockender Gedanke.

Irgendwann schloss sie die Augen und wurde abermals in einen Halbschlaf versetzt, bei dem sie das Ruckeln und

Rütteln der Kutsche immer noch wahrnahm. Dann hielt die Kutsche an. Das katapultierte sie in die helle Wachheit.

Kurz bevor die Tür aufging – in ihrem Rücken, wie sie feststellte – hatte sie sich aufgesetzt.

»Huch! Sie liegt auf dem Boden!«, rief einer von ihnen.

»Zieh sie einfach heraus!«, antwortete ein anderer.

Große Hände zerrten Prudence aus dem Inneren der Kutsche in den Regen. *Zumindest ist mein Kopf vollständig bedeckt*, dachte sie ironisch. Sie war auch um den Umhang froh, den man ihr über das Nachthemd umgelegt hatte, ehe man sie aus dem Zimmer zerrte.

Der Mann hob Prudence hoch und legte sie sich über die Schulter, um sie ein Stück weit zu tragen. Ihr war kalt und sie war durchnässt, bis sie ein Gebäude betraten. Wärme durchdrang sie, und in einer Mischung aus Erleichterung und Freude schloss sie die Augen.

Das Wohlgefühl hielt jedoch nicht lange an, als ihr klar wurde, dass sie mit Sicherheit gleich diesem ominösen »Unbekannten« gegenübertreten würde, vor dem sie keine Angst haben sollte. Ein Gefühl der Anspannung nahm von ihr Besitz und von ihrem Bauch strahlte Unbehagen aus. Dass sie beim Treppensteigen gegen die Schulter des Entführers prallte, machte die Sache nicht besser.

Leise knarrend ging eine Tür auf, durch die sie eintraten. Sie hörte, wie sie hinter ihnen zufiel. Dann wurde sie auf dem Boden abgesetzt, doch derjenige, der sie getragen hatte, behielt seinen Arm um sie. So gern sie ihn auch lieber in Flammen hätte aufgehen sehen, anstatt sie zu berühren, brauchte sie den Halt.

»Was zum Teufel habt ihr getan?«, fragte ein vierter Gentleman, dessen Stimme Prudence vage bekannt vorkam, ohne dass sie ihn zuordnen konnte. Er sprach leise und mit einer Mischung aus Schock und Wut.

»Wir haben sie hergebracht, wie Ihr gesagt habt. Wo ist das Geld?«

»Ihr solltet sie *herbringen*, und nicht wie einen Fasan nach der Jagd verschnüren!«

Ein Fasan nach der Jagd? Dies war ein Gentleman, doch das hatte sie anhand seiner geschliffenen Sprechweise bereits vermutet.

»Wir gehen kein Risiko ein, wenn so viel Kohle im Spiel ist«, antwortete derselbe Halunke. »Gebt uns jetzt, was Ihr versprochen habt, oder wir nehmen das Mädchen und verschwinden.«

Sie vernahm ein dumpfes Geräusch und fragte sich, was dies wohl sein könnte. Wie gern sie etwas sagen würde!

»Ich hoffe, ihr habe den Wirt nicht aufgeweckt.«

»Wir sind leise eingedrungen, wie Ihr gesagt habt. Gebt uns jetzt unsere Kohle.«

»Na schön«, lenkte der Gentleman gelassen ein. Schritte und ein Rascheln waren zu hören. »Hier.«

»Zähle nach«, gebot der Halunke.

»Es ist alles da«, gab einer der anderen Entführer zurück. »Lasst uns gehen.«

»Es war ein Vergnügen, Geschäfte mit Euch zu machen, Mylord.« Es gab keinen Zweifel, dass der Halunke lächelte, als er dies sagte.

Dann war der Arm um sie verschwunden und Prudence geriet ins Schwanken. Ein neues Paar Arme umfing sie zusammen mit dem Duft nach Kiefer und Bergamotte. Dies war der *Gentleman*.

Das Klicken der sich schließenden Tür drang durch den Sack über ihrem Kopf, ehe dieser fortgerissen wurde.

»Ich bitte vielmals um Entschuldigung, Lady Cass–«

Prudence schaute blinzelnd in ein Gesicht, das sie kannte. Hellblondes Haar und faszinierende blau-grüne Augen, wie gemeißelte Züge und modellierte Lippen. Lord Glastonbury?

Er wich entsetzt zurück. »Sie sind nicht Lady Cassandra!«

Prudence´ Antwort war durch den Knebel gedämpft. Er hatte vorgehabt, ihren Schützling zu entführen? Nicht, dass Cassandra ihr Schützling war, aber Prudence war ihre bezahlte Gesellschafterin.

»O Gott.« Er griff an ihren Hinterkopf und löste den verflixten Stofflappen.

Sobald er gelöst war, spuckte sie ihn aus ihrem Mund. »Etwas zu trinken, bitte.«

»Ja, natürlich.«

»Vielleicht, nachdem Sie meine Fesseln losgebunden haben«, röchelte sie, und ihr Körper schrie plötzlich vor Durst, aber nicht so lautstark wie nach Befreiung.

Eilfertig löste Glastonbury den Strick von ihren Handgelenken, ehe er sich bückte und das Gleiche an ihren Knöcheln wiederholte. Als sie frei war, erwog sie, ihm ihren Fuß in die Brust zu rammen und ihn damit auf sein Hinterteil zu stoßen. Stattdessen rieb sie sich die Handgelenke und starrte ihn an, als er sich erhob und ihr ein Glas dessen brachte, was auch immer sich in der Flasche auf dem Tisch befand.

Mit tief gerunzelter Stirn reichte er ihr das Glas. »Ich verstehe nicht, was passiert ist.«

Prudence trank das Glas – es war Ale – zur Hälfte aus, ehe sie innehielt. »Sie haben mich entführen lassen, wie es scheint.«

»Nicht Sie. Sondern Lady Cassandra.«

Dass er beabsichtigt hatte, Cassandra, die Tochter eines Herzogs, aus ihrem eigenen Bett zu rauben, war mehr als verblüffend. »Wie Sie sehen, haben Sie sich die falsche Person geschnappt.« Und Prudence konnte sich denken, warum.

»Ich weiß nicht, wie das passiert ist. Ich hatte den

Männern gesagt, wo sie zu finden wäre und was sie trug – einen violetten Umhang.« Sein Blick fiel auf den lila Umhang, der um Prudence' Schultern drapiert war.

»Wir haben die Umhänge getauscht.« Prudence schaute ihn unverwandt an. »Diese Halunken haben mich aus dem Schlaf gerissen, geknebelt und mir einen Sack über den Kopf gestülpt. Sie haben mich an den Händen und Füßen gefesselt und mitten in der Nacht wer weiß wohin verschleppt. Aber Sie wollten, dass dies mit *Lady Cassandra* passiert wäre?«

Er wurde rot. »Es lag nicht in meiner Absicht, dass die Männer Derartiges tun. Ich habe sie dafür bezahlt, Sie unbemerkt zu mir zu bringen.« Er runzelte die Stirn und ließ seinen Blick auf ihre geröteten Handgelenke sinken. »Es scheint, als hätten sie es zu weit getrieben.«

»Finden Sie?«, fragte sie mit messerscharfem Sarkasmus. Sie trank das Ale aus und schob ihm das Glas zurück. »Haben Sie etwas Stärkeres?«

»Nein, leider nicht. Möchten Sie noch mehr Ale?«

»Wenn Sie nichts anderes haben. Obwohl Portwein oder Madeira vorzuziehen wären«, murmelte sie düster.

Er zuckte zusammen, ehe er ihr Glas nachfüllte. »Miss Lancaster, das alles tut mir schrecklich leid.«

Sie war schockiert, dass er sich an ihren Namen erinnerte. Die meisten Gentlemen würden das nicht.

Obwohl Prudence zur Linderung ihrer Schmerzen einen Likörwein vorgezogen hätte, war sie für jedes Aroma dankbar, selbst für Ale, um den Geschmack der letzten Stunden fortzuspülen. Sie trank noch einige Schlucke, ehe sie das Glas schließlich absetzte. Dann trat sie an den Kamin, in dem ein schwaches Feuer brannte, und streckte eine Hand nach der Wärme aus. »Ihre Entschuldigung ist belanglos. Ich bin froh, dass sie mich genommen haben, anstatt Lady Cassandra. Wenn ich daran denke, dass sie das Gleiche wie ich hätte erleiden müssen …« Prudence erschauderte.

Mit einem wütenden Blick drehte sie sich zu ihm um. »Warum haben Sie das getan?«

Er zauderte und runzelte die Stirn noch tiefer als zuvor. Sein Blick wanderte in Richtung Fußboden. »Wir wollten doch durchbrennen.«

»Ich bin mir ziemlich sicher, dass ein Durchbrennen die Zustimmung beider Beteiligten erfordert.«

Er riss den Kopf hoch. »Woher wissen Sie, dass Cassandra sie nicht gegeben hat?«

»Ich bin ihre Gesellschafterin«, entgegnete Prudence spöttisch. »Ich weiß genau, was wir in Croydon getan haben, und das hatte nicht das Geringste mit Ihnen zu tun.«

Er stieß die Luft aus. »Es wäre genau genommen kein Durchbrennen gewesen, aber ich bin zuversichtlich, dass sie sobald sie hier angekommen wäre und mich gesehen hätte, Einsicht gezeigt hätte.«

»Einsicht, nachdem sie, wie Sie sagen, wie ein Fasan nach der Jagd in der Nacht verschleppt worden war? Sagen Sie mir, Lord Glastonbury, wie viele Fasane haben Sie schon verschnürt?«

»Keinen. Darum kümmern sich andere.«

»Natürlich«, flüsterte sie mit einem spöttischen Lächeln. »Ihresgleichen muss nichts selbst tun. Sie müssen sich nicht die Hände schmutzig machen, wenn Sie etwas von einem anderen für Sie erledigen lassen können.«

»*Meinesgleichen?*«

»Adlige Gentlemen.«

Er zuckte zusammen und streckte ihr die Hand entgegen, um sie dann aber sofort wieder sinken zu lassen. »Sie haben offenbar eine ausnehmend schlechte Meinung von mir, und das ist Ihr gutes Recht, aber gestatten Sie mir, es zu erklären.«

»Was erklären? Wie Sie Lady Cassandra mit Ihrem Vorgehen ruiniert hätten? Sie sind verachtenswert. Und das ist nicht nur *meine* Meinung. Nach allem, was ich durchgemacht habe, würde jeder diese objektive Meinung vertreten, sobald er erfährt, dass Sie die ganze Strapaze inszeniert hatten.«

Er hatte den Anstand, ein gequältes Gesicht zu machen. Nahezu reumütig. Er sah tatsächlich so aus, als bedauere er seine Tat, aber Prudence würde ihm nicht vergeben. »Ich war verzweifelt. Ich dachte, es würde klappen – Lady Cassandra und ich mögen uns. Ich war sicher, sie hätte meinen Antrag angenommen. Aber dann mischte ihr Vater sich ein. Ich musste ihr einfach erklären ...«

Prudence nahm ihr Glas in die Hand und trat einen Schritt auf ihn zu. »Was hätten Sie ihr erklärt?«

Er entgegnete nichts, und seine Miene zeugte von einer Mischung aus Eigensinn und Bedauern, wobei Letzteres sie langsam ärgerte.

»Sie hätten Cassandra um ihre Wahlmöglichkeiten beraubt – um ihre gesamte Zukunft. Sie ist in Wexford verliebt. Meiner Vermutung nach werden die beiden heiraten.« Das bedeutete, dass Prudence eine neue Stellung finden musste, und ihr plötzliches Verschwinden könnte ihre Aussichten gefährden. Ihre Empörung wuchs.

Das Gesicht des Viscounts zeigte keine Überraschung. Da war Resignation. Und Zorn.

Prudence fuhr fort. »Sie hätten sie von dem Mann gestohlen, den sie liebt und wofür? Um Ihre leeren Geldschatullen zu füllen?«

Er machte den Mund auf, um ihn dann unverrichteter Dinge wieder zuzumachen, während seine Lippen alle Farbe verloren hatten.

»Es gibt für Sie nichts zu erklären und ganz bestimmt keine Entschuldigung. Und ich denke, das wissen Sie.« Sie trank einen weiteren großen Schluck und ihr Blick war dabei auf ihn geheftet.

Sein Kiefer mahlte und endlich wandte er den Blick von ihr ab. »Ich bedauere meine Taten. Wie ich sagte, war ich verzweifelt. Das können Sie wahrscheinlich nicht verstehen. Ich werde Sie morgen nach London zurückbringen lassen.«

»Wo sind wir hier?«

»Hersham. Etwa zwanzig Meilen südwestlich von Mayfair.«

»Ich kann mir nicht einmal ansatzweise das Ausmaß Ihrer verachtenswerten Machenschaften ausmalen – wohin Sie gehen wollten, was Sie geplant hatten –, aber ich hoffe, die Scham wird Sie für den Rest Ihrer Tage begleiten. Wenn Sie mich jetzt entschuldigen wollen. Ich würde gern schlafen.«

»Ihre Tasche ist hier.« Er zeigte auf ihre Reisetasche, die den dumpfen Aufprall verursacht haben musste, den sie gehört hatte, als der Sack noch über ihren Kopf gestülpt war.

»Ich bin überrascht, dass die Männer sie mitgebracht haben«, meinte sie, ehe sie den Rest ihres Ales hinunterstürzte.

»Ich hatte sie darum gebeten. Ich bin kein völliges Ungeheuer«, fügte er leise hinzu.

Sie stellte das Glas auf den Tisch und schaute ihn mit geschürzten Lippen an. »Das können Sie sich einreden, soviel Sie wollen. Sie sollten aber wissen, dass es nicht stimmt.«

Sie hob die Arme und reckte sie, was sich herrlich anfühlte. Noch besser würde es sich anfühlen, wenn sie sich waschen könnte. Ihr Blick fiel auf die Kommode mit einem Wasserkrug und einer Schüssel. »Ist das Wasser sauber?«

»Das ist es.«

»Gut, ich weiß nicht, wo Sie schlafen werden, aber nicht in diesem Bett.«

»Das würde mir im Traum nicht einfallen.« Es lag nicht

eine Spur von Sarkasmus in seinem Tonfall, aber das kreidete sie ihm nicht an.

Als er sich nicht rührte, schaute sie ihn aus schmalen Augen an.

Er straffte sich. »Ich werde Sie einfach allein lassen.« Er machte kehrt, um den Raum zu verlassen, und schloss die Tür leise hinter sich.

Was für eine Katastrophe. Aber es hätte viel schlimmer sein können. Hoffentlich würde Prudence nicht von jemand anderem als Cassandra vermisst. Aller Wahrscheinlichkeit nach genoss sie weiterhin einen guten Ruf und ihre Chancen auf eine zukünftige Anstellung waren ungetrübt. Das bedeutete allerdings nicht, dass nicht ein gewisses Risiko bestand – wenn die wahren Umstände je ans Licht kämen.

Das Benehmen des Viscounts war schockierend. Sie wusste, dass er Geld brauchte und dies der ganze Grund war, warum er Cassandra den Hof gemacht hatte, aber war er so unbeschreiblich verzweifelt, dass er zu einem Verbrecher werden musste?

Das können Sie unmöglich verstehen.

Seine Worte hallten in ihrem Kopf nach. Er war schockiert gewesen, sie zu sehen, und nicht nur, weil sie nicht Cassandra war, sondern wegen der Art und Weise, wie die Schurken mit ihr umgesprungen waren. Er hatte sich auch entschuldigt und wirkte aufrichtig reumütig. Was konnte sie nicht verstehen? Ihre Neugier ließ ihre Empörung zumindest ein bisschen verrauchen.

Wenn es ihm gelungen wäre, stattdessen Cassandra zu entführen, wäre dies wahrhaftig eine Katastrophe gewesen.

Cassandra wäre ruiniert und ihr Ruf zerstört. In Wahrheit hatte Cassandra ihn bereits aufs Spiel gesetzt, indem sie in aller Eile nach Croydon gefahren war, um Wexford zu treffen. Die beiden würden allerdings heiraten und alles wäre in bester Ordnung.

Und wo würde Prudence dabei stehen? Ohne Anstellung und mit einem möglicherweise rufmordenden Verschwinden, das drohend über ihr schwebte. Der Gedanke, ihre schwer erkämpfte Sicherheit einzubüßen, raubte ihr den Atem. Vor nicht allzu langer Zeit war sie vollkommen allein auf dieser Welt gewesen – eine Waise ohne Aussichten, nachdem sie ihren Platz im Internat für junge Ladies hatte verlassen müssen, da der Vater einer der jungen Ladys ihr auf die groteskeste Weise Avancen gemacht hatte. Ihr war keine andere Wahl geblieben, als zu gehen, es sei denn, sie hätte seinen ekelhaften Annäherungsversuchen nachgegeben.

Von Verzweiflung getrieben, hatte sie sich auf ein waghalsiges Unterfangen eingelassen, um eine neue Anstellung zu suchen, wobei sie dann Lord Lucien Westbrook, Cassandras Bruder kennenlernte. Er hatte sie vor dem sicheren Untergang gerettet, als er ihr geholfen hatte, eine Arbeit als Gouvernante oder Gesellschafterin zu finden.

Sie würde Glastonbury nicht gestatten, ihre gute Zukunft zu zerstören. So bald wie möglich musste sie nach London zurückkehren.

~

Trotz der Tatsache, dass er in einem Sessel neben dem warmen Kamin ausgestreckt lag, schreckte Bennet St. James, der Viscount Glastonbury in kaltem Schweiß gebadet auf. Blinzelnd bemerkte er das erste Grau der Morgendämmerung, das sich gerade ins Zimmer stahl.

Mit einem Blick zum Bett erkannte er die Umrisse von Miss Lancaster und zum tausendsten Mal schimpfte er sich für seine Dummheit. Nicht nur, dass sich dies als grässliche Tortur für die arme Gesellschafterin erwiesen hatte, sondern er hatte auch einen Haufen Geld für etwas verprasst, was sich als vollkommener Reinfall erwies.

Mit der Hand rieb er sich über das Gesicht und zwang sich, durchzuatmen. Dies war nicht das Ende aller Dinge. Es war allerdings ein großer Schritt in Richtung Niederlage.

Es sei denn, er würde mit einer neuen Strategie aufwarten. Diese konnte allerdings nicht darin bestehen, eine Erbin zu heiraten, da der Herzog von Evesham allen erzählen würde, dass Bennet nur noch einen Atemzug vom Armenhaus entfernt war. Würde ein Viscount überhaupt in Armenhäusern aufgenommen werden?

Bennet schüttelte mit dem Kopf. Das würde nicht passieren. Er würde immer einen Ort zum Leben haben. Aberforth Place war ein Erbgut und Bennet würde es bis in alle Ewigkeit am Hals haben. Ebenso wie die Unzahl weiblicher Verwandte, für die er zu sorgen hatten. Einige lebten auf Aberforth Place und andere … sonst wo.

Er konnte nur hoffen, dass Evesham – Cassandras Vater – nicht jedem von der Sache erzählen würde, aber Bennet wusste es besser, als auf so etwas zu bauen. Vor allem, nachdem alle von seiner Tat, der Entführung von Lady Cassandras Gesellschafterin, gehört hatten, wo er doch eigentlich versucht hatte, Lady Cassandra selbst zu entführen. Sein Magen zog sich zusammen. Wenn man ihn bei Bow Street anzeigte, würde es kein Entkommen geben und seine Familie wäre verloren. Was um alles in der Welt hatte er sich nur gedacht?

Er stöhnte leise und dann sog er die Luft ein, als er ein Rascheln vom Bett her hörte. In seinem Sessel vorgebeugt versuchte er herauszufinden, ob die Gesellschafterin aufgewacht war. Als sie sich nicht noch einmal rührte und auch kein Geräusch mehr von sich gab, atmete er erleichtert aus. Er war noch nicht ganz gewappnet, ihre überschäumende

Missbilligung über sich ergehen zu lassen. Obwohl er nichts Besseres verdient hatte.

Was *hatte* er sich nur gedacht?

Genau das hatte er nicht getan und das war ein schreckliches Problem. Die Angehörigen seiner Familie reagierten manchmal impulsiv, ohne Rücksicht auf andere, und wie sein Benehmen vom vergangenen Abend zeigte, passierten schlimme Dinge als Folge seines impulsiven Handelns.

Er war unglaublich verzweifelt gewesen, als er die Nachricht von Evesham erhalten hatte, mit der Bennet vom Herzog mitgeteilt wurde, dass er über seine vertrackte finanzielle Situation im Bilde war und ihm nicht gestatten würde, seine Tochter zu ehelichen. Seine Frustration hatte sich zu Rage gewandelt und Bennet hatte den Überblick über – nun über alles – verloren.

Er war so nah dran gewesen – der Heiratsantrag hatte bevorgestanden und Cassandra hatte ihm deutliche Hinweise gegeben, dass sie seinem Antrag gewogen war.

Doch stattdessen war sie offenbar in Wexford verliebt. Nicht dass Bennet gedacht hatte, sie würde ihn lieben oder dass er sie lieben würde. Das könnte allerdings noch kommen, da sie einander zumindest mochten.

Jetzt war das alles belanglos. Und seine Chancen, eine andere Erbin zu finden, waren gering. Sobald die feine Gesellschaft von seiner misslichen Lage erfuhr, wäre er als Mitgiftjäger gebrandmarkt und niemand würde ihn heiraten wollen. Abgesehen von einer wohlhabenden Kaufmannstochter auf der Suche nach einem Titel. Er sollte diese Richtung in Betracht ziehen.

Was für eine Katastrophe! Wenn sein Vater nur nicht all sein Geld an den Spieltischen verloren hätte, würden Bennet und der Rest seiner Familie nicht in dieser misslichen Lage stecken.

Wieder warf er einen Blick zum Bett. Er war außer sich

gewesen, nachdem er die Chance verwirkt hatte, Lady
Cassandra zu heiraten. Er hatte sich von seinen Emotionen
hinreißen lassen und den Boxkampf vollkommen vermasselt,
den er hätte gewinnen sollen. Und er hatte ausgerechnet
gegen Cassandras zukünftigen Ehemann verloren. Dieser
Kampf hatte seinen finanziellen Wohlstand wiederherstellen
sollen, wie auch seine Vermählung mit Lady Cassandra.
Wäre alles wie geplant verlaufen, wären Bennets Probleme
gelöst gewesen.

Wieder stieg die Wut in ihm hoch. Der Boxkampf war
seine Idee gewesen. Er hatte sich dem Clubbesitzer als Lock-
vogel angeboten – ein Viscount, der in einem Preiskampf
antrat. Frederick Dodd hatte sich unverzüglich für die Idee
erwärmt und sogar zugestimmt, Bennet einen beträchtlichen
Anteil am Verkaufserlös der Eintrittskarten zukommen zu
lassen. Wenn er gewonnen hätte.

Stattdessen hatte Bennet verloren – nicht nur seinen
Stolz, sondern auch einen Großteil seiner erwarteten
Einkünfte. Wie um alles in der Welt sollte er seinen
Verpflichtungen nachkommen? Es war nicht so, als könnte er
dies weiter schleifen lassen, insbesondere was seine
Verwandtschaft anbelangte.

Er fing zu zittern an, als ein vertrautes Gefühl der Panik
und Verzweiflung über ihn hereinbrach. Seine Haut fühlte
sich kalt und klamm an und der Raum um ihn begann zu
verschwimmen. Das durfte nicht passieren. Er hatte es so
lange aufgeschoben, doch er fürchtete, dass sein Zusammen-
bruch unausweichlich wäre. Die kriminellen Machenschaften der letzten Nacht hatten bewiesen, dass er nicht
besser war als die meisten seiner leidgeprüften Familienmit-
glieder … diejenigen, die dafür gekämpft hatten, sich über
Wasser zu halten, die mit der Finsternis gerungen hatten, die
sie zu überwältigen drohte, und sie unausweichlich in die
Verzweiflung und den Wahnsinn gestürzt hatte.

Er setzte sich auf und ließ den Kopf zwischen seine Beine sinken, um dann die Handflächen um seine Oberschenkel zu legen. Bebend sog er die Luft tief in seine Lungen, entschlossen sich zu fangen, ehe sein Verstand vollkommen außer Kontrolle geriet. Das war noch nie passiert – noch nicht. Aber das würde es. Eines Tages.

Nach und nach beruhigte er sich, und sein Puls wurde langsamer, während sein Atem gleichmäßiger ging. Er konnte hiermit klarkommen. Er *würde* eine Erbin finden. Es war nichts verkehrt daran, in die Kaufmannsklasse zu heiraten.

Und was war mit Miss Lancaster? Wieder schaute er zu ihr hinüber und fühlte sich schwach. Bestand die Chance, dass sie über den Vorfall schweigen würde? Sicher würde sie ihren Ruf schützen wollen.

Er schloss die Augen und verfluchte sich im Stillen selbst. Er war nicht nur ein mittelloser und hinterhältiger Krimineller, sondern auch ein ausgemachter Schuft. Ein Gentleman der schlimmsten Sorte.

Wenn er aber an diejenigen dachte, die wegen der Taten seines Vaters leiden würden, verspürte Bennet eine neue Bestimmung. Er trug die Verantwortung für diese Menschen, und er würde dafür sorgen, dass sie für den Rest ihrer Tage versorgt waren.

Bennet erhob sich aus dem Sessel und fing die dünne Decke auf, ehe sie auf den Boden rutschte. Er legte sie auf das Polster, schürte das Feuer und ließ es auf kleiner Flamme weiterflackern. Zufrieden schlenderte er zum Bett.

Miss Lancaster lag auf dem Rücken, eine Hand neben der Wange auf das Kissen gestützt. Ihre Gesichtszüge waren kaum zu erkennen, denn nur das Licht des entfachten Feuers und die graue Morgendämmerung beleuchteten sie. Sie war sehr schön, viel attraktiver, als ihm je aufgefallen war, um ehrlich zu sein. Aber damals war sie immer ein Teil des

Hintergrunds gewesen. Jetzt war sie im Mittelpunkt, und in ihrer Empörung hatte sie seine Aufmerksamkeit gefordert.

Ihr blondes Haar war zu einem Zopf geflochten, aber ein paar vereinzelte Locken hatten sich gelöst und streiften ihre Schläfe und ihr Kinn. Lange Wimpern fächerten sich auf ihrer Wange. Darunter glitzerten moosgrüne Augen, die in ihrer wohlbegründeten Wut fast wie Juwelen gewirkt hatten. Die rosigen geschwungenen Lippen hatten ihn mit großer Wirksamkeit beschimpft, und in ihrer Abneigung gegen ihn hatte sie ihre vorwitzige Nase gerümpft.

Er fühlte sich wirklich furchtbar wegen ihr und was mit ihr passiert war. Es war eine abscheuliche Idee gewesen, ein Trio halbseidener Halunken für die Entführung zu engagieren, die aus seiner Verzweiflung geboren war. Doch ein Teil von ihm musste gewusst haben, dass Cassandra nicht kommen wollte. Warum sonst hätte er solche Männer angeheuert oder dafür gesorgt, dass sie hier, zwanzig Meilen von Croydon entfernt, zu ihm gebracht wurde? Er war ein Schuft, der Miss Lancasters Empörung und noch viel mehr verdient hatte.

»Es tut mir so leid«, flüsterte er. »Ich bringe Sie unverzüglich nach London zurück.«

Und was würde dann passieren? Würde sie jedem von seiner Tat berichten?

Ihr Dienstherr war der Herzog von Evesham, der schon jetzt geneigt war, Bennet zumindest abzulehnen, wenn nicht gar zu verabscheuen. Vielleicht würde der Herzog ihn wegen Entführung zur Rechenschaft ziehen.

Vor lauter Anspannung bildete sich ein fester Knoten in Bennets Magen und seiner Vermutung nach würde dies noch eine ganze Weile so bleiben.

Bennet drehte sich um, nahm seine Stiefel und zog seine Jacke über. Er verließ das Zimmer, wobei er darauf achtete, die Tür leise hinter sich zu schließen. Dann schlich er die

Treppe hinunter und war froh, den Gastwirt, Mr. Logan, bereits vorzufinden. Der Mann war alt genug, um Bennets Vater zu sein, wenngleich er weitaus hilfsbereiter und fürsorglicher war, als Bennets Vater es je gewesen war.

»Guten Morgen, Mylord«, begrüßte Logan ihn mit einem Lächeln. »Ich nehme an, Eure Verlobte ist gestern Abend wie geplant eingetroffen?«

Bennet hatte Logan und seine Frau darüber informiert, dass seine zukünftige Viscountess sich zu ihm gesellen würde. Es war ja nicht so, dass er sie hätte verstecken können, und er hatte nicht vor, sie in einem anderen Zimmer übernachten zu lassen, nicht allein.

»Das ist sie, danke«, log Bennet. Logan brauchte nicht zu wissen, dass Miss Lancaster nicht die Frau war, die er erwartet hatte.

»Hervorragend. Ich bedaure, dass Ihr heute nicht abreisen könnt, aber das ist auch besser so, da es so stark regnet.«

Bennet, der auf dem Weg zu dem Tisch neben dem Kamin war, wurde hellhörig. »Wie bitte? Warum können wir nicht abreisen?«

Logan legte die Stirn in Falten. »Verzeiht, Mylord, ich dachte, Ihr wüsstet von der Kutsche. Die Reise mit Ihrer Ladyschaft scheint holprig gewesen zu sein, und die Bremsklötze müssen dringend ersetzt werden.«

»Kann Ihr Stallmeister dies reparieren?«, fragte Bennet. Riverview war kein typisches Gasthaus mit einem ständigen Strom von Reisenden, in dem Probleme wie dieses leichter behoben werden konnten. Es war bedauerlich, dass sein eigener Kutscher, Tom, ihn auf dieser Reise nicht begleitete. Er war krank gewesen, und so hatte Bennet jemanden angeheuert, der seine Kutsche nach Croydon fuhr. Dann hatte er ein Pferd gemietet, um selbst hierher zu reiten, während die Männer, die er für die Beförderung von

Lady Cassandra bezahlt hatte, seine Kutsche zum Gasthaus gefahren hatten.

»In der Tat, Mylord. Allerdings wird der Stallmeister seinen Burschen in die Stadt schicken müssen, um einen Bremsklotz zu kaufen, wenn der Regen etwas nachlässt. Es ist unwahrscheinlich, dass er die Reparaturen vor dem späten Nachmittag oder Abend abschließen wird und Ihr Eure Reise vor dem Nachmittag oder Abend fortsetzen könnt.«

Bennet hatte gewusst, dass sie zumindest nicht vor dem Nachmittag aufbrechen würden, da die Pferde ruhen mussten und er es sich nicht leisten konnte, sie auszutauschen. Er hatte schon Mühe gehabt, jemanden zu finden, der sie nach Aberforth Place fuhr, was jetzt allerdings nicht mehr nötig war. Dennoch brauchte er jemanden, der sie nach London kutschierte, es sei denn, er wollte seinen traurigen Ruhm noch steigern, indem er selbst den Kutscher spielte. Mein Gott, das war ein unglaublich kurzsichtiger Plan gewesen.

»Was wird das kosten?«, fragte Bennet behutsam. »Ich habe nicht viel Geld bei mir – ich reise nicht gern mit viel Geld auf der Straße, wie Sie bestimmt verstehen?«

Logan lächelte. »Gewiss nicht, Mylord. Die Kosten spielen keine Rolle. Ich weiß, dass Ihr den Betrag bei Eurem nächsten Besuch begleichen werdet.«

Das hatte Bennet stets getan. Er tat sein Bestes, um seine Schulden zu bezahlen, und bislang war ihm das auch immer gelungen. Die Schulden seines Vaters zu begleichen, war jedoch eine ganz andere Sache.

»Danke, Logan, ich bin Ihnen sehr dankbar.« Der Gastwirt und seine Frau waren immer sehr freundlich. Bennet hatte auf seinem Weg von Aberforth Place nach London schon mehrmals in Riverview übernachtet. Ihr kleines Gasthaus, das auch ein Bauernhof war, lag außerhalb von

Hersham und war daher preiswerter, weshalb er es überhaupt ausgewählt hatte – Bennets gesamtes Handeln beruhte auf der Grundlage der Wirtschaftlichkeit. Deshalb hatte er gestern Abend Ale und keinen Likörwein gehabt, den Miss Lancaster bevorzugt hätte. Und den sie offen gestanden hätte bekommen sollen.

»Ich werde Mrs. Logan informieren, dass Ihr unten seid. Sie wird Euch den Kaffee persönlich bringen wollen.« Logan schenkte Bennet ein herzliches Lächeln, ehe er sich auf den Weg machte. Er war ein kleiner Mann, der allerdings vor Energie und überraschenden Kräften strotzte. Bennet hatte sich immer gefragt, wie seine Frau und er das alles schafften, doch nachdem er die beiden besser kennengelernt hatte, verstand er es vollkommen. Sie arbeiteten hart und fanden Freude an ihrer Arbeit. Der Gastwirt pflegte Bennet zu sagen, man müsse sich am Tag darauf noch mehr anstrengen, wenn man am Ende des Tages nicht hundemüde war.

Bennet hatte sich diesen Rat zu Herzen genommen, als es darum ging, einen Ausweg aus seinem finanziellen Schlamassel zu finden. Er zuckte innerlich zusammen, als ihm klar wurde, dass er aufgrund dessen einige sehr schlechte Entscheidungen getroffen hatte. Zum Beispiel die Entführung einer Erbin aus einer Laune heraus.

Am Tisch vor dem gemütlichen Kamin sitzend, schwor Bennet sich, seine Anstrengungen zu verdoppeln. Das musste er auch. Zu viele Menschen waren von ihm abhängig. Sein Gesinde, die Pächter von Aberforth Place und vor allem seine Familie. Er dachte an seine vielen Tanten und Cousinen und insbesondere an Tante Agatha, die ihn am meisten brauchte. Wenn er die geschuldeten Zahlungen für ihre Pflege nicht beglich, wusste er nicht, was er tun sollte. Sie würde heimkehren müssen, vermutete er. Und wer würde sich dort um sie kümmern?

Verflixt, alles war so verflucht kompliziert.

Stirnrunzelnd verwünschte Bennet seinen Vater im Stillen. Gleichwohl er annahm, dass es nicht einmal wirklich dessen Schuld war. Der Mann hatte versucht, seine Pflichten zu erfüllen und war gelegentlich sogar erfolgreich gewesen. Er hatte es sich nicht ausgesucht, derart von dem Leiden betroffen zu sein, wie es nun einmal der Fall war, und das hatte auch keiner von Bennets anderen Verwandten. Dennoch hatte sein Vater nicht die besten Entscheidungen getroffen. Mangelnde Selbsterkenntnis war einer seiner größten Fehler gewesen. Dazu kam die Unfähigkeit, seine Emotionen zu lenken, insbesondere seine schreckliche Wut und herzzerreißende Angst. Bennet war sich zumindest bewusst, dass er den Fluch der Familie in sich trug und er sehr wohl wie sein Vater enden könnte ...

»Bitte sehr, Mylord.« Mrs. Logan brachte ihm eine dampfende Tasse Kaffee. »Genau so, wie Ihr ihn mögt.« Bei seinem ersten Besuch hatte sie einen Klecks Sahne hinzugefügt, und er hatte den Geschmack sehr gemocht.

Er lächelte sie an, als sie die Tasse auf den Tisch stellte. »Sie sind zu freundlich.«

»Mr. Logan sagt, Eure Braut sei eingetroffen. Ich freue mich so darauf, sie kennenzulernen.« Mrs. Logans blaue Augen wanderten zu der Ecke, in der sich die Treppe befand. »Guten Morgen, Mylady!«

Bennet sprang auf und drehte sich, um die Gesellschafterin am Fuße der Treppe zu sehen. Ihr blonder Zopf war auf dem Kopf zusammengerollt, und sie trug ein schlichtes blaues Reisekostüm.

Er hasste es, derjenige zu sein, der ihr sagen musste, dass sie nirgendwo hinfahren würden.

KAPITEL 2

rudence sah sich in der Gaststube um, einem gemütlichen Raum mit zwei kleinen Tischen und einer bequemen Sitzecke, doch ihr Blick wurde von dem großen, blonden Schuft angezogen, der in ihre Richtung starrte. Ja, er war ein Halunke, auch wenn er teuflisch attraktiv war. Teuflisch, beschloss sie, war das perfekte Wort, ihn zu beschreiben.

Wie auch attraktiv. Seinem etwas ramponierten Zustand zum Trotz, war er gut aussehend. Sie hatte die Decke auf dem Sessel in ihrer Kammer bemerkt und daraus geschlossen, dass er dort geschlafen hatte. Er trug zwar eine Weste, aber kein Halstuch, sodass ein entblößtes Hautdreieck sichtbar war, das von der Brust bis zur Kehle reichte. Nie hätte sie geglaubt, dass dieser Anblick so verlockend sein könnte, insbesondere bei einem Mann, den sie für einen Schuft hielt. Aber so war es. Beunruhigend. Prudence wandte den Blick ab.

Eine Frau mittleren Alters mit hellem Haar und einem einladenden Lächeln stand neben ihm. »Guten Morgen, Mylady«, begrüßte diese sie.

»Dies ist Mrs. Logan«, meldete Glastonbury sich zu Wort, als er einen Schritt vortrat. »Gestatten Sie mir, Ihnen meine Verlobte vorzustellen, Lady Prudence.«

Er kannte auch ihren Vornamen? Und offenbar erwartete er von ihr, sich als seine zukünftige Frau auszugeben. Nun, das könnte sie für die kurze Zeit, die sie hier waren, vermutlich tun. Sie wollte unbedingt aufbrechen.

Mrs. Logan sank in einen kurzen Knicks. »Darf ich Euch einen Kaffee bringen, Mylady? Das Frühstück wird bald fertig sein.«

»Ich würde Tee bevorzugen, wenn Sie welchen haben? Mit ein wenig Sahne und Zucker, bitte.«

»Gewiss!« Mrs. Logan entfernte sich, und Prudence betrachtete den kleinen runden Tisch, neben dem Glastonbury stand.

Er wies mit einladender Geste auf einen Stuhl. »Möchten Sie sich zu mir setzen?«

»Das sollte ich vermutlich, wenn ich Ihre Verlobte bin.« Sie ließ sich auf den Stuhl sinken.

Mit einem zaghaften Lächeln setzte er sich ihr gegenüber. »Ich hoffe, es macht Ihnen nichts aus, sich zu verstellen. Es schien mir am einfachsten.«

»Für Sie«, stellte Prudence fest. »Ich kann es kaum erwarten, von hier fortzukommen. Cassandra wird sich gewiss große Sorgen um mich machen.«

»Nun, möglicherweise nicht«, entgegnete er und zuckte unbehaglich, während ihm die Röte in die Wangen stieg.

Prudence schürzte verwirrt die Lippen und fragte sich, was er ihr sonst noch verschwiegen hatte. »Warum sollte sie das nicht?«

»Weil Sie ihr eine Nachricht geschrieben haben.« Er lenkte seinen Blick zum Feuer. »Besser gesagt hat Cassandra eine Nachricht hinterlassen, in der sie erklärt, dass sie durchbrennen will. Auf diese Weise würde ihr niemand auf den Fersen sein.«

Sie blinzelte ihn an. »Aber Cassandra ist nicht fort.«

»Das hätte sie aber sein sollen und die Nachricht war von ihr, damit sich die anderen keine Sorgen machten. Ich habe ihn nicht unterschrieben, da ich keine Ahnung habe, wie sie ihren Namen schreibt.«

»Wie intrigant von Ihnen«, murmelte sie. »Ich könnte glauben, Sie hätten alles gut geplant, wenn nicht die Art und Weise wäre, wie Ihre Helfershelfer mich behandelt haben.«

»Es war von Anfang an ein idiotischer Plan.« Er klang bitter. Und sogar angeekelt.

Sie hatte bessere Beschreibungen für seine List. »Er war schändlich und schlecht durchdacht.« Sie schätzte es, dass er nicht beleidigt wirkte. Im Stillen schien er ihr sogar zuzustimmen. »Sie waren so töricht zu glauben, dass niemand hinter Cassandra her sein würde. Natürlich wären sie das gewesen – Wexford, ihre Brüder, ihr Vater. Sie haben das wirklich nicht durchdacht.«

Er stieß die Luft aus. »Ich sagte doch, dass ich verzweifelt war.«

Mrs. Logan kehrte mit dem Tee zurück, doch sie hielt sich nicht lange auf, wofür Prudence ihr dankbar war. Vor der Frau konnten sie beide sich wirklich nicht darüber unterhalten, was gerade geschah oder geschehen war.

Die Stirn in nachdenkliche Falten gelegt, trank Glastonbury seinen Kaffee.

»Ich weiß nicht, wie Sie das trinken können«, kommentierte Prudence. »Es ist so bitter.«

»Vielleicht bin ich ein verbitterter Mensch«, entgegnete er.

Sie hatte bereits gedacht, dass er so aussah, doch dass er sich selbst so beschrieb, überraschte sie. »Sind Sie das?«

Zur Antwort zuckte er nur mit den Schultern. »Ich hoffe, der Tee ist nach Ihrem Geschmack.«

Sie nahm einen Schluck und fand ihn für so ein abgeschiedenes Lokal recht köstlich. »Das ist er, danke. Ich kann nicht glauben, dass Sie eine gefälschte Nachricht verfasst haben. Sie sind wirklich ein Schuft.«

»Ja. Ich fürchte, Ihre Meinung über mich und diese Situation wird sich noch verschlimmern. Es gibt ein Problem mit der Kutsche, sie muss repariert werden. Sie wird nicht vor morgen abfahrbereit sein, was wahrscheinlich das Beste ist, da das Reisen auf den Straßen durch den Regen wahrscheinlich nur recht langsam vonstattengeht. Wir würden doppelt so lange brauchen, um in London anzukommen.«

Sie saßen eine weitere Nacht hier fest? »Ich hätte nicht gedacht, dass meine Meinung über Sie noch weiter sinken könnte. Ich habe mich geirrt.« Sie trank einen weiteren Schluck Tee, während die Wut in ihr hochkochte. Das Problem mit der Kutsche war vielleicht nicht seine Schuld, aber die Tatsache, dass sie überhaupt hier war, schon. Wenn nicht wegen ihm, befände sie sich jetzt mit Cassandra auf dem Rückweg nach London.

»Es tut mir alles sehr leid.«

»Jetzt muss ich die Scharade, ihre Verlobte zu sein, also einen ganzen Tag lang aufrechterhalten.« Sie blickte ihn böse an. »Ich möchte ein eigenes Zimmer.«

»Das Gasthaus hat nur zwei Zimmer, und bei meiner Ankunft hat Logan in dem kleineren ein undichtes Fenster bemerkt. Er hat mich darauf hingewiesen, dass er keine weiteren Gäste aufnehmen wird, weil das Zimmer derzeit nicht bewohnbar ist. Er würde uns nicht erlauben, dort zu schlafen, dessen bin ich sicher. Ihm liegt sehr viel an unserem Wohlbefinden und er nimmt seine Aufgabe sehr ernst.«

Das war sicher praktisch, sinnierte sie – für Glastonbury. Allerdings hatte er nicht vorgehabt, sich mit ihr zusammenzutun. Er hatte Cassandra erwartet, die über diese Situation in weitaus größerem Maße außer sich gewesen wäre. Cassandra hatte eine Familie und einen Mann, den sie liebte, und Glastonbury hätte sie von allem fortgerissen. Wovon hatte er Prudence getrennt? Von einer Anstellung, die wahrscheinlich bald gekündigt wäre. Von Freunden, nicht aber einer Familie.

Bedeutete das, ihr Leben sei irgendwie weniger wert? Dass sie nicht vermisst würde?

Sie schüttelte die albernen, emotionalen Gedanken ab, wie sie es schon seit Jahren tat. Genau gesagt seit dem Tod ihres Vaters, als sie fünfzehn war und ihre Mutter sie ermahnt hatte, ihre Trauer *wegzustecken*. »Keiner will deine Gefühle sehen, Pru. Sie sind chaotisch und letztlich nutzlos«, hatte ihre Mutter erklärt.

»Sogar die Liebe?«, hatte Prudence sie gefragt. Liebe sei etwas, das man im Herzen trüge, hatte ihre Mutter geantwortet, und diejenigen, die es wert seien, wüssten, dass sie geliebt würden, so wie sie wusste, dass Prudence sie liebte und sie Prudence liebte. Es hatte sich wie ein Geheimnis angefühlt, ein Band, das nur zwischen ihnen beiden bestand. Nach dem Tod ihres Vaters hatte Prudence darin Trost gefunden. Dann, nach dem Tod ihrer Mutter, hatte sie alles verdrängt. Emotionen waren nutzlos, wenn das Leben und alles darin so ungemein vergänglich war.

Als sie wieder in die Gegenwart zurückfand, fragte Prudence: »Wie haben Sie dieses Lokal überhaupt gefunden? Es scheint kaum ein Gasthaus zu sein.«

»Vor Jahren, bei meiner ersten Reise nach London, konnte ich die letzte Etappe der Reise wegen starken Regens nicht antreten.«

»Das kommt mir bekannt vor«, meinte sie leise.

»Ich bin hier gestrandet. Es ist ein Bauernhof, aber die

Besitzer betreiben auch ein Gasthaus, wenn auch ein kleines.«

»Sie logieren also regelmäßig hier? Ich nahm an, dass Sie diesen Ort gewählt haben, weil er so abgelegen ist. Somit besteht weniger Gefahr, mit einer entführten Erbin erwischt zu werden.«

»Das ist überaus zynisch.«

Sie warf ihm einen bösen Blick zu. »Aber zutreffend, nicht wahr?«

»Ja«, gestand er seufzend. »Allerdings hätte ich mich ohnehin für Riverview entschieden. Denn, wie Sie sagten, suche ich es regelmäßig auf meinen Reisen von Somerset nach London auf.«

Prudence nippte an ihrem Tee, ehe sie dann die Stirn runzelte. »Ich wünschte, Sie hätten meinen Vornamen nicht benutzt. Es überrascht mich sogar, dass Sie ihn überhaupt kennen.«

»Ich gebe acht. Niemand wird wissen, wer Sie wirklich sind, falls Sie dies beunruhigt.«

Er hatte recht. Niemand hier würde sie je für Miss Prudence Lancaster, die bezahlte Gesellschafterin, halten. Hier war sie Lady Prudence. »Ist mein Vater ein Herzog?«, fragte sie sarkastisch.

»Wollen Sie, dass er das ist?«

»Mein Vater war Lehrer«, antwortete sie leise und blickte in ihren Tee, während sie sich an den Mann erinnerte, der sie bis zu seinem Tod aufgezogen hatte. Ihr richtiger Vater war kein Herzog, aber nicht weit davon entfernt. Allmählich fing sie an zu befürchten, dass Bennet ihre Gedanken irgendwie lesen könnte – dass sie adoptiert worden war und ihr ganzes Leben eine Erfindung, deren Struktur mit einer falschen Äußerung zusammenbrechen konnte. In der Tat - vergänglich. Ruckartig hob sie den Kopf wieder und beeilte sich, vom Gesprächsthema abzulenken. »Ich hadere immer noch damit, zu begreifen, wie Sie so verzweifelt sein konnten, um so etwas Verabscheuungswürdiges zu tun. Ich verstehe Ihre Geldnot, doch das übersteigt es bei weitem.«

Seine Gesichtszüge, die weicher geworden waren, verhärteten sich nun, und er spannte den Kiefer an. »Das würden Sie nicht verstehen.«

»Das haben Sie gestern Abend bereits gesagt. Weil ich nicht aus Ihrer Klasse stamme?« Prudence hielt ein spöttisches Schnauben zurück.

Seine Augen weiteten sich kurz. »Ganz und gar nicht. Mein Vater war nicht annähernd so liebenswert wie der Ihre. Er hat mir ein Desaster hinterlassen, das ich seit einem Jahr in Ordnung zu bringen versuche.«

»Wie kommen Sie darauf, so etwas über meinen Vater zu sagen?«, fragte sie. »Wie können Sie das wissen?«

»Ich erkenne, dass Sie ihn in lieber Erinnerung behalten haben. Meinen Vater schätze ich nicht gerade in gleicher Weise.«

»Oh.« Sie bereute, Bennet auch nur den kleinsten Einblick in ihre Gedanken oder Gefühle gewährt zu haben – es verdarb ihr die Laune. In dem Bestreben, das Gespräch von sich abzulenken, fragte sie: »Sie hatten kein gutes Verhältnis zu Ihrem Vater?«

Sein Kiefer spannte sich an. »Es war schwierig. *Er* war schwierig. Zu seinem Erbe gehört ein unüberwindlicher Berg von Schulden, ein heruntergekommenes Anwesen und andere ... Dinge.«

»Es tut mir leid, das zu hören. Es sieht nicht so aus, als hätten Sie viel Erfolg mit Ihren Bemühungen, wieder Ordnung in das zu bringen, was er angerichtet hat.«

»So ist es, vielen Dank«, entgegnete er mit ebenso viel Sarkasmus wie sie zuvor.

Sie funkelten sich über den Tisch hinweg an und nippten beide an ihrem Getränk. Prudence hatte seinen Zorn nicht erregen wollen. Sie war zu sehr in ihrer eigenen Verwirrung gefangen. Deshalb sollten Emotionen besser vermieden werden.

»Meine Güte, aber die Liebe zwischen Ihnen ist für jeden Beobachter offensichtlich«, stellte Mrs. Logan fest, die irgendwie geräuschlos an den Tisch gelangt war. Sie strahlte die beiden an, als sie einen Korb mit Brötchen sowie Teller vor jedem von ihnen abstellte. »Wie schön. Ich bringe gleich den Schinken.«

Als sie davoneilte, zog Prudence eine Augenbraue hoch. »*Offensichtlich*«, bemerkte sie leise.

»Offensichtlich.« Er schmunzelte. »Sie haben mit allem recht. Ich bin verachtenswert, und es war ein furchtbarer Plan.«

»Abgesehen von Ihrem heimtückischen Entführungsplan hätten Sie Cassandra gegenüber bezüglich Ihrer finanziellen Lage ehrlich sein sollen.«

»Das außerdem«, gab er zu. »Zu meiner Verteidigung muss ich sagen, dass ich der Annahme war, dieser Umstand würde mich hindern, ihr den Hof zu machen – und ich behielt recht. Sobald der Herzog von meinen leeren Taschen erfuhr, machte er unserer Verbindung ein Ende.«

»Meinen Sie, er wäre mit Wexford einverstanden gewesen?« Mit einem humorvollen Lächeln schüttelte Prudence den Kopf. »Seine Gnaden wird entsetzt sein, wenn er erfährt, dass seine Tochter einen Iren zu ehelichen beabsichtigt. Angesichts der Reaktion des Herzogs auf ihn, könnte man meinen, Wexford sei ein Handlanger des Teufels.«

Glastonbury zuckte zusammen. »Ich beneide ihn nicht. Er ist ein guter Kerl. Hoffentlich werden die beiden sehr glücklich.« Sein Blick verharrte auf einem Punkt hinter ihr. »Mrs. Logan kehrt zurück«, murmelte er.

Mrs. Logan stellte einen Topf mit Butter und einen Teller

mit Schinken auf den Tisch. »Ich werde in Kürze wieder nach Ihnen sehen. Guten Appetit!«

Prudence nahm sich ein Brötchen aus dem Korb und bestrich es mit Butter. »Hoffen Sie das wirklich? Dass sie glücklich werden, meine ich.«

»Natürlich hoffe ich das. So verachtenswert bin ich nicht.«

Sie war froh, das zu hören. Nicht, dass es von Belang gewesen wäre. Sobald er sie nach London zurückgebracht hatte, würde sie ihn wahrscheinlich nie wiedersehen. Und wenn doch, dann in einem belebten Londoner Ballsaal oder an einem ähnlichen Schauplatz, und sie würden so tun, als würden sie sich nicht wiedererkennen. Warum sollten sie auch?

Sie aßen ein paar Minuten lang schweigend. Prudence hatte gar nicht bemerkt, wie hungrig sie war. Offenbar machte es Appetit, die halbe Nacht in einer Kutsche herumgeschleudert zu werden. Und wund. Ihr Rücken und ihr Hinterteil waren etwas empfindlich.

Nachdem Glastonbury zwei Scheiben Schinken und ein Brötchen verspeist hatte, lehnte er sich zurück und betrachtete sie einen Moment lang, sodass sie sich ein wenig unsicher fühlte.

»Was?«, fragte sie zweifelnd.

»Was beabsichtigen Sie, Lady Cassandra zu sagen?«

Prudence zuckte mit den Schultern. »Die Wahrheit. Was sollte ich ihr denn sonst sagen? Dass ich durchgebrannt bin? Das wäre eine Lüge, die schlecht aufrechtzuerhalten ist, fürchte ich. Nicht, dass ich das wollte.«

»Vielleicht ist Ihr Ehemann kurz nach der Hochzeit auf tragische Weise umgekommen. Stellen Sie sich die Freiheit vor, die Sie als Witwe genießen könnten.«

»Ich bin bereits die Gesellschafterin einer Lady, und damit eine alte Jungfer. Sie müssen schon mit einem

besseren Grund aufwarten, damit ich Cassandra die Wahrheit vorenthalte. Vielleicht sollten Sie mich bestechen.«

Für einen kurzen Moment runzelte er die Stirn. Dann
lachte er. Es war ein recht fröhlicher Ausbruch. »Sie haben
einen blitzgescheiten Verstand, Miss Lancaster.«

»Vorsichtig. Wenn Sie an dieser List festhalten, die Sie
ausgeheckt haben, sollten Sie mich Prudence nennen. Oder
Pru, wenn Sie vertraulich mit mir erscheinen wollen.« Sie
verzehrte den letzten Bissen ihres Brötchens.

»Sollen Sie mich dann Bennet nennen? Pru.« Er sprach
ihren Namen langsam aus, auch wenn er die Kurzform
benutzte, als wolle er ihn ausprobieren.

»Wenn du mich Pru nennst, werde ich dich Ben nennen.
Nennt dich jemand so?«

»Meine Tante Agatha hat das getan.« Er ließ seinen Blick
zum Feuer wandern und dann verharrte er dort.

Prudence geriet in Versuchung, ihn zu fragen, ob seine
Tante noch lebte, aber es klang so, als sei das nicht der Fall.
Er war so rücksichtsvoll gewesen, sie nicht zu bedrängen,
nachdem sie törichterweise ihren Vater erwähnt hatte. Sie
würde ihm die gleiche Höflichkeit erweisen. Es war ja nicht
so, als müssten sie einander besser kennenlernen, auch wenn
sie für längere Zeit zusammen hier festsaßen.

Sie musterte sein Profil und stellte fest, dass er für einen
Gentleman sehr gut aussehend war. Er schien auch ausgesprochen reumütig zu sein, wenn seine Reue auch den Schlamassel nicht minderte, den er angerichtet hatte. War das ein
Schlamassel? Sie war verängstigt gewesen und hatte sich
unbehaglich gefühlt, doch sie war nicht zu Schaden
gekommen und in Sicherheit. Vermutlich würde ihr Ruf
intakt bleiben. Würde er das, wenn herauskäme, dass sie
mehrere Tage mit Glastonbury allein gewesen war? Wären
sie durchgebrannt, hätte das sichergestellt, dass sie nicht
ruiniert wäre.

Sie wollte ihn allerdings nicht heiraten, und er hatte ihr auch keinen Antrag gemacht. Aber wenn sie nicht durchgebrannt waren, was konnte sie dann sagen, was sie getan hatte? Und warum hatte sie den Brief geschrieben? Sie würde ihn und die Wahrheit über seine Tat ans Licht bringen müssen.

Für ihn wäre es schon schlimm genug, wenn alle erführen, dass er kein Geld besaß. Wollte sie ihm noch mehr Schwierigkeiten einbrocken, indem sie allen erzählte, dass er sie entführt hatte?

Nein, sie weigerte sich, die Verantwortung für das Desaster zu übernehmen, das er angerichtet hatte – nicht nur allein für sich selbst, sondern auch für sie. Sie schüttelte die Gedanken ab. Da sie hier festsaß, hatte sie reichlich Zeit, einen Plan zu entwerfen.

»Was sollen wir den ganzen Tag lang machen?«, fragte sie.

Er drehte sich zu ihr um, und seine blauen Augen schimmerten im Feuerschein. »Ich dachte, ich könnte ein Nickerchen machen. Der Sessel war nicht sehr komfortabel.«

»Du wirst noch immer nicht in dem Bett schlafen«, entgegnete sie. »Nicht einmal für ein Nickerchen.«

»Das würde ich mir nicht einfallen lassen. Ich hatte vor, um zusätzlichen Decken zu bitten, damit ich mir ein Lager auf dem Boden machen kann.«

»Wie unternehmungslustig von dir.« Sie erhob sich abrupt, und er sprang auf. Mit einem Blick zum Fenster sagte sie: »Ich würde spazieren gehen, aber es schüttet immer noch aus Kübeln.«

»Dann eben ein Nickerchen. Vielleicht ein Kartenspiel? Backgammon?«

Prudence fand seinen Charme beunruhigend. Er war verachtenswert. »Mir wäre es lieber, wenn du nicht versuchen würdest, nett zu mir zu sein.«

»Das macht es schwer, wütend zu bleiben, nicht wahr?«
Er schenkte ihr ein strahlendes Lächeln, und ihr hinterhäl-
tiger Magen wagte einen kleinen, aber spürbaren
Purzelbaum.

»Flirte nicht mit mir, Ben«, ermahnte sie ihn streng und
bereute sofort, seinen Namen benutzt zu haben. Es klang viel
zu intim – und fühlte sich auch auf ihrer Zunge so an. Sie
warf ihm einen hochnäsigen Blick zu.

Dann machte sie auf dem Absatz kehrt und marschierte
die Treppe hinauf. Oben angekommen, fragte sie sich, was
zum Teufel sie als Nächstes unternehmen sollte.

~

*N*ach dem Essen am Abend kam Mrs. Logan mit
einer Flasche und zwei Weingläsern an ihren
Tisch. »Ich habe unseren besten Portwein mitgebracht.
Darf ich Ihnen einschenken?«, bot sie mit einem
Lächeln an.

Bennet versuchte, nicht an die Kosten zu denken. Sicherlich war die beste Flasche Portwein hier zumindest einigermaßen erschwinglich? Nicht, dass er auch nur einen
Schilling übrig hätte.

»Vielen Dank, Mrs. Logan«, antwortete Pru gesittet. Sie
war sehr schicklich, aber das musste sie als Gesellschafterin
einer Lady wohl auch sein. Insbesondere, wenn sie für den
Duke of Evesham arbeitete.

Hatte er dies für sie ruiniert? Die Wahrheit darüber zu
enthüllen, wo sie gewesen war, und dass Bennet versehentlich sie entführt hatte, würde ihr ebenso schaden wie ihm.
Hatte sie das bedacht? Wie gern wollte er mit ihr darüber
sprechen, aber sie sollte seine Motive nicht für egoistisch
halten. Er war am Ende – und das wusste er. Allerdings hieß
das nicht, dass es für sie auch so sein musste. Er hatte seinen

Vorschlag, sich mit einem toten Ehemann herauszureden, halb im Ernst gemeint.

Mrs. Logan entfernte sich, und Bennet prostete ihr mit seinem Glas über den Tisch hinweg zu. »Sollen wir auf eine Besserung des Wetters trinken?«

»Hat es sich gebessert?«, fragte Pru und blickte zum Fenster, wo es inzwischen dunkel war. »Es schien den ganzen Tag ohne Unterlass geregnet zu haben.«

»Es ist eher ein Gebet«, gab er mit einem netten Lächeln zurück, ehe er einen Schluck trank.

Sie zuckte kurz mit den Schultern und nippte dann ebenfalls an ihrem Portwein. »Er ist köstlich.« Sie beäugte ihn einen Moment und schien zu zaudern.

»Ist da etwas, was du sagen wollest?«, fragte er. »Ich denke, du hast es mehr als verdient, mich alles zu fragen.«

»Kannst du dir das leisten?« Sie nickte in Richtung der Flasche mit dem Portwein.

»Ich habe nicht darum gebeten.« Das würde als Antwort reichen müssen. Es war ihm lieber, das wahre Ausmaß seiner Zahlungsunfähigkeit nicht offenzulegen. »Aber ich möchte, dass du ihn genießt. Das hast du auch verdient.«

Sie trank einen weiteren Schluck. »Was wirst du tun, nachdem du mich nach London zurückgebracht hast? Hast du vor, für den Rest der Saison zu bleiben?«

»Wenn du dich fragst, ob ich mich mit eingezogenem Schwanz nach Somerset zurückschleichen werde, lautet die Antwort nein. Ich muss nach Hause, um nach dem Rechten zu sehen, aber hoffentlich finde ich vorher noch eine Erbin.« Er zog eine Schulter hoch. »Irgendjemand wird einen Viscount heiraten wollen. Wenigstens habe ich einen Titel, den ich feilbieten kann.«

Sie runzelte leicht die Stirn, und ihre prallen Lippen zogen sich nach unten. Prall? Er sollte sie nicht auf diese Weise charakterisieren. Sie war nicht hier, um von ihm begehrt zu werden. Dennoch war es schwer, ihre Schönheit zu ignorieren.

»Du kannst also nicht aus Liebe heiraten«, stellte sie sachlich fest.

Er stieß ein humorloses Lachen aus. »Den Luxus kann ich mir nicht leisten, fürchte ich. Ich hoffe allerdings, jemanden zu heiraten, den ich gern habe und bewundere – so wie bei Cassandra.«

»Das kann ich verstehen. Liebe *ist* ein Luxus, nicht wahr?«

»Warum sagst du das?« Er fand Prudence bemerkenswert mysteriös. Sie war sehr gefasst, einmal abgesehen von ihren Wutausbrüchen ihm gegenüber, die er sich redlich verdient hatte. Oder der kurzen Erwähnung ihres Vaters – in diesem Moment hatte Bennet Liebe in ihren Augen erkannt.

»Liebe bringt Verpflichtungen mit sich, und … Unordnung«, meinte sie offen. »Ich bin jetzt allein und es ist praktischer – in finanzieller und emotionaler Hinsicht und wirklich auf jede Weise.«

Er konnte nicht widersprechen, dass die Liebe Unordnung mit sich brachte. Er musste an seine Familie denken. Sie liebten einander innig, was sogar auf seinen Vater zutraf, doch da waren reichlich andere chaotische, komplizierte Emotionen und Situationen. »Du hast keinen Wunsch, dich zu verlieben? Zu heiraten?«

»Nein.« Ihre Antwort kam schnell und vehement. »Dann müsste ich mich um jemand anderen als mich selbst sorgen, einschließlich der Kinder.« Ihre Schulter zuckte.

Sie wollte keine Kinder? Wie außerordentlich.

Bennet trank einen Schluck Portwein und dachte, dass er weit besser war, als er erwartet hatte. Verdammt. Nun gut, er würde eine Möglichkeit finden, seine Rechnung mit Logan zu begleichen. Es musste noch ein weiteres Gemälde geben, das sich veräußern ließe.

Er wechselte das Thema, denn er war nicht sicher, wohin sie von hier aus gelangen könnten, ohne in sehr persönliches und privates Territorium einzudringen. Sie hatte bereits demonstriert, dass sie dies lieber vermeiden wollte.

»Was hast du jetzt vor, da Lady Cassandra und Wexford heiraten werden?«

Prudence spannte sich an und ihre Schultern versteiften sich gleichzeitig mit ihrem Kiefer. »Ich erwarte, dass sich die Dinge von selbst ergeben. So war es nach dem Durchbrennen meiner vorigen Arbeitgeberin gekommen.«

»Sie sind wirklich durchgebrannt?«, fragte er überrascht. »Wer war das?«

»Lady Overton. Als Lord Overton und sie durchbrannten, bin ich zu Lady Cassandra gewechselt. Die beiden Frauen sind eng befreundet, und so war es eine günstige Entscheidung.«

»Das würde ich auch sagen. Hat Lady Cassandra eine andere Freundin?«

»Das kann ich nicht sagen, doch ich denke, sie wird ihr Bestes tun, um mir eine Stellung zu verschaffen. Es könnte sein, dass ich für eine ältere Lady arbeiten werde.«

»Wäre dir das lieber?«

Sie zog eine Augenbraue hoch. »Vermutlich gäbe es weit weniger Intrigen.«

Er lachte leise, bevor er einen weiteren Schluck Portwein trank. »Ich nehme an, es ist unwahrscheinlich, dass du als Gesellschafterin einer Witwe, deine Arbeitgeberin zu einem Boxkampf begleitest und dafür entführt wirst.«

Sie lächelte, und er wünschte, sie würde das öfter tun. »Das möchte ich nicht hoffen.«

»Wie es scheint, hast du bislang noch nicht für eine ältere Frau gearbeitet. Heißt das, du bist noch nicht lange Gesellschafterin? Du scheinst für diese Position recht jung zu sein, wenn du auch eine Jungfer bist.« Er rümpfte die Nase. »Ich mag dieses Wort nicht.«

»Es stört mich nicht. Außerdem bin ich nicht so jung, wie du wahrscheinlich denkst.«

Er bemerkte, dass sie seine Frage nicht beantwortete, wie lange sie schon in ihrem Beruf tätig war. Er wollte nicht weiter darauf eingehen. »Ich würde sagen, du bist zweiundzwanzig. Vielleicht bist du jedoch tatsächlich dreißig. Dann wärst du älter als ich.« Er wackelte mit den Augenbrauen, bevor ihm einfiel, dass sie ihn ersucht hatte, nicht mit ihr zu flirten. Hatte er wirklich geflirtet? Wahrscheinlich schon. Er konnte sich nicht zurückhalten. Er mochte sie.

Ihre Wangen färbten sich in einem leichten Rosa. »Ich bin keine dreißig. Und ich bin auch nicht zweiundzwanzig.«

»Irgendwas dazwischen also.« Er trank den Portwein in seinem Glas aus und füllte es wieder. Mit fragend hochgezogenen Augenbrauen hielt er die Flasche in Richtung ihres Weinglases, das nicht ganz geleert war.

Sie nickte ihm leicht zu, und er füllte auch das ihre wieder auf.

»Ich fühle mich wirklich ganz schlecht wegen gestern Abend«, meinte er. »Hast du dich erholt?«

Das hatte sie scheinbar, aber sie machte auf ihn den Eindruck einer robusten jungen Frau. Er bezweifelte, dass sie gestehen würde, wenn sie nicht erholt wäre.

»Das habe ich«, antwortete sie, wie vorauszusehen war. »Aber deine Helfershelfer waren Schurken.«

»Da kann ich nicht widersprechen, und wenn ich sie noch einmal sehe, werde ich sie zu Brei schlagen.«

»Alle drei?«, fragte sie erstaunt.

»Ich würde es auf jeden Fall versuchen. Du hast mich gestern Abend im Kampf nicht von meiner besten Seite erlebt.« Er versuchte, das Gefühl des Selbsthasses herunterzuschlucken, das in seiner Kehle aufstieg. Nicht, weil er

schlecht gekämpft hatte, sondern wegen seines Kontrollver-
lusts. »Normalerweise bin ich ein besserer Kämpfer.«

»Ich verstehe. Trotzdem würde ich es nicht für ratsam
halten, dass du drei Männer auf einmal herausforderst, und
insbesondere nicht diese Männer. Sie wirkten verdammt
rücksichtslos.«

Da konnte er nicht widersprechen. »Aus diesem Grund
werde ich mir nie verzeihen, was ich getan habe und auch
nicht, dich in die Sache mit hineingezogen zu haben.«

Sie machte den Mund auf, doch dann presste sie die
Lippen zusammen, ehe sie ein Wort hervorbrachte, und ihr
Blick wanderte zur Seite.

Bennet drehte den Kopf und erkannte, dass Logan die
Gaststube betreten hatte. »Guten Abend, Logan. Das ist ein
ausgezeichneter Portwein.«

Erleichterung blitzte in den Zügen des Gastwirts auf. »Da
bin ich aber froh. Ich habe Mrs. Logan gebeten, ihn als
Entschuldigung herzubringen, da Ihr morgen nicht abreisen
könnt.«

»Was?« Das Wort erklang unisono von Bennet und
Prudence, die sich beide auf ihren Stühlen noch mehr zu
Logan herumdrehten.

Verzweiflung blitzte in Logans dunklen Augen auf. »Ihr
wusstet es nicht? Meine Güte, ich dachte, Mrs. Logan hätte
es Euch gesagt. Der junge Davy konnte heute nicht in die
Stadt gelangen. Die Straße ist durch den Regen überspült,
und der Wind war einfach zu grausam. Wir hoffen, der
Sturm lässt über Nacht nach, aber es wird hart werden.
Hoffentlich kann er den Bremsklotz morgen holen und die
Reparatur abschließen, aber ich wage zu behaupten, dass
Ihr noch eine weitere Nacht hier verbringen werdet. Es tut
mir so leid, Euch diese Nachricht überbringen zu müssen.
Ich weiß, wie sehr Ihr Euch auf Eure Hochzeit freuen
müsst.«

Prudence hustete, und Bennet richtete seine Aufmerksamkeit auf sie.

»Alles in Ordnung, Liebling?«, fragte er.

Sie wölbte eine schöne Braue und murmelte: »Gut.«

»Es tut mir leid«, entschuldigte Logan sich erneut.

»Ihre Schuld ist es nicht«, entgegnete Prudence strahlend und überraschte Bennet. »Wir wissen Ihre Gastfreundschaft zu schätzen. Ich frage mich, ob Sie vielleicht ein paar zusätzliche Decken in unsere Kammer schaffen könnten. Wie Sie sich vorstellen können, teilen seine Lordschaft und ich das Bett nicht, bis wir verheiratet sind. Mein lieber Ben besteht jedoch darauf, dass wir sicherheitshalber im selben Zimmer schlafen. Er hat im Sessel geschlafen, aber jetzt, wo wir länger als eine Nacht hier sind, würde er sich in einem Behelfsbett wohler fühlen, wenn Sie das bewerkstelligen könnten.«

Wenn Logan die Bitte seltsam fand, zeigte er es nicht. Aber andererseits war die ganze Situation unangemessen. Er vertraute darauf, dass Bennet ein ehrenwerter Mann war, der einfach nur ungeduldig darauf wartete, die Frau zu heiraten, in die er unsterblich verliebt war.

»Das ist überhaupt kein Problem, Mylady. Das werden wir sofort in die Wege leiten.«

»Würden Sie auch ein Bad für Ihre Ladyschaft vorbereiten?«, fragte Bennet. Daran hätte er schon früher denken sollen. Aber jetzt, wo sie noch zwei Nächte hier waren, lag ihm daran, dass sie baden konnte.

»Ja, gewiss«, beteuerte Logan mit einem Nicken. »Wenn Ihr auch baden möchtet, Mylord, haben wir eine Kammer neben der Küche, die Ihr gerne benutzen könnt.«

»Das wäre himmlisch. Ich danke Ihnen.« Bennet hob sein Weinglas. »Auf Ihre unvergleichliche Gastfreundschaft.«

»Hört, hört«, stimmte Prudence ein und hob ebenfalls ihr Glas.

Logan errötete, ehe er davoneilte.

Prudence schloss die Augen. »Ein Bad. Wie wundervoll das sein wird.« Dann schlug sie die Augen wieder auf und musterte ihn genau. »Versprich mir, eine Stunde lang nicht ins Zimmer zurück zu kommen.«

»Ich werde mich vorher vergewissern, dass du fertig bist und der Zuber hinausgetragen wurde.« Er warf ihr einen verlegenen Blick zu. »Es tut mir sehr leid, dass wir morgen nicht abreisen können. Diese Situation entwickelt sich zu einer beträchtlichen Katastrophe.«

»Nun, es ist ja nicht so, als ob sich jemand um mich Sorgen macht«, entgegnete sie.

Ihre Stimme war von einer Schärfe unterlegt und er konnte den Grund dafür nicht erkennen. »Es liegt nicht daran, dass sich keiner interessiert. Lady Cassandra wäre sehr besorgt, da bin ich sicher, wenn da nicht diese dumme Nachricht wäre.«

Prudence äußerte sich nicht, während sie an ihrem Wein nippte.

»Da wir schon einen weiteren Tag hier festsitzen, frage ich mich, wie ich dich unterhalten kann? Karten oder Backgammon scheinen dich nicht zu interessieren. Schach? Ein anderes Spiel?«

»Ich spiele keine Spiele.«

»Warum nicht?«

»Ich hatte nie Zeit dazu. Oder die Neigung«, setzte sie hastig hinzu.

Er fragte sich, wie ihr Leben wohl ausgesehen hatte, ehe sie Gesellschafterin geworden war. Ihr Vater war Lehrer gewesen. *War* – lebte er nicht mehr? Was war mit ihrer Mutter? Hatte sie Geschwister? Er dachte über ihre Worte nach: *»Es ist ja nicht so, als ob sich jemand Sorgen um mich macht.* Hatte sie damit gemeint, dass sie niemanden hatte?

Dieser Gedanke gab ihm das Gefühl, als hätte jemand ein großes Loch in seine Brust gerissen.

»Was machst du in deiner Freizeit?«, erkundigte er sich.

»Lesen. Meistens. Ich gehe auch gerne spazieren, wenngleich dies angesichts des Regens und des aufgeweichten Bodens eher unwahrscheinlich ist.«

Er lächelte ein wenig. »Das ist es tatsächlich. Ich könnte dir vorlesen. Ich lese meinen Großtanten oft vor. Sie lieben es, wenn ich alberne und dramatische Stimmen nachahme.«

Sie starrte ihn an. »Das kann ich mir kaum vorstellen. Sie leben in deinem Haushalt?«

Er nickte. »Großtante Flora hat ihren Namen stets sehr ernst genommen. Sie liebt es, Blumen zu pressen. Tatsächlich ist ihr noch nie eine untergekommen, die sie nicht pflücken und zwischen einer ihrer geliebten Zeitungen pressen wollte. Sie ist auch eine eifrige Zeitungsleserin, insbesondere von Klatsch und Tratsch, fürchte ich. Ihre Schwester, Großtante Minerva, ist Malerin, allerdings malt sie nur eine kleine Auswahl von Motiven. Darüber hinaus rettet sie Tiere. Oder besser gesagt, retten die Tiere wahrscheinlich eher sie.« Er ließ andere Dinge unerwähnt, wie sie beispielsweise die ganze Nacht aufgrund ihrer Obsessionen wach blieben und sogar darüber verzweifeln konnten. Ihre Eigenarten unterschieden sich von denen seines Vaters und doch waren sie sich ähnlich. Alle in seiner Familie waren vom gleichen Schlag. Nun, die meisten jedenfalls.

»Deine Tanten klingen faszinierend.«

Er gluckste leise. »Das ist ein treffende Beschreibung für sie, ja. Ich habe auch noch andere Verwandte, doch ich will dich damit nicht langweilen. Ich habe schon genug geplaudert. Nun, was ist mit dem Vorlesen?«

Sie nahm einen Schluck Portwein und senkte den Blick. »Das ließe sich vielleicht machen. Wenn wir Zeit haben.«

»Morgen werden wir reichlich davon haben, wage ich zu

behaupten.« Ihm war ein Aufblitzen von Neugier in ihren Augen aufgefallen, ehe sie den Blick abgewendet hatte. Falls sie ihn etwas fragen wollte, beherrschte sie sich. Wahrscheinlich wollte sie keine Verbindung, wenn auch nur von vorrübergehender Natur, zu ihm etablieren. »Ich bin kein schlechter Mensch«, bemerkte er leise. »Ich habe dich schlecht behandelt – nicht mit Absicht, aber dennoch ist es meine Schuld. Wenn es eine Möglichkeit gibt, es wiedergutzumachen, werde ich das tun.«

Sie musterte ihn einen Moment, und eine leichte Furche zog sich knapp über ihren Brauen entlang. »Das glaube ich dir. Deshalb bin ich mir auch nicht sicher, wie ich mein Verschwinden bei meiner Rückkehr rechtfertigen soll. Wenn ich die Wahrheit sage, bist du völlig ruiniert. Selbst mit deinem Titel bezweifle ich, dass du überhaupt eine Erbin finden wirst. Und wenn doch, wird sie wahrscheinlich jemand sein, den geheiratet zu haben, du bereuen wirst.«

»Weil jede intelligente junge Dame einen großen Bogen um mich beschreiben würde«, entgegnete er.

Ihre Augenbrauen und Schultern hoben sich kurz zur Antwort.

Er schüttelte den Kopf. »Du darfst dein Handeln nicht davon bestimmen lassen. Du musst tun, was du für notwendig erachtest.«

»Das ist furchtbar galant von dir, insbesondere, wenn man bedenkt, was für einen Skandal du damit ausgelöst hast.«

»Ich verdiene die Konsequenzen, die sich daraus ergeben.« Er trank sein Glas Portwein erneut aus, wobei er den Stiel möglicherweise ein wenig zu fest umfasste.

Sie leerte ihr Glas ebenfalls und stellte es vor sich auf den Tisch. »Das stimmt zwar, aber ich frage mich, ob es tatsächlich erforderlich ist.«

Für einen Moment erstarrte er mit jeder Faser seines

Wesens. Hatte er sie richtig verstanden? »Was soll das heißen?«

»Es bedeutet, dass ich weiterhin nachdenke, und offenbar habe ich noch einen zusätzlichen Tag Zeit dazu. Ich bin mir nicht sicher, ob ich so tun kann, als wäre ich mit jemandem durchgebrannt, doch das schließe ich nicht aus. Dazu müsste ich allerdings mit einer Geschichte aufwarten, wer er war, woher ich ihn kenne und warum ich dies vor Cassandra geheim gehalten habe. Ich weiß nicht genau, ob das möglich sein wird.« Sie stand auf, und er tat es ihr gleich. »Sag mir Bescheid, wenn dir noch etwas einfällt. Gute Nacht.«

Ein schnelles, aber verführerisches Lächeln huschte über ihre Lippen, und Bennet ertappte sich dabei, wie er ihren Mund anstarrte, bis sie sich von ihm abwandte. »Gute Nacht«, wünschte er ihr, als sie die Treppe hinaufging.

Die Gesellschafterin entpuppte sich als bemerkenswerte Frau. Er nahm wieder Platz und schenkte sich ein weiteres Glas Portwein ein. Dabei versuchte er angestrengt, nicht an ihre Lippen zu denken. Oder die Tatsache, dass sie bald in ihrer Kammer baden würde.

Stattdessen versuchte er, einen Grund für Prudence' Abwesenheit zu ersinnen und eine Erklärung, warum sie eine Nachricht mit der Mitteilung hinterlassen hatte, dass sie durchgebrannt sei. Um ehrlich zu sein, würde er sie ja heiraten, wenn ihm das Wasser nicht bis zum Hals stünde.

KAPITEL 3

*P*rudence erwachte in der Dunkelheit – es war weit nach Mitternacht, doch die Morgendämmerung war noch nicht hereingebrochen – vom Heulen des Windes und Prasseln des Regens, der auf das Gasthaus niederging. Wenn sich das Wetter nicht bald besserte, würden sie ihrer Befürchtung nach noch lange hier festsitzen. Zusammen in diesem Zimmer.

Sie schlug die Augen auf und blickte zum anderen Ende der kleinen Kammer, an dem Bennet auf seiner Pritsche neben dem Kamin schlief. Sein Lager mochte vielleicht weniger bequem als das ihre sein, doch er hatte zumindest das warme Feuer in der Nähe.

Es war wirklich ein schönes Bett. So bequem wie dasjenige, in dem sie im Evesham House am Grosvenor Square nächtigte. Dass sie an einer so prestigeträchtigen Adresse wohnte, mutete ihr noch immer seltsam an, aber das traf auch auf ihre Beschäftigung als Gesellschafterin der Tochter eines Herzogs zu. Für jemanden wie sie, die in einer weitaus uneleganteren Umgebung aufgewachsen war, und nicht nur kochen und putzen konnte, sondern sich auch stets allein angekleidet hatte, war diese Welt fremd, in die sie vor einigen Monaten eingetreten war. Inzwischen verlor sich die Fremdheit immer mehr, und sie hatte sich – laut ihrer Freundin Ada – gut eingewöhnen können. Auch Ada hatte sich an eine neue Position gewöhnen müssen, als sie Buchhalterin im Phönix Club geworden war, weshalb sie Prudence also verstand.

Der Phönix Club, Londons neuester exklusiver gesellschaftlicher Treffpunkt, rief ihre Erinnerung an Lord Lucien Westbrook wach. Er war nicht nur Cassandras älterer Bruder, sondern auch derjenige, der Prudence behilflich gewesen war, eine Stellung als bezahlte Gesellschafterin zu finden. Denn das war seine Mission – Menschen zu helfen. Er hatte dies wiederholt für Personen aller Gesellschaftsschichten mit den unterschiedlichsten Anliegen getan. Lucien war ein einzigartiger Gentleman, und Prudence würde lügen, wenn sie nicht gestehen würde, dass er sie mit seinem Charme und seiner Liebenswürdigkeit in seinen Bann gezogen hatte. Außerdem war er atemberaubend gut aussehend und vielleicht der sympathischste Mensch, den sie je getroffen hatte. *Alle* bewunderten Lucien.

Als Eigentümer des Phoenix Clubs hatte er eine Stätte geschaffen, die zwar einen exklusiven Mitgliederstamm pflegte, zu der aber auch Menschen eingeladen wurden, die vielleicht nicht überall willkommen oder zumindest nicht überaus beliebt waren. Tatsächlich wurden diese Menschen bei der Aufnahme in andere Clubs häufig übergangen. Prudence kannte Lucien nicht sehr gut, doch sie hatte den Verdacht, dass er den Club gegründet hatte, weil er sich auf gewisse Weise ausgeschlossen gefühlt hatte. Das war allerdings nur ihre Mutmaßung, die sie ihm gegenüber nie äußern würde.

Und erst recht nicht, da er ihr so sehr geholfen und ihr Leben in einem Moment zum Guten gewendet hatte, in dem ihr alles nur trostlos erschienen war. Deshalb fragte sie sich, ob er ihr in ihrer jetzigen misslichen Lage behilflich sein könnte, indem er mit einer Erklärung aufwartete, wo sie sich aufgehalten hatte, wenn sie nicht durchgebrannt war. Warum würde sie außerdem behauptet haben, sie sei durchgebrannt, wenn sie das nicht getan hatte? Bennet hatte ein wahres Chaos angerichtet.

Um Lucien um Hilfe zu bitten, müsste sie sehr erfinderisch sein, wie sie ihre Situation erklärte. Sie konnte ihm gar nichts von Bennet erzählen, ohne seinen Plan, Luciens Schwester zu entführen, ans Licht zu bringen. Prudence würde Bennet keinesfalls Luciens Zorn aussetzen, denn obwohl Lucien der Inbegriff eines freundlichen und rücksichtsvollen Gentleman war, würde er ein solch schändliches Verhalten niemals billigen, insbesondere dann nicht, wenn es um seine geliebte Schwester ging. Dass Lucien ihn diesbezüglich zu einem Duell herausfordern würde, käme für Prudence keineswegs überraschend. Allein aus diesem Grund würde sie über Bennets Rolle in dieser ganzen Sache Stillschweigen bewahren.

Abermals richtete sie den Blick auf seine Bettstatt und fragte sich, warum sie ihn nicht verabscheute. Das hatte sie getan. Und das sollte sie auch! Doch er hatte sich als außergewöhnlich reumütig und überraschend freundlich entpuppt. Außerdem schien er für seine Beweggründe einen guten Grund zu haben – es klang, als hätte sein Vater ihn in einer überaus prekären Situation zurückgelassen –, wenngleich er seine Entscheidungen auch nicht sehr umsichtig getroffen hatte.

Er gab ein Geräusch von sich. Es klang wie ein Wort, doch Prudence konnte es nicht deuten. War er wach?

Ehe sie es sich anders überlegen konnte, schlüpfte Prudence aus dem Bett und schlich sich auf leisen Sohlen zum Feuer. Er hatte die Augen geschlossen und ein nackter Arm ruhte über seinem Kopf auf dem Kissen.

Nackt.

Er trug kein Hemd. Und seine Decke war so tief gerutscht, dass sein breiter Oberkörper sichtbar war. Er war muskulös, und angesichts seiner Ertüchtigung als Boxer war das zu erwarten gewesen.

Ein plötzlicher und überaus verbotener Gedanke schoss ihr durch den Kopf. Sie stellte sich vor, wie sie ihre Zeit verbringen könnten, während sie hier festsaßen. Sie ließ den Blick zum Bett schweifen und schimpfte sich im Stillen wegen dieses skandalösen Einfalls. Hätte sie dies als skandalös empfunden, bevor sie Gesellschafterin geworden war und man ein vorbildliches Verhalten von ihr erwartete? Nicht, dass sie nicht auch als Bedienstete an einer Schule ihren Ruf zu wahren gehabt hatte. Tatsächlich hatte sie zum Schutz ihres Namens – und noch mehr, ihrer Person – die Schule verlassen und sich überhaupt erst in ihre damals missliche Lage manövriert. Ohne die unwillkommene Aufmerksamkeit des Vaters dieser Schülerin wäre Prudence noch immer an dieser Schule.

Sie sollte Bennet einzig und allein als ein Ärgernis betrachten. Sie sollte ihn auch nicht als Bennet betrachten, doch dafür war es inzwischen zu spät. Sie waren keine Freunde, aber sie hatten durch dieses Erlebnis zu einer Art von ... Verbindung gefunden, und in den dunklen Stunden dieses Augenblicks erlaubte sie sich einen Höhenflug ihrer Fantasie.

Sie labte sich am Anblick der markanten Form seiner Nase und seines Kiefers, an dem geschmeidigen Schwung seiner Lippen und dem goldenen Kranz seiner Wimpern. Im Geiste sah sie den leuchtenden Farbton seiner blaugrünen Augen. Diese Augen schienen in der Lage, Dinge über sie zu erkennen, die sie nicht verraten wollte – oder zumindest versuchten sie das. Er schaute sie an und tat ihre Anwesenheit nicht als die einer unwichtigen Person ab. Tatsächlich kannte er sogar ihren Namen, was erstaunlich genug war.

Das war verrückt. Sie hatte kein Recht, hier zu stehen und ihn zu beäugen, selbst wenn er sie – versehentlich – entführt hatte. Er war bestrebt, es wiedergutzumachen. Es war nicht sein Verschulden, dass das Wetter alles zunichtemachte.

Sie machte auf dem Absatz kehrt und ging wieder ins Bett, um sich unter der Decke zu vergraben. Höhenflüge ihrer Fantasie waren in Ordnung, doch sie wagte nicht, auf mehr zu hoffen.

Selbst wenn sie ein Anrecht darauf haben sollte.

~

*A*ls er aufwachte, war Bennet überrascht festzustellen, dass Prudence bereits fort war. Doch andererseits hatte er auch länger als gewöhnlich geschlafen. Was zu erwarten war, da ihm das Einschlafen schwergefallen war. Er sorgte sich darüber, wie er sie nach London zurückbringen und sicherstellen konnte, dass sie aufgrund seines Benehmens nicht zu leiden hatte.

Als er nach unten ging, fand er sie ein Buch lesend in einem Sessel sitzen. »Guten Morgen«, begrüßte er sie. »Hast du schon gefrühstückt?«

Sie blickte auf und ihr Gesicht wirkte im grauen Morgenlicht heiter und gelassen. Der Regen hatte vor einer Weile aufgehört und es war nicht mehr ganz so düster wie vorher. »Das habe ich. Mrs. Logans Brötchen sind köstlich. Wenn wir länger bleiben, werde ich das Doppelte an Umfang zulegen.«

Er lachte, denn er teilte ihre Meinung über Mrs. Logans Kochkünste. »Warte, bis sie uns ein Trifle macht. Du wirst es ganz verschlingen wollen. Es wird dich unglaublich gefräßig machen, fürchte ich.«

»Das würden wir nicht wollen«, meinte Prudence, deren Blick zu ihrem Buch zurückkehrte.

Bennet setzte sich gerade an den Tisch, als Mrs. Logan mit einem Tablett hereinkam. Sie wünschte ihm einen guten Morgen, als sie sein Frühstück und den Kaffee auf den Tisch stellte.

»Ich habe Pru gerade von Ihrem Trifle erzählt«, meinte er, während er seine Kaffeetasse nahm.

»Oh!«, entfuhr es Mrs. Logan, die errötete und dann mit der Hand abwinkte. »Ihr nehmt meine Überraschung für später vorweg. Wie konntet Ihr das wissen?«

»Das habe ich nicht. Ich hatte es nur gehofft.«

»Ihr seid zu freundlich, Mylord. Einfach zu freundlich.« Lächelnd schüttelte sie den Kopf, als sie davonging.

Bennet widmete sich seiner Mahlzeit und sah gelegentlich zu seiner vorgeblichen Braut. Als er sein Mahl beendet hatte, lehnte er sich in seinem Stuhl zurück und nippte an seinem Kaffee, wobei er die Tasse in den Händen hielt. »Hast du gut geschlafen?«

Sie blickte auf und blinzelte. »Gut genug. Der Wind war ziemlich geräuschvoll.«

»Ich fürchte, ich habe wie ein Toter geschlafen.« Die Pritsche war ein weitaus besseres Nachtlager gewesen als der Sessel. »Was liest du da?«

»Die Chroniken von Christabelle de Mowbray.«

»Das habe ich schon meinen Tanten vorgelesen. Mein Angebot, dir vorzulesen, besteht noch immer.«

Sie zauderte, doch dann hielt sie ihm das Buch hin.

Bennet stellte seinen Kaffee auf den Tisch und erhob sich. Er schritt auf sie zu und nahm das Buch an sich. »An welcher Stelle bist du?« Sie zeigte auf eine Zeile etwa auf der Mitte der Seite. Er nickte, überflog die Zeilen davor und versuchte, sich auf die Geschichte zu besinnen. Dann begann er den Dialog mit großem Enthusiasmus.

Als er die Seite umblätterte, lächelte sie bereits. Beim Aufschlagen der nächsten Seite lachte sie leise, und ihr Humor wuchs immer mehr, je lauter und absurder er wurde.

Als er die Seite abermals umblätterte, hob sie die Hand. »Bitte hör auf. Ich kann nicht mehr.«

»Bist du sicher? Ich könnte versuchen, etwas ruhiger zu lesen.«

Eine ihrer blassen Brauen wölbte sich. »Könntest du das?«

»Ja. Wenn es auch nicht annähernd so unterhaltsam wäre.« Er reichte ihr das Buch zurück, und ihre Finger berührten sich kurz. Zu kurz. Er wollte ihre Hand ergreifen, ihr in die Augen sehen und ... was? Er schüttelte den Gedanken ab.

»Nie hätte ich einen solchen Sinn für Humor bei dir vermutet. Oder hebst du ihn vor allem für deine Tanten auf?«

»Meine Tanten bedürfen eines Sinnes für Humor«, erwiderte er darauf mit düsterem Sarkasmus. Er liebte sie innig, aber der Ausdruck exzentrisch beschrieb die betagten Damen nicht im Geringsten. Wenn man noch pingelig, eigensinnig und sprunghaft hinzufügte, kam die Charakterisierung schon eher hin.

»Wie bist du dazu gekommen, für sie zu lesen?«, fragte sie und hielt das aufgeschlagene Buch in ihrem Schoß, während sie sich vorsetzte.

Bennet zog seinen Stuhl vom Tisch heran und setzte sich wieder hin. »Ich bin mit ihnen aufgewachsen, und immer hatten sie mir vorgelesen. Sie brachten mir das Lesen bei, bevor die Gouvernante Gelegenheit dazu bekam, indem sie mich dazu brachten, ihnen vorzulesen. Im Laufe der Jahre wurde ich wohl etwas lebhafter, nehme ich an.«

»Wie schön, eine Großfamilie bei sich wohnen zu haben. Aber ich kann mir vorstellen, dass dein Haus groß genug ist, um das zu ermöglichen.«

»Ja, Aberforth Place ist beinahe zu weitläufig.« Als er an die riesigen Zimmer dachte, von denen viele derzeit leer standen, revidierte er seine Aussage. »Es *ist* zu groß. Insbesondere für meine beiden Großtanten und mich.« Er sollte wirklich alle anderen Verwandten dort einziehen lassen, denn es gab genug Platz. Dann könnte er das Cottage, das Cousine Frances auf dem Anwesen bewohnte, vermieten und er müsste nicht länger für die Kosten der Miete von Tante Judiths Haus in Bath aufkommen. Allerdings würde Cousine Frances niemals zustimmen, im Haus zu wohnen, und Bennet war sich nicht sicher, ob er sie dort haben wollte. Großtante Flora und Großtante Minerva würden sich gegen ihn zur Wehr setzen – sie wollten Frances dort noch weniger haben, als Frances zu ihnen kommen wollte. Außerdem hatte Tante Judith schon vor langer Zeit klargestellt, dass sie es ablehnte, auf Aberforth Place mit den »Leidenden« zusammenzuwohnen. Obwohl es also wirtschaftlich sinnvoll war, sie alle unter ein Dach zu bringen, konnte Bennet das nicht tun. Um seines eigenen Seelenfriedens nicht, und auch nicht den der anderen.

Und dann war da noch Tante Agatha. Auch sie konnte nicht heimkehren. Bennet hatte niemanden, der sich um sie hätte kümmern können, nicht auf die Weise, wie es nötig wäre.

»Du scheinst dich sehr um sie zu bemühen«, bemerkte sie leise. »Was ist mit deinen anderen Verwandten?«

»Meine Eltern sind tot, und ich habe keine Geschwister. Ich habe eine Cousine, die auf dem Anwesen lebt, und zwei Tanten, die in Bath wohnen.« Tante Agatha oder die Tatsache, dass sie in einem Hospital lebte, wollte er nicht erwähnen.

»Ich verstehe.« Prudence blickte auf ihr Buch hinab, und er nahm an, dass sie im Kopf nachgerechnet hatte. Er hatte viele Verwandte und versorgte sie wahrscheinlich, was kostspielig war.

Das bestätigte sie jedoch nicht. Wie bei ihren anderen Gesprächen umging sie es, übermäßig in die Tiefe zu gehen. Tatsächlich wirkten ihre heutigen Fragen über seine Familie, im Vergleich zu ihrem üblichen Verhalten, geradezu aufdringlich. Das war ein Grund, warum er sie als reserviert erachtete. Sie bemühte sich, ihre Privatsphäre zu wahren, und gewährte ihm den Freiraum, dies gleichfalls zu tun.

Normalerweise wäre er darüber erleichtert und sogar erfreut gewesen. Er verabscheute, mehr preiszugeben, als er bereits getan hatte, und das war das absolute Mindestmaß. Alles andere blieb verborgen und begraben. Nur so war es ihm gelungen, seine finanzielle Situation derart lange geheim zu halten.

Prudence jedoch war irgendwie anders. Falls sie weiterfragte, war er sich nicht ganz sicher, ob er eine Antwort umgehen könnte – zumindest nicht auf einige Dinge. Vielleicht, weil er mehr über sie erfahren wollte. »Was ist mit deiner Familie?«, fragte er.

»Meine Eltern sind ebenfalls tot«, antwortete sie leise. »Ich habe auch keine Geschwister. Im Gegensatz zu dir habe ich keine andere Familie.«

»Niemanden?« Die Frage war ihm bereits über die Lippen gekommen, ehe er sich zurückhalten konnte. Er hasste den Gedanken, dass sie allein auf der Welt war. »Es tut mir leid.«

»Das muss es nicht. Ich bin sehr zufrieden.«

»Bist du gern Gesellschafterin?«

»Sehr gern. Hoffentlich kann ich weitermachen.« Ihre Augen verengten sich ganz leicht, als sie das Buch über dem Zeigefinger zuklappte, um sich die Stelle zu merken.

»Ich verspreche, dass du das kannst.« Als ob er kontrollieren könnte, was passieren würde. Er war vollkommen außerstande, diese Situation zu meistern. Wie kam er darauf, ihr irgendetwas garantieren zu können?

»Dieses Versprechen kannst du mir nicht geben, aber ich weiß deine gute Absicht sehr zu schätzen.«

Er zupfte an einem nicht vorhandenen Faden an seinem Knie. »Ich werde alles Erforderliche tun, damit dein Ruf unversehrt bleibt. Hast du dich schon entschieden, was du gern tun würdest?«

»Das habe ich noch nicht, also ist es nur gut, dass wir hier gestrandet sind.« Plötzlich stand sie auf. »Ich würde gerne herausfinden, ob sich der Zustand der Straßen verbessert hat. Ich wage zu behaupten, dass dem nicht so ist.« Sie warf einen Blick zum Fenster. Es regnete immer noch.

Bennet erhob sich von seinem Stuhl und brachte ihn an den Tisch zurück. »Ich werde gehen. Du bleibst und liest. Bitte.«

Sie antwortete ihm schweigend, indem sie eine Schulter hob und sich wieder hinsetzte.

»Vielleicht hört der Regen bald auf«, meinte er. »Oder er wird zumindest so schwach, dass der Junge des Stallmeisters in die Stadt laufen kann.«

Sie blickte mit einem wohlwollenden Lächeln zu ihm auf. »Das können wir nur hoffen.« Dann wandte sie sich wieder ihrem Buch zu, und er war praktisch entlassen.

Er würde verdammt noch mal selbst in die Stadt stapfen – dem Regen zum Trotz.

KAPITEL 4

*P*rudence hatte den Nachmittag damit verbracht, Mrs. Logan zur Hand zu gehen. Während sie mit der Fertigstellung des Trifles beschäftigt war, schreckte sie beim Geräusch einer ins Schloss fallender Tür auf. Sie sah auf und erblickte Bennet, der mit feuchtem Haar aus der kleinen Badestube neben der Küche trat. Mrs. Logan beeilte sich, ihm die Kleidung abzunehmen, die er in der Hand hielt.

»Ich werde dies umgehend für Euch waschen und trocknen«, meinte sie lächelnd.

Prudence wischte sich die Hände an der Schürze ab und umrundete den Arbeitstisch in der Mitte der Küche. »Was ist mit deiner Kleidung passiert?«

»Ich bin in die Stadt gelaufen, um das Ersatzteil für die Kutsche zu besorgen.«

Sie starrte ihn an. Zwar war der Regen im Laufe des Tages ein paar Mal abgeflaut, doch in den letzten paar Stunden hatte es ununterbrochen geschüttet, und der Wind hatte wieder zugenommen. »Du musst bis auf die Knochen durchnässt gewesen sein. Wieso habe ich dich nicht reinkommen sehen?«

»Du warst nicht hier.«

»Ich muss in der Speisekammer gewesen sein.« Sie starrte auf sein einfach geknotetes Halstuch. »Du vermisst deinen Kammerdiener, nicht wahr?«

Er lachte. »Ich habe keinen Kammerdiener. Was bedauerlich ist, denn ich bin eine Niete im Binden von Halstüchern.«

»Nein, bist du nicht. Es sieht adrett und schnörkellos aus, ganz im Gegensatz zu den meisten Gentlemen in London. Bevorzugst du einen aufwendigeren Knoten?«

»Um ehrlich zu sein, finde ich sie lästig. Dieses Accessoire nicht beim Boxen tragen zu müssen, ist eines der Dinge, die ich an diesem Sport am meisten liebe.« Er zwinkerte ihr zu, und sie war beschämt, wie ihr Körper bebte. Noch nie hatte jemand mit ihr geflirtet, und sie verglich ihre Reaktion damit, nach Tagen in der Wüste Wasser zu finden.

»Ich kann immer noch nicht glauben, dass du den ganzen Weg in die Stadt und zurück gelaufen bist. Du musst sehr schnell unterwegs gewesen sein.«

»Ich bin einen Teil des Weges gerannt. Das schien mir notwendig, da ich vor Einbruch der Dunkelheit zurück sein wollte.« Ein Blick zum Fenster verriet ihr, dass er es gerade noch geschafft hatte, denn draußen war es jetzt stockfinster – nicht, dass die düsteren Regenwolken jemals Helligkeit am heutigen Tag zugelassen hätten. »Und dann war da noch der Regen. Ich wollte ihm unbedingt entkommen. Die letzte Meile hatte es nur noch gegossen.«

»Kein Wunder, dass du ein Bad gebraucht hast«, murmelte sie. »Ist dir warm genug? Du musst doch bis auf die Knochen durchgefroren gewesen sein. Warum setzt du dich nicht ans Feuer?«

»Komm mit mir.« Er trat zur Tür und hielt sie ihr auf.

Sie schaute zu Mrs. Logan, aber die Frau winkte sie bereits hinaus. Prudence band sich die Schürze ab und legte sie auf den Arbeitstisch. »Danke, dass ich helfen durfte«, sagte sie.

»Ich danke *Euch*, Mylady. Das Trifle wird heute Abend besonders köstlich sein.«

Prudence verließ die Küche, die sich im hinteren Teil des Gasthauses befand, und durchquerte einen kurzen Korridor in den Gemeinschaftsraum. Bennet folgte ihr, und sie nahmen am Tisch vor dem Feuer Platz.

Bennet grinste breit. »Ich freue mich, dir mitteilen zu können, dass die Kutsche in diesem Moment repariert wird. Wir können morgen nach London aufbrechen, vorausgesetzt, das Wetter spielt mit.«

»Das mit der Kutsche ist ja schön und gut, aber verzeih mir, wenn ich wegen des Wetters noch skeptisch bin.«

»Bist du immer so misstrauisch?«

»Ja. Es ist das Beste, im Hinblick auf die eigenen Erwartungen auf dem Teppich zu bleiben.«

Er runzelte kurz die Stirn. »Du klingst, als wärst du schon zu oft enttäuscht worden.«

Wie hatte er sie nur durchschauen können? Nein, nicht *durch* sie hindurch, aber durch ihren Schutzwall und bis in ihre Gedanken und *Gefühle*, die sie so angestrengt zu verbergen suchte. Das war außerordentlich beunruhigend. Und es behagte ihr nicht im Geringsten. »Hast du vergessen, dass ich Prudence heiße?«, fragte sie keck, in der Hoffnung, ihn damit abzulenken. »Wer wird uns nach London kutschieren?«

»Nun, das ist eine schwierige Frage, aber ich arbeite daran. Wenn nötig, fahre ich uns.«

Sie setzte sich gerade gegen die Sessellehne auf, um sich dann leicht vorzubeugen. »Das kannst du nicht tun. Geht es um das Geld?« Sie sah, wie er den Kiefer anspannte. »Rede nicht um den heißen Brei herum. Habe ich dich nicht schon in deiner schlimmsten Verfassung gesehen?«

Er lachte, und sie war überrascht, dass er angesichts seiner offenkundigen Verzweiflung über seine finanzielle Lage das Thema humorvoll betrachten konnte. »Es geht um den Geldmangel, ja. Alles dreht sich scheinbar darum.« Er atmete resigniert aus, und sie fragte sich, ob er gerade beschlossen hatte, zu kapitulieren. Was auch immer das bedeuten mochte.

»Ich werde für den Kutscher aufkommen.« Sie hatte etwas Geld gespart, und dafür reichte es gewiss. »Ich kann ihn entlohnen, wenn wir in London ankommen.«

Seine blonden Brauen zogen sich über den Augen zu einem V zusammen. »Auf keinen Fall. Du hast schon genug durchgemacht. Ich kann uns fahren.«

»Nur weil du es kannst, heißt das nicht, dass du es solltest. Lass mich für einen Kutscher aufkommen.«

»Nur weil du es kannst, heißt das nicht, dass du es tun solltest.« Er verzog den Mund zu einem Lächeln, und sie hätte gelacht, wenn er ihr mit seiner Weigerung nicht auf die Nerven gegangen wäre.

»Wenn du dabei gesehen wirst, wie du deine eigene Kutsche nach Mayfair lenkst, wird sich dein Ruf nie wieder erholen.«

Er fasste sich an die Brust. »Mein Liebling, ich bin überwältigt, dass du so besorgt bist.«

»Ich bin so froh, dass die Herrschaften hier festsitzen«, meinte Mrs. Logan von der Tür aus, während sie ein Tablett mit einer Flasche und zwei Gläsern hereintrug. »Das gibt mir die Möglichkeit, mich an Eurer Liebe zu erfreuen. Ihr bringt so viel Frohsinn nach Riverview.« Sie strahlte die beiden an, während sie ihnen zwei Gläser mit hellem Wein einschenkte. »Das ist ein Wein, den Mr. Logan heute Morgen gefunden hat. Ich hoffe, er mundet den Herrschaften.« Sie stellte die Flasche auf dem Tisch ab und eilte in die Küche zurück.

Prudence legte ihre Hand über die Augen und neigte den Kopf. Sie mussten vorsichtiger sein. Was, wenn Mrs. Logan sie belauscht hätte, als sie sich über seinen Geldmangel oder den Umstand ihrer Entführung unterhalten hatten?

Sie ließ die Hand in ihren Schoß fallen. »Wir müssen vorsichtig sein«, flüsterte sie.

»Warum? Damit die Logans nicht denken, wir seien verliebt?« Er lächelte, als er sein Weinglas in die Hand nahm. »Ich denke, es ist das Beste, wenn sie es tun. Vielleicht sollte ich dich küssen, um auf Nummer sicher zu gehen.«

Hitze überzog ihren Hals und färbte ihre Wangen vermutlich rosa. »Das solltest du ganz sicher nicht.« Allein der Gedanke daran verursachte ihr überall ein Kribbeln. Sie hatte bereits zwei Küsse in ihrem Leben erhalten – einen schönen und einen schrecklichen. Sie wünschte sich einen Kuss, der ihren Körper jubilieren ließ. Oder der sie zumindest so schwindelig machte wie Fiona und Cassandra. Beide hatten sich verliebt, während Prudence ihre Gesellschafterin gewesen war, und von beiden war eine Freude und Lebendigkeit ausgegangen, die sich nicht ignorieren ließ. Oder auf die man nur eifersüchtig sein konnte.

Sie holte tief Luft und hoffte, dass sie nicht rot geworden war. »Wir müssen in Bezug auf die Dinge, die wir sagen, vorsichtiger sein, damit die Wirtsleute die Wahrheit nicht mitbekommen. Wir müssen uns weiterhin wie Verlobte geben.« Vielleicht *sollte* er sie küssen. Wenn einer der Logans anwesend war.

Nein!

»Wie ich schon sagte, kannst du uns nicht einfach nach Mayfair kutschieren.« Sie sprach leise und hob ihr Glas zu einem kräftigen Schluck, um sich zu beruhigen.

»Ich habe gemeint, was ich gesagt habe – ich bin erfreut, dass dir so viel daran liegt. Wahrhaftig.« Sein Lächeln war echt. »Aber ich bin mir ziemlich sicher, dass mein Ruf im

Eimer ist, wie er auch sein sollte. Ich verdiene, an den Pranger gestellt zu werden, nicht dass irgendjemand den Grund dafür wüsste. Noch nicht.«

»Das werden sie nicht. Ich habe nicht vor, irgendjemandem zu erzählen, dass du mich entführt hast oder eigentlich geplant hattest, Cassandra zu nehmen.«

Er starrte sie einen langen Moment schweigend an, und seine Züge zeigten Überraschung, dann Ehrfurcht und zuletzt wahrscheinlich Bewunderung »Das tust du nicht?«

Sie schüttelte den Kopf. Bis zu diesem Moment hatte ihre Entscheidung noch nicht ganz festgestanden. Nun, da sie ihren Gedanken laut ausgesprochen hatte, schien es die offensichtliche Entscheidung.

Jetzt schaute er sie dankbar an. »Solange ich lebe, werde ich nie verstehen, warum du mich nicht anklagen wirst.«

»Was würde das Gutes bewirken? Ich bin nicht daran interessiert, zu irgendjemandes Ruin beizutragen.« Ihre Stimme klang recht vehement – es war schwer, das nicht zu tun, wenn sie über dieses Thema sprachen – und er bemerkte es. In seiner unverhohlenen Neugier konzentrierte er seinen Blick auf sie. Sie wappnete sich für seine Frage, doch sie kam nicht.

»Du bist eine einzigartige Frau«, meinte er leise. »Es tut mir immer noch leid für das, was du erlitten hast und weiter erleiden musst, aber ich muss gestehen, dass ich froh bin, dich kennengelernt zu haben.«

Sie wusste, dass er meinte, was er sagte, und er ihr nicht einfach nur schmeichelte wie ein hohlköpfiger Bock. »Du kannst aufhören, dich zu entschuldigen. Wirklich.«

»Nur weil ich es kann, bedeutet das nicht, dass ich das sollte.« Er grinste und hob sein Glas zu einem stillen Prost.

Prudence konnte das Kichern nicht unterdrücken, das aus ihr hervorbrach. Sie trank einen weiteren Schluck Wein. Er war wirklich köstlich. Die Weinauswahl bei den Logans war wirklich ein Wunder.

Als er wieder ernüchterte – zumindest ein bisschen –, fragte er: »Also, was wirst du sagen?«

»Ich weiß es nicht. Ich bin mitten in der Nacht aufgewacht und habe einige Zeit darüber nachgedacht. Ich frage mich, ob ich Lucien um Hilfe ersuchen sollte. Lord Lucien, meine ich.«

Er blinzelte. »Kennst du ihn so gut?«

Ihn Lucien zu nennen, hatte sie verraten. Oder ihr Wissen, dass er Menschen half. Nun, es war nicht mehr zu ändern, also konnte sie ihm auch die Wahrheit sagen. Oder zumindest einen Teil davon. »Nun, ich kenne ihn gut genug, um zu wissen, dass er Menschen, egal welchen Standes, hilft. Kein Problem ist zu groß, bei dessen Lösung er nicht helfen will.«

»Das habe ich wohl über ihn gehört, aber ich habe das Ausmaß seiner Hilfsbereitschaft verkannt.«

»Das heißt mit anderen Worten, du hast nicht gewusst, dass er Menschen wie mir half?« Sie versuchte, nicht zu der schlimmsten Schlussfolgerung zu gelangen, aber wie sie feststellte, sprach sie freier zu ihm als zu irgendjemandem sonst. Dafür machte sie ihr beengtes Quartier und die Tatsache verantwortlich, dass sie so viel Zeit zusammen verbrachten.

»So habe ich das eigentlich nicht gemeint, aber ich denke, das ist ebenfalls ein gutes Argument. Das hätte ich nicht gedacht, nein. Ich meinte, es überrascht mich, dass er in einer solchen Angelegenheit behilflich ist. Jedenfalls wird er dir nicht helfen wollen, wenn er merkt, dass du mich beschützt.«

Prudence nippte an ihrem Wein und stellte ihn auf den Tisch, wobei sie ihre Handfläche um den Boden legte und sie den Stiel zwischen Daumen und Zeigefinger hielt. »Er wird nicht wissen, dass du darin verwickelt bist.«

Bennet starrte sie an, als wären ihr plötzlich Hörner

gewachsen. »Ich hätte nicht gedacht, dass du mich noch mehr schocken könntest, als es bereits geschehen ist, aber du beabsichtigst Lord Lucien Westbrook um seine Hilfe bei diesem Desaster zu bitten, das ich angerichtet habe, ohne meinen Namen überhaupt zu erwähnen?«

»Ja. Genau deshalb brauchen wir ja seine Hilfe. Um dich da herauszuhalten.« Sie heftete einen eindringlichen Blick auf ihn. »Stelle mich oder meine Motive bitte nicht in Frage. Sei einfach erleichtert, dass ich dich heraushalten möchte.«

Er starrte sie an. »Ich weiß nicht, was ich sagen soll.«

»Ausnahmsweise«, murmelte sie mit dem Anflug eines Lächelns, um ihn zu necken.

Sein Lachen wärmte die Luft um sie herum. »Du bist unvergleichlich. Kannst du dir wirklich so sicher sein, dass er dir helfen wird? Nur weil du die Gesellschafterin seiner Schwester bist?«

»Nicht deshalb. Er hat mir schon einmal geholfen.«

»Tatsächlich?« Seine Augen funkelten vor Neugier, und sie wusste, wie es ihn juckte, sie zu fragen. Doch er hütete sich, sie in irgendeiner Weise zu drängen und bemühte sich, einen heiteren und unaufdringlichen Ton in ihrem Gespräch zu wahren.

Eine halbe Erklärung würde sie ihm zumindest zugestehen. Die Einzelheiten gingen viel zu sehr ins Private und würden viel zu viel verraten. »Er verhalf mir zu meiner ersten Stellung als Gesellschafterin von Miss Fiona Wingate. Sie war Lord Overtons Mündel.«

»Dann hat sie ihn geheiratet. Vielleicht erzählst du mir beim Abendessen, wie das vor deinen Augen geschehen ist.« Jetzt scherzte er mit ihr.

In Wahrheit war Prudence nicht die vorbildlichste Gesellschafterin. Sie war ihren beiden Schützlingen behilflich gewesen, dem Anstand ein Schnippchen zu schlagen. Aus Liebe. Während Prudence sich gleichzeitig bemühte, die

Gefühle aus ihrem eigenen Leben fernzuhalten. Das war töricht. Und würde jemand hinter ihre Schwäche kommen, wären ihre Aussichten dahin, je wieder eine Stelle in der Londoner Gesellschaft zu ergattern.

Sie nahm ihr Glas und trank einen weiteren Schluck, wobei sie den Wein unbeabsichtigt austrank. Sobald sie das leere Glas wieder auf den Tisch gestellt hatte, füllte Bennet es erneut auf. Seine Neugierde war wie ein lebendiges, atmendes Etwas, das sie umfing. Das brachte sie aus dem Konzept.

Nein, es war die Erinnerung an ihre Mängel als Gesellschafterin und daran, ihren Gefühlen nachgegeben zu haben, was sie aufbrachte. Sie sollte sich wirklich eine Stelle bei einer älteren Frau suchen, bei der sie nicht in die Liebesaffäre einer anderen jungen Frau hineingezogen werden konnte. Besser noch, sollte sie sich eine Stelle weit fort von London suchen – fernab der Gesellschaft, in die sie absolut nicht hineingehörte.

Allerdings hoffte sie immer noch, ihre wahre Mutter zu finden – die Frau, die Prudence das Leben geschenkt hatte, bevor sie von den Lancasters adoptiert worden war. Wenn Prudence fortging, würde sie diese Frau niemals finden.

Vielleicht war es an der Zeit, die Vergangenheit ruhen zu lassen.

»Pru?«, fragte Bennet sanft. »Wo bist du in Gedanken gewesen?«

Prudence blinzelte und rüttelte ihre Schultern. »Ich war abgeschweift und habe über nichts Wichtiges nachgedacht.« Sie warf einen Blick zur Tür und wünschte, Mrs. Logan würde durch die Öffnung treten.

Dann war sie auf einmal da. Prudence' Retterin, die ein Tablett mit Suppe trug.

»Hier kommt das Abendessen«, meinte Prudence fröhlich, so erleichtert war sie über die Unterbrechung. Sie wollte nicht darüber reden, in welcher Weise Lucien ihr geholfen hatte, und ganz bestimmt wollte sie nichts über die Dinge verraten, an die sie gerade gedacht hatte.

Sie würde ihn mit Geschichten über Fiona ablenken, nichts besonders Persönliches, natürlich. Solange es Bennet davon abhielt, sich über sie zu wundern, konnte Prudence die restliche Zeit meistern, die sie noch zusammen waren. Dann würde sie ihn nie wiedersehen müssen.

Plötzlich schien er die perfekte Person zu sein, der sie sich offenbaren konnte – wenn sie überhaupt irgendeinem Menschen all ihre Geheimnisse anvertrauen wollte. Würde er sie hüten? Ihrer Vermutung nach würde er das, was ihn weitaus gefährlicher machte, als sie ursprünglich befürchtet hatte.

~

*B*ennet sollte sich schrecklich fühlen, da sich das Wetter am nächsten Tag verschlechtert hatte, was kaum möglich schien, doch stattdessen war er froh über die Zeit, die ihm mit Prudence zur Verfügung stand. Nach dem Frühstück hatte er ihr wieder vorgelesen, und zwar viel länger, und dann hatte sie sich aufgemacht, um Mrs. Logan beim Brotbacken zu helfen, während Bennet sich nach dem Zustand der Kutsche erkundigt hatte.

Das Gefährt war zwar repariert und reisefertig, doch die Straßen waren es nicht. Der Regen prasselte seitwärts, und die Bäume bebten bei jedem Windstoß.

»Was für ein Pech mit diesem Wetter, Mylord«, meinte der Stallmeister. Er war ein großer, breitschultriger Mann mit dichtem, dunklem Haar. »Selbst wenn der Regen morgen aufhört, werdet Ihr hier festsitzen und ein paar Tage warten müssen, bis die Straße wieder trocken ist. Wir befinden uns zu dicht am Fluss, und er tritt über die Ufer. Der Stall ist schon ein oder zwei Mal überflutet worden.«

»Wie furchtbar.«

»Verdammt lästig, verzeiht mir, Mylord. Aber es ist so spät in der Saison, dass es eigentlich nicht so schlimm sein sollte.«

Das sollte es nicht.

Bennet würde sich an diesem Gedanken festhalten, denn so sehr er die Zeit mit Prudence auch genoss, wollte sie, wie er wusste, zu ihrem Leben zurückkehren. Das *musste* sie. Je länger sie fortblieb, desto schwieriger wurde es, ihre Abwesenheit zu erklären.

Er konnte immer noch nicht ganz fassen, dass sie Lord Lucien um Hilfe bitten wollte. Bennet kannte ihn nicht gut, und er bezweifelte, das je zu tun. Der Mann hatte Bennets Einladung in den Phoenix Club persönlich überbracht und ihn außerdem gebeten, an jenem Abend dort zu erscheinen. Bennet wusste jetzt, dass es um einen Tanz mit Cassandra gegangen war. Es war einer der Gründe, warum er sich ihres Interesses an ihm so sicher gewesen war. Sie hatte die Mühe auf sich genommen, ihn von ihrem Bruder in dessen Club einladen zu lassen. Wie konnte Bennet da nicht geglaubt haben, sie sei für sein Werben um sie empfänglich?

Jedenfalls hatte er die Sache mit ihr schleifen lassen. Hätte er das nicht getan, wären sie vielleicht schon verlobt gewesen, ehe ihr Vater von Bennets finanziellen Problemen erfuhr. Dann wäre es zu spät gewesen, einen Rückzieher zu machen.

Warum hatte er gezaudert? Weil er zwar unbedingt heiraten musste, aber nicht unbedingt wollte. Eine Ehefrau müsste gewisse Dinge verstehen – und akzeptieren –, was bedeutete, dass er ihr etwas offenbaren musste, was er nicht über sich brachte.

Es war ein verdammter Schlamassel, doch das traf auf

alles zu, was mit seinem Vater und seiner Familie zu tun hatte.

»Ich bin Ihnen dankbar, dass Sie die Kutsche repariert haben«, meinte Bennet zu dem Stallmeister.

»War mir ein Vergnügen, Mylord. Allerdings würde ich mich mit Eurem Stallmeister oder demjenigen, der für Ihre Kutsche zuständig ist, unterhalten. Eure Kutsche war sehr überholungsbedürftig.«

Bennet lächelte, um die Tatsache zu verheimlichen, dass Tom, sein Kutscher, sich des Zustands sehr wohl bewusst war, und er sein Bestes tat, um alles instand zu halten, trotzdem es ihm an jeglichen Mitteln dazu mangelte. »Das werde ich, danke.«

Trotz seines raschen Laufs über den Hof zum Haus, war er nass, als er das Innere betrat. Er nahm seinen Hut ab und schüttelte ihn aus, ehe er dasselbe mit seiner Jacke tat und beides an einen Haken bei der Tür hängte.

Wahrscheinlich sollte er nicht halb angezogen herumlaufen, doch das er hatte er schon einmal getan – an jenem ersten Morgen, nach ihrer Ankunft. Und seine Jacke war nass. Er nahm sie wieder vom Haken, und trug sie zu ihrem Tisch beim Feuer, um sie über die Rückenlehne seines Stuhls zu hängen. Dann drehte er den Stuhl zum Kamin, damit das Kleidungsstück schneller trocknen konnte. Bennet rieb seine Hände aneinander und genoss die Wärme des Feuers.

»Ich dachte, ich hätte jemanden hereinkommen hören.« Prudence kam aus der Küche herbei, und eine Strähne blonden Haares umschmeichelte ihre Wange. Oh, könnte er doch nur diese Haarsträhne sein …

Sie hielt kurz inne und ihr Blick wanderte über seine Gestalt ohne Frack, was eine ziemlich unschickliche Reaktion unterhalb seiner Gürtellinie provozierte. Er bemühte sich, seinen Körper in die Gewalt zu bekommen. Sie brauchte nicht zu sehen, welche Wirkung sie auf ihn hatte. Hatte er ihr nicht schon genug zugemutet?

»Ich hatte nur nach der Kutsche sehen wollen, und ich fürchte, meine Jacke ist ziemlich nass geworden, als ich vom Stall herbeigeeilt bin.« Er hatte das Bedürfnis, sich vor ihr zu rechtfertigen, warum er sie nicht trug. »Die Kutsche ist abfahrbereit, sobald wir uns auf den Weg machen können.« Er warf einen beunruhigten Blick zum Fenster. »Was leider noch eine Weile dauern kann.«

»Wie lange?«, fragte sie vorsichtig.

»Der Stallmeister sagte, der Fluss sei über die Ufer getreten, was die Straße unpassierbar macht. Seiner Meinung nach könnte es ein paar Tage dauern, bis wir reisen können. Wenn der Regen morgen aufhört.«

»Vielleicht sollten wir ein Floß bauen.«

Bennet lachte. Wie sehr er ihren trockenen Humor genoss. »Das würde ich, wenn ich es mir leisten könnte.« Dass er jetzt mit ihr über seine finanzielle Lage scherzte, zeigte, wie wohl er sich mit ihr fühlte. Vielleicht zu wohl. Er musste aufpassen, dass er nicht zu viel offenlegte.

»Hier gibt es jede Menge Holz«, meinte sie und stellte sich auf die andere Seite des Stuhls, auf dem sein Mantel lag. »Und wenn der Wind so weiterweht wie bisher, wird vielleicht ein Baum umstürzen – oder zehn.«

»Daran habe ich nicht gedacht«, entgegnete Bennet. »Aber bei unserem bisherigen Glück bin ich zuversichtlich, dass einer auf die Straße fällt und unsere Abreise weiter hinauszögert.«

»Vielleicht müssen wir zu Fuß gehen«, meinte sie schmunzelnd.

Nun drehte er sich ganz zu ihr um. »Ich bringe dich so schnell wie möglich zurück nach London. Es tut mir so leid.«

Kopfschüttelnd hob sie die Hand. »Ich habe dich gebeten, damit aufzuhören. Keine Entschuldigungen mehr, insbesondere nicht für dieses Wetter, das nicht deine Schuld ist.«

»Ich werde es versuchen, aber versprechen kann ich es nicht. Ich fürchte, meine Reue ist einfach überwältigend.« Bennet richtete den Blick ins Feuer, um nicht auf diese verirrte Haarsträhne zu schauen. Er sehnte sich danach, sie zwischen die Finger zu nehmen und ihre Seidigkeit zu fühlen, ehe er sie wieder hinter ihr Ohr steckte. Dann würde er über die zarte Ohrmuschel streicheln und ihr Kinn liebkosen. Es wäre so leicht, sich zu ihr zu beugen und sie zu küssen …

Er war ein ausgemachtes Ungeheuer.

»Ich habe dir verziehen, also vergiss bitte deine Reue. Es geht mir gut, und wenn dein Plan auch schlecht durchdacht und abscheulich war, ist kein wirklicher Schaden entstanden.«

Es sei denn, er hätte ihre Aussichten auf eine zukünftige Anstellung ruiniert. Es war nicht so, als ob er ihr anbieten könnte, sich für den Rest ihres Lebens um sie zu kümmern. Das konnte er sich einerseits nicht leisten und andererseits würde dies auch auf eine skandalöse Verbindung zwischen ihnen schließen lassen. So etwas würde er ihr nicht einmal für fünf Minuten zumuten wollen, geschweige denn für immer.

»Ich werde es aber nicht vergessen«, setzte sie hinzu, und ihre Augen funkelten verheißungsvoll.

»Ich auch nicht«, entgegnete er leise. »Ist es schrecklich, dass ich diese Zeit hier mit dir genieße?« So, jetzt hatte er es gesagt.

Sie fuchtelte einen Moment lang mit den Händen, ehe sie sie in die Seiten stemmte, als hätte sie sich dabei ertappt, etwas Verkehrtes getan zu haben. »Ich kann mir Schlimmeres vorstellen. Dass die Entführer mich beispielsweise gar nicht erst zu dir gebracht hätten.«

Er holte tief Luft. »Himmel denke nicht einmal daran.« Er hätte die Schurken um jeden Preis aufgespürt und sie gerettet. Das sagte er jetzt, da er sie kannte und ins Herz geschlossen hatte. Aber es wäre Cassandra gewesen, nach der er gesucht hätte – jedenfalls dachte er das. Er hätte das Gleiche getan; allerdings war seine Reaktion anders. Prudence hatte an etwas in ihm gerührt, und er würde alles tun, um ihre Sicherheit zu garantieren.

»Ich versuche, nicht an das Schlimmste zu denken«, meinte sie. »Manchmal kann ich es allerdings nicht verhindern.«

»Warum?«

Wieder spielte sie mit ihren Fingern. »Wenn schlimme Dinge passieren, fängt man an sich zu fragen, ob das immer so sein wird.«

»Schlimme Dinge, wie der Tod deiner Eltern?«

Ihr Blick traf den seinen und er labte sich an der flüchtigen Verletzlichkeit, die zu sehen sie ihm erlaubte. »Unter anderen Dingen.« Ihr Blick wurde verschlossen und sie sah zum Fenster. »Vielleicht werden wir einfach für immer hierbleiben. Wir könnten alles andere ignorieren.«

Lächelnd tauchte er in ihre Fantasie ein. »Nun, das würde die Dinge gewiss vereinfachen.«

»Aber es wäre vollkommen unrealistisch. Du trägst Verantwortung. Es gibt Menschen, die sich auf dich verlassen.«

»Ja.«

»Manchmal ist es schön zu wissen, dies nicht zu haben. Ich bin frei, meine eigenen Entscheidungen zu treffen, die nur darauf basieren, was ich will und was das Beste für mich ist.«

Ein kurzes Aufflackern seiner Eifersucht überkam ihn. Diesen Luxus hatte er nicht. Das bedeutete jedoch auch, dass sie nicht die Freude einer Familie erlebte, egal wie kompli-

ziert und ermüdend diese manchmal sein konnte. Sie
konnten beide ein Argument für Zufriedenheit und Unzu-
friedenheit vorbringen.

»Bist du einsam?«, fragte er, obwohl er wusste, das besser
nicht zu tun, aber er konnte sich nicht beherrschen. Würde
sie antworten oder vom Thema ablenken und ausweichen,
wie er es von ihr erwartete? »Du sagtest, du bist allein, aber
bist du einsam? Das ist nicht das Gleiche.«

Der Moment zog sich in die Länge, bis sie antwortete,
und er stellte fest, dass er den Atem anhielt. »Normalerweise
nicht. Manchmal…«

Er würde nie erfahren, was sie sagen wollte, denn ein
lautes Krachen ertönte, als ein Baum gegen das Gasthaus
stürzte.

KAPITEL 5

*P*rudence folgte Bennet zur Tür. Er riss sie auf und lief hinaus, doch er hatte seine Jacke in seiner Eile vergessen. Sie nahm seinen Hut vom Haken und trat zu ihm in den heulenden Wind und den seitlich einfallenden Regen hinaus. »Hier!«, rief sie.

Er drehte den Kopf, und seine Brauen waren tief über die Augen gezogen. »Geh wieder rein!«

»Nimm den Hut!« Sie hielt ihn ihm hin. »Und du brauchst deine Jacke.«

Er griff nach dem Hut und setzte ihn auf sein Haupt. Ein Ast sauste an ihnen vorbei, und sein Gesicht verzog sich vor Verzweiflung. »*Bitte*, geh wieder ins Haus!«

Sie drehte sich um und blieb kurz stehen. »Bennet!« Mit einer Hand zeigte sie auf die Stelle, an der der Baum an der Hausecke lehnte, und hielt sich die andere vor den Mund.

Er kam an ihre Seite, nahm ihren Arm und führte sie zurück zur Tür. »Geh hinein und bleib von dieser Ecke weg. Sag Mrs. Logan, was passiert ist.«

»Was ist passiert?« Mrs. Logans Gesicht tauchte in der Tür auf.

»Da lehnt ein Baum gegen das Haus«, meinte Prudence.

Bennet ließ ihren Arm los. »Dort drüben sind Logan und Tasker, der Stallmeister. Ich werde ihnen helfen. Vergiss nicht, dich von dieser Ecke fernzuhalten.« Er blickte auf und sah sich um. »Zu viele verdammte Bäume.«

Prudence ging wieder hinein, aber sie machte die Tür nicht zu. Sie reckte den Hals, um zu verfolgen, was die Männer unternahmen.

»Kommt herein, meine Liebe«, forderte Mrs. Logan sanft. »Ich weiß, Ihr macht Euch Sorgen, aber es wird ihnen nichts geschehen.«

»Er hat nicht einmal seine Jacke an«, entgegnete Prudence, obwohl dies noch die geringste ihrer Sorgen war. Was, wenn er von einem herunterfallenden Ast getroffen würde? Oder schlimmer noch, von einem anderen Baum?

»Ich hole ihm einen Regenmantel.« Mrs. Logan drehte sich um. »Ich bin sicher, dass ich etwas Passendes finden kann.«

Prudence rang die Hände und erlaubte sich zu zappeln – eine schlechte Angewohnheit, die sie sich vor Antreten ihrer Stellung als Gesellschafterin abgewöhnt hatte. Ein Windstoß zerrte an der offenen Tür, und Prudence warf sie zu, ehe sie aus den Angeln gerissen wurde.

Mrs. Logan kehrte mit einem dunkelbraunen Mantel zurück.

»Ich bringe ihn zu ihm«, erbot Prudence sich.

»Ihr werdet nass werden.« Mrs. Logan beäugte sie zweifelnd, doch sie reichte ihr den Mantel.

»Ich beeile mich.« Prudence sauste nach draußen, als ein Blitz über ihr aufleuchtete. Sie rannte zu der Stelle, an der Bennet mit den anderen stand, und der Schlamm saugte an ihren Stiefeln. Die Männer schienen die Situation mit dem Baum zu begutachten. »Bennet!«, rief sie, kurz bevor sie bei ihm ankam.

Er drehte sich um, und riss dabei die Augen auf. »Pru, du solltest nicht hier draußen sein.«

Sie hielt ihm den Mantel hin. »Zieh ihn an, ehe du bis auf die Knochen durchnässt bist.«

»Dafür ist es wahrscheinlich zu spät«, entgegnete er lächelnd, als er das Kleidungsstück entgegennahm und es sich über die Schultern warf. »Geh wieder rein. Es dauert nicht lange. Wir können den Baum nicht wegschaffen, ehe der Sturm vorbei ist.«

»Gib auf dich Acht«, ermahnte sie ihn, während sie seinen Blick festhielt.

»Das werde ich. Geh nun.« Er lächelte ihr zu, als sie kehrtmachte. Ein weiterer Blitz erhellte den Himmel, gefolgt von einem lauten Knall.

»Prudence!«

Prudence hörte gerade noch ihren Namen, ehe sie ein Gewicht spürte, das gegen sie prallte. Sie stürzte nach vorne und drehte noch den Kopf weg, kurz bevor sie auf dem schlammigen Boden aufkam.

Ihr blieb die Luft weg, aber sie fühlte sich nicht verletzt. Es dauerte einen Moment, bis sie erkannte, dass es kein Ast war, der sie zu Fall gebracht hatte, sondern eine Person, deren Gewicht sie nun am Boden hielt.

In ihrem Versuch, zu erkennen, wer auf ihrem Rücken lag, drehte sie den Kopf weiter, aber sie konnte nichts sehen. Sie atmete tief durch die Nase ein, denn an ihrer Lippe klebte Schlamm. Dann erkannte sie – am Geruch –, wer es war.

»Bennet, geht es dir gut?« Er hatte sich nicht mehr bewegt, seit sie gefallen waren.

Er brachte ein Stöhnen heraus. »Ja.«

»Eure Lordschaft!«, rief einer der Männer, ehe die Last von Prudence' Rücken gehoben wurde.

Unverzüglich drehte sie sich um und rappelte sich auf alle

Viere, um aufzustehen. Der Stallmeister, Tasker, hatte Bennet hochgezogen.

»Verfluchter Mist!« Bennet starrte in Richtung des Stalls, was Prudence veranlasste, sich zu drehen.

Ein Baum hatte eine Seite zerdrückt und war komplett durch das Dach gestürzt.

»Geht«, sagte Bennet zu Tasker. »Ich komme schon zurecht.«

Prudence blickte zu ihm und sah, wie Blut von seiner Schläfe lief und sich mit dem Regen vermengte. »Dir geht es nicht gut«, stellte sie fest und eilte an seine Seite.

»Ich möchte wetten, dass es mir besser geht als meiner Kutsche.« Er zuckte zusammen, als sie seine Wange berührte.

»Du kommst mit ins Haus«, beharrte sie, packte ihn am Arm und zog ihn zum Haus.

»Na schön.« Er klang resigniert. Fast schon besiegt.

Mrs. Logan kam ihnen an der Tür entgegen. »Seid Ihr von dem Ast getroffen worden?« Sie zeigte auf das sehr große Stück Holz, das neben der Stelle im Schlamm lag, an der Bennet auf Prudence gefallen war.

»Ja, ich glaube, es hat Seine Lordschaft getroffen«, antwortete Prudence, als sie ins Haus gingen. Sie zog Bennet den aufgeweichten Mantel aus und ließ ihn hinter sich fallen, ohne darauf zu achten, wo er landete. »Komm mit zum Sofa, damit ich mir deinen Kopf ansehen kann.«

»Besser ich als du«, meinte er, während er seinen Schädel vorsichtig betastete.

Prudence setzte ihn auf das Sofa im Sitzbereich beim vorderen Fenster. »Was meinst du?«

»Dieser Blitz hatte den Baum getroffen. Er wurde gespalten und der Ast segelte auf dich zu.« Er schaute zu ihr auf und seine blaugrünen Augen zeigten heftige Erregung. »Er hätte dich umbringen können.«

»Ihr habt Eurer Verlobten das Leben gerettet«, flüsterte Mrs. Logan und sie klang nahezu ehrfürchtig dabei. »Es ist ein Wunder, dass Ihr nicht stärker verletzt worden seid. Oder der Schlag Euch umgebracht hat.«

»Ich habe versucht, sie aus dem Weg zu schieben.« Bennet nahm den Blick nicht von Prudence. »Es tut mir leid, falls ich dir wehgetan habe, als ich dich aus dem Weg manövriert habe.«

»Das hast du nicht.« Sie konnte nicht glauben, was er getan hatte, und wie schnell er reagiert hatte. Und ohne einen Gedanken an sich selbst. »Das hättest du nicht tun sollen.«

»Sag das nicht.« Seine Stimme war leise und verletzlich. »Bitte sag das nicht. Ich würde es wieder tun.« Er wischte sich das Blut ab, das noch immer über sein Gesicht lief. »Könnte ich ein Handtuch oder irgendetwas bekommen, was ich auf die Wunde pressen kann?«

»Guter Gott, stellt euch vor, wie ich hier untätig herumstehe!« Mrs. Logan sauste in Richtung der Küche davon und gab im Weggehen einen Kommentar ab. »Ich hoffe Mr. Logan und Mr. Tasker kommen bald herein. Es ist viel zu gefährlich dort draußen!«

Prudence sank auf seiner verletzten Seite neben ihn. »Tut das weh?«

»Ja.«

»Hattest du das Bewusstsein verloren?«, fragte sie. »Du hattest dich für einen Augenblick nicht bewegt.«

Er runzelte die Stirn und dann zuckte er zusammen. »Das glaube ich nicht, aber ich bin nicht sicher. Alles ist so schnell passiert. Ich konnte nur sehen, dass der Ast direkt auf dich zukam. Wenn dir etwas zugestoßen wäre …« Er schloss die Augen und drückte die Lippen wieder zusammen, bis sie weiß wurden.

»Nichts ist passiert, außer meinem plötzlichen Bedürfnis

nach einem Bad.«

Als er daraufhin lachte, zuckte er wieder zusammen.

»Kein Lachen mehr«, rügte sie ihn.

»Dann hör auf, geistreich und charmant zu sein«, Er schlug ein Auge auf. »Wenn du kannst, und ich würde sagen, du kannst es nicht.«

»Unsinn. Ich werde in meiner Fürsorge für dich keine Gnade kennen.«

Er öffnete sein anderes Auge und bedachte sie mit einer Hitze, die sie schockierte und erregte. »Im Ernst?«

Ehe sie eine angemessene Antwort hervorbringen konnte, und sie war sich nicht sicher, ob sie das konnte, kehrte Mrs. Logan mit warmem Wasser und Handtüchern zurück.

»Es ist so wundervoll, die Liebe zwischen Mylord und Mylady zu sehen«, meinte Mrs. Logan und reichte Prudence ein Tuch. »Ich bin so erleichtert, dass den Herrschaften nichts zugestoßen ist.«

Prudence wollte die Augen verdrehen oder Mrs. Logans Beobachtungen auf irgendeine Weise abtun, aber sie konnte es nicht. Und nicht nur, weil sie damit ihre Täuschung aufdecken würde. Sie wollte diesen Augenblick nicht zerstören.

Weil Bennet verletzt war. Ja, das war der Grund.

Sanft legte sie das Tuch auf seine Stirn. »Ist das in Ordnung?«

»Ja, vielen Dank. Du kannst ein bisschen fester pressen.«

Sie wandte mehr Druck an, doch er zuckte zusammen, also lockerte sie ihren Griff wieder. »Versuche einfach, dich zu entspannen. Vielleicht ein wenig Brandy, Mrs. Logan.« Sie sah zu der Wirtin hinüber, die daraufhin nickte und sich aufmachte, um vermutlich den Brandy zu holen.

»Ich würde gern wissen, wie es um die Kutsche steht.« Er zog eine Grimasse und sie war nicht sicher, ob es von dem Schmerz herrührte oder der Wahrscheinlichkeit, dass er ihr einziges Transportmittel verloren hatte. Ein schrecklicher Gedanke kam ihr – angesichts seines finanziellen Status war es vielleicht *sein* einziges Transportmittel? Konnte ein Gentleman ohne Kutsche ein Gentleman sein?

»Wir werden fragen, wenn die Männer hereinkommen. Sie können nicht sehr lange in dem Sturm draußen bleiben.« Windböen rüttelten das Gasthaus durch. Prudence schaute zur Decke auf. »Wird es das Haus einreißen?«

»Nur, wenn ein weiterer Baum in unsere Richtung fällt. Aber ich glaube nicht, dass andere Bäume so nahe stehen, dass sie das Haus beschädigen könnten.«

»Was ist mit dem einen, der dort drüben lehnt?« Mit einem Nicken deutete sie in die Ecke.

»Wir werden ihn wahrscheinlich morgen wegziehen. Hoffentlich. Der Schaden ist gering. Der Stall andererseits … « Er runzelte die Stirn und sie wusste, dass er besorgt war.

»Wir können eine Transportmöglichkeit mieten oder mit der Postkutsche fahren, wenn es erforderlich ist«, meinte Prudence.

Er schaute sie mit hochgezogener Augenbraue an, aber nur für eine Sekunde, da er zusammenzuckte und seine Züge entspannte. »Wie sollen wir dafür aufkommen?«

»Ich habe ein bisschen Geld in der Auskleidung meiner Reisetasche versteckt.« Ihre Mutter hatte ihr diesen Trick vor Jahren beigebracht, dafür zu sorgen, dass sie immer etwas Geld für Notfälle zurückbehielt. »Sag mir nicht, dass du dich weigerst, es zu benutzen.«

»Ich werde dein Geld nicht nehmen«, entgegnete er fest entschlossen. »Allerdings könntest du es vermutlich benutzen, um allein nach London zurückzukehren. Gleichwohl ich es hassen würde, dich allein gehen zu lassen.«

Sie biss die Zähne zusammen. »Machst du dir Sorgen, dass mir etwas zustoßen könnte? Dass ich vielleichte entführt würde?«

Er lachte und wurde umgehend wieder nüchtern. »Autsch. Du solltest doch nicht geistreich sein.«

»Dann hör auf damit, alberne Dinge zu sagen. Du hast nicht das Anrecht mich irgendwelche Dinge tun zu ›lassen‹.«

»Ja, Mylady.« Er klang, als sei er gerügt worden, doch er wirkte nicht wirklich so.

Mrs. Logan kehrte mit dem Brandy zurück und stellte die Flasche mit zwei Gläsern auf einem Tisch neben dem Sofa ab. »Ich bitte um Verzeihung, dass ich so lange gebraucht habe. Mr. Logan kam in die Küche und ich habe ihm aus seinen nassen Kleidern geholfen. Ich mache jetzt das Wasser für die Bäder heiß. Ich würde vorschlagen, dass die Herrschaften aus ihren nassen Sachen herauskommen, ehe noch jemand eine Erkältung bekommt.«

Prudence nickte. Sie war sich ihrer feuchten Kleidung und dem Schlamm, der auf ihrem Gesicht trocknete, nur allzu bewusst. »Danke, Mrs. Logan. Das werden wir tun.«

Mrs. Logans Züge spannten sich an, als sie kurz ihre Hände umklammerte. »Mr. Logan sagt, die Pferde seien wohlauf, aber ich fürchte, Eure Kutsche ist stark beschädigt, Mylord.«

»Hat er gesagt, wie schlimm es ist?«, erkundigte Bennet sich und bemerkte ihre plötzliche Blässe. »Es ist in Ordnung. Sie können mir die Wahrheit sagen.«

»Irreparabel, fürchte ich.« Sie blickte ihn mitfühlend an.

»Danke, Mrs. Logan. Für alles.«

Mrs. Logan kehrte in die Küche zurück und Prudence richtete ihre Aufmerksamkeit auf Bennet. Sie zog das Tuch von seiner Wunde und stellte erfreut fest, dass sie nicht mehr blutete. Es hatte allerdings auch noch nicht ganz aufgehört. »Halte dies«, wies sie ihn an, nachdem sie das Tuch an einer frischen Stelle gefaltet hatte.

Bennet nahm es von ihr und sie schenkte den Brandy ein, um ihm dann ein Glas in die freie Hand zu drücken und das

Tuch wieder selbst zu übernehmen. Sie trank einen großen, belebenden Schluck und war um die Wärme froh, die sich über ihre Kehle in ihren Bauch ausbreitete.

»Wir werden eine Möglichkeit finden, dich nach Hause zu bringen – morgen«, meinte er. »Nicht, dass du morgen abreisen könntest, aber wir werden uns einen Plan ausdenken.«

Prudence zog das blutbesudelte Tuch weg und legte es zur Seite. Sie nahm ein frisches, und tauchte es in die Schüssel mit dem warmen Wasser, das Mrs. Logan auf demselben Tablett gebracht hatte wie den Brandy. »Morgen ist Sonntag, für den Fall, dass dir dein Zeitgefühl vollkommen abhandengekommen ist.«

»Das ist es gewissermaßen.«

»Ich wage zu behaupten, dass du mit den Aufräumarbeiten des Baums und was sonst noch beschäftigt sein wirst.« Sie säuberte seine Wange von getrocknetem Blut.

»Ja, der Hof ist ein Desaster und der Sturm ist noch nicht vorüber. Ich werde dennoch tun, was ich kann, um Pläne für deine Rückkehr nach London zu schmieden.«

Sie wendete das Tuch und wischte ihm nun den Schlamm vom Gesicht. »Wenn das möglich ist. Dieser Sturm hat den Zustand der Straßen verschlimmert und es wird eine Weile dauern, bis sie getrocknet sind.«

»Wie wir auch«, bemerkte er und ließ den Blick auf ihre Hand fallen. »Du zitterst.«

Das hatte sie nicht bemerkt. »Mir geht es gut.«

»Genug. Er zog seinen Kopf zurück und nahm ihr das Tuch ab. Dann nahm er das letzte saubere Tuch, tauchte es in das Wasser und wrang es aus, ehe er sich an die Arbeit an ihrem Gesicht machte. Seine Berührungen waren ein bisschen grob.

»Du bist keine gute Krankenschwester«, murmelte sie.

Er wurde sanfter in seiner Behandlung. »Besser?« Auf ihr

Nicken fuhr er fort. »Der Schmutz ist auf deinem Gesicht ziemlich angetrocknet, fürchte ich. Es sieht aus, als hätte ein Untier dich in den Schlamm gedrückt.«

»Genau das ist passiert.« Sie konnte kaum ihr Lächeln unterdrücken.

Er ließ das Tuch in die Wasserschüssel fallen. »Das ist das Beste, was ich zustande bringe, fürchte ich. Geh jetzt nach oben. Zieh die nassen Kleider aus und wärme dich im Bett auf, bis das Bad fertig ist.«

»Was ist mit dir?«

»Ich werde in einer Weile nach oben kommen und mir trockene Kleider holen.«

Sie stand vom Sofa auf. »Ich werde die Augen schließen, während du dich ankleidest.«

»Das musst du nicht.«

Flirtete er mit ihr? Es hatte den Anschein, obwohl sie es nicht genau sagen konnte, da sie keine Erfahrung hatte. »Natürlich muss ich das.« Wenn die Einladung auch sehr verlockend war. Die muskulösen Konturen seiner Brust hatten sich in ihr Gedächtnis eingebrannt. Wenn sie mehr als das zu sehen bekäme, wüsste sie nicht, wozu sie imstande wäre.

Sie straffte die Schultern und schaute ihn mit einem gestrengen Blick an. »Führe mich nicht in Versuchung, Ben. Das bist du mir schuldig.«

Im Davongehen hörte sie ihn sagen: »Ich schulde dir viel mehr als das.«

~

*I*rgendwie hatte sich die Situation zwischen Prudence und Bennet verändert. So kam es ihr jedenfalls vor. War es, dass er sie vor Schaden behütet hatte?

Dass er unverhohlen mit ihr flirtete? Dass sie nun auf unabsehbare Zeit hier gestrandet waren?

Prudence konnte den genauen Grund nicht benennen, nur, dass die Dinge zwischen ihnen anders waren. Gestern Abend war sie sich seiner viel zu sehr bewusst gewesen, als er – wahrscheinlich ohne Hemd – kaum einen Schritt von ihrem Bett entfernt, geschlafen hatte. Das Frühstück war in einer steifen Stimmung verlaufen und obwohl er ihr anschließend vorgelesen hatte, war es nur für kurze Zeit gewesen. Er hatte hinausgehen und bei den Aufräumarbeiten auf dem Hof helfen wollen. Gott sei Dank hatte es endlich aufgehört zu regnen. Heute Nachmittag hatte sich sogar die Sonne gezeigt.

Nicht dass Prudence irgendwelche Zeit im Hof verbracht hätte. Sie hatte sich der Säuberung ihres Schlafzimmers gewidmet und Mrs. Logan geholfen, das Mittagsmahl für die Männer zuzubereiten, die so hart arbeiteten. Es war den Männern gelungen, den Baum von der Hauswand zu entfernen und jemand zersägte ihn geschäftig zu Feuerholz.

Prudence zog einen Laib Brot aus dem Ofen und legte ihn auf die Arbeitsfläche, wobei sie sich über die goldene Kruste freute.

»Alle Achtung, Euer Brot sieht wunderbar aus«, trällerte Mrs. Logan, als sie mit einem Tablett voller leerer Becher in die Küche kam. Sie hatte den hart anpackenden Männern ein Ale hinausgebracht.

»Lassen Sie mich helfen.« Prudence nahm ihr das Tablett ab und trug es zur Spüle, um die Becher abzuwaschen.

Mrs. Logan folgte ihr und pumpte Wasser in das Becken. »Für eine Lady Eures Standes fällt Euch das Saubermachen und Kochen sehr leicht, wenn es Euch nichts ausmacht, dass ich das sage.«

Sie hatte keine Frage gestellt, doch Prudence hatte sie trotzdem herausgehört. »Ich bin in bescheideneren Verhältnissen aufgewachsen. Mein Vater hat unerwartet geerbt. Die Dinge änderten sich danach, aber ich habe meine jungen Jahre nicht vergessen.« Es war nur eine halbe Lüge. Sie war bescheiden aufgewachsen. Aber glücklich. »Meine Mutter hat mir beigebracht, Brot zu backen.«

»Das erklärt, warum Ihr so natürlich und zugänglich wirkt«, meinte Mrs. Logan. »Ich habe nicht gerade viele Ladys der feinen Gesellschaft kennengelernt, aber die sind nicht wie Ihr.«

Weil sie keine von ihnen war, selbst wenn sie sich in ihren Kreisen bewegte. Allerdings *war* ihre leibliche Mutter eine von ihnen, wie auch ihr leiblicher Vater, dessen Identität sie kannte. Als Imogen Lancaster ihrer Adoptivtochter die Wahrheit über ihre Geburt enthüllt hatte, gab sie ihr bei dieser Gelegenheit einen Ring aus dem Besitz ihrer leiblichen Mutter. Der Ring zeigte ein Familienwappen, und das war etwas, das nur eine Frau von Bedeutung und hohem Stand besitzen würde. Dass sie ihn Prudence geschenkt hatte, deutete darauf hin, dass sie von Prudence ausfindig gemacht werden wollte. Hätte diese Frau ihre Identität aber tatsächlich preisgeben wollen, hätte sie dann diese Information nicht zusammen mit der Identität von Prudence´ Vater übermittelt? Prudence hatte inzwischen erfahren, dass ihr Vater tot war. Es war möglich, dass auch ihre Mutter nicht mehr lebte. Vielleicht war es Zeit, endlich aufzuhören, weitere Mutmaßungen und Suchaktionen anzustellen.

»Wie habt Ihr Seine Lordschaft kennengelernt?« Mrs. Logans Frage riss Prudence in die Gegenwart zurück.

Prudence nahm einen Spüllappen, der hinter dem Spülstein hing, und wusch den ersten Becher ab. »Auf einem Ball.« Das kam ihr als Erstes in den Sinn – und es war das Unverfänglichste.

»Haben sich die Herrschaften sofort ineinander verliebt?«, fragte Mrs. Logan grinsend.

»Nein.« Prudence hoffte, dass die Frau nicht auf weitere Einzelheiten drängte. Sie würde Bennet über ihre Aussagen in Kenntnis setzen müssen, damit sie ihre Geschichten aufeinander abstimmten. Die Angst versetzte ihr einen Stich und sie fragte sich, ob Bennet bereits etwas erzählt hatte.

»Warum der Entschluss, durchzubrennen?«

»Was hat Seine Lordschaft Ihnen erzählt?«, fragte Prudence, in der Hoffnung, widerstreitende Informationen vermeiden zu können, für den Fall, dass Bennet wirklich schon mit ihr gesprochen hatte. Sie gab Mrs. Logan den abgewaschenen Becher zum Abtrocknen.

Mrs. Logans Wangen färbten sich rosa. »Ich habe ihn nicht gefragt. Ich hätte Euch auch nicht fragen sollen.«

Prudence war es nicht recht, dass die Frau sich schlecht fühlte. Mrs. Logan war sehr nett, und Prudence gefiel es nicht, dass sie sie anlogen. Hätte diese Frau ihre wahren Umstände gekannt, hätte sie es wohl nicht sehr geschätzt, dass sie ein Zimmer unter ihrem Dach teilten. Es war mehr als unschicklich.

»Ich fürchte, wir waren einfach ungeduldig was das Heiraten anbelangt«, antwortete Prudence. »Das Verlesen des Aufgebots hatte uns zu lange gedauert. Wenn wir allerdings gewusst hätten, dass das Wetter uns so lange aufhält, hätten wir uns die Mühe erspart.« Prudence war mit dem Abwaschen des nächsten Bechers fertig und gab ihn Mrs. Logan zum Abtrocknen.

»Ach, das ist wirklich ein Pech.«

»Ich frage mich, ob das bedeuten soll, dass wir nicht heiraten sollten«, sinnierte Prudence.

Mrs. Logan starrte sie verblüfft an. »Natürlich nicht. Jeder kann sehen, dass die Herrschaften füreinander bestimmt sind. Ihr müsst ihn heiraten!«

Prudence hatte den nächsten Becher genommen und ihn prompt in die Spüle fallen lassen. Zum Glück war er nicht beschädigt. »Ich weiß nicht, wie Sie das sehen, aber ich weiß Ihre Unterstützung zu schätzen.«

»Wobei?« Bennets Frage schallte durch die Küche, als er durch die Außentür eintrat und hinter ihm Mr. Logan, der Stallmeister und ein paar andere Männer folgten.

Mrs. Logan machte sich daran, einen weiteren Becher abzutrocknen, den Prudence gespült hatte. »Ich habe Ihrer Ladyschaft gerade gesagt, dass Mylord und sie ganz offensichtlich füreinander bestimmt sind, trotz des schlechten Wetters und Eurer armen Kutsche.«

Bennets Blick fand den ihren, als sie über ihre Schulter zu ihm schaute, während sie den letzten Becher schrubbte. Sein Blick barg Heiterkeit – und Hitze.

Prudence war mit dem Becher fertig und reichte ihn Mrs. Logan. Sie drehte sich um und trocknete sich die Hände an ihrer Schürze ab. »Ich habe ihr verraten, dass wir durchgebrannt sind, weil wir so ungeduldig waren.«

»Das ist sicher wahr«, meinte Bennet mit einem Nicken. »Was hast du noch erzählt?«

»Dass wir uns auf einem Ball kennengelernt haben.« Prudence warf ihm einen Blick zu, der ihre Besorgnis darüber ausdrücken sollte, solche Fragen beantworten zu müssen.

»Es gibt Suppe und frisches Brot, das von Lady Prudence höchstselbst gebacken wurde«, verkündete Mrs. Logan stolz.

Bennet blickte auf den Laib, den Prudence aus dem Ofen geholt hatte. »Das hast du gebacken?«

»Das habe ich.«

»Erstaunlich«, murmelte er. »Es sieht köstlich aus.«

Mrs. Logan holte mehrere Schüsseln aus dem Regal. »Mylord, warum setzt Ihr Euch nicht mit Eurer Ladyschaft in die Gaststube. Ich bringe das Essen hinein.«

»Ich kann hier mit allen anderen essen.«

»Unsinn«, widersprach Mr. Logan. »Ihr wart so freundlich, uns behilflich zu sein und habt Euch schmutzig gemacht, als der Sturm Eure Kutsche zerstört hat.« Er schüttelte den Kopf. »Ich fühle mich deswegen ganz furchtbar.«

»Es ist nicht Ihr Verschulden«, versicherte Bennet ihm.

»Trotzdem würde ich mich besser fühlen, wenn Ihr und Ihre Ladyschaft sich zusammensetzen würdet.«

»Also gut.« Bennet lächelte ihn an und wandte sich dem Korridor zu, der zur Gaststube führte.

Prudence blickte zu Mrs. Logan. »Soll ich das Brot aufschneiden?«

»Geht nur.« Mrs. Logan winkte sie aus dem Weg. »Ihr habt Euch eine Pause mehr als verdient.«

»Komm, wir werden rausgeschmissen«, murmelte Bennet, als er Prudence sanft am Arm nahm und sie aus der Küche führte.

Seine Berührung war warm und vertraut. Sie gefiel ihr mehr, als sie eigentlich sollte.

Als sie in der Gaststube ankamen, ließ Bennet sie los und schürte das Feuer. Prudence bemerkte, dass sie noch immer die Schürze trug.

»Du siehst sehr häuslich aus«, stellte er fest und stand von der Feuerstelle wieder auf, um ihr den Stuhl zu halten.

»Ist das etwas Gutes?«

»Wenn du tatsächlich meine Verlobte wärst, ja. Meine zukünftige Frau muss möglicherweise kochen und putzen können.« Er grinste sie an, als er auf seinen Stuhl rutschte.

Er hatte Schmutz auf der Wange und seine Kleidung war in Unordnung. Er trug kein Halstuch. Sie vermied, auf das kleine Dreieck an seinem Hals zu schauen. Meistens.

»Dann ist es vielleicht zu schade für dich, dass ich nicht deine Verlobte bin«, entgegnete sie süß und provozierte ihn zum Lachen. Sie warf ihm einen ernsten Blick zu. »Ich habe mir Sorgen gemacht, dass ich Mrs. Logan etwas sagen könnte, was im Widerspruch zu deiner Aussage steht. Über uns, meine ich.«

»Ich habe ihr nichts Genaues gesagt. Und ganz gewiss keine Einzelheiten, wie etwa, dass wir uns auf einem Ball kennengelernt haben.«

»Was hätte ich denn sagen sollen?«, fragte sie in einem leisen Ton. »Dass du mich aus Versehen entführt hast, worauf wir uns einfach ineinander verliebt haben?« Sie verdrehte die Augen.

Er griff über den Tisch hinweg nach ihrer Hand und überraschte sie damit so, dass sie erstarrte. »Danke für deine Worte. Ich glaube, ich würde dich gern auf einem Ball sehen. Und sogar mit dir tanzen.« Er ließ sie wieder los und lehnte sich mit blitzenden Augen auf seinem Stuhl zurück.

Wieder durchströmte sie Hitze. Glücklicherweise kam Mrs. Logan herein und sorgte damit für eine willkommene Ablenkung. Sie servierte ihnen Schüsseln mit Suppe, Brot mit Butter und zwei Becher Ale. »Ich bringe gleich den Tee.«

»Du wirkst auch ziemlich häuslich«, meinte Prudence. »Was machst du denn so auf deinem Anwesen?«

»Nichts dergleichen«, antwortete er, während er sich eine dicke Scheibe Brot mit Butter bestrich. »Noch nicht. Die Zahl der Bediensteten hat sich zwar verringert, aber es gibt immer noch Bedienstete, die dort arbeiten.« Er legte das Messer weg und starrte sie an. »Wie machst du das?«

»Was?«

»Mich dazu zu bringen, Dinge zu sagen, die ich normalerweise nie preisgeben würde.«

Prudence rutschte auf ihrem Stuhl umher. Mehr als einmal hatte er dasselbe mit ihr getan. Sie tauschten Geheimnisse aus, flirteten, benahmen sich häuslich und gaben den Anschein, unsterblich ineinander verliebt zu sein.

Sie nahm einen großen Schluck Ale. Ihre Abreise – und ihre Trennung – konnte gar nicht früh genug kommen.

KAPITEL 6

*B*ennet hatte eigentlich nicht vorgehabt, so lange zu schlafen, doch wegen der gestrigen Aufräumarbeiten nach dem Sturm war er reichlich erschöpft gewesen. Beim Abendessen wäre er beinahe eingeschlafen, was Prudence zu dem Angebot verleitet hatte, ihm das Bett zu überlassen, mit der Konsequenz, dass sie die Pritsche nehmen würde. Er hatte lautstark Widerspruch eingelegt. Ehrlich gesagt, hätte er in der Luft schwebend schlafen können und es nicht bemerkt. Er konnte sich nicht erinnern, jemals so müde gewesen zu sein.

Heute würden sie an dem beschädigten Stall arbeiten. Es hatte aufgehört zu regnen und die Sonne spähte sogar vom Himmel herab. Bennet ging, um sich zu den anderen zu gesellen, die scheinbar schon eine Weile arbeiteten.

»Ihr hättet mich wecken sollen«, meinte Bennet mit einem Lächeln an Mr. Logan gewandt.

»Das hatte ich in Erwägung gezogen«, entgegnete Logan. »Doch dann hat Mrs. Logan mir gedroht. Sie sagte, dass Ihr Euch ausruhen müsstet. Wenn ich Euch hinsichtlich der Ehe einen Ratschlag geben darf, dann denjenigen, dass Ihr auf Eure Frau hören solltet. Insbesondere, wenn sie Euch droht.«

Bennet lachte leise. »Was hat sie gesagt?«

»Dass sie mir meine Leibspeise, Nierenpastete, nicht zubereiten würde.« Er verzog das Gesicht, als ob sie ihm wirklich gedroht hätte, ihm körperlichen Schaden zuzufügen. »Kommt mit zur Rückseite des Stalls, wo Eure Kutsche geparkt war.«

War.

»Nun, ich vermute, sie parkt noch immer dort«, meinte Logan mit einer weiteren Grimasse.

Bennet folgte ihm. »Ich gestehe, dass ich gestern hergekommen bin, um sie in Augenschein zu nehmen. Es ist, wie Sie gesagt haben.« *Irreparabel.*

»Ich fühle mich, als sei es meine Schuld.« Logan schüttelte den Kopf. »Es ist in meinem Stall passiert.«

»Das ist doch Unsinn.« Bennet starrte auf den Trümmerhaufen, wo das Dach auf die Kutsche gestürzt und sie zerquetscht hatte. »Es tut mir leid, dass Ihr Stall so schwer beschädigt worden ist – wie es scheint, ist niemand von dem Sturm verschont worden.«

»Was werdet Ihr ohne Kutsche machen?«, fragte Logan.

»Jedenfalls nicht durchbrennen.« Bennet lächelte, dann bemerkte er die Beunruhigung in Logans Gesichtszügen. »Das ist schon in Ordnung. Lady Prudence und ich haben darüber gesprochen. Sie wird so bald wie möglich nach London zurückkehren. Ach, und ihre Familie weiß von unserem Vorhaben, zu heiraten. Stattdessen werde ich versuchen, eine Sondergenehmigung zu erhalten.« Er würde Prudence über diese Lügen in Kenntnis setzen müssen.

»Es tut mir so leid, dass Eure Pläne durchkreuzt worden sind. Wollt Ihr nicht mit ihr nach London zurückkehren?«

Zum Teufel, das sollte er tun. Keine junge *Lady* sollte

allein herumreisen. »Das hängt davon ab, welchen Transport wir organisieren.«

Darüber hinaus hatte Bennet sich langsam gefragt, ob er nicht nach Aberforth Place statt nach London reisen sollte. Vielleicht sollte er besser in Bath eine Erbin zu finden versuchen. In London würde der Klatsch über seine Mittellosigkeit wahrscheinlich bereits die Runde gemacht haben. Allerdings standen die Chancen besser, in London eine Braut zu finden. Es war eine verflixte Zwickmühle.

»Ich werde sehen, was ich tun kann«, entgegnete Logan entschlossen. »Ich verspreche, dass wir Ihre Ladyschaft so rasch wie möglich nach London zurückbefördern werden. Ich weiß nicht, ob die Straße morgen bereits passierbar ist, doch am Mittwoch wird das sicherlich möglich sein, sofern der Regen ausbleibt.«

»Ich weiß Ihre Unterstützung zu schätzen«, bedankte Bennet sich. »Jetzt habe ich Sie lange genug von Ihrer Arbeit abgehalten. Wie kann ich Ihnen helfen?«

~

Nach einigen Stunden harter körperlicher Arbeit ging er mit den anderen hinein. Wie gestern, bestand Mrs. Logan darauf, dass er seine Mahlzeit mit Prudence in der Gaststube einnahm. Er ließ sich auf den Stuhl sinken, denn die Erschöpfung von gestern und die Anstrengungen des heutigen Tages lasteten schwer auf ihm.

»Du wirkst sehr erschöpft«, kommentierte Prudence, während sie ihm Tee einschenkte.

»Mir geht's gut.« Nach der Wärme des heißen Getränks lechzend, nahm er die Tasse in die Hand. »Danke.«

»Hast du das Brot gebacken?«, fragte er, als er eine Scheibe von dem Teller in der Mitte des Tisches nahm.

»Das habe ich. Es ist gut zu wissen, dass ich wahrscheinlich eine Arbeit als Haushälterin finden kann, wenn ich nicht mehr in der Lage bin, mich als Gesellschafterin zu verdingen.«

Er zuckte zusammen. »Sag so etwas nicht. Natürlich bist du in der Lage, eine Gesellschafterin zu sein.«

»Das hoffe ich. Ich habe vor, auf direktem Wege zu Lord Lucien zu gehen, sobald ich in London eintreffe. Meiner Vermutung nach werde ich nun nicht mehr als Lady Cassandras Gesellschafterin gebraucht. Hoffentlich kann er etwas anderes für mich finden.«

»Was hast du vor, ihm zu sagen?«

»Dass ich durchgebrannt bin und es mir dann anders überlegt habe. Das ist einfach und das Einzige, was angesichts der Notiz, die du geschrieben hast, nachvollziehbar ist.«

Bennet stieß die Luft aus und stellte seine Tasse ab. »Warum du nach dieser idiotischen Episode noch so freundlich zu mir bist, wird mir für immer ein Rätsel bleiben.«

»Du hast einen Fehler gemacht. Haben wir das nicht alle schon einmal?«

»Ein Fehler ist, wenn man sich bei der Gastgeberin zu bedanken vergisst, oder ein Glas Champagner mitten im Ballsaal fallen lässt. Dies hier war eine Katastrophe.« Er legte den Kopf schief. »Denkst du an einen bestimmten Fehler von dir selbst?« War das der Grund, warum sie ihm vergab? Hatte sie etwas getan, wofür sie sich Vergebung wünschte?

»Nein.« Hatte sie überschnell geantwortet? »Ich denke nur, dass unsere Zeit in diesem Leben zu kurz ist, um uns über Dinge zu ärgern, an denen wir nichts ändern können. Es ist besser, das Beste daraus zu machen und nach vorn zu schauen.«

Dem konnte er nicht widersprechen, auch wenn er selbst Schwierigkeiten damit hatte. Es war schwer, das Beste aus etwas zu machen, das wie ein Damoklesschwert über seinem Haupt schwebte.

Sie aßen ihren Eintopf, und Bennet war für ihre schweigsame Gesellschaft dankbar.

»Freust du dich darauf, zu deinem Leben zurückzukehren?«, fragte sie. »Dies hier ist weit von dem entfernt, was du als Gentleman genießt – keine Feste, kein Boxen, keines der anderen Freizeitvergnügen, mit denen du sonst deine Zeit verbringst.«

»Vermutlich.« Das sagte er, weil er das Gefühl hatte, dass er das tun sollte. »Eigentlich vermisse ich es nicht. Der Versuch, eine Frau zu finden und meinen Verpflichtungen nachzukommen, ist ungemein belastend. Diese Tage auf dem Land – mit dir – waren eine willkommene Erholungspause.«

Sie konzentrierte sich auf ihren Eintopf und schwieg einen Moment lang. Als sie zu ihm zurückblickte, lag ein entschlossenes Glühen in ihrem Blick. »Du musst heute Nacht in dem Bett schlafen. Ich hätte gestern Abend darauf bestehen sollen. Du warst erschöpft, und du arbeitest viel härter als gewohnt.«

»Ich werde dein Bett nicht teilen. In diesem Punkt warst du sehr eindeutig«, entgegnete er ironisch.

»Ich habe meine Meinung geändert. Ich werde deine Weigerung nicht akzeptieren. Ich werde eine der Decken von deiner Pritsche zusammenrollen und sie zwischen uns platzieren.«

Eine Barriere war klug, doch er war sich keineswegs sicher, ob er schlafen könnte, wenn er sie in greifbarer Nähe wusste. Er begehrte sie verdammt noch mal. Was, wenn er im Schlaf etwas Unerwünschtes tat?

»Ich erkenne deine Besorgnis, aber ich vertraue dir.«

»Ich verstehe nicht, warum.« Er hatte ihre Freundlichkeit und ihr Vertrauen nicht verdient. Dann aß er seinen Eintopf auf und erhob sich abrupt. »Ich sollte in den Stall zurückkehren.«

Sie stand ebenfalls auf und ging auf ihn zu. Dann nahm sie seine Hand, und ihm wurde gleichzeitig heiß und kalt, während das Herz in seiner Brust hämmerte. »Hör auf, dir Vorwürfe zu machen. Du schläfst im Bett. Es wird alles gutgehen.«

Sie hielt seinem Blick stand, ihre Hand lag warm um seine. Er wollte sie so gerne näher an sich ziehen, ihre Stirn küssen, ihre Wange streicheln.

Doch dann tat sie das Erstaunlichste. Sie küsste ihn. Sanft und flüchtig streiften ihre Lippen über seine.

Ohne nachzudenken, fasste er sie um die Taille. Er beugte den Kopf und versuchte, sie erneut zu küssen, während sein Puls vor Aufregung pochte, und sein Körper vor Begierde bebte.

Zaudernd blickte er ihr ins Gesicht.

»Ja«, flüsterte sie und legte ihre Hand auf seine Brust.

Wie sehr er sich nach ihr verzehrte.

»Nein.« Er löste sich von ihr, machte auf dem Absatz kehrt und floh in die Küche, wo er seinen Hut liegengelassen hatte. Er würde sie nicht noch mehr besudeln, als er ohnehin schon getan hatte.

~

*B*ennet einzuladen das Bett mit ihm zu teilen, schien eine gute Idee gewesen zu sein – das Richtige, bedachte man, wie hart er gearbeitet hatte. Doch als sie ihn jetzt, mitten in der dunklen Nacht, so dicht neben sich atmen hörte, zweifelte Prudence an der Weisheit ihres Tuns.

Zumindest gab es noch die Decke zwischen ihnen.

Fürchtete sie, sie würde sich an ihn kuscheln? Ihn um den

Kuss bitten, den er ihr vorhin verweigert hatte? Ihn erneut küssen?

Nein, sie würde ihn nicht stören. Nach der harten Arbeit der vergangenen beiden Tage brauchte er seinen Schlaf. Gar nicht zu reden von dem damit verbundenen Skandal.

Skandal, wirklich?

Prudence lächelte in die Dunkelheit. Sie hatte fünf Tage mit einem Mann in einem Gasthaus verbracht, der nicht ihr Ehemann war. Er war nicht einmal ihr Verlobter. Und sie hatte sich als Lady ausgegeben.

Alles, was hier geschehen war, würde notwendigerweise geheim bleiben müssen. Niemandem, nicht einmal Cassandra oder Fiona und auch nicht ihrer engsten Freundin Ada, würde sie erzählen, wo sie gewesen war oder was sie getan hatte. Was machte es also schon aus, wenn sie ihn nochmals küsste?

Was, wenn dies das einzige romantische Zwischenspiel war, das sie je erleben würde?

Vor einer Woche hätte sie so etwas nicht im Entferntesten in Betracht gezogen. Romantik war etwas für andere Leute, aber nicht für sie. Über die Liebe, Ehe oder gar den Liebesakt hatte sie nie nachgedacht. Nun, vielleicht nicht nie.

In den zurückliegenden Tagen hatte sie jedoch immer wieder sinniert, wie es wohl wäre, Bennet zu küssen, sich von ihm berühren zu lassen, sich in etwas zu verlieren, das weder geplant noch erforderlich war. Also hatte sie ihn an diesem Nachmittag geküsst.

Seine Reaktion war schwer einzuschätzen gewesen. In seinen Augen war ein Aufflackern von Hitze zu erkennen gewesen, und er schien mehr gewollt zu haben. Aber dann hatte er innegehalten und sie schließlich stehengelassen. Was, wenn er sie für ein schamloses Luder hielt?

Ein Entführer würde kein Urteil über dich fällen, dachte sie. Das sollte er zumindest nicht.

Ihr Wissen über Bennet sagte ihr, dass er so etwas nicht tun würde. Es fiel ihr schwer, den Mann, den sie in den letzten Tagen besser kennengelernt hatte, mit dem Schuft unter einen Hut zu bringen, der diese windigen Halunken für ihre Entführung bezahlt hatte.

Sie sollte die Existenz des Schufts nicht vergessen, ermahnte sie sich.

Als sie den Kopf drehte, fiel ihr Blick auf die zusammengerollte Decke zwischen ihren Kissen. Er lag mit dem Rücken zu ihr, sodass sie nur sein blondes Haar sehen konnte. Anders als neulich, als sie ihn angeschaut hatte, trug er ein Hemd. Warum trug er es jetzt?

Als ob sie die Antwort darauf nicht kennen würde. Er mochte schurkische Neigungen haben, doch seit sie hier zusammen gestrandet waren, hatte er sie gut im Zaum gehalten. Das war schade.

Hieß das, dass sie schurkische Anwandlungen hatte? Prudence schlug sich die Hand vor den Mund, um nicht zu kichern.

Sie rollte sich auf die andere Seite, um mit dem Gesicht zur Wand zu liegen, anstatt zu ihrem verführerischen Bettgenossen zu schauen, und sagte sich, schlafen zu müssen. Morgen könnte ihr letzter Tag im Gasthaus sein. Der Regen war ausgeblieben, und der Fluss hatte sich in sein Bett zurückgezogen, sodass die Straße jetzt halbwegs trocken war. Jetzt brauchte sie nur noch ein Transportmittel.

In Hersham würde es wahrscheinlich eine Postkutsche oder ein ähnliches Transportmittel geben, wo sie gegen Geld mitfahren konnte. Und Mr. Logan würde sie sicherlich bis dorthin bringen können. Morgen würde sie die Einzelheiten klären. Sie war zur Rückkehr in ihr Leben bereit, wenn sie auch nicht ganz sicher wusste, was sie bei ihrer Rückkehr erwartete.

Aller Wahrscheinlichkeit nach würde sie eine neue Stellung brauchen, es sei denn, Cassandra und Wexford hatten sich in Croydon zerstritten. Prudence bezweifelte das sehr.

Es wäre vielleicht das Beste, außerhalb Londons nach einer Anstellung zu suchen. Dann würde sie nie dem Risiko ausgesetzt sein, Bennet zu begegnen, und sie könnte sich auf Dauer mit einer älteren Dame arrangieren. Keine jungen Ladys mehr, die sich verliebten.

Glaubte sie, es sei ansteckend? Was für ein absurder Gedanke.

Mit Ausnahme einer herzlichen Zuneigung, die aufgrund der Zeit gewachsen war, die sie miteinander verbracht hatten, empfand sie nichts für Bennet. Übermorgen würde sie diese idyllische Zeit – und den Schuft an ihrer Seite – der Vergangenheit überschreiben. Sie würde nach vorne blicken und alles hinter sich lassen, auch die Wahrheit über ihre Geburt, die Hoffnung, ihre richtige Mutter zu finden, und all die quälenden Empfindungen, die mit diesen Dingen einhergingen. Mit klarem Kopf und unbelastet würde sie die Zukunft und alles willkommen heißen, was sie mit sich brachte.

~

*I*hr zwangsläufiger Aufenthalt neigte sich dem Ende zu.

Nach sechs langen Tagen, von denen die Hälfte beinahe davongespült worden war, konnten sie am nächsten Tag endlich aufbrechen. Vorausgesetzt, sie fanden ein Transportmittel für ihre Abreise. Bennet wartete auf Logans Rückkehr mit guten Nachrichten.

Unruhig trat er auf den Hof hinaus, der von einem düsteren Himmel bedeckt war. Trotz der hereinbrechenden Nacht war es noch warm, und ganz anders als bei den Stürmen, die erst vor wenigen Tagen in der Gegend gewütet hatten. Der Baum war vom Dach des Stalls entfernt worden, doch die Reparatur des Gebäudes würde einige Zeit in Anspruch nehmen. Seine abgewrackte Kutsche stand noch immer darunter.

Natürlich war er beunruhigt. Er hatte seine einzige Kutsche verloren und verfügte nicht über die Mittel für einen Ersatz. Er nahm an, dass er seine Pferde verkaufen könnte, da sie keine Kutsche mehr zum Ziehen hatten. Das war ein sehr kleiner Vorteil. Aber er mochte diese Pferde. Nun ja, es war ja nicht so, als hätte er sich nicht schon von vielen Dingen getrennt, die er lieber behalten hätte.

Wenn er ehrlich war, und das war er nicht immer, wie von seinen Bewegründen bewiesen wurde, die ihn herge-führt hatten, erkannte er, dass hinter seiner Gereiztheit mehr steckte als nur der Verlust seiner Kutsche. Oder die Tatsache, dass er Prudence´ Leben beinahe ruiniert hätte. Er hatte sie recht lieb gewonnen. Lieb? Er dachte verdammt noch mal in fast jedem wachen Augenblick an sie. Und in vielen seiner schlafenden Momente, wenn er seine Träume von gestern Nacht als Anzeichen werten sollte.

Das Bett mit ihr zu teilen war ein schlechter Einfall gewe-sen, aber sie hatten es unbeschadet überstanden. Wie viele Male hätte er sich beinahe zu ihr umgedreht und den Kuss vollzogen, den er gestern geplant hatte?

Er streichelte mit den Fingerspitzen über seinen Mund, wo der Abdruck ihrer Lippen noch immer brannte. Schock war nicht seine erste Reaktion gewesen, sondern Entzücken, Vorfreude und Begierde. Fast hätte er ihren Kuss erwidert, ehe er wieder zur Vernunft gekommen war.

Und dennoch war es ein weiterer Moment, in dem der die Kontrolle verloren hatte.

Er biss den Kiefer zusammen und ließ die Hände seitlich sinken. Das Getrappel eines Pferdes weckte seine Aufmerk-samkeit und er drehte sich um.

Logan ritt in den Hof und saß ab. »Guten Abend, Eure Lordschaft«, meinte er.

»Guten Abend.«

»Es sieht ganz danach aus, als ob Ihr morgen aufbrechen könntet, und das nicht nur wegen des Wetters. Mein Nachbar fährt nach London und kann Euch und Lady Prudence mitnehmen.« Er hielt inne, ehe er fortfuhr. »Ihr solltet wissen, dass er mit einem Karren unterwegs sein wird. Ich verstehe, wenn Ihr lieber nicht auf diese Art reisen wollt.«

»Das ist in Ordnung«, versicherte Bennet ihm, ehe er überlegte, ob es das für Prudence wirklich war. Sie hatte eine geschlossene Kutsche verdient, in der sie vor den Elementen geschützt wäre.

Allerdings wäre ihr das wahrscheinlich egal und er hatte ihr versprochen, dass er sie so rasch als möglich nach London zurückbefördern würde. Dies war so rasch als möglich und er dachte, sie gut genug zu kennen, um sagen zu können, dass sie die Gelegenheit ergreifen würde.

»Das ist mehr als in Ordnung«, beschwichtigte Bennet ihn. »Es ist wunderbar. Pru wird es kaum abwarten können, nach London zurückzukehren. Nicht, dass sie ihre Zeit hier nicht genossen hätte. Das haben wir beide getan.«

»Ist das möglich?«, fragte Logan schmunzelnd. »Ihr habt ebenso hart wie jeder andere gearbeitet, und sie war die beste Hilfe, die Mrs. Logan je gehabt hat. Ihr habt Euch da eine bemerkenswerte Frau auserwählt, wenn Ihr keinen Einwand habt, dass ich das so sage.«

»Das habe ich nicht«, antwortete Bennet leise. Prudence *war* eine unvergleichliche Frau. Er meinte mit seiner Antwort, dass ihm Logans Worte nichts ausmachten, doch er erkannte, dass es auch bedeuten könnte, er hätte sie nicht für sich erobert. Weil das stimmte – Prudence war nicht die Seine. In diesem Moment war der Gedanke, sich von ihr zu trennen, beinahe schmerzhaft. Sie war so sehr ein Teil seiner täglichen Routine geworden. Er konnte sie sich zusammen auf Aberforth Place vorstellen. Er würde Reparaturen vornehmen und den Garten bestellen. Sie würde kochen und die Dinge in Ordnung halten.

Und was war mit seiner Familie? Irgendwie müsste er ihre wahre Natur geheim halten. Bennet war sich bewusst gewesen, dass seine Viscountess durch die unumgängliche Heirat von den Heimsuchungen seiner Familie erfahren würde, aber er hatte ehrlich gesagt noch nie über die Einzelheiten nachgedacht – darüber, wie und wann er es ihr sagen würde. Seiner Vermutung nach hoffte er, es so lange wie möglich vor ihr verheimlichen zu können.

Wie töricht das nun klang. Glaubte er wirklich, Prudence würde nicht jedermanns Stimmungen mitbekommen? Oder die Art und Weise, wie seine Großtanten von Dingen besessen waren, die so weit ging, dass sie krank davon wurden. Sie würde sich in den Haushalt einfügen, wie jede gute Viscountess das tun würde.

Aber sie würde überhaupt nicht da sein. Diese Verlobung war eine Farce, wenngleich es sich langsam überaus echt anfühlte.

Bennet drehte sich zum Haus um. »Ich gehe am besten hinein. Ich vermute, dass Mrs. Logan das Abendessen fertig hat.«

»Ich denke, sie hat etwas Besonderes gemacht, da Ihr morgen abreisen werdet. Verratet ihr nicht, dass ich Euch etwas gesagt habe.« Logan zwinkerte ihm zu, ehe er sein Pferd in den Stall führte.

Als Bennet das Gasthaus betrat, blieb er auf der Türschwelle stehen. Prudence war in der Gaststube und stand neben dem Tisch beim Kamin. Sie trug eines der beiden Kleider, das sie mitgebracht hatte, und obwohl es nicht das allermodischste Modell war, und sie auch keinen

Schmuck oder eine faszinierende Frisur trug, war sie atemberaubend schön. Es war eine ätherische Aura um sie, als ob sie aus einem Volksmärchen getreten wäre. Dies stand in einem ziemlichen Gegensatz zu ihrer starken, vernünftigen Natur.

Er stellte sie sich mit Schmuck, einem teuren Gewand und einer erlesenen Frisur vor. Sie würde alle Aufmerksamkeit auf einem Ball auf sich ziehen.

»Du starrst mich an«, meinte sie und verengte die Augen.

»Ich bin von deiner Schönheit wie in Bann geschlagen.« Er ging zu ihr, um ihre Hand zu ergreifen, und verbeugte sich galant, als ob sie sich in einem Ballsaal befänden. »Ich würde dich um einen Walzer bitten, wenn wir auf einem Ball wären.«

»Ich kann keinen Walzer tanzen.«

»Es ist wirklich recht einfach. Ich kann es dir eines Tages beibringen.«

»Es gibt keinen Grund für mich, das zu lernen. Und nein, das kannst du nicht. Oder hast du vergessen, dass dies die letzte Nacht ist, die wir gemeinsam verbringen? Jedenfalls, wenn wir eine Transportmöglichkeit haben.«

»Das habe ich nicht vergessen«, meinte er leise. Er ging zu ihr, um ihren Stuhl zu halten und sie setzte sich. »Ich habe gute Neuigkeiten bezüglich unserer Fahrt nach London. Mr. Logan hat uns eine Mitfahrgelegenheit organisiert. Sein Nachbar fährt morgen dorthin.« Er nahm ihr gegenüber Platz und schenkte den Wein aus der Flasche ein, die Mrs. Logan auf den Tisch gestellt hatte.

»Uns?« Sie legte die Stirn in Falten. »Ich dachte, ich würde allein nach London zurückkehren. Ich habe dir gesagt, dass ich auf deine Präsenz nicht angewiesen bin.«

»Reg dich nicht auf. Mr. Logan hat das arrangiert und ich hielt es nicht für klug, seine Neugier zu wecken. Abgesehen davon ist es nicht die Art von Transport, mit der ich dich gerne befördert sehe und ich fühle mich besser, wenn ich mit dir fahre.« Sie öffnete den Mund und er hielt die Hand hoch. »Bitte widersprich mir nicht. Wir werden mit einem Karren fahren und nicht in einer Kutsche. Ich hoffe, es macht dir nichts aus, dass ich in deinem Namen zugesagt habe.«

Sie schürzte kurz die Lippen. »Das sollte ein zukünftiger Ehemann vermutlich tun. Etwas anderes würde, wie du sagst, die Neugier wecken. Ein Karren ist jedenfalls akzeptabel, solange er mich ein paar Meilen von Mayfair entfernt absetzt. Den Rest kann ich laufen, wenn es sein muss.«

»Das wirst du nicht. Ich werde dafür sorgen, dass du bei Lord Lucien abgesetzt wirst.«

»Beim Phoenix Club, denke ich. Abhängig davon, um welche Zeit wir ankommen. Aller Wahrscheinlichkeit nach, wird das am Nachmittag sein, und er hält sich an den meisten Nachmittagen dort auf.«

»Sehr schön. Ich hoffe, du wirst mich wissen lassen, wenn ich dir weiter behilflich sein kann. Bei allem. Jederzeit.«

Sie nickte langsam. »Danke. Ich wage allerdings zu sagen, dass Lucien in der Lage sein wird, mir einen neuen Posten zu sichern, und dass bald alles wieder zur Normalität zurückgekehrt sein wird.«

Er beneidete sie um diese Zuversicht und positive Haltung. Normalität kannte er schon lange nicht mehr und er war sich nicht sicher, ob das je wieder der Fall wäre.

Mrs. Logan brachte ihr Abendessen, einen köstlichen Braten mit einer Auswahl an Gemüsen und einer üppigen Rotweinsoße. »Es gibt noch ein Trifle zum Nachtisch. Ich weiß, wie gut es Euch geschmeckt hat.« Sie schaute dabei insbesondere Bennet an, der neulich Abend drei Portionen verspeist hatte.

»Sie sind einfach wundervoll, Mrs. Logan«, meinte er grinsend. »Wirklich.«

»Es ist mir ein Vergnügen, insbesondere wegen der

großen Hilfe, die Ihr und Lady Prudence seit dem Sturm für uns wart. Ich hoffe, Mr. Logan hat Euch gesagt, dass er nicht beabsichtigt, Euch diesen Aufenthalt in Rechnung zu stellen.«

Bennet hasste es, wie erleichtert er sich dabei fühlte. »Das ist überaus freundlich von ihm.«

Mrs. Logan kehrte in die Küche zurück, und Bennet hob sein Glas zu einem Trinkspruch. »Auf begangene und überwundene Fehler und auf Freundschaften, die man geschlossen hat.«

Prudence hob ihr Glas. »Und darauf, dass du nach dem Verlust deiner Kutsche nicht bezahlen musst.« Sie musste seine leicht angedeutete Grimasse erkannt haben, denn ein Anflug von Sorge huschte über ihre Züge. »Ich weiß, dass du erleichtert sein musst, und das ist weder eine Schande noch ist es schlimm«, meinte sie sanft.

»Danke.« Er wollte sie in die Arme nehmen und ihr richtig danken. Es war schon sehr lange her, dass er jemandem die Wahrheit anvertraut hatte. Er würde ihr noch jedes einzelne seiner Geheimnisse verraten, wenn er nicht auf der Hut war. Wenn Prudence diese allerdings kannte, würde sie ihm davonlaufen.

Und das könnte er ihr nicht verübeln. Im Gegenteil, er wäre der Erste, der ihr ans Herz legen würde, zu gehen.

Sie aßen ein paar Minuten lang schweigend, und es schien, als würde die Luft sich von all den Dingen verdichten, die zwischen ihnen vielleicht ungesagt blieben. Oder ungeschehen.

»Du bist kein Schurke«, meinte sie und nahm ihr Weinglas in die Hand. »Das weißt du hoffentlich.«

»Das sagst du. Ich habe mich allerdings reichlich schurkisch verhalten. Es wird einige Zeit dauern, bis ich darüber hinweg bin.« Er versuchte sich an einem Lächeln, um seinen

Worten die Düsternis zu nehmen, was ihm allerdings nicht gelang.

Sie nippte an ihrem Wein, ehe sie das Glas wieder auf den Tisch stellte. »Wahrscheinlich werde ich viel Zeit brauchen, um über diese ganze Eskapade hinwegzukommen. Und das nicht, weil sie so furchtbar war.« Ihre Blicke trafen sich, und es fand eine Veränderung statt, die in der Spannung zwischen ihnen wahrnehmbar wurde. Eine triebhafte Aura schien über dem Tisch zu schweben. Sein Körper spannte sich vor Verlangen an.

»Ich könnte fast glauben, wir würden tatsächlich durchbrennen«, bemerkte er, ohne den Blick von ihr abzuwenden. »Alles hatte sich sehr ... ungezwungen angefühlt.«

»Natürlich«, entgegnete sie. »Erfreulich.«

Was wollte sie damit sagen? Er sollte seine Hoffnungen nicht schüren ... War er gestern nicht ihrem Kuss ausgewichen? Und war es ihm gestern Abend im Bett nur mit Anstrengung gelungen, seine Hände bei sich zu behalten?

»Ich frage mich, ob wir so tun könnten, als wären wir ein verlobtes Paar – in echt.« Jetzt blickte sie auf ihren Teller hinunter.

»Haben wir das nicht bereits getan?« Seine Kehle war trocken, und seine Worte klangen, als hätte er Glas verschluckt. Rasch trank er einen Schluck Wein.

»Ich meinte, nicht nur so zu tun, als ob. Wir *tun* nur so. Lass uns für heute Abend verlobt sein. Lass uns ... zusammen sein.« Sie hob ihr Weinglas und nahm einen längeren Schluck, während ihre Wangen erröteten.

Die Farbe könnte vom Wein herrühren, sagte er sich, doch er wusste es besser. Er wusste, was sie sagen wollte. Trotzdem wollte er sich ganz sicher sein. »Du willst die Decke zwischen uns wegnehmen?« Hatte er das gefragt? Konnte er sich nicht genauer ausdrücken?

Sie nickte.

»Pru, ich möchte haarklein wissen, worum du mich bittest. Möchtest du, dass ich mit dir ins Bett gehe, um ...« Rüde und vulgäre Worte schossen ihm durch den Kopf, gepaart mit einer Abfolge von Visionen, was er mit ihr und sie mit ihm anstellen würde. Aber sie war unberührt. Das konnte er ihr nicht nehmen. Er hatte ihr schon viel zu viel genommen.

»Ja.«

Das einzige Wort von ihren Lippen schürte sein Verlangen und ließ seine Entschlossenheit schwinden. Er klammert sich an die Tischkante. »Ich kann nicht. Dann wäre ich wirklich ein Schuft.«

Sie runzelte die Stirn. »Wie kommst du zu diesem Urteil? Ich möchte, dass du mit mir schläfst. Sehr sogar.«

Ein Stöhnen entfuhr ihm, ehe er seinen Wein austrank und sein Glas schnell wieder auffüllte, um einen weiteren Schluck zu trinken. »Du bist unberührt, nicht wahr?«

»Ich weiß nicht, was das damit zu tun hat. Ich beabsichtige nicht, zu heiraten. Niemals. Nie hatte ich eine romantische Verbindung in Betracht gezogen, und möglicherweise werde ich das auch nie wieder tun. Ich möchte diese Nacht, diese letzte Nacht, die wir haben, mit dir verbringen. Als deine zukünftige Frau.«

»Aber du bist nicht meine zukünftige Frau«, flüsterte er und aus einem dummen Grund missfiel ihm der Klang dieser albernen Worte.

»Wir haben eine große Begabung bewiesen, so zu tun, als ob«, entgegnete sie schüchtern. »Eine Nacht. Und ich wünsche mir kein Kind.«

Daran erinnerte er sich – kein Mann, keine Kinder. Sie war perfekt, und in diesem Moment hätte er schwören können, sich in sie zu verlieben. »Das kann ich schaffen«, versprach er. Hieß das etwa, dass er eingewilligt hatte? Sein

Schaft verhärtete sich, als Beweis dafür, dass er offenbar einverstanden war.

»Das ist also ein Ja?«, fragte sie, mit einem sündigen und verführerischen Blick.

»Ja.« Sexuelle Anspannung erfasste ihn. Er umklammerte den Tisch noch fester, dann ließ er ihn abrupt los, in der Absicht sich zu entspannen. Er konnte sie nicht über den Tisch legen und sie einfach hier nehmen. Dabei wäre das so reizvoll.

Zum Teufel, aber sie mussten noch das Trifle hinter sich bringen.

Das gäbe ihm reichlich Zeit, um zur Vernunft zu kommen und seine Meinung zu ändern. Oder ihr, dies zu tun.

Ein paar Minuten später kam Mrs. Logan herein und räumte das Geschirr ab.

»Das Essen war köstlich«, schwärmte Prudence mit einem herzlichen Lächeln.

»Mr. Logan ist ganz vernarrt in Euer Brot«, antwortete Mrs. Logan. »Er wird es vermissen. Er hofft, dass er Euch dazu überreden kann, es wieder zu backen, wenn Ihr das nächste Mal hier vorbeikommt – als Lady Glastonbury.« Sie schaute von Prudence zu Bennet, und große Freude strahlte aus ihren Augen, ehe sie sich umdrehte. »Ich komme mit dem Trifle zurück.«

Als sie weg war, warf Prudence ihm einen prüfenden Blick zu. »Was wirst du ihr sagen, wenn ich dich nicht mehr begleite?«

Bennet stieß die Luft aus. »Dass du zur Vernunft gekommen bist und erkannt hast, es besser treffen zu können?«

»Hör auf damit«, entgegnete sie leise. »Du bist viel zu hart zu dir selbst.«

»Sollte ich das nicht?« Bennet nahm sein Weinglas.

»Es ist zu extrem. Ich denke, du solltest ihnen sagen, dass

ich lieber auf Aberforth Place geblieben bin. Dann, wenn du eine Ehefrau hast, wirst du ihnen sagen, ich sei gestorben.«

Bennet, der gerade an seinem Wein genippt hatte, verschluckte sich.

Besorgnis furchte ihre Gesichtszüge. »Ach nein, es tut mir so leid.«

Er hielt die Hand hoch, bis er zu husten aufhörte und wieder Luft bekam. »Ich werde ihnen nicht sagen, dass du gestorben bist.«

»Warum nicht? Du hast vorgeschlagen, dass ich meinen erfundenen Verlobten umbringen sollte.«

»Offenbar haben wir beide eine morbide Fantasie.« Er lächelte sie schief an. »Ich werde mir etwas ausdenken und mich nicht zu sehr verunglimpfen. Ist das für dich akzeptabel?«

»Ja, danke.«

Mrs. Logan brachte ihnen ihre Portionen Trifle an den Tisch. »Ich komme bald mit mehr zurück.« Sie schenkte Bennet einen vielsagenden Blick und zwinkerte.

Bennet widmete sich seinem Trifle, doch heute war er weit weniger enthusiastisch darüber als neulich, als er es gegessen hatte. Weil das, wonach er sich am meisten sehnte, am anderen Ende des Tisches saß. Eine verbotene Verlockung nahm ihn plötzlich in Besitz. Er hätte ihre Einladung ablehnen sollen, doch er konnte es nicht bedauern. Das würde er nicht.

»Ich denke, ich bin bereit, mich zurückzuziehen.« Er legte sein Besteck nieder.

Sie hielt mit dem Löffel inne, den sie gerade zum Mund führte. »Du willst kein Trifle mehr?«

»Ich hätte lieber etwas anderes.«

Sie erstarrte und ihr Blick verband sich mit seinem. Er beobachtete, wie ihr Puls kräftig und schnell an ihrem Hals schlug. »Sollten wir dann nach oben gehen?« Sie legte ihren

Löffel auf den Teller zurück und der Bissen blieb ungegessen.

»Wenn du immer noch möchtest, dann ja.«

»Mrs. Logan wird sich wundern, wohin wir gegangen sind, ehe du deine zweite Portion hattest.«

Er schüttelte den Kopf. »Das wird sie nicht.«

Prudence fing an, sich zu erheben und er eilte herbei, um ihr den Stuhl zu halten. Als sie stand, lehnte er sich ganz dicht zu ihr und flüsterte ihr ins Ohr: »Bist du sicher?«

Sie drehte den Kopf und führte ihre Lippen in nächste Nähe der seinen. »Ich bin mir noch nie sicherer gewesen.«

KAPITEL 7

Der Gang nach oben schien gleichzeitig unendlich lang als auch beängstigend kurz. Eines war allerdings sicher: Prudence war sich der Anwesenheit von Bennet hinter ihr voll und ganz bewusst, und des triebhaften Verlangens, das sich wie eine Art von Elektrizität zwischen ihnen entspann.

Oben auf der Treppe angekommen, drehte sie sich nach rechts zu dem Flügel, in dem die Gästezimmer lagen. Ihres war das linke. Ehe sie nach dem Türknauf fassen konnte, war Bennet ihr zuvorgekommen und öffnete die Tür für sie, um dann zu warten, bis sie eingetreten war.

Sie ging bis in die Mitte des Zimmers, das sie nun seit beinahe einer Woche mit ihm teilte, und nun sah sie es auf eine Weise, wie sie es zuvor nicht betrachtet hatte. Es schien schmaler und intimer. Einladend.

Das Feuer war geschürt worden und es brannte munter, was den Raum recht warm machte. Vielleicht zu warm. Nein, Prudence hatte den Verdacht, dass dies einzige auf ihre Erwartungsfreude – oder Beklemmung – zurückzuführen war, die sie durchdrang. Beging sie einen Fehler?

Die Tür fiel mit einem Klicken ins Schloss und sie drehte sich um. Bennet stand mit dem Rücken gegen das Holz gepresst da, und seine blaugrauen Augen waren mit einer sengenden Intensität auf sie geheftet. Was immer es auch war … ein Fehler war es nicht.

Sie tat einen Schritt auf ihn zu und er tat dasselbe in ihre Richtung. Noch zwei weitere Schritte und sie lagen einander in den Armen.

Prudence wusste nicht, was sie tat, nur dass sie ihn küssen musste. Jetzt. Er schien das Gleiche zu wollen, als er sie in seine Arme schloss und sie praktisch vom Boden hochhob.

Als er mit seinem Mund über ihren herfiel, fachte er ein verzweifeltes Verlangen in ihr an. Sie wollte mehr, aber sie wusste nicht, was sie tun sollte oder was das bedeutete. Von ihrem Mangel an Erfahrung und Wissen frustriert, klammerte sie sich an seinen Frack und presste sich an ihn, in der Hoffnung, dass sie zumindest das Wichtigste zum Ausdruck brachte: Sie begehrte ihn.

Abrupt zog er sich von ihr zurück und holte tief Luft. »Verzeih mir«, murmelte er. »Ich musste dich unbedingt halten und küssen. Aber ich sollte nichts überstürzen. Gestatte mir, dich anständig zu küssen.« Er teilte die Lippen zu einem schiefen Lächeln, das weitaus aufrichtiger war als das einstudierte Grinsen des Viscounts, der sich in der feinen Gesellschaft bewegte.

»Nun, nicht *anständig*. Manche würden zumindest sagen, dass es nicht anständig ist. Sie würden allerdings falschliegen. Der Kuss eines Liebhabers wird nicht nur mit den Lippen, sondern auch den Zungen, oder Händen, sprich unserem ganzen Wesen vollzogen. Es ist der erste intime Kontakt.« Er nahm seine Hand von ihrem Rücken und hielt sie nun zwischen sie. »Vielleicht ist die bloße Berührung der Hände der anfängliche intime Kontakt.«

Prudence legte ihre Hand an seine, sodass ihre Handflächen sich berührten. Er verschlang die Finger mit ihren und sie klammerten sich aneinander. Dann drückte er seine Lippen auf ihre Fingerknöchel. »Ja, genau so«, murmelte er und blickte ihr in die Augen. »Ein Kuss hier und vielleicht ein Kuss dort.« Er drehte ihre Hände und küsste sie auf den Unterarm.

Ein Schaudern tanzte ihr über die Haut. »Erzähl mir von dem anderen Küssen – mit den Zungen.« Ein Verlangen baute sich in ihr auf. Sie wollte alles wissen. Und er sollte es ihr zeigen.

Er ließ ihre Hand los und umfasste ihr Gesicht, wobei er ihr in die Augen sah. »Folge mir einfach.«

Prudence ließ die Augen zuflattern, als er sie mit den Lippen berührte. Zuerst ging er langsam und weich vor. Sie packte ihn am Revers und hielt ihn fest, als ob er sie verlassen könnte. Weil alle sie verließen. Früher oder später.

Er leckte mit der Zunge über ihre Lippen und irgendwie öffnete sie instinktiv den Mund. Sie wusste, dass sie seine Zunge mit ihrer berühren sollte. Doch es war viel mehr als das. Er glitt in sie hinein und verzauberte sie mit einem betörenden Gefühl. Dann schob er die Hand an ihren Hinterkopf und umfasste ihn, worauf sie sich wie die bedeutendste Person auf Erden vorkam. Oder zumindest in seiner Welt.

Das Gefühl von ihm an ihr, und die sündhafte Verzückung seines Kusses löste eine ganz neue Vorfreude aus. Sie wusste, dass sie ihn begehrte, doch diese Empfindung war instinktiver. Ihr Körper reagierte fieberhaft und mit einem unmittelbaren Bedürfnis auf ihn. Sie streckte die Arme nach oben und legte sie um seinen Hals, um ihn dort so sicher zu halten, wie er sie hielt.

Er brach den Kuss immer wieder ab, um ihn auf köstlichste Weise neu zu beginnen. Mit jedem Streichen seiner Lippen und Lecken seiner Zunge fühlte sie sich für diese

waghalsige Entscheidung belohnt, die sie getroffen hatte. Sie
bedauerte absolut nichts.

Nicht einmal, als er anfing, seinen Frack abzuschütteln.
In Wirklichkeit half sie ihm und schob ihm das Kleidungsstück von den Schultern. Er ließ es auf den Boden fallen und
sie überlegte, ob sie es aufheben sollte.

»Lass es liegen«, flüsterte er und schien ihre Gedanken zu
lesen. »Bald wird der Fußboden mit unseren abgelegten
Kleidern übersät sein. Später wird uns das zum Lächeln
bringen.« Jetzt umspielte ein Lächeln seine Lippen und seine
Augen – die vor Verlangen so strahlend waren – blitzten
humorvoll.

Sie war über seine Fähigkeit erstaunt, in fast jeder Situation Unbekümmertheit zu finden. Vielleicht würde sie ihn
eines Tages danach fragen.

Als ob sie mehr hätten als nur die heutige Nacht.

»Sollte ich mich dann ausziehen?«, fragte sie zaghaft.

»Darf ich das tun?«

Sie konnte die Röte nicht unterdrücken, die ihr ins
Gesicht stieg. »Wenn du das möchtest.«

»Das tue ich. Sehr sogar.«

»Sollte ich dich auch ausziehen?« Sie fühlte sich schrecklich naiv, aber sie wusste, dass sie nicht einfach so tun
konnte, als ob.

»Wenn du möchtest. Ich will nicht, dass du irgendetwas
tust, was du nicht tun willst. Du musst dich jederzeit frei
fühlen, und mir sagen, wenn ich aufhören soll oder was mit
dir geschieht.«

Sie nickte. »Ich werde meine Meinung nicht ändern,
wenn du das meinst.«

»Das glaube ich. Wenn du dich allerdings unwohl fühlst,
wirst du es mir hoffentlich sagen. Ich möchte, dass du das
tust.«

»Ist der Liebesakt unangenehm?«

Er lachte leise. »Das sollte es nicht sein. Am Anfang kann es für eine Frau etwas unangenehm sein oder ein kleiner Schmerz auftreten. Ich werde mein Bestes tun, die Auswirkung so gering wie möglich zu halten, aber ich glaube nicht, dass es einzig an mir liegt.«

»Was kann ich tun?«

»Entspann dich einfach und genieße es. Denke ich. Ich bin keine Frau, also kann ich es nicht sagen. Ich verspreche dir, dafür Sorge zu tragen, dass du es genießt – nach meinen besten Kräften.«

»Ich habe unsere Küsse genossen.« Sie verengte die Augen ein bisschen und wünschte, sie könnten einfach weitermachen. So sehr sie es auch schätzte, dass er ihr erzählte, was sie erwartete, war sie begierig, in dieser Sache voranzukommen.

»Ich bin erfreut, das zu hören.« Er senkte den Kopf und küsste sie erneut. »Ich fürchte, ich werde nicht genug von dir bekommen, Pru.«

Zu hören, dass er sie zwischen ihren Küssen so nannte, verstärkte ihr Verlangen nur noch. Sie stellte sich auf die Zehenspitzen und presste sich an ihn, während er mit einer Hand über ihren Nacken strich und mit den Fingern die Linie ihrer Halsgrube nachzog.

»Mein Kleid lässt sich an der Vorderseite öffnen«, meinte sie.

»Wie erfreulich unkompliziert.« Er küsste ihren Kiefer und bewegte sich dann an ihrem Hals abwärts, womit er eine ganze Reihe neuer Empfindungen auslöste.

Sie fuhr mit ihren Fingern in sein Haar und war von ihrer Kühnheit schockiert. Aber sie begehrte ihn und sie wollte dies, und sie beabsichtigte, das Erlebnis in vollen Zügen auszukosten.

Geschickt löste er die Haken, die ihr Kleid zusammenhielten. Die Vorderseite ihres Mieders rutschte ihr auf die

Taille hinab und für einen Augenblick fühlte sie sich alarmiert. Es war nur ein Augenblick, denn seine Lippen wanderten zu ihrer Brust, was sie gründlich ablenkte.

»Hmm, warum stehen wir hier? Weil ich zu eifrig war.« Er schwang sie auf seine Arme und trug sie zum Bett.

»Warte«, meinte sie. »Meine Stiefel.« Er setzte sie auf das Bett und dann beugte er sich vor, um sie ihr von den Füßen zu ziehen.

»So anmutige Knöchel. Aber du bist ja auch gänzlich anmutig. Würde ich deine Persönlichkeit nicht kennen, könnte ich denken, du seist eine Waldfee.«

»Was an meiner Persönlichkeit weist darauf hin, dass ich das nicht sein kann?«

»Ich weiß es nicht. Vermutlich würde ich denken, eine Fee sei filigran und lieblich. Nicht dass du nicht lieblich bist. Ich würde dich als entschlossen und stark beschreiben.«

»Ich würde dagegenhalten, dass eine Fee sein kann, was immer sie will.«

Er schob die Hände an ihrer Wade hinauf, und seine Fingerspitzen liebkosten sie durch das Baumwollgewebe ihrer Strümpfe. »Das ist ein sehr gutes Argument. Ich würde zustimmen, dass *du*, meine allerliebste Fee, ganz bestimmt sein kannst, was immer du willst.«

Er fand den Saum ihres Strumpfs und löste das Band, ehe er ihn ihr vom Bein zog. Beinahe hätte sie vor Verlangen nach ihm gestöhnt, damit er die Hände wieder auf sie legte. Zum Glück wechselte er nur zu ihrem anderen Bein über und vollführte hier die gleichen erregenden Maßnahmen wie am ersten Bein.

Prudence glitt vom Bett, als er vor ihr stand.

»Wohin willst du?«, fragte er.

»Ich ziehe das Kleid aus.« Sie band es los und zog den Stoff um ihre Taille locker, ehe sie es zu Boden sinken ließ.

Er beugte sich vor und schob es zu dem Pfosten am

Fußende des Bettes. »Ich werde es nur zur Seite schieben, denn ich möchte nicht drauftreten.«

»Wie umsichtig von dir.« Sie stand in ihrer Unterwäsche vor ihm und betrachtete die vielen Kleidungsstücke, die er im Vergleich zu ihr trug. Dann streckte sie die Hände nach den Knöpfen seiner Weste aus und zauderte.

»Du kannst sie aufknöpfen. Tatsächlich kannst du mit mir machen, was immer du möchtest.«

Sie wünschte, sie wüsste, was das wäre.

»Folge einfach deinen Instinkten«, riet er ihr und wieder schien er in ihrem Kopf zu sein.

»Bist du irgendwie in der Lage, meine Gedanken zu lesen?«

Er lachte. »Du bist normalerweise eher schwierig zu durchschauen, aber jetzt, in diesem Moment bist du das nicht. Ich genieße es, um ehrlich zu sein.«

Es gefiel ihr nicht, dass sie so durchschaubar war, doch in dieser Situation war es von Nutzen. Darüber hinaus wollte sie heute Abend nichts vor ihm – oder vor sich selbst – verbergen. »Ich sollte daran arbeiten, eine geheimnisvolle Aura um mich zu wahren.« Sie knöpfte seine Weste auf.

Bennet streifte das Kleidungsstück ab und ließ es wie seinen Frack zu Boden gleiten.

Als Nächstes zog Prudence an seinem einfach geknoteten Halstuch. »Gott sei Dank ist dies kein sehr kunstfertiger Knoten, obwohl er trotzdem sehr elegant wirkt.«

»Danke, ich habe hart gearbeitet, um genau das hinzubekommen – schlichte Eleganz. Mein Mangel an einem Kammerdiener gestattet mir keine Extravaganzen, fürchte ich.«

»Weshalb ich fast immer Kleider trage, die auf der Vorderseite geschlossen werden. Mein Mangel an einer Zofe gestattet mir nichts Komplizierteres. Ehrlich gesagt würde ich es hassen, auf Hilfe beim Ankleiden oder Entkleiden warten zu müssen.« Sie ließ das Seidentuch von seinem Hals gleiten.

Er schloss kurz die Augen. »Es ist erstaunlich, wie sich etwas so Einfaches so herrlich verrucht anfühlen kann.«

Prudence glaubte zu wissen, was er meinte. Als er ihr Kleid geöffnet hatte, war etwas mit ihr passiert – ein Funken der Wahrnehmung, der über ihre Haut getanzt war und ihre Brüste in einen erregten Zustand versetzt hatte. Noch nie hatte sie so etwas erlebt. Würde er sie berühren? Sie sehnte sich so sehr danach, aber sie war nicht sicher, ob sie genügend Mut aufbrachte, ihn zu bitten.

Natürlich tat sie das. Sie war eine kühne Fee, nicht wahr?

»Ich gebe zu«, fuhr er fort, »dass es ziemlich berauschend ist, sich von jemandem ankleiden zu lassen, insbesondere für ein wichtiges Ereignis, das Komplexität und ein Übermaß an Stil erfordert.«

»Ich muss dich beim Wort nehmen, denn das ist eine Extravaganz, die ich nie erleben werde.«

»Sag niemals nie.« Er beugte sich herab, um sie zu küssen, und legte dabei seine Hände auf ihre Schultern, ehe er mit den Fingern unter die Träger ihres Unterrocks glitt.

Ja, dieses Entkleiden war ungemein verführerisch. Ganz behutsam schob er die Träger von ihren Schultern und streifte das Kleidungsstück über ihre Hüften, während sie sich herauswand, um ihm zu helfen.

Sein Stöhnen überraschte sie.

»Was ist los?«, fragte sie.

»Gar nichts. Versprich mir, dich gleich wieder so zu bewegen.« Er ließ seine Hände zu ihrer Kehrseite wandern und zog sie fest zu sich heran.

Obwohl noch ihr Unterkleid und seine Kleidung zwischen ihnen war, konnte sie seinen Schaft spüren, der sich an sie drängte, und war erneut über die Reaktion ihres Körpers schockiert. Eine wunderbare Vorfreude, beinahe wie ein Druck, pulsierte in ihrem Geschlecht. Abermals bewegte sie die Hüften wie vorher, als er ihr den Unterrock ausgezogen hatte. Dort, wo ihre Körper aufeinandertrafen, entstand eine wunderbare Reibung. Prudence sehnte sich nach mehr.

Wieder stöhnte Bennet auf, ehe er sie küsste – dieses Mal auf andere Weise. Anstatt sie mit sanften, begierigen Liebkosungen zu umgarnen, nahm er ihren Mund in Besitz, und sein Kuss forderte eine Reaktion ihrerseits, die sie nur zu gern erwiderte. Tatsächlich genoss sie die wilde Leidenschaft dieses Kusses, die Art und Weise, wie sich seine Finger in ihren Hintern gruben, wie sein Geschlecht sich gegen ihres presste.

Er zog an den Bändern ihres Korsetts und lockerte die Vorderseite. Wie auch den Unterrock, zog er ihr das Kleidungsstück vom Leib, wobei er jedoch mit heftigeren, raueren Bewegungen zur Sache ging.

Noch immer küsste er sie, umfasste ihre Brüste und drückte sie leicht nach oben, bevor er mit seinen Daumen durch das dünne Gewebe ihres Unterhemds über ihre Brustwarzen strich. Das Verlangen, das sie in diesem Teil ihres Körpers gespürt hatte, verstärkte sich, sodass ihre Brüste sich schwer und sehnsüchtig anfühlten, was bei näherer Betrachtung keinen Sinn ergab. Also tat sie es nicht. Sich nach seiner Berührung verzehrend, wölbte sie sich ihm auf der Suche nach einer Art Erleichterung von dieser verruchten Folter entgegen.

Als könnte er spüren, was sie wollte, als würde er um ihre Gedanken wissen, zog Bennet ihr das Unterkleid über den Kopf und schleuderte es beiseite, womit sie nun ganz entblößt vor ihm stand. Die kühle Luft der Frühlingsnacht kitzelte ihre Haut und machte sie noch begieriger auf seine Nähe.

»Du bist unvergleichlich schön.« Er hob sie auf das Bett

und dirigierte sie so, dass sie mit dem Rücken auf der Bett-decke und dem Kopf auf dem Kissen zum Liegen kam. Er stellte sich neben sie und ließ den Blick einfach auf ihrem Körper ruhen.

Was sie eigentlich in Verlegenheit hätte bringen sollen, steigerte ihr Verlangen nur noch. Sie wollte schreien, damit er sie berührte. Warum auch nicht?

»Ben, willst du mich nicht wieder berühren?«

»Auf so vielerlei Weisen.« Er umfasste ihren Kiefer und küsste sie, wobei seine Lippen und seine Zunge, die ihre streichelten, bis sie abermals atemlos war. Er wanderte ihren Hals hinab, und seine Hand führte dabei seinen Mund an. Dann schloss er seine Fingerspitzen um ihre linke Brustwarze.

Sie stöhnte auf, und ihr Rücken hob sich vom Bett. Mit geschlossenen Augen sonnte sie sich in seiner Aufmerksam-keit. Sie fühlte Feuchtigkeit auf ihr. Ruckartig riss sie die Augen auf und sah seinen Mund an der Stelle auf ihr, an der zuvor seine Finger gewesen waren. Er leckte über ihre Haut, bevor er die Lippen um sie schloss und an ihr saugte – ganz sanft zunächst, doch dann mit größerem Nachdruck. Er streichelte die eine Brust, während er die andere mit dem Mund liebkoste, was sie vor Verlangen in den Wahnsinn trieb.

Prudence hätte sich die Wollust nicht ausmalen können, die er ihr mit seinen Lippen und Fingern bereiten konnte. Sie wand sich und klammerte sich verzweifelt nach mehr verlangend an ihn. Jedes Mal, wenn er mit der Zunge über ihre Brustwarzen leckte oder mit Daumen und Finger drückte, schoss ein Blitz der Ekstase unmittelbar bis in ihr Geschlecht. Sie wollte ihn dort haben, und mehr von dieser Reibung fühlen.

Plötzlich hatte er seine Hand dort, zwischen ihren Beinen, und seine Finger streichelten ihre intimste Stelle.

Mit seinem Mund saugte er an ihrer Brust und schickte begehrliches Rauschen zu ihrem Geschlecht, als er dicht beim Eingang auf eine höchst empfindliche Stelle drückte.

»Was ist das?«, fragte sie verlangend, und ihre Tonlage stieg dabei im Einklang mit dem, was immer sich in ihr aufbaute.

»Das ist deine Klitoris, meine Liebe. Gefällt es dir, wenn ich sie berühre?«

»Ja. Sehr sogar. Hör nicht auf. Bitte.« Sie umklammerte seinen Kopf, als er über ihre Brüste blies.

»Spreize deine Beine für mich«, drängte er sie und verstärkte seinen Druck, womit er sie provozierte, ihre Hüften gegen seine Hand zu bewegen. »Ich weiß, dass du kommen willst. Bald.«

»Was bedeutet das?«

Er fuhr mit den Zähnen über ihre Brustwarze und entlockte ihr einen Schrei – nicht, weil er ihr Schmerz zufügte, sondern weil sie nicht sicher war, wie viel sie noch aushalten konnte. Ein Beben hatte ihren Körper erfasst.

»Was fühlst du?«, fragte er, während seine Finger zwischen ihre Schamlippen glitten.

Mit geschlossenen Augen versuchte Prudence die Empfindungen zu beschreiben, die sie durchströmten. »Es ist wunderbar und frustrierend zugleich. Ich möchte … etwas. Ich weiß es nicht. Hör einfach nicht auf. Ich fühle, als ob du mich auf etwas hintreibst, was immer es ist.«

»Das hoffe ich.« Er saugte an ihrer Brust, ehe er die Brustwarze zwischen seinem Daumen und dem Zeigefinger kniff und fest genug daran zog, dass sie aufkeuchte und sich auch von köstlichem Verlangen wölbte.

»Hör nicht auf. Bitte.« Sie wiederholte diese Worte einfach wieder und immer wieder, ohne etwas anderes wahrzunehmen als die Empfindungen, die er in ihr auslöste.

Er streichelte sie mit seinen Fingern in ihrem Inneren

und gab ihr damit einen Vorgeschmack auf das, was kommen würde, auf das, was sie nicht kannte. Natürlich – auf ihn in ihr. Dann wäre sie vollständig. Dann würde sie … kommen.

»Pru, ich werde dein Geschlecht mit meinem Mund berühren. Ich fürchte, ich kann nicht widerstehen.«

Sie schlug die Augen auf und hob den Kopf vom Kissen, um seinen Haarschopf zwischen ihren Beinen zu sehen. »Ben, das kannst du nicht.« Oh, aber wie froh sie war, dass er es tat. Er saugte an dieser Stelle – ihrer Klitoris – und streichelte ihr Geschlecht, während seine Finger in sie hinein und wieder herausglitten.

Plötzlich war er zwischen ihren Beinen auf dem Bett und spreizte ihre Schenkel, wobei er seinen Mund auf die sündigste Weise benutzte. Das Beben in ihrem Körper vervielfachte sich und sie umklammerte seinen Kopf, als er sie unerbittlich auf diese *Sache* zusteuerte, nach der sie sich sehnte. Ihr Körper schien sich zu verkrampfen und ihre Muskeln spannten sich an, als die Verzückung sie überkam. Sie schrie auf, als alles andere um sie herum zu explodieren schien. Auf Helligkeit und Elektrizität folgte eine verschluckende Finsternis, die sie in Ekstase davonspülte.

Sie hatte keine Vorstellung, wie viel Zeit vergangen war, ehe sie wieder zu sich kam. Vage erkannte sie, dass Bennet nicht mehr auf dem Bett war. Sie schlug die Augen auf und erkannte, dass er sich die Kleidung vom Leib riss.

»Unter die Bettdecke«, wies er sie an und zog dabei an der Decke neben ihr.

Prudence brachte es fertig, ihre wackligen Glieder zum Leben zu erwecken und sich zu bewegen. Er glitt ins Bett und zog sie in die Arme.

»Das war kaum gerecht«, meinte sie schmollend. »Ich habe dich kaum nackt zu Gesicht bekommen. Du hast dich an meinem Anblick sattsehen können.«

»Ich bitte um Entschuldigung.« Er sprach mit ernster

Stimme doch in seinen Augen lag ein Zwinkern. Er schlug die Bettdecke zurück und lag nun nackt mit dem Rücken auf der Matratze. »Besser?«

»Mmm«, war alles, was sie zugeben wollte, als sie sich am Anblick seiner breiten Brust labte. Sie war ebenso wundervoll wie das bisschen, das sie vor einigen Nächten zu Gesicht bekommen hatte. Um eine bessere Sicht zu haben, setzte Prudence sich auf, und dann runzelte sie die Stirn beim Anblick einiger verblasster Blutergüsse auf seinem Rumpf. Sanft strich sie mit den Fingerspitzen über einen davon, der sich auf seiner linken Seite befand. »Was ist das?«

»Von dem Kampf letzte Woche.«

Natürlich. »Tut es weh?«

»Nicht mehr.«

»Aber das hat es.«

Er zuckte mit den Schultern. »Vermutlich. Ich gebe zu, dass ich beim Kämpfen nicht groß verletzt werde.«

Sie sah ihn mit hochgezogener Augenbraue an. »Weil du so gut bist?«

Er grinste. »Ja, wirklich. Aber letzte Woche nicht.« Seine Miene wurde wieder ernst. »Das war ein schlechter Kampf. Ich war wütend.« Er schüttelte den Kopf und setzte sich auf, um dann ihr Gesicht zu liebkosen und seine Finger mit ihrem Haar zu verflechten. »Ich will im Augenblick nicht darüber reden. Wenn es dich nicht stört.«

Es machte ihr überhaupt nichts aus, weil ihr Körper sich noch immer von dem erholte, was er mit ihr getan hatte. »Was ist gerade passiert? Ist das … normal?«

Er grinste. »Ja, es wird Orgasmus genannt.«

»Bin ich gekommen?«

»Wenn du einen Orgasmus hattest, bist du gekommen. Du hast losgelassen. Dies sind nur Beispiele, wie man es nennen kann. Du kannst es nennen, wie auch immer du willst.«

»Absolut sagenhaft. Aber solltest du das nicht auch haben?«

»Das würde ich gern.«

»Heißt das, ich sollte dich ebenfalls mit meinem Mund berühren?« Sie blickte nach unten zu der Stelle, an der sein Unterkörper noch immer von der Bettdecke bedeckt war. Allerdings konnte sie den klaren Beweis für seine Begierde erkennen. Sein Schaft ragte steif und groß auf, womit er die Decke zu einem Zelt formte.

Grollend zog er sie zu einem leidenschaftlichen Kuss an sich. »So sehr ich es lieben würde, deinen Mund um meinen Schaft zu fühlen, nicht heute Abend. Was ich gerade getan habe, ist nur eines von vielen Dingen, die Menschen tun können, um Vergnügen zu spenden und zu empfangen.«

»Das hat dir Vergnügen bereitet?«

»Aber ja. Ich hatte dich vorher schon begehrt, aber nachdem ich dich geschmeckt habe, nachdem ich dich zum Orgasmus gebracht habe ...« Kurz schlossen sich seine Augen und seine goldenen Wimpern streiften über seine Wangen, während er die Lippen zu einem lasziven, sinnlichen Lächeln verzog. Als seine Lider sich hoben, enthüllten sie seine leuchtenden blaugrünen Augen. »Und jetzt will ich dich ganz besitzen. Mein Körper in deinem, dein Körper um meinen geschlungen.«

Sie erschauderte. »Das möchte ich auch. Du sagtest, es würde wehtun?«

»Das könnte es. Ich werde ehrlich sein – ich habe keine Erfahrung mit Jungfrauen.«

»Aber du hast reichlich Erfahrung. Oder so scheint es jedenfalls.«

Zu ihrer Überraschung färbten sich seine Wangen. »Reichlich ist ein subjektives Wort. Ich bin kein Anfänger. Ich werde so langsam und sanft vorgehen wie möglich. Du sagst mir, wann ich mich bewegen soll und wann ich damit aufhören soll.«

Nickend lehnte sie sich zurück und zog ihn mit sich. Er lachte leise. »Ich werde dich – und diese Nacht – in Ehren halten. Für den Rest meiner Tage.«

Er küsste sie und sie war einigermaßen schockiert, festzustellen, dass er dieselbe Begierde erneut in ihr entfachte. Jetzt wusste sie allerdings, was kommen würde und was sie erlöste. Wieder fand sein Mund zu ihrer Brust und sie drückte den Rücken nach oben. »Ben«, murmelte sie und barg seinen Kopf an ihr, als er sich zwischen ihren Beinen in Position brachte.

Er streichelte ihr Geschlecht und neckte ihre Klitoris. Dann war da sein … Glied – sie mochte dieses Wort, entschied sie. Sie beugte die Knie, um einen besseren Winkel zu ihm zu haben. O ja, das war besser. Die Hüften von der Matratze erhoben, presste sie sich an ihn.

»Pru«, stöhnte er und küsste sie erneut, während er seine Hüften gegen ihre drängte.

Das reichte nicht. Sie wollte mehr von ihm. Sie wollte ihn in sich haben. »Bitte, Ben. Jetzt.«

Sie spürte seine Hand um seinen Schaft.

»Bereit?«, fragte er.

»Ja.« Sie reckte sich ihm entgegen und suchte sein Eindringen.

Ganz langsam glitt er in sie hinein, während er sie mit dem Daumen fest streichelte und damit über ihre Klitoris rieb. Sie wurde von Wollust durchströmt, die von einem abrupten Unbehagen unterbrochen wurde. Scharf sog sie die Luft ein und hielt sie an.

Er hielt inne, erstarrte über ihr. »Soll ich aufhören?«

Sie schüttelte den Kopf. »Es wird sich nicht lange so anfühlen, oder?«

»Ich weiß es nicht.«

Als sie die Besorgnis in seiner Stimme hörte, zog sie seinen Kopf herunter und küsste ihn. »Mach weiter«, flüsterte sie. »Ich will dich. Ich will dies hier.«

Er stieß ein Stück weiter vor, und sie dehnte sich. Er richtete sich über ihr auf und fuhr mit den Fingern über ihre Klitoris, was sie an die Lust erinnerte, die noch vor einem Moment da gewesen war. Erneut fing ihr Körper vor Vorfreude zu kribbeln an. Als würde er es verstehen, als würde er ihren Körper schon so gut kennen, senkte er den Kopf auf ihre Brust und saugte an ihr. Mit Lippen, Zähnen und Zunge versetzte er sie in einen Zustand der Raserei, in dem sie einen Teil ihrer selbst verlor, nur um andere zu finden, von deren Existenz sie nichts gewusst hatte.

Seine Hüften zuckten an ihren, und sie schlang ihre Beine um ihn.

»Ja, Pru. Ich muss mich bewegen. Darf ich mich bewegen?«

Sie hatte es verstanden, dachte sie. »Zeig es mir.«

Wieder ging er langsam vor, aber sie spürte, dass es schwierig war. Sein Körper zitterte, und seine Muskeln standen unter Anspannung, als sie mit ihren Händen über seine Schultern und seinen Rücken strich. »Du kannst dich schneller bewegen«, ermunterte sie ihn.

»Ich war mir nicht sicher, ob ich mich traue. Tut es weh?«

»Nicht wirklich. Es ist besser als anfangs. Wenn du wieder in mich eindringst, fühlt es sich gut an.«

Seine Hüften zuckten, als er in sie eindrang. »So?«

Tief in ihrem Innern flammte ihre Lust auf. Sie zog ihre Beine um ihn zusammen. »Ja, genau so.«

Allmählich ging er zu einem schnelleren Tempo über und sein Körper drang in einem gleichmäßigen Tempo in ihren. Das Unbehagen verschwand vollkommen, bis sie bezweifelte, es überhaupt je gespürt zu haben. Da waren nur noch Verzückung und Vorfreude, und ihr Körper schrie nach dieser süßen Erlösung.

Noch immer bewegte er seine Hand zwischen ihnen und brachte sie dem Ziel näher. »Komm noch einmal für mich, Pru. Bitte.«

»Du kommst«, verlangte sie, weil sie spürte, dass es dieses Mal nicht so einfach für sie sein würde.

Er lachte, und die Finger in seinen Nacken gegraben, zog sie seinen Kopf zu sich herab, um ihn zu küssen. Sie stemmte ihre Füße in seinen Hintern, und er stöhnte auf.

Dann stieß er einen Schwall unverständlicher Worte aus, ehe er ihren Namen schrie und tief in sie eindrang. Offenbar konnte sie wieder kommen, denn die Welt brach erneut auseinander, nicht ganz so spektakulär wie beim ersten Mal, aber genauso wundervoll. Dies mit ihm zu teilen, mit ihm vereint zu sein ... sie würde sich immer an diese Nacht erinnern – genau wie er gesagt hatte.

Doch plötzlich war er fort. Als sie die Augen aufschlug, sah sie, dass er sich weggedreht hatte. Auf den Knien hielt er seinen Schaft, während Flüssigkeit aus der Spitze spritzte. Sie sah ihm fasziniert zu. »Was tust du da?«

Eine ganze Weile antwortete er nicht. »Ich bringe es zu Ende«, murmelte er. Dann dauerte es einen weiteren langen Moment, bis er vom Bett aufstand und zur Waschschüssel ging, bei der er einen Lappen fand und sich abwusch. Er spülte den Lappen aus und kehrte zum Bett zurück, um sie ebenfalls zu säubern.

»Gehört das zum Liebesakt?« Es fiel ihr schwer zu glauben, dass die meisten Männer so fürsorglich waren.

»Wahrscheinlich nicht.« Er schenkte ihr ein halbes Lächeln, als er fertig war und das Tuch in die Schüssel zurücklegte. »Um deine Frage vollständig zu beantworten: Ich habe außerhalb deines Körpers geendet, um die Zeugung eines Kindes zu verhindern.«

»Oh!« Daran hatte sie nicht gedacht, aber darauf war sie ja auch nicht vorbereitet gewesen. Denn sie hatte es nie erwartet. Sie nahm sich vor, alles über das Thema zu lesen, was sie finden konnte, wenn sie wieder in London war. Fiona hatte ein Buch, wenn sie sich richtig erinnerte.

Prudence gähnte und hielt sich die Hand vor den Mund. »Verzeih mir bitte.«

Er lächelte sie an. »Lass uns schlafen.« Er ließ sich zurück ins Bett gleiten und nahm sie in die Arme.

Sie bettete ihren Kopf unter seinem Kinn und fühlte sich sicherer und zufriedener als vielleicht jemals zuvor. »Ich weiß nicht, was ich erwartete, aber das war es nicht.«

»Das ist hoffentlich etwas Gutes.« Er küsste sie auf die Stirn.

»Es war wundervoll.« Sie legte den Kopf in den Nacken und schaute zu ihm auf. »Danke.«

»Es war ganz mein Vergnügen.« Er küsste sie und sein Mund verharrte an ihrem.

Zum ersten Mal, seit sie sich erinnern konnte, schlief sie mit einem Lächeln ein.

KAPITEL 8

Als Bennet am nächsten Morgen die Augen aufschlug, hatte er zwei unmittelbare Gedanken. Erstens, dass die Frau mit der er verschlungen dalag, ein einzigartiges Geschenk war. Er hatte sich immer ein bisschen vom Glück verschmäht erachtet – normalerweise warteten schlechte Überraschungen auf ihn und nur selten gute. Doch dieses Mal hatte er wirklich großes Glück gehabt, wie flüchtig es auch sein mochte.

Zweitens herrschte strahlender Sonnenschein, was darauf hindeutete, dass es wirklich Zeit für sie war, sich voneinander zu verabschieden.

Sie rührte sich in seinen Armen und schmiegte sich an seine Brust, und dann drückte sie ihre Lippen auf seinen Hals. Das überraschte ihn. In ihrer Unschuld war sie wundervoll neugierig gewesen, aber nicht notwendigerweise forsch. Zumindest nicht so forsch, wie sie sich in anderen Aspekten gab.

»Müssen wir aufstehen?«, murmelte sie an seiner Haut und kitzelte ihn auf die wundersamste Weise.

»Ja, wenn ich auch zu sagen wage, dass wir dies noch ein

bisschen hinauszögern können.« Er rollte sich auf den Rücken und sie stemmte sich hoch, um auf ihn herabzublicken. Ihr blondes Haar fiel in Wellen um sie herum und umschmeichelte ihr Gesicht und seine Brust.

»Und was sollten wir mit dieser Verzögerung anfangen?« Sie legte ihr Bein über seines und brachte ihren Eingang direkt auf seinem Oberschenkel zum Liegen. Ihre Hüften bewegten sich sanft auf ihm.

Da war ihre Kühnheit wieder. Nicht, dass er an ihrer Existenz gezweifelt hätte.

Sein Glied, das bereits hart war, reckte sich ihrem Oberschenkel entgegen. »Du musst von gestern Abend ganz wund sein. Wir sollten das wirklich nicht tun.«

»Wir werden nie wieder die Gelegenheit dazu haben«, meinte sie mit leiser, rauer Stimme.

Warum musste sie ihn daran erinnern? Als ob sie irgendeine Art von Zukunft hätten. Er brauchte eine Erbin. Und sie wollte überhaupt nicht heiraten – er konnte sie wirklich nicht bitten, sich auf eine endlose Affäre mit ihm einzulassen. In Wahrheit wollte er auch nicht heiraten. Das *musste* er aber, um seine Familie geborgen und sicher zu wissen. Wenn nicht wegen ihnen, würde er sein Anwesen, und den damit verbundenen Titel zugrunde gehen lassen. Er wollte niemandem seine Familie – genauer gesagt Leiden – zumuten und am allerwenigsten ihr.

»Pru, du bist die wundervollste Frau, die ich je kennengelernt habe. Ich sollte ablehnen, wie ich es gestern Abend hätte tun sollen, aber ich stehe voll unter deinem Befehl.« Er legte die Hand um ihren Nacken und zog sie zu einem Kuss zu sich herab.

Sie erwiderte seinen Kuss mit ihrem temperamentvollen Können und er betrauerte die Tatsache, dass sie das nicht schon am Anfang ihres Aufenthalts hier getan hatten. Wie hätten sie die vergangen sechs Tage … und Nächte verbringen können.

Jetzt kreiste sie in langsamen, entzückenden Bewegungen mit dem Becken gegen ihn und beschrieb mit ihren Lippen eine Spur von seinem Kiefer an seinem Hals entlang, um zu demonstrieren, wie viel sie gelernt hatte. Mit einer Hand liebkoste sie seine Schulter und dann seine Brust, während ihre Finger seine Haut erkundeten.

Bennet schloss die Augen und gab sich ihrer Berührung hin. Ihre Hand bewegte sich tiefer über seinen Bauch und streichelte erst seine Hüfte und dann streifte sie seinen Schaft.

»Prudence«, krächzte er, als die Lust ihn durchfuhr.

»Mmm?« Sie küsste seine Brust und schloss die Hand um sein Glied.

Stöhnend wölbte er die Hüften.

»Das gefällt dir?«, fragte sie.

»Bewege deine Hand – vom Ansatz zur Spitze.« Als sie tat, worum er sie bat, biss er die Zähne zusammen. Der Drang, sie um mehr Tempo zu bitten, und ihm damit Erlösung zu verschaffen, drohte, ihn zu überwältigen. Stattdessen drehte er sie auf ihren Rücken und brachte sich zwischen ihren Beinen in Stellung.

Sie ließ nicht von ihm ab. In Wahrheit wurde ihr Griff ein bisschen fester und er liebte es.

Bennet senkte den Kopf zu ihrer Brust und nahm ihre Brustwarze zwischen seine Zähne, ehe er an ihr saugte. Sie war so empfänglich, so unverhohlen demonstrativ, dass es ihm den Atem raubte. Er streichelte sie zwischen ihren Beinen und stellte fest, dass sie feucht war.

»Führe mich in dich ein«, raunte er und legte seinen Daumen auf ihre Klitoris.

Ihr Atem wurde schneller, als ihr Körper unter ihm zu zittern begann. Sie winkelte die Beine an und führte seinen

Schaft an ihre Scheide. Unfähig zu widerstehen, schlang er seine Hand um die ihre und zusammen brachten sie ihn in die Position, um in sie hineinzugleiten.

Er drang in sie und führte dabei seine Hand über ihre Hüfte zu ihrer Rückseite.

Sie schnappte nach Luft und dann hielt er inne. »Alles in Ordnung?«, fragte er und dachte bei sich, dass sie zu wund sein musste.

»Wundervoll«, entgegnete sie beim Ausatmen und ihr Körper spannte sich um ihn an, als sie die Beine um seine Hüften schlang. »Beweg dich einfach. Bitte.«

»Mit Freuden.« Er küsste sie, als er sich zurückzog und wieder zustieß, womit er einen langsamen, aber stetigen Rhythmus aufnahm.

Sie bewegte sich mit ihm und ihr Körper hob sich vom Bett, während ihre Beine in ihn drückten. Sie grub ihre Finger in seinen Rücken. »Schneller.«

Eifrig gehorchte er und seine Hüften zuckten, als er wie von Sinnen in sie drang, bis er sich daran erinnerte, dass er sich ja aus ihr zurückziehen musste. Nicht, dass er das vergessen hätte. Das hatte er seit Jahren nicht.

Er straffte sich und beobachtete ihr Gesicht, als sie auf den Höhepunkt zutrieb. Sie hatte die Augen geschlossen, die Lippen leicht geöffnet und sie war das Schönste, was er je gesehen hatte. Was hätte er nicht für ein Portrait von ihr gegeben, auf dem sie genauso aussah. Nein, die Augen sollte sie geöffnet haben mit diesem enigmatischen Funkeln, das ihr zu eigen war, und ihre Lippen sollten zu einem angedeuteten Lächeln geschürzt sein. Er sah sie auf hunderterlei Weise vor seinem geistigen Auge und klammerte sich an jedes einzelne Bild von ihr.

Dann streichelte er ihre Klitoris und brachte sie rasch zum Orgasmus. Ihre Muskeln spannten sich um ihn an und sie schrie auf, während sie den Hals lang machte und den Kopf in den Nacken warf.

Nach einigen weiteren Stößen brach sein eigener Orgasmus über ihn herein. Er zog sich eher unelegant zurück und sein Samen spritzte aus ihm heraus, während er sich angestrengt zur Seite drehte.

»Entschuldigung«, meinte er. »Es ist eine gehörige Sauerei.«

»Aber wirksam und notwendig.« Sie berührte seinen Oberschenkel. »Das weiß ich zu schätzen.«

Er lächelte schwach. »Natürlich.« Es nutzte ebenso ihm wie auch ihr. Keiner von ihnen beiden wollte ein Kind.

Bennet verließ das Bett und ging, um sich zu säubern und anzukleiden. Widerstrebend. Dies war wirklich das Ende einer idyllischen Zeit.

»Es ist schwer zu glauben, wie dies angefangen hat«, meinte sie. »Verglichen mit jetzt.«

Er warf ihr einen Blick zu. Sie war ebenfalls aufgestanden und zog gerade ihre Strümpfe an. Er schluckte und es juckte ihm in den Fingern, noch einmal über ihre Waden zu streicheln.

Mit Hemd und Hose bekleidet, ging er das Feuer schüren. Sie fuhr mit ihrer Toilette fort und flocht ihr Haar, ehe sie es aufsteckte.

Als er sich setzte, um seine Stiefel anzuziehen, kam sie heran und stellte sich neben ihn. »Ich möchte dir etwas geben.«

Er schaute zu ihr auf. »Du hast mir bereits viel zu viel gegeben.«

Die Röte stieg ihr in die Wangen und sie blickte aufs Feuer. Sie räusperte sich und blinzelte, ehe sie ihre Aufmerksamkeit wieder auf ihn richtete.

Er hatte seine Stiefel fertig angezogen und erhob sich. »Jetzt siehst du äußerst ernst aus.«

»Du wirst es ablehnen, aber ich möchte, dass du es nimmst.« Sie streckte ihm ihre Hand hin. Ein goldener Ring lag auf ihrer Handfläche.

»Was ist das?« Er nahm ihn vorsichtig in die Hand. Der Ring trug ein Wappen – einen Fuchs und einen Dolch mit einem Lorbeerblatt.

»Nur ein Ring, der meiner Mutter gehörte.«

»Es sieht wie ein Familienwappen aus.« Allerdings keines, das er erkannte.

Sie zuckte mit den Schultern. »Es ist nicht unseres – wir haben keines. Er bedeutete ihr nichts und mir auch nicht. Es ist nur ein Wertgegenstand, den sie hinterlassen hat, aber ich werde ihn nie tragen.«

»Warum verkaufst du ihn nicht?« Bennet drehte ihn um und erkannte, dass das Schmuckstück sehr gut gearbeitet war. Er schien auch sehr alt zu sein.

»Du kannst ihn verkaufen.« Sie hatte sich wieder zurückgezogen, um Fragen zu vermeiden. Er unterdrückte seine Enttäuschung. »Ich denke, er würde dir viel mehr Nutzen bringen als mir. Du brauchst eine Kutsche, falls du das vergessen haben solltest.«

Er lachte leise. »Wie könnte ich?« Der Ring würde nicht für die Kutsche reichen, aber er würde eine anständige Summe einbringen, und Bennet konnte jeden Betrag gebrauchen, dessen er habhaft werden konnte. Dennoch zweifelte er, dass er sich überwinden konnte, sich davon zu trennen – nicht einmal für Geld. »Du solltest ihn behalten.«

Sie stieß einen genervten Atemzug aus. »Würdest du bitte aufhören, mir zu sagen, was ich tun sollte und was nicht? Ich habe mich und meine Entscheidungen in den letzten vierundzwanzig Jahren selbst gehandhabt.«

Er grinste. »So alt bist du?«

»Du könntest auch aufhören, mich zu unterbrechen. Wie ich sagte, brauche ich deine Anweisungen oder deinen Rat nicht. Bitte nimm den Ring. Ich will ihn nicht und du brauchst ihn.«

Als er ihre Erregung bemerkte, wurde seine Miene weicher und sein Tonfall sanfter. »In Ordnung. Ich werde ihn nehmen. Aber ich werde ihn dir eines Tages zurückzahlen. Das verspreche ich.«

Daraufhin lächelte sie und berührte sein Gesicht. »Lass uns keine Versprechungen machen, die wir nicht halten können. Ich möchte, dass du den Ring nimmst. Wirklich. Und jetzt, fürchte ich, müssen wir frühstücken und uns auf den Weg machen.«

»Ja, es ist wohl an der Zeit.« Seine Füße fühlten sich wie mit dem Boden verwurzelt an. »Ich wäre geneigt, dich ein zweites Mal zu entführen. Dieses Mal geschähe es allerdings mit voller Absicht.«

Helle Lichter tanzten in ihren Augen und er betete um eine Gelegenheit, sie eines Tages wiederzusehen.

Er hielt ihr seinen Arm hin und sie verließen das Zimmer.

Eine Stunde später stand er im Hof und sah zu, wie der Karren des Nachbarn davonfuhr. Prudence saß in ihrem – oder besser Lady Cassandras – violetten Umhang neben dem Mann.

Bennet hatte sich entschieden, nicht mit ihr abzureisen. Sie sollte ohne ihn in London ankommen. Wenn auch nur eine Person sie zusammen sah, wäre ihre ganze Planung zunichte. Außerdem hatte Logan eine Kutsche in der Nähe ausfindig gemacht, die er für einen passablen Preis erwerben konnte. Vielleicht für nicht viel mehr als der Ring in Bennets Tasche.

Er zog ihn hervor. Das Gold funkelte im morgendlichen Sonnenlicht. Er schob ihn auf seinen linken kleinen Finger, an dem er perfekt saß, als ob er dorthin gehörte.

Sie schaute über ihre Schulter zurück und er hob die Hand zum Abschied.

≈

Obwohl sie von der Fahrt in dem Karren einen wunden Hintern hatte, war Prudence froh, wieder zurück in London zu sein. Das Gefährt nahm sich in Mayfair merkwürdig aus, also verabschiedete sie sich hastig und dankte Mr. Logans Nachbar, ehe sie ihre Tasche die Treppen hinunter zum Dienstboteneingang des Phönix Clubs trug. Sie konnte schlecht durch den Vordereingang hereinmarschieren, da sie kein Mitglied war. Schon bei vielen Gelegenheiten war sie auf diese Weise hereingekommen – um sich mit Lucien zu treffen, als er ihr anfangs angeboten hatte, ihr zu helfen, und um ihre liebe Freundin Ada Treadway zu sehen, die sich um die Buchhaltung des Clubs kümmerte.

Es war wirklich weit mehr als das. Ada sorgte dafür, dass Ale, Brandy und Port auf der Seite der Männer zur Verfügung stand und Madeira, Sherry und Wein auf der Seite der Damen. Das war nur ein Teil ihres Aufgabengebiets, das sie zusammen mit Evangeline Renshaw, eine der Schirmherrinnen, die auch als Leiterin des Clubs fungierte, bewältigte.

Prudence wandte sich auf direktem Wege zur Hintertreppe und stieg in den zweiten Stock hinauf, in dem Adas Büro lag. Zu dieser Tageszeit – es war früher Nachmittag – würde Ada fast sicher wieder an ihrem Schreibtisch über den Büchern sitzen und Tee trinken.

Die Tür war nur leicht angelehnt, aber Prudence klopfte trotzdem.

»Herein.« Ada schaute nicht auf und ihr dunkler Kopf war über ihren Schreibtisch gebeugt.

»Vermutlich ist meine Hoffnung vermessen, dass ich

nicht vermisst worden bin.« Prudence trat ein, stellte ihre Reisetasche ab und schloss die Tür.

Ada riss den Kopf hoch und ihre blaugrauen Augen weiteten sich vor Schock. »Pru! Wo um alles in der Welt bist du gewesen?« Sie sprang von ihrem Stuhl auf und schlang die Arme um Prudence, die sie fest an sich drückte.

Lächelnd erwiderte Prudence ihre Umarmung. »Das ist eine lange Geschichte. Hast du mich vermisst?«

»Natürlich habe ich das.« Ada zog sich zurück und ihre Brauen bildeten ein V, als sie ein finsteres Gesicht machte. »Was für eine absurde Frage.«

»Das war nicht sehr generös von mir. Ich wusste, dass du mich vermisst. Cassandra würde das allerdings nicht getan haben.«

»Es hat nicht den Anschein.« Ada verschränkte die Arme vor der Brust. »*Weil du eine Nachricht hinterlassen hast, in der stand, dass du durchbrennst.*«

»Das hast du also erfahren? Gut.« Prudence ging, um sich in einen Sessel zu setzen und sie war dankbar für das Polster unter ihrer Kehrseite.

»Evie hat es von Lucien herausgefunden.« Ada kehrte zu ihrem Stuhl zurück und drehte Prudence ihr Gesicht zu, ehe sie sich setzte.

Es war nachvollziehbar, dass Cassandras Bruder wüsste, was passiert war, und dass er diese Information mit Evie teilte, die seine beste Freundin und Partnerin im Club war.

»Nun, das stimmte nicht.« Prudence zögerte nicht, Ada die Wahrheit zu sagen – und nur Ada. Sie war die Person, der sie voll vertrauen konnte. Die beiden Freundinnen stammten aus ähnlichen Verhältnissen und hatten Ähnliches erlebt ... Rückschläge, die sie gezwungen hatten, ihre Anstellung zu wechseln und neue Wege zu finden, voranzukommen.

Ada schniefte. »Ich wusste es. Natürlich habe ich nichts

gesagt. Evie hat es auch nicht geglaubt, aber sie hat ebenfalls den Mund gehalten.«

Prudence versuchte, nicht zu lächeln, was jedoch scheiterte. »Und was habt ihr beide gedacht, was sich in Wahrheit ereignet hatte?«

»Dass du wusstest, bald arbeitslos zu sein, da Lady Cassandra jetzt verheiratet ist –«

»Tatsächlich?«, unterbrach Prudence. »Ich freue mich natürlich sehr für sie, aber es tut mir leid, dass ich das Ereignis verpasst habe.«

»Sie haben am Samstag mit Sondergenehmigung den Bund der Ehe geschlossen.«

Prudence zog eine Grimasse. »Wahrscheinlich warst du am Samstag wegen mir sehr verärgert.« Sie trafen sich jeden Samstagmorgen zu einem gemeinsamen Frühstück und um Neuigkeiten auszutauschen. Manchmal unternahmen sie einen Spaziergang. Gelegentlich gingen sie auch einkaufen. Meistens saßen sie allerdings in Adas kleiner, aber hübschen Wohnung im obersten Stockwerk gleich über ihnen. Gleichwohl Prudence zu Cassandras Hochzeit gegangen wäre, würde sie Ada dennoch eine Nachricht geschickt haben. Stattdessen hatte Ada kein Wort von ihr gehört.

»Ja, aber auch besorgt. Die Prudence, die ich kenne, wäre niemals mit jemandem durchgebrannt. Also musstest du einen guten Grund zum Lügen gehabt haben.«

Auf dem ganzen Weg von Riverview hierher hatte Prudence darüber nachgedacht, was sie zu Ada sagen sollte. Sie hatte vorgehabt, alles vor ihr geheim zu halten und Bennet zu beschützen, wie sie es ihm versprochen hatte. Doch nun, da sie ihrer engsten Verbündeten gegenübersaß und in Adas Augen erkannte, dass ihr Durchbrennen als Lüge entlarvt worden war, bröckelte ihr sorgfältig zurechtgelegter Plan auseinander. Und es war nicht so, als würde Ada es irgendjemandem erzählen. Sie würde Prudence'

Geheimnis wahren, wie sie selbst. »Ich habe diese Nachricht nicht geschrieben.«

Ada ließ sich auf den Stuhl zurücksinken und ihre Schultern sackten zusammen. »Ich hätte es wissen sollen. Ich hätte darauf bestehen sollen, dass Bow Street dich ausfindig macht.«

»Ich bin froh, dass du das nicht getan hast. Es ist kein Schaden entstanden, selbst wenn der ursprüngliche Plan sehr schlecht vorbereitet war und Cassandra ruiniert hätte.«

Ada straffte sich und ihre Neugier gewann eindeutig die Oberhand. »Ich hoffe doch, dass du mir alles erzählen wirst.«

Nicht *alles*. Es gab einige Dinge, die Prudence nicht einmal Ada verraten würde, trotz der Tatsache, dass Ada sie für sich behielte. »Du darfst niemandem etwas sagen. Wenn du mir das versprichst, werde ich fortfahren.«

»Natürlich verspreche ich es!« Ada wirkte, als wollte sie den Abstand zwischen ihnen mit einem Satz überbrücken und Prudence die Worte aus dem Mund schütteln. »Ich bin außer mir vor Neugier.«

Prudence stieß ein kleines Lachen aus. »Das kann ich sehen. Der Viscount Glastonbury war einigermaßen enttäuscht, als er erfuhr, dass Cassandra seinen Heiratsantrag nicht annehmen würde. Er heckte einen dummen Plan aus, sie nach dem Boxkampf von Croydon zu entführen, um mit ihr durchzubrennen. Er war sich sicher, dass sie geneigt gewesen wäre.«

Ada starrte sie an. »Das hat er nicht wirklich getan.«

»Was davon?«

»Alles! Meinst du, er hat dich stattdessen genommen?«

»Das haben seine Helfershelfer getan. Cassandra und ich hatten die Umhänge getauscht, sodass sie mit Wexford verschwinden konnte. Ich fürchte, die Entführer haben mich für sie gehalten. Sie fragten mich nicht nach meiner Identität, als sie mich aus dem Bett rissen und fesselten, ehe sie mich in Glastonburys Kutsche geworfen hatten.«

Mit jeder Enthüllung wurden Adas Augen größer, bis Prudence fürchtete, dass sie sie nie wieder würde schließen können. Schließlich blinzelte sie. »Wo bist du die ganze Zeit gewesen?«, fragte sie in einem gedämpften Ton, während ihr Gesicht sorgengefurcht war.

»Mir ist es wirklich gut ergangen. Ich war mit Glaston-bury in einer Herberge bei Hersham. Wir steckten wegen des Wetters dort fest und dann ist ein Baum auf seine Kutsche gestürzt.« Prudence hielt sich eine Hand vor den Mund, um ihr Lächeln zu verbergen, nicht dass die Zerstörung der Kutsche lustig gewesen wäre. Sie konnte einfach nicht anders, als schöne Gedanken an ihre gemeinsame Zeit – und sogar die rauen Abschnitte davon – zu hegen. »Er hatte wirklich großes Pech.«

Ada stieß die Luft aus. »Lass es mich bitte verstehen. Der Viscount hat dich *entführt* und dann hast du eine Woche lang mit ihm festgesessen. Und du willst nicht, dass irgendjemand davon erfährt?« Sie klang ungläubig.

»Das ist richtig.«

»Er sollte im Gefängnis sitzen!« Ada presste die Lippen zu einer festen Linie zusammen und ihr Kiefer spannte sich vor Verärgerung an.

»Wie ich sagte, ist kein Schaden entstanden. Ich wollte nur sicherstellen, dass mein Ruf intakt bleibt und ich in der Lage bin, eine Anstellung zu finden. Sicherlich wirst du zustimmen, dass mein Bestreben in dieser Angelegenheit effektiv ruiniert wäre, wenn ich seine Taten publik mache.«

Ada zog eine Grimasse und nickte. »Du hast leider recht. Ich wage zu sagen, dass es kein Problem sein wird, dir eine Anstellung zu beschaffen. Ich bin sicher, dass Lord Lucien dir in jedem Fall helfen wird. Insbesondere, wenn du ihm die Wahrheit erzählst.«

»Das geht absolut nicht«, antwortete Prudence. »Du musst dies vollkommen geheim halten – du kannst keiner Seele davon erzählen, nicht einmal Evie.«

»Ich verstehe. Du wärst sowieso die einzige Person, der ich dies erzählen würde.« Ein Lächeln zog sich über ihren Mund.

»Gut.« Prudence überkam ein schönes Gefühl der Erleichterung, da sie sich einerseits alles bei ihrer engsten Freundin von der Seele geredet hatte und sie sich andererseits ihres Stillschweigens sicher sein konnte. »Mein Ruf und meine Anstellung einmal beiseitegelassen, möchte ich nicht, dass Glastonbury mehr leiden muss als ohnehin schon.«

Ada runzelte die Stirn. »Was soll das bedeuten?«

»Er hat keinen roten Heller mehr und wenn das nicht bereits in ganz London bekannt ist, werden es bald alle wissen. Er steht vor dem vollkommenen Ruin.«

»Ach ja, das hatte ich tatsächlich gehört. Von Evie.«

Prudence war nicht überrascht, aber sie fühlte sich dennoch schlecht für Bennet. Seine finanzielle Misere war nicht sein Fehler. Er würde sein Bestes tun, die überwältigende Zerstörung durch die Fehler seines Vaters in den Griff zu bekommen. »Es geht nicht nur um ihn«, meinte sie leise. »Er hat eine ganze Anzahl von Verwandten, die von ihm abhängig sind. Sein Vater hat alles verjubelt.«

Nachdenklich furchte Ada die Stirn. »Ich kann erkennen, dass du ihn magst und dass mehr daran ist, als du erzählst. Aber ich werde dich nicht drängen. Jedenfalls nicht heute. Ich bin nur so verdammt froh, dich zu sehen.«

Prudence lächelte. »Ich bin ebenso froh, dich zu sehen. Und nun muss ich Lucien besuchen, denn ich brauche dringend eine Anstellung. Er ist vermutlich in seinem Büro?« Normalerweise hielt er sich – auf der Männerseite des Clubs – um diese Tageszeit dort auf.

»Ja, ich werde dich begleiten.«

Prudence stand auf. »Ich wollte dir noch etwas anderes sagen. Ich habe entschieden, nicht länger nach meiner Mutter zu suchen.«

Ada hatte sich erhoben und blickte Prudence nun überrascht an. »Was ist während dieser Entführung nur mit dir passiert?«

»Es war weit weniger eine Entführung als ein … Aufenthalt.« Prudence nahm ihren Koffer. »Ich hatte Zeit, nachzudenken und bin zu dem Schluss gekommen, dass es besser für mich ist, nach vorn zu schauen, anstatt zurück.« Denn das bedeutete, dass sie auch Bennet sehen, sich an ihn erinnern und ihn vermissen würde. Sie musste sich auf die Zukunft konzentrieren, und das jetzt mehr als je zuvor.

»Das ist eine Veränderung«, murmelte Ada. »Aber ich verstehe. Es war jedenfalls nicht so, als hätten wir viel Glück bei der Suche gehabt. Du konntest nicht einfach in Mayfair herumflanieren und diesen Ring vorzeigen oder die Identität deines wahren Vaters preisgeben.«

»Nein, das konnte ich nicht.« Das zu tun hätte Prudence jede Chance zunichte gemacht, ein bequemes Leben in ihrer derzeitigen Position zu leben.

Zusammen schlenderten sie zur Seite der Gentlemen hinüber und Ada überließ es ihr, allein an Luciens Tür zu klopfen. Zuerst umarmten sie sich allerdings noch einmal und versprachen sich, ihr Ritual am kommenden Samstag wieder aufzunehmen.

Prudence klopfte an die Tür, worauf sie unverzüglich Luciens Antwort vernahm. Nachdem sie tief Luft geholt hatte, betrat sie sein Büro und stellte ihre Reisetasche gleich hinter der Tür ab.

Blinzelnd sah er sie an. »Prudence?«

»Ja, und ehe Sie fragen; es gibt keinen Ehemann. Ich habe mich überaus dumm benommen und bin nun froh, dass ich zur Vernunft gekommen bin. Ich wäre früher zurückgekehrt, doch das Wetter hat mich am Reisen gehindert.«

Lucien sprang von seinem Stuhl auf. Groß und geschmeidig kam er auf sie zu und mit seinen langen Schritten war er im Nu bei ihr. »Geht es Ihnen gut?«

»Vollkommen. Ich mache mir allerdings Sorgen, ob ich immer noch für eine Stellung vermittelbar bin.« Sie zuckte mit der Schulter. »Ich habe Ada bereits getroffen und sie sagt, Ihre Schwester hätte Lord Wexford geheiratet.«

»Das hat sie. Unser Vater hat der Verbindung sogar seinen Segen gegeben. Ich wage zu sagen, das war es, was diesen fürchterlichen Sturm heraufbeschworen hatte.« Seine dunklen Augen glitzerten belustigt. »Der Himmel konnte so einen Meinungswechsel des Herzogs nicht einfach so tolerieren.«

Prudence lachte. Lucien und sein Vater hatten eine recht turbulente Beziehung zueinander. Der Herzog von Evesham war seinem ältesten Kind, dem Earl of Aldington sehr zugetan, und er hatte eine Schwäche für seine Jüngste, Lady Cassandra. Sein mittleres Kind schien ihn allerdings zu irritieren, gleichwohl Prudence nicht verstehen konnte, warum. Lucien war tapfer, er hatte in Spanien gekämpft. Er war auch mit dem Phönix Club erfolgreich und vor allem war er gütig und großzügig.

»Wie es aussieht, gibt es einen perfekten Posten für Sie. Wir sollten uns allerdings beeilen, da alle der Annahme sind, dass Sie nicht länger als Gesellschafterin zur Verfügung stehen.«

Weil sie durchgebrannt war. Bennet hatte sie wirklich in große Schwierigkeiten gebracht. Er hatte ihr aber auch wundervolle Erinnerungen geschenkt, die sie ihr gesamtes Leben lang in Ehren halten würde. Es schien ein gerechter Tausch zu sein.

»Gewiss werde ich als Gesellschafterin arbeiten. Um welchen Posten handelt es sich?«

»Die Gesellschafterin von Cassandras neuer Schwägerin, Miss Kathleen Shaughnessy. Es wird nicht so sein, wie Sie es gewöhnt sind – weniger Bälle und Dinge dieser Art – aber mit Menschen, die Sie bereits kennen und umgekehrt.«

Menschen, denen es nichts ausmachte, dass sie sechs Tage verschwunden war. Das war mehr, als sie sich hatte erhoffen können. »Muss ich gleich dorthin eilen?«

»Sie müssen nicht eilen, nein. Wahrscheinlich hätte ich nicht sagen sollen, dass wir schnell handeln sollten. Das hatte ich nur gemeint, wenn Sie an dem Posten interessiert sind, sollten Sie das so rasch wie möglich kundtun, denn ich bin sicher, dass Sie eingestellt würden.«

»Danke.« Sie blickte ihn mit einem herzlichen Lächeln an. »Sie haben mich schon wieder gerettet.«

Er schnaubte. »Ich habe keinen Zweifel, dass sie mit den Referenzen von Lady Overton und meiner Schwester aus eigener Kraft einen Posten hätten finden können. Wenn Sie mit dieser Stellung einverstanden sind, ist das allerdings einfacher.«

»In der Tat.« Überdies war sie besonders froh, mit Menschen zu arbeiten, die sie kannte. Sie hatte genug Glück gehabt, von Fiona zu Cassandra zu wechseln, die sie kennengelernt hatte, als sie Fionas Gesellschafterin gewesen war. Sie hatte Miss Shaughnessy kennengelernt und Lucien hatte recht, dass dies anders sein würde. Wexfords jüngere Halbschwester hatte kein Interesse an einer Heirat oder daran, an der Saison teilzunehmen. »Ich nehme an, Mrs. Shaughnessy ist einverstanden, ihre Tochter in London bei Lord Wexford zu lassen?«

»Wex hat sie offensichtlich überredet. Mrs. Shaughnessy und die andere Schwester kehren nach Gloucestershire zurück, wenn sie nicht bereits aufgebrochen sind. Soll ich Sie zur George Street fahren, um Cass und Wex zu treffen?«

»Ich möchte nicht stören, da sie doch so frisch verheiratet sind.«

»Sie sind bereits gestört worden – seine Mutter und seine Schwestern sind die ganze Zeit dort gewesen. Ich glaube, dass Wex und Cass eine Reise nach Bath oder Ähnliches planen. Ich weiß, dass Cass begeistert sein wird, Sie zu sehen. Sie war über Ihr plötzliches Durchbrennen äußerst perplex.« Er legte den Kopf schief. »Das waren wir alle, aber andererseits habe ich Sie auch immer als mysteriös erachtet. Wenn jemand einen heimlichen Geliebten haben würde, dann jemand wie Sie.«

Prudence hätte sich beinahe verschluckt. »Er war nicht mein Geliebter. Sondern nur ein Irrtum.« War das ihre Meinung von Bennet? Natürlich nicht. Sie zu entführen war ein Irrtum gewesen, aber es war etwas Gutes dabei herausgekommen.

Lucien nickte ihr mitfühlend zu. »Ich bin froh zu hören, dass es Ihnen gelungen ist, das zu verhüten und Sie unbeschadet aus der Sache herausgekommen sind, aber andererseits sind Sie auch die robusteste Person, die ich je getroffen habe.«

»Und mysteriös«, fügte sie mit einem schwachen Lächeln hinzu.

»Ja!«, lachte er. »Ich bin immer noch nicht sicher, was Sie auf der Suche nach einer Stellung in das Haus von Viscount Warfield geführt hatte, aber ich bin froh, dass ich am gleichen Tag dort gewesen bin.«

»Wie ich auch.« Wenn dieses Zufallstreffen nicht gewesen wäre, wüsste Prudence nicht, wo sie heute wäre. »Ich bin aufbruchbereit, wann immer Sie es sind.«

Er ging zu ihrer Reisetasche hinüber, die er nahm, und belegte sie dann mit einem ernsten Blick. »Sie wissen hoffentlich, dass ich Ihnen immer helfen werde, egal bei welchem Problem. Und Sie wissen, dass die Sache unter uns bleibt. Wenn es etwas gibt, das Sie in Bezug auf dieses … Durchbrennen brauchen, hoffe ich doch, dass Sie mich fragen.«

Das hatte sie von ihm erwartet. »Das werde ich. Vielen Dank. Es ist schon mehr als genug, dass Sie sich um mein Wohlergehen kümmern. Wirklich. Wenn nur alle wüssten, was für ein gütiges Herz Sie besitzen.«

Lachend hob er ihre Reisetasche an. »Was würde dann aus meinem Ruf als Halunke?«

»Ich denke, Sie können gütig *und* ein Halunke zugleich sein.« So würde sie Bennet einstufen. Vielleicht war er mehr ein Schurke als ein Halunke. Was immer er war, würde sie ihr Bestes tun, um ihn aus ihren Gedanken zu verbannen. Sie musste weitermachen.

Mit gestrafftem Rückgrat schritt Prudence aus Luciens Büro, den Blick fest in die Zukunft gerichtet.

KAPITEL 9

Drei Wochen später ...

ennet zauderte an der Ecke von Ryder und Bury Street außerhalb des Phönix Clubs in St. James. Er war gerade gestern nach London zurückgekehrt, nachdem er die vergangenen beiden Wochen auf Aberforth Place verbracht hatte. Die Zeitwahl seiner Ankunft war ein Glücksfall gewesen, da Großtante Flora eine ihrer dunklen Episoden erlitten hatte. Sie hatte ihre Räumlichkeiten für mehr als eine Woche nicht verlassen. Bennets Anwesenheit hatte sie aus ihrem Trübsinn gerissen und zu dem Zeitpunkt seiner Abreise war sie wieder frohen Mutes.

Logan hatte ihm geholfen, eine ältere, erschwingliche Kutsche in Hersham zu erwerben. Er hatte auf seinem Rückweg in die Stadt dort haltgemacht und sie bezahlt – indem er ein weiteres Gemälde veräußert hatte, um die Kosten zu decken.

Heute Abend würde er sich wieder in der Gesellschaft

blicken lassen oder sich zumindest am Rande aufhalten. Er hatte keine Illusionen über seinen Stand oder wie weit er gesunken war. Der Mangel an Einladungen, verglichen mit der Zeit vor seiner Abreise, sagte ihm alles.

Allerdings würde er sich nicht verstecken. Das konnte er nicht. Nicht wenn er eine Erbin brauchte, um seine kapitalen Probleme aus der Welt zu schaffen. Das war heute Abend allerdings nicht seine Mission. Er wollte nur erfahren, wie es Prudence ergangen war, und Lucien sollte ihm das sagen können.

Es war das erste Mal, dass Bennet an einem Dienstag in den Club kam, und es war der Abend, an dem die Seite der Männer für die Ladys geöffnet war. Er musste zugeben, dass die Vorstellung eines Privatclubs, der den Ladys erlaubte, sich unter die Gentlemen zu mischen, mehr als verlockend für ihn war. Er wünschte, Prudence wäre Mitglied.

Bei seinem Eintreten kam ein Diener auf ihn zu und nahm seinen Hut und die Handschuhe entgegen. Bennet war schon einmal hier gewesen – zu einem Ball, der jeden Freitag während der Saison hier abgehalten wurde. Er war herge-kommen, um Lady Cassandra den Hof zu machen. Würde sie heute Abend hier sein? Er fühlte sich einen Augenblick lang unbehaglich. Als er sie und ihren Ehemann das letzte Mal gesehen hatte, war er in einer schrecklichen Verfassung gewesen.

Er steuerte auf die Treppe zu, die ihn in das Mitgliederre-fugium im ersten Stock führen würde, und musterte dabei das riesige Gemälde, das eine Orgie mit Pan darstellte. Es füllte den Bereich perfekt, als ob es genau für diesen Platz an der Wand in diesem Etablissement gemalt worden wäre. Er war überrascht, es bei seinem ersten Besuch irgendwie über-sehen zu haben.

Das Glück war wie immer nicht auf seiner Seite, denn er begegnete Lady Cassandra und Wexford, als er oben an der

Treppe ankam. Mit seinem strahlendsten Lächeln begrüßte er die beiden herzlich.

»Guten Abend, Lord Wexford, Lady Wexford.« Er verneigte sich. »Darf ich Ihnen meine aufrichtigsten und herzlichsten Glückwünsche zu Ihrer Heirat aussprechen?«

Beide betrachteten ihn zweifelnd. Wexford, ein großer dunkelhaariger Ire, brachte ein »Danke schön« hervor.

Bennet machte ihnen ein Zeichen, zusammen mit ihm zur Seite zu treten, von der Treppe weg. Er sprach in einem leisen Tonfall. »Bitte nehmen Sie meine aufrichtige Entschuldigung für mein Betragen bei dem Boxkampf an. Ich war in schlechter Stimmung und habe mich erbärmlich benommen.«

»Sie wirkten sehr verzweifelt«, entgegnete Wexford und kurz flackerte Mitleid in seinem Blick auf.

Er dicker Knoten formte sich in Bennets Brust, aber er gab sich alle Mühe, ihn zu ignorieren. »Das war ich wirklich. Aber im Rückblick bin ich froh, dass die Dinge sich nun so ergeben haben.« Er schaute zu Lady Wexford, die mit ihren bernsteinfarbenen Augen und dem dunklen Haar sehr hübsch war. Bennet fand sie auch sehr couragiert, gerade-heraus und charmanter, als es wahrscheinlich gut war. »Ich hoffe, Wexford und Sie werden sehr glücklich. Wirklich«, fügte er leise hinzu.

»Das weiß ich sehr zu schätzen. Wir sind ganz trunken vor Liebe, um ehrlich zu sein.« Sie warf ihrem Ehemann ein verschwörerisches Lächeln zu, von der Art, welches verliebte Ehegatten austauschen. Nicht, dass Bennet je übermäßig viele davon gesehen hätte. Vielleicht fiel es deshalb so auf. »Und wirklich. Sie und ich haben nur getan, was wir unserer Meinung nach tun sollten«, sagte sie zu Bennet.

»Genau so ist es.«

Sie runzelte leicht die Stirn und ihre Augenbrauen zogen

sich zusammen. »Gleichwohl es für Sie anders war. Sie haben mir aus einem bestimmten Grund den Hof gemacht.«

»Wegen Geld, meinen Sie«, antwortete er rundheraus. Bei der leichten Grimasse, die über ihre Züge huschte, musste er schmunzeln. »Es ist schon in Ordnung. Ich hätte über meine Situation ehrlich sein sollen. Ich spreche Ihnen meine demütigste Entschuldigung aus, dass ich in dieser Frage nicht aufrichtig zu Ihnen gewesen bin.« Er erinnerte sich daran, wie Prudence ihn gerügt hatte. Was würde er nicht darum geben, sich wieder von ihr in die Pflicht nehmen zu lassen.

Lady Wexford legte den Kopf ein wenig schief. »Um ehrlich zu sein, hielt ich nach irgendeinem Gentleman Ausschau, der den Mut hatte, mich trotz meines unmöglichen Vaters zu umwerben. Sie waren der Einzige, der tapfer genug dazu war.«

»Weil ich keine andere Wahl hatte.« Wieder lachte er. »Es ist erstaunlich, was man nicht alles riskiert, wenn man vor dem finanziellen Ruin steht.«

»Ist es wirklich so schlimm?«, fragte Wexford.

Bennet hatte sich überlegt, wie viel er preisgeben wollte, wenn er sich mit dieser spezifischen Frage konfrontiert sah, was durch seine Rückkehr in die Stadt unausweichlich war. Er entschied, dass es keinen Grund gab, Ausflüchte zu machen. Es war besser, über seinen Status offen zu sein – und er hoffte, vom Schicksal dafür belohnt zu werden. »Das fürchte ich. Mein Vater hat fast alles verspielt oder verkauft. Ich habe ein Anwesen in Schuss zu halten und auch eine Reihe von Verwandten zu versorgen.« Bennet winkte ab. »Aber reden wir nicht davon. Ich bin sicher, dass sich alles einrenken wird.« Oder auch nicht. Er musste zugeben, dass er sich in seiner Situation einigermaßen hilflos fühlte. Vielleicht versuchte er jetzt, einen Weg zu finden, damit zu leben, dass die Dinge nun einmal so lagen.

»Trinken Sie etwas mit uns«, lud Wexford ihn ein und

überraschte Bennet damit. »Wir waren gerade auf dem Weg in die Bibliothek.«

»Ich bin noch nicht dort gewesen«, meinte Bennet, der erpicht darauf war, ihre Unterhaltung fortzusetzen, denn er hoffte, dabei etwas über Prudence herausfinden zu können.

Sie strebten auf die Vorderseite des Clubs zu, auf der sich offenbar die Bibliothek befand.

Bennet versuchte, das Thema auf Prudence zu lenken. »Lady Wexford, es ist ein bisschen merkwürdig, Sie ohne ihre kühne Gesellschafterin zu sehen. Miss Lancaster war ihr Name, nicht wahr?«

Lady Wexford blickte ihn mit einem Anflug von Bewunderung an. »Sie haben ein gutes Erinnerungsvermögen, Lord Glastonbury. Sie ist heute Abend nicht hier, aber sie wohnt noch immer bei mir – oder besser bei uns. Sie ist jetzt die Gesellschafterin von Ruarks Schwester.«

Ausgezeichnet. Bennet konnte sein Grinsen kaum unterdrücken. Er wollte vor Dankbarkeit laut jubeln. Zumindest einem von ihnen war das Glück hold.

»Das ist wunderbar praktisch«, entgegnete Bennet.

»Für alle«, stimmte Wexford zu, als sie die Bibliothek betraten. Es gab nicht viele freie Sitzgelegenheiten und Bennet fragte sich, ob der Club immer so belebt war, oder ob das auf den Dienstagabend zurückzuführen war, an dem die Gentlemen und Ladys sich auf der Seite der Herren tummelten. Auf der Seite der Damen waren die Männer niemals zugelassen – mit Ausnahme ihrer Seite des Ballsaals an den Freitagabenden.

Der Ball! Würde Prudence mit ihrem neuen Schützling am Freitag dort erscheinen? Das hoffte Bennet. Jetzt hatte er etwas Wunderbares, worauf er sich freuen konnte. Sie einfach nur auf der gegenüberliegenden Seite des Raums zu sehen, würde genügen.

»Irischen Whisky?«, fragte Wexford ihn.

»Ist er hier zu haben?«

»Es gibt auch eine minderwertigere schottische Sorte, wenn Sie ein Banause sind.« Wexford verzog angewidert den Mund.

Lady Wexford lachte. »Verzeihen Sie Ruark. Er ist ein schrecklicher Snob, wenn es um Whisky geht.« Sie senkte die Stimme und beugte sich zu Bennet. »Einen Großteil seiner Zeit verbringt er mit der Verteidigung dieses Getränks aus seinem Heimatland.«

»Weil die meisten keinen Geschmack haben«, grummelte Wexford.

»Ich hätte sehr gern etwas irischen Whisky, danke«, entgegnete Bennet.

»Ich wusste schon immer, dass man Sie einfach mögen muss. Selbst als Sie mich im Boxclub geschlagen haben.« Wexford grinste, ehe er davonging, um wahrscheinlich die Getränke einzuschenken.

Lady Wexford führte ihn zu einem der vorderen Fenster, um dort mit ihm stehen zu bleiben. »Sind Sie gerade erst wieder in der Stadt angekommen? Ihre Abwesenheit ist bemerkt worden.«

»Gestern Abend, ja. Ich stelle mir vor, dass ich im Laufe der letzten paar Wochen einiges an Klatsch verursacht habe.«

»Das war zum Großteil meinem Vater zu verdanken.« Sie schenkte ihm einen mitfühlenden Blick. »Das tut mir leid.«

»Es ist nicht Ihr Verschulden. Ich gebe zu, dass ich überrascht bin, wie herzlich Sie und Wexford mich empfangen.«

»Was hätte es für einen Sinn, weiter Groll wegen ihres Benehmens im Kampf zu hegen? Wie Sie sagten, hat sich alles so ergeben, wie es kommen musste. Nun, mit Ausnahme Ihres Rufs, der gelitten hat.«

Er zuckte mit der Schulter. Was hätte er auch sonst tun sollen? Jammern und sich über die Ungerechtigkeit der

Dummheit seines Vaters beschweren? Nein, es war keine Dummheit. Das war es nicht, was ihn plagte. Was beinahe seine gesamte Familie plagte. »Ich weiß Ihre Großzügigkeit zu schätzen«, meinte Bennet, als Wexford mit dem Whisky für ihn und einem Glas Wein für seine Frau zurückkehrte. Dann ging Wexford noch einmal davon, um sein eigenes Getränk zu holen.

»Glastonbury?«

Mit leicht verengten Augen schritt Lord Lucien auf sie zu. Er kam gleichzeitig mit Wexford an.

»Entschuldigung, Lu, ich habe dich nicht gesehen, sonst hätte ich noch einen Drink mitgebracht«, meinte Wexford an ihn gewandt.

»Ich habe Brandy in meinem Büro, den ich holen werde.« Lord Lucien schaute zu Bennet. »Warum begleiten Sie mich nicht, Glastonbury?«

In dem dunklen Blick des Mannes lag eine eisige Erwartung, die keinen Widerspruch zu dulden schien.

»Gestatten Sie mir nur, auf die beiden Frischvermählten anzustoßen.« Bennet hob sein Glas. »Mögen Sie glücklich und voller Liebe für den Rest Ihrer Tage und darüber hinaus zusammenleben.«

Auf Lady Wexfords Gesicht blühte ein verzückter Ausdruck auf. »Das war wunderschön. Danke Glastonbury.« Sie stieß mit ihrem Glas an das seine und dann an das ihres Ehemannes, ehe sie einen Schluck trank.

Bennet nippte an seinem Whisky und genoss den weichen, verwegenen Geschmack. Er sah zu Wexford hinüber. »Warum versuchen Sie, jeden davon zu überzeugen, dies zu trinken?« Wexfords Züge verfinsterten sich sofort und er sah aus, als wollte er Bennet zu einem dritten Kampf herausfordern, was die Dinge, wie Bennet vermutete, ein für alle Mal zwischen ihnen regeln würde, da jeder von ihnen einen Kampf gewonnen hatte. Noch ehe Wexford etwas sagen konnte, fügte Bennet hinzu: »Weil ich ihn für mich selbst hüten würde.«

Wexford entspannte sich und grinste. »Das ist ein ausgezeichnetes Argument. Ich werde unverzüglich damit aufhören.«

»Bei mir ist es allerdings zu spät, fürchte ich«, entgegnete Bennet. »Ich habe vor, diesen Tropfen zu genießen, wann immer ich diesen Club besuche.«

Schmunzelnd klopfte Wexford ihm auf die Schulter. »Dann werden wir viele Trinksprüche austauschen.«

»Sollen wir?«, forderte Lord Lucien ihn auf.

Bennet nickte den Wexfords zu, um dann die Bibliothek in Begleitung von Lord Lucien zu verlassen. Sie schritten an der Treppe vorbei und Lucien führte ihn zu einer geschlossenen Tür. Er öffnete sie und forderte Bennet mit einer Geste auf, ihm voranzugehen.

Das Büro war nicht groß, aber beeindruckend mit einem großen Schreibtisch und einer ganzen Bücherwand ausgestattet. Der Kamin war mit Marmor eingefasst und ein fantastischer Reynolds hing über dem Kaminsims. Vor der Feuerstelle standen zwei grüne Sessel.

»Sollen wir für einen Augenblick Platz nehmen?«, fragte Lord Lucien.

Ein Augenblick schien darauf hinzudeuten, dass er eine kurze Unterhaltung im Sinn hatte. »Gewiss«, entgegnete Bennet, der sich in einem der Sessel niederließ, während Lucien den anderen nahm.

»Sie sind offenbar nicht wegen des Brandys hergekommen«, stellte Bennet fest, der bemerkt hatte, dass sein Gastgeber die Tür bei ihrem Eintreten hinter ihnen geschlossen hatte.

»Nein, ich wollte mit Ihnen über Ihre Mitgliedschaft sprechen. Ich frage mich, ob Sie sich hier vielleicht gar nicht wohlfühlen.«

Rasch verarbeitete Bennets Verstand die Aussage des anderen. »Sie möchten, dass ich austrete?«

»Es könnte das Beste sein.«

Bennets Zorn flackerte auf, doch er unterdrückte ihn. »Sie waren an meinem Beitritt sehr interessiert.«

Lord Lucien stützte die Ellbogen auf die Armlehnen seines Sessels und drückte die Fingerspitzen aneinander. »Ja, und ich frage mich, ob wir voreilig waren.«

»Ich glaube, Sie waren so erpicht auf meine Teilnahme an dem Ball, damit ich Ihrer Schwester den Hof machen konnte«, entgegnete Bennet gelassen und abermals versuchte er, seinen Zorn zu zügeln.

»Das ist wahr. Um ehrlich zu sein, haben wir sehr hart an Ihrer Zulassung gearbeitet, weil Cassandra mich darum gebeten hatte.«

»Und nun bedauern Sie das.« Er gab sich Mühe, nicht gereizt zu klingen, doch es war sehr schwierig. »Ich dachte, der Phönix Club würde diejenigen gern willkommen heißen, die anderswo oft ausgeschlossen sind.« Das traf ganz bestimmt auf Bennet zu.

Lord Lucien legte die Stirn in Falten, die sich tief in seine Haut gruben. »Das tun wir.«

»Ich werde nicht austreten«, entgegnete Bennet. »Werden Sie mich ausschließen?«

»Wir haben noch nie jemanden ausgeschlossen.« Lord Lucien zog eine Grimasse, ehe er fortfuhr: »Nicht dauerhaft.«

»Ich würde gern bleiben. Wie es der Zufall will, bin ich derzeit rechte unpopulär, da die Neuigkeiten über meine finanzielle Situation bekannt geworden sind.«

Abermals zog Lord Lucien eine Grimasse. »Das ist gewissermaßen mein Fehler. Ich war derjenige, der meinem Vater davon erzählte und er entschied, es überall im White's herumzuposaunen.«

»Vermutlich sollte ich auch von dort einen Ausschluss erwarten.«

Lord Lucien schüttelte den Kopf. »Ich schließe Sie nicht aus.«

Schließlich entspannte Bennet sich. »Danke.«

»Gleichwohl ich mich fragte, ob Sie sich die Mitgliedergebühren leisten können.«

Glücklicherweise waren sie geringer als in anderen Clubs, aber Lord Lucien hatte ein gutes Argument. Vielleicht sollte Bennet von allem zurücktreten, selbst wenn er sich damit der öffentlichen Verachtung noch weiter aussetzte.

»Sie haben recht«, fuhr Lord Lucien fort. »Wir laden diejenigen ein, die anderswo nicht immer willkommen sind. Es ist nur so, dass wir Sie, um ganz ehrlich zu sein, nicht sehr gut kennen. Es ist eher peinlich für mich, dass wir Ihnen eine Einladung ausgesprochen haben, ohne über Ihren finanziellen Status im Bilde zu sein.«

»Wenn ich zu dem Schluss komme, dass ich mir die Gebühr leisten kann, spielt das dann eine Rolle?« Vielleicht wollte Bennet gar kein Mitglied sein.

Lord Luciens Blick verhärtete sich. »Das tut es, wenn Sie sich in einem falschen Licht darstellen und versuchen, meine Schwester zu einer Heirat zu verlocken.«

»Das ist eine rein persönliche Angelegenheit.« Bennet hatte verstanden. Er hatte keine Geschwister, aber zum Schutz seiner Familie würde er alles tun. »Ich habe mich bei Lady Wexford entschuldigt. Mein Benehmen war erbärmlich.«

»Sie waren nicht der Erste, der das mit einer jungen Frau versucht hat, und Sie werden nicht der Letzte sein. Es ist nur, dass sie meine Schwester ist.«

»Ich verstehe. Wenn ich eine Schwester hätte, wäre ich, glaube ich, ebenso empört. Würden Sie wirklich von mir wollen, dass ich den Club verlasse?« Bennet hoffte, dass dem nicht so war. Die Möglichkeit, Prudence vielleicht hier wiederzusehen, war nicht der einzige Grund, warum er bleiben wollte. Nachdem seine Einladungen allesamt ausblieben, musste er irgendwo anders hingehen, wo er in Frage kommende Heiratskandidatinnen kennenlernen konnte.

»Nein. Bleiben Sie. Aber halten Sie keine Informationen zurück.«

Dem würde Bennet niemals zustimmen. Es gab Dinge, die er niemals jemandem sagen würde. »Ich werde mir alle Mühe geben.« Mehr konnte er nicht versprechen.

Lord Lucien stand auf, trat an die Anrichte und schenkte sich einen Drink ein. Bennet nippte an seinem Whisky, den er jetzt, nach dem ersten Schluck, sogar noch mehr mochte.

»Es tut mir leid wegen Ihrer Schwierigkeiten«, meinte Lord Lucien und nahm wieder Platz. »Darf ich Sie fragen, was Sie unternehmen, um die Situation in den Griff zu bekommen?«

Bennet stieß ein hohles Lachen aus. »Das ist unmöglich. Mein Vater hat alles verspielt. Nun, beinahe alles. Wenn Sie nach Aberforth Place kämen, würden Sie einen nahezu leeren Besitz vorfinden.« Dutzende von Zimmern waren vollkommen unmöbliert. Andere enthielten einen Stuhl oder vielleicht einen Tisch. »Ich gebe mir alle Mühe, die Dinge beisammen zu halten, aber Tatsache ist, dass das Anwesen nicht den Lebensstil erwirtschaftet hat, den mein Vater jahrelang pflegte. Er hat sich eine beachtlich große Grube gegraben und ich kämpfe darum, seine Schulden zurückzuzahlen.« So. Er hatte alles offengelegt. »Ich habe die Situation vorher noch niemandem in dieser Deutlichkeit offengelegt. Darf ich Sie bitten, die Sache für sich zu behalten?« Vergeblich versuchte er, ein schwaches Lächeln mit seinen Lippen zu formen, also nippte er stattdessen an seinem Whisky.

»Ganz sicher. Würde es Ihnen helfen, etwas über Geldanlagemöglichkeiten zu erfahren, die Ihnen helfen könnten, kurzfristige Gewinne zu machen?«

»Ja, aber ich habe erbärmlich wenig zu investieren.« Er würde noch etwas verkaufen müssen und seine Ressourcen waren am Schwinden. Prudence´ Ring wog schwer an seinem Finger, aber er würde ihn nicht verkaufen. Er spendete ihm Trost, als ob sie sich nahe wären und er ihre stille Kraft spüren könnte. »Deshalb muss ich eine Erbin heiraten. Dann werde ich Geld zum Investieren haben und die Möglichkeit, die Schulden meines Vaters zurückzuzahlen. Außerdem verlangt der Besitz Aufmerksamkeit, damit er wieder profitabel wird.«

»Ist er das jetzt nicht?«

»Seit geraumer Zeit nicht mehr.« Aberforth Place hatte noch nicht einmal einen Verwalter. Der letzte war vor mehr als zwei Jahren gegangen, als sein Vater die Zahlung seines Gehalts eingestellt hatte.

Mit nachdenklichem Gesicht blickte Lord Lucien ins Feuer.

»Darf ich zu hoffen wagen, dass Sie über Wege nachdenken, wie Sie mir behilflich sein könnten?«, fragte Bennet. »Ich habe erfahren, dass Sie das häufig tun.«

»So ist es.« Er nickte mit dem Kopf vor und zurück. »Nach meinen besten Möglichkeiten.« Dann sah er wieder zu Bennet zurück. »Wollen Sie wirklich eine Erbin?«

»Ich *brauche* eine.« In Wahrheit wollte er überhaupt keine Frau.

Lord Lucien nickte. »Lassen Sie mich nachdenken. Ich hoffe, dass Sie mir gegenüber Ihr Misstrauen fallenlassen. Wenn ich Ihnen helfe, werden wir Freunde sein. Und wenn wir Freunde sind, vertrauen wir einander. Stimmen Sie mir darin zu?«

»Das tue ich.«

»Gut. Sie müssen mich Lucien nennen. Kommen Sie am

Freitag zum Ball. Ich werde Sie mit so vielen Erbinnen bekannt machen, wie ich nur kann.«

Bennet trank seinen Whisky aus. »Das weiß ich sehr zu schätzen. Danke. Und ich freue mich darauf.«

Nicht wegen der Erbinnen, sondern in der Hoffnung, Prudence dort zu sehen.

~

Heute Abend war das zweite Mal, dass Prudence seit ihrer Rückkehr nach London in die Gesellschaft ausging. Kats Gesellschafterin zu sein, unterschied sich sehr von ihrem Leben mit Fiona und Cassandra. Die beiden jungen Frauen hatten an der Saison teilgenommen. Kat brachte ihre Zeit lieber in Museen zu, oder mit Spaziergängen im Park. Oder lesend.

»Ich bleibe nicht über Mitternacht hinaus«, murrte Kat neben Prudence auf der gegen die Fahrtrichtung zeigenden Sitzbank der Kutsche.

»Ach komm, du wirst dich amüsieren«, ermunterte Cassandra sie. »Du warst doch schon einmal auf einem Ball im Phoenix Club. Du musst zugeben, dass es viel unterhaltsamer ist als all die anderen Veranstaltungen.«

»Das stimmt vermutlich. Aber ich werde trotzdem um Mitternacht aufbrechen.«

»Das ist in Ordnung«, lenkte Wexford gelassen ein, der sich selten über die Allüren seiner Schwester aufregte. »Ich dachte nur, es wäre schön für dich, mal aus dem Haus zu kommen. Und damit meine ich nicht, in den Park zu gehen oder durch Covent Garden zu flanieren.«

Kat zuckte mit den Schultern. »Ich sehe mir gern die Stadt an. Kannst du mir das verübeln?«

Wexford stieß hörbar die Luft aus, doch dann lächelte er seiner Schwester zu. »Nein.«

Kat machte sich nicht die Mühe, ihren selbstgefälligen Gesichtsausdruck zu verbergen, und lehnte den Kopf an das Sitzpolster zurück. Sie war schlicht, aber elegant gekleidet, und in ihrem dunklen Haar steckte eine einzelne scharlachrote Feder, die sie unbedingt tragen wollte, obwohl Cassandra darauf beharrte, dass sie nicht zu ihrem blassrosa Kleid passte. Kat hatte daraufhin geantwortet: »Was kümmert mich das? Es ist ja nicht so, als würde ich versuchen, einen Heiratskandidaten an Land zu ziehen.«

Vielleicht nicht, aber sie war sehr hübsch und die Schwester eines wohlhabenden Earls. Wahrscheinlich würde sie sogar noch mit einem Sack über dem Kopf Bewerber anlocken.

Der Gedanke an einen Sack über ihrem Kopf erinnerte Prudence, dass ihr das schon einmal passiert war. Anstatt einen Schock oder eine Erleichterung darüber zu empfinden, dieser Situation entkommen zu sein, verspürte sie den Wunsch, das Ganze noch einmal zu erleben. Was vollkommener Unsinn war. Nur weil alles gut ausgegangen war, hieß das nicht, sie sollte es sich auch noch wünschen.

Wexfords Kutsche hielt vor dem Phönix Club. Ein Diener öffnete die Tür, und ein paar Minuten später folgte Prudence ihnen durch den Eingang auf der Seite der Ladys ins Gebäude.

Cassandra fiel ein wenig zurück und rückte neben Prudence. »Ist alles in Ordnung mit dir? Ich weiß, es ist ein seltsamer Zeitpunkt, um das zu fragen, aber ich kann mir nicht helfen.«

»Natürlich geht es mir gut.« Prudence gestattete sich ein verwirrtes Lächeln. »Warum fragst du?«

»Weil ich mich sehr um dich sorge. Seit deiner Rückkehr bist du so verändert. Ich weiß, du willst nicht über deine Abwesenheit sprechen, aber ich würde dir gerne helfen. Ich betrachte dich als meine Freundin.«

»Das weiß ich zu schätzen – und ich dich ebenfalls«, entgegnete Prudence. »Es geht mir wirklich gut. Es ist eine Umstellung, von dem Leben als deine Gesellschafterin zu Kats.«

Cassandra lachte. »Ja, das ist definitiv wahr. Du bist hoffentlich glücklich?«

»Durchaus. Ich mag sie sehr gern. Wir sprechen über Bücher, was ich sehr unterhaltsam finde.«

»Das habe ich bemerkt. Ehrlich gesagt, du scheinst mehr mit ihr zu reden, als du dich je mit mir unterhalten hast. Fiona ist da ganz meiner Meinung.« Fiona, Lady Overton, war mehrmals zu Besuch gewesen. »Vielleicht ist das die Veränderung. Du bist weniger zurückhaltend als früher.«

»Ich bezweifle, dass das stimmt.« Prudence gab Kat gegenüber sicher nicht mehr von sich preis als sie Fiona oder Cassandra offenbart hätte. Es war wirklich so, dass sie über Bücher sprachen. Prudence las gern und nun hatte sie mehr Zeit dafür. Über Persönliches unterhielten sie sich nicht. Überhaupt nicht.

»Wenn du in Kat eine Vertraute und Verbündete gefunden hast, freue ich mich für dich«, brachte Cassandra hervor, und Prudence fragte sich, ob ihre Freundin eifersüchtig war.

»Das ist es nicht«, widersprach Prudence leise. »Ich bin immer noch dieselbe – während meiner Abwesenheit ist nichts passiert, und ich mag Kat genauso wie dich. Oder Fiona.«

Cassandra grinste. »Bin ich so durchschaubar? Wie furchtbar von mir.«

»Ganz und gar nicht.«

»Verzeih mir. Ich wollte nicht drängen. Ich weiß, was für eine verschwiegene Person du bist, aber ich bin wirklich deine Freundin und möchte dich als solche unterstützen –

wie eine Familie, wirklich. Wenn das für dich annehmbar ist.«

Prudence war verblüfft. Nie hatte sie daran gedacht, wieder eine Familie zu haben. Ehe sie etwas erwidern konnte, fiel ihr Blick auf Ada, die direkt vor dem Ballsaal stand.

Cassandra lenkte ihren Blick in dieselbe Richtung wie Prudence und drehte sich um, als Ada auf sie zukam. »Miss Treadway! Kennen Sie meine Schwägerin, Miss Shaughnessy?« Sie wurden einander vorgestellt, bevor sie gemeinsam den Ballsaal betraten.

»Ich bin so froh, dich heute Abend hier zu sehen«, flüsterte Ada Prudence zu. »Es ist viel weniger langweilig, wenn du dabei bist.«

»Wir bleiben nur bis Mitternacht. Das ist alles, womit Kat sich einverstanden erklärt.« Prudence hatte ihrer Freundin alles über Kathleen Shaughnessy erzählt, wenn sie sich an den Samstagvormittagen trafen.

»Guten Abend, Lady Wexford, Lord Wexford.«

Diese Stimme ... Prudence drehte sich von Ada weg und wäre beinahe nach vorne gekippt.

Vor ihr stand, prachtvoll gekleidet in einem schwarzen Anzug, der Mann, den sie mit so viel Mühe zu vergessen versucht hatte. Und dabei grandios gescheitert war.

»Miss Lancaster, nicht wahr?«, fragte Bennet mit einer gewissen Verschlagenheit. Zumindest kam es Prudence so vor.

»Ja.« Sie machte einen Knicks. »Es ist mir eine Freude, Sie wiederzusehen, Mylord.«

Seine Lippen kräuselten sich leicht, und sie wusste, dass er es nicht gern hörte, wenn sie ihn so nannte. Nicht, nachdem sie seinen Namen geschrien hatte, als sie sich unter ihm gewunden hatte.

Denke nicht daran!

Sie betete, dass ihre Wangen nicht feuerrot angelaufen waren.

»Das Vergnügen ist ganz meinerseits.« Sein Blick hielt den ihren, und Prudence fürchtete, sie könnte zu Boden gehen und zerschmelzen.

»Glastonbury, ich weiß nicht mehr, ob Sie schon mit meiner Schwester Miss Shaughnessy bekannt gemacht wurden«, meinte Wexford.

»Wir sind uns im Park begegnet, Ruark«, antwortete Kat mit einem Anflug von Irritation. »Guten Abend, Lord Glastonbury.«

Bennet verneigte sich galant und provozierte damit einen sengenden Ausbruch von Eifersucht bei Prudence. Dann nahm er ihre Hand und Prudence überlegte wirklich, den Arm der jüngeren Frau von ihm wegzureißen.

Was um alles in der Welt stimmte nicht mit ihr?

»Ich hoffe, Sie werden mir für später einen Tanz reservieren, Miss Shaughnessy.«

Wieder wollte Prudence ihre Gereiztheit zum Ausdruck bringen, aber sie biss nur die Zähne zusammen. Bennet und Kat verband die gleiche Position in der Gesellschaft. Natürlich würde er sich vor ihr verneigen, ihre Hand nehmen und mit ihr tanzen. Himmel, er könnte sie sogar heiraten.

Ein Gefühl des Entsetzens erfasste Prudence und ließ ihren Magen in die Kniekehlen sacken. Kat mochte nicht die wohlhabendste junge Lady auf dem Ball heute Abend sein, doch sie besaß eine großzügige Mitgift. Und sie war hier, um einen Skandal in Gloucestershire zu verhüten, wo sie den Verlobten einer anderen geküsst hatte. Ihre Tat hatte sie erklärt, dies im Namen der Wissenschaft getan zu haben, was der feinen Gesellschaft jedoch gleichgültig war. Sie würden sie als ruiniert abstempeln. Aus diesem Grund hatte Mrs. Shaughnessy sie eiligst nach London verfrachtet, in dem Bestreben, sie so rasch wie möglich unter die Haube zu bringen. Kat hatte sich jedoch widersetzt. Letztendlich hatte sich Mrs. Shaughnessy damit einverstanden erklärt, ihre Tochter hier in London bleiben zu lassen, in der Hoffnung, dass der Skandal zuhause allmählich einschlafen würde, ohne seinen Weg jemals bis hierher zu finden. Sie würde eine perfekte Frau für Bennet abgeben.

»Das werde ich«, antwortete Kat ohne große Begeisterung an Bennet gewandt. Ihr lag nichts am Tanzen. »Da ist Fiona«, bekundete Cassandra. Die Gruppe brach auseinander, als sie auf ihre Freundin zusteuerte.

Rasch trat Bennet zu Prudence. »Ich muss dich sehen. Wo können wir uns treffen?«

»Im obersten Stockwerk. In zwei Stunden.« Prudence gab die Anweisungen, ohne nachzudenken. Ihr Herz pochte wie ein Gewittersturm.

Sie drehte sich zu Ada um, die noch immer in der Nähe stand. Als sie auf ihre Freundin zugeeilt war, meinte sie: »Ich muss mir dein Zimmer in zwei Stunden ausleihen. Bitte frag mich nicht nach dem Grund.«

Adas dunkle Brauen stiegen derart in die Höhe, dass sie praktisch im Haaransatz zu verschwinden schienen. »Das werde ich nicht. Heute jedenfalls. Morgen werde ich allerdings alle Fragen stellen und noch einige mehr.«

»Das ist nur gerecht.«

Prudence hatte keine Ahnung, was sie ihr erzählen würde. Es war eine Sache, ihr von Bennets Entführung zu erzählen und eine ganz andere, über die … Tiefe ihrer Verbindung zu sprechen. Doch darüber würde sie jetzt nicht nachdenken.

Nun würde sie die längsten beiden Stunden ihres Lebens durchleiden.

KAPITEL 10

ennet tigerte im obersten Stockwerk des Phönix Clubs hin und her, wobei sein Körper vor Vorfreude vibrierte. Er war über die Hintertreppe gekommen, die, wie er vermutete, der einzige Zugang zu diesem Stockwerk war, und er fragte sich, ob Prudence und er sich einfach in dem spärlich beleuchteten Korridor treffen würden. Die Räumlichkeiten gehörten vermutlich jemandem und sie konnten dort nicht einfach eindringen.

Um was zu tun? Tee zu trinken? Backgammon zu spielen? Sex zu haben?

Sein Verlangen pulsierte in ihm. Nein, er wollte sie nur sehen, um sich zu vergewissern, dass alles in Ordnung war und er ihr Leben nicht gründlich verpatzt hatte.

Endlich öffnete sich die Tür des Treppenhauses. Er blieb abrupt stehen und hielt den Atem an.

Prudence trat in den Korridor und schloss die Tür hinter sich. In ihrem schlichten, aber wunderschönen hellblauen Kleid sah sie ganz anders aus als bei ihrem Zusammensein in Riverview. Ihr Haar war hübsch frisiert und ein Perlenkamm steckte in ihren blonden Locken. Sie sah aus wie eine ätherische Fee, die zu einem Ball ging. Und seiner Ansicht nach war sie das auch.

»Bennet.«

Der Klang seines Namens auf ihren Lippen war wie Balsam, von dem er nicht gewusst hatte, wie sehr er es brauchte. Mit zwei Schritten war er bei ihr und hatte sie an sich gezogen, um sie zu küssen.

Sie schlang die Arme um seinen Nacken und stellte sich auf die Zehenspitzen, wobei er sie an sich presste. Ihre überschwängliche und deutliche Reaktion begeisterte ihn bis ins Mark. Sie ließ die Zunge über seine gleiten, während sie mit den Händen an seinem Haar zog.

Stöhnend riss er den Mund von ihrem los und küsste sie von ihrem Kiefer bis zu ihrem Ohr, wobei er seine Zähne zum Einsatz brachte, um an ihrem Ohrläppchen zu ziehen, ehe er über ihre Haut leckte.

Sie schnappte nach Luft und grub die Finger in seine Kopfhaut. Dann zog sie sie zurück, um seine Hand zu fassen. Bennet schüttelte verwundert den Kopf als sie ihn zu einer der Türen führte, die vom Korridor abzweigten. Sie machte sie auf und zog ihn in ein kleines Wohnzimmer.

»Sollten wir hier drinnen sein?«, fragte er leise.

Sie schloss die Tür. »Es sind die Räumlichkeiten meiner Freundin.« Sie legte die Hände an sein Gesicht und küsste ihn erneut, womit sie die volle Kontrolle übernahm und ihn schier verrückt vor Verlangen machte.

In ihrer Umarmung verloren, umklammerte Bennet ihre Taille. Es war, als hätte er in den vergangenen dreieinhalb Wochen nicht geatmet. Und jetzt war er lebendig wie nie zuvor.

Sie führte ihre Hände an seine Schultern und zog ihn rückwärts durch die Tür in ein kleines Schlafzimmer. Er sollte sie aufhalten, sich selbst zurücknehmen. Stattdessen vertiefte er ihren Kuss und führte sie zum Bett.

Dann hielt er inne.

Das Bett war niedrig und das Kleid würde stärker knittern, als es akzeptabel war. Er drehte sie beide um und drückte sie gegen die Wand. Dann packte er den Saum und zog den Rock hoch, um ihn dort festzuklemmen, wo ihre Körper aneinandergepresst waren.

»Was ist mit dem Bett?«, fragte sie, als er von seinem Bedürfnis, sie zu kosten, verzweifelt ihren Hals küsste.

»Ich möchte dir dein Kleid nicht ruinieren.« Er blickte ihr in die vor Lust verhangenen Augen. »Vertrau mir.«

Sie umfasste seinen Kopf und küsste ihn, um dann seine Lippe mit ihren Zähnen zu packen und zurückzuziehen. Er war nicht sicher, ob sie das beabsichtigt hatte, doch dann lächelte sie. Es war ein verführerisches Lächeln, das seinen Schaft hart werden und keinen Zweifel an ihren Absichten ließ.

Dann überraschte sie ihn noch mehr, als sie ihn mit der Hand an der Vorderseite seines Schritts massierte. Noch schockierender war, als sie die Knöpfe öffnete und ihre Hand unter seine Unterwäsche schob, bis ihre Finger auf sein festes Glied stießen.

»Pru«, stöhnte er und seine Augen flatterten kurz zu, als er sich dem Wunder ihrer Berührung hingab.

Sie streichelte mit ihrer Hand über die gesamte Länge seines Schafts und massierte ihn, bis er von einer fieberhaften Begierde erfasst wurde. Seine Hüften bewegten sich praktisch aus eigenem Antrieb auf der Suche nach mehr von ihr. Mit ihrem Daumen fuhr sie über seine Spitze und verteilte die Feuchtigkeit dort über seine Haut. Er stöhnte vor Verzweiflung, in sie zu dringen.

Wieder nahm er ihren Mund in Besitz und drang mit seiner Zunge in sie, während er sich danach sehnte, dies mit seinem Schaft zu tun. Dann nahm er seinen letzten Rest Vernunft zusammen, legte die Hand auf ihr Geschlecht und streichelte ihre Schamlippen, die er feucht und für ihn bereit vorfand. Sie wimmerte an seinem Mund, und das war das Erotischste, was er je gehört hatte.

Dann ließ er den Daumen über ihre Klitoris kreisen und senkte seinen Finger in sie. Sie warf den Kopf in den Nacken und brach damit ihren Kuss ab, um seinen Namen herauszuschreien.

Er packte ihre Hüfte. »Heb dein Bein und schlinge es um meine Taille.«

Sie folgte seiner Aufforderung und mit seiner Hilfe legte sie ihr Bein um ihn.

»Und das andere«, brachte er krächzend zwischen seinen zusammengebissenen Zähnen hervor. Noch einmal half er ihr. »Führe mich jetzt in dich ein.«

Sie positionierte ihn so, dass er ihre Hitze fühlen konnte. Er stieß nach oben und vergrub sich tief in ihr. Sie klammerte sich an seinen Schultern fest.

Als er sie wieder küsste, wurde er nicht langsamer. Er konnte nicht. Es war eine Wildheit in ihm, die er noch nie erlebt hatte. Es war ein ursprüngliches Bedürfnis, sie zu erobern. Sie ganz und gar zu besitzen.

Und *von* ihr besessen zu werden.

Sie verflocht die Finger ihrer einen Hand im Haar an seinem Hinterkopf und zog fest daran, als sie ihre Beine um ihn zusammenpresste. Er dachte, er könnte allein von dem Vergnügen an dem Ganzen sterben.

Dann ließ er sie los und drang in einem unbarmherzigen Tempo immer wieder in sie ein, was sie rasch zu einem Orgasmus brachte. Ihre Muskeln krampften sich zusammen und ihr Körper spannte sich um seinen an, als ihr Orgasmus über sie hereinbrach.

Mit einem Brüllen kam er gleich nach ihr zum Höhepunkt. Himmel, er musste sich aus ihr zurückziehen. Er hätte alles gegeben, das nicht tun zu müssen.

Irgendwie schaffte er es, sich zurückzuziehen – gerade rechtzeitig – und brachte es fertig, sie auf den Boden zu stellen, ehe er Hand an sich legte und eine schreckliche Sauerei veranstaltete. Einen Augenblick später reichte sie ihm ein Taschentuch und er bückte sich, um den Fußboden zu säubern.

»Entschuldigung«, murmelte er und fühlte sich wie ein Esel, doch er bedauerte seine Tat nicht einen einzigen Augenblick.

Sie streifte ihren Handschuh über die rechte Hand. Bennet hatte nicht einmal bemerkt, dass sie ihn ausgezogen hatte, aber ihre Hand war eindeutig entblößt gewesen, als sie seinen Schaft berührt hatte. Bei Gott, dachte er. Er könnte das Ganze mit Leichtigkeit wiederholen.

»Ich sollte mich entschuldigen«, meinte sie, während sie sich glättend über das Haar strich, dass noch immer makellos aussah. »Ich habe dich hier hereingezerrt.«

Er knöpfte seinen Schritt fertig zu und dann küsste er sie rasch und legte die Hand um ihren Nacken. »Entschuldige dich niemals hierfür. Nicht dafür, mich zu begehren und auch nicht für irgendetwas anderes.«

»Irgendetwas anderes?«

»Was mit Sex zu tun hat«, stellte er mit einem Lächeln klar. Er betrachtete ihre leicht amüsierte Miene, die vertraute Neigung ihres Kinns, den üppigen Schwung ihrer vom Küssen geröteten Lippen. »Ich habe dich vermisst.«

»Ich habe dich auch vermisst«, antwortete sie leise und ihr Blick schweifte ab, als wäre sie verlegen, das zuzugeben. Oder als würde es sie verletzlich machen – das verstand er. Sie hatte ihn in seiner schlimmsten Verfassung gesehen und es trotzdem fertiggebracht, ihn zu mögen. Vielleicht fühlte er sich deshalb so zu ihr hingezogen und konnte nicht aufhören, an sie zu denken.

Sie schaute zu ihm zurück. »Das war allerdings eine schlechte Idee. Wir können dies nicht wiederholen.«

»Vermutlich nicht. Zu unserer Verteidigung sei allerdings gesagt, dass wir es nicht richtig durchdacht hatten.«

Sie legte den Kopf schief. »Warum hast du mich dann um ein Treffen gebeten?«

Er blinzelte. »Du dachtest … Du dachtest, ich wollte Geschlechtsverkehr haben?«

»Du hast recht. Ich habe es nicht durchdacht. Ich habe dich gesehen und mein Denken hat einfach ausgesetzt.«

Ein schwindliges Gefühl schwirrte in seiner Brust. »Ich gebe zu, dass ich so ziemlich das Gleiche gespürt habe«, murmelte er und nahm ihre Hand, um mit dem Daumen über ihr Handgelenk zu streicheln. »Ich wollte dich sehen, damit wir uns unter vier Augen unterhalten können, ohne Aufmerksamkeit zu erregen. Ich musste mich einfach verge-wissern, dass es dir gut geht, und ich nichts für dich ruiniert hatte.« Gleichwohl sie wohlauf schien, hielt er den Atem an.

»Mir geht es besser als nur gut. Ich hatte das Glück als Gesellschafterin für Wexfords Schwester eingestellt zu werden. Wenn wir schon von Wexford sprechen, scheinst du dich jetzt gut mit ihm zu verstehen.«

»Ich habe mich neulich Abend bei Lady Wexford und ihm entschuldigt – dafür, die Gründe für mein Interesse an ihr verschwiegen zu haben und für mein Benehmen bei dem Boxkampf. In jener Nacht bin ich ein Schuft geworden.« Er zog eine Grimasse und ließ von ihrer Hand ab.

»Gott sei Dank war es ein kurzer Ausrutscher«, entgeg-nete sie mit einem schiefen Lächeln. »Wo bist du in den vergangenen Wochen gewesen?«

Hatte sie nach ihm gesucht? Oder zumindest darauf geachtet, ob er in der Stadt war? »Hast du gewusst, dass ich nicht in London war?«

»Du bist ein überaus populäres Thema für Klatsch gewesen«, entgegnete sie verlegen.

Er lachte. »Das war zu erwarten gewesen. Ich bin noch einige Tage in Hersham geblieben, weil Logan eine Kutsche für mich aufgetrieben hatte, die ich mir leisten konnte. Dann bin ich nach Aberforth Place gefahren, um meine Wunden zu lecken.« Er zwinkerte ihr zu und wurde sofort wieder nüchtern. »Nicht wirklich. Ich hatte einige Dinge prüfen müssen – und ich musste ein Gemälde verkaufen, um die Kutsche bezahlen zu können«, gestand er ironisch und fragte sich dabei, warum er sich so wohl dabei fühlte, die Tiefen seiner finanziellen Kümmernisse mit ihr zu erörtern.

Weil es sie interessierte. Sie hörte ihm zu, tröstete ihn und gab ihm Hoffnung – an der es ihm, wie er erkannte, gemangelt hatte.

»Ich bin froh, dass du eine Kutsche hast, aber es tut mir leid, dass du ein Gemälde veräußern musstest.« Sie blickte ihn voller Mitgefühl an. Nie würde er verstehen, warum sie ihm hatte verzeihen können.

Und er war dankbar, dass es nicht aus Mitleid war, denn das war ein Unterschied. Luciens Ausdruck war von Letzterem gefärbt gewesen. Wie auch bei Wexford und Lady Wexford.

Er beugte sich zu ihr und flüsterte: »Es war kein besonders schönes Stück.«

»Ah, nun das ist eine Erleichterung.« Offenbar zögerlich hielt sie inne. »Wir sollten vermutlich zum Ball zurückkehren. Ich sollte nicht zu lange verschwinden. Kat tanzt gerade, aber das Set ist wahrscheinlich fast zu Ende.«

»Ja, natürlich.« Er machte ihr ein Zeichen, ihm aus dem Schlafzimmer voranzugehen. Sie verließen die Räumlichkeiten ihrer Freundin und Prudence machte die Tür fest hinter ihnen zu.

»Was ist das für eine Freundin, die eine Wohnung im Phönix Club hat?«, fragte Bennet.

»Sie ist die Buchhalterin.«

Er drang nicht weiter in sie, denn sie schien nicht begeistert, mehr preiszugeben. Nach so vielen Tagen, die sie zusammen verbracht hatten, konnte er sie recht gut einschätzen.

»Ich werde dich allein nach unten gehen lassen«, meinte er und blieb im Flur stehen.

Sie nickte. »Danke. Ich bin so froh, dich wohlauf zu sehen. Du wirst dich von dieser Sache erholen.«

Er hoffte nur, dass dies rechtzeitig geschähe, um seine Familie vor dem Ruin zu retten. Wenn er nicht für Tante Agathas Pflege im Hospital aufkommen konnte –

Er weigerte sich, auch nur daran zu denken.

»Gute Nacht, Ben.« Sie küsste ihn auf die Wange und dann verschwand sie durch die Tür zur Treppe.

Bennet lehnte sich an die Wand zurück und ließ die Schultern heruntersacken. Nach diesem Intermezzo sollte er sich wundervoll fühlen – und das tat er auch –, aber er fühlte sich auch unruhig. Und traurig, weil er wusste, dass er sie nicht wiedersehen konnte. Nicht auf diese Weise.

Wahrscheinlich überhaupt nicht.

~

Als Prudence am nächsten Morgen die Hintertreppe des Phoenix Clubs hinaufstieg, kam sie nicht umhin, an Bennet und insbesondere an den vorigen Abend zu denken. Während des Balls hatte sie sich ab und an einen kurzen Blick auf ihn gestohlen, ehe sie sich um Mitternacht mit Kat auf den Heimweg gemachte hatte. Er hatte getanzt. Und sich so elegant dabei bewegt.

Es schmerzte sie fast, ihm dabei zuzusehen, wie er seine

Tanzpartnerinnen anlächelte, wissend, dass er sie kurz zuvor geküsst hatte – und in ihr gewesen war. Aber sie hatte weder Zeit noch ein Anrecht auf Eifersucht. Er gehörte ihr nicht und würde das auch nie.

Sie schüttelte die Gedanken an ihn ab und klopfte an Adas Tür.

Ada antwortete mit »Herein!«

Prudence trat über die Schwelle. »Guten Morgen.«

Ada saß am Fenster mit Blick auf die unter ihr liegende Ryder Street. Sie faltete die Zeitung zusammen, in der sie gerade gelesen hatte, und legte sie auf den kleinen Tisch. »Wie hat Kat der Ball gefallen? Ich habe beobachtet, dass sie mit mindestens drei Gentlemen getanzt hat.«

Prudence ließ sich auf dem anderen Stuhl nieder. »Sie hat sich nicht allzu sehr beschwert.«

»Ich kann mir aber vorstellen, dass es eine Weile dauern wird, bis sie – und du – das nächste Mal zu einem Ball kommt.«

»Da hast du recht, denke ich«, entgegnete Prudence. Sie bemerkte eine gewisse Nervosität an sich. Denn sie war auf Adas Fragen über den vorigen Abend gefasst.

Ada enttäuschte sie nicht. »Warum hast du mein Zimmer gebraucht? Du warst fast einen ganzes Musikset fort.«

»Hast du Buch darüber geführt?«, fragte Prudence.

»Ich habe aufgepasst. Wie du weißt, tue ich das immer.«

Das stimmte natürlich. Ada sah und bekam mehr von den Dingen mit, als man annahm. Bei Prudence war es so ähnlich. Man lernte viel Wertvolles, indem man einfach beobachtete.

»Ich brauchte nur ein bisschen Zeit für mich.« Es war eine schwache Antwort, und Prudence bezweifelte, dass Ada sie einfach so hinnehmen würde.

Ada kniff die Augen zusammen und machte ihr damit deutlich, dass sie sich mit dieser Antwort nicht zufriedengeben würde. »Was läuft mit Glastonbury? Hast du ihn hier oben getroffen?«

Verdammt. Prudence versuchte, sich ihre plötzliche Aufregung nicht anmerken zu lassen. Ihr Herz klopfte wie wild und ein Zittern durchlief sie. »Warum fragst du das?«

»Weil ihr beide einen Blick ausgetauscht habt und ich hätte schwören können, dass er dir etwas zugeflüstert hat. Dann hast du gefragt, ob du mein Zimmer benutzen darfst.« Ada presste die Lippen zusammen und zog die Brauen hoch.

Zum ersten Mal empfand Prudence die Aufmerksamkeit ihrer Freundin als lästig. Was ungerecht war. Es war Prudence, die Geheimnisse hatte. Das lag in ihrer Natur, redete sie sich ein. Auch wenn sie vor Ada normalerweise nichts geheim hielt.

Diesmal lagen die Dinge anders. Und nicht nur, weil sie Ada nichts sagen sollte. Es ging um mehr als nur um die Geschichte zweier Menschen, die eine wundersame Zeit miteinander verbracht hatten. Was war es dann? Die Anziehung, die sie beide fühlten. Plötzlich ging Prudence auf, dass sie *Gefühle* diesbezüglich hatte, und das wollte sie eigentlich gar nicht. Wenn sie mit Ada darüber redete, würde ihre Freundin das wahrscheinlich auch erkennen. Und *darüber* wollte Prudence keinesfalls sprechen.

»Kannst du mir vertrauen, wenn ich versichere, dass nichts zwischen uns ist?« Prudence würde dafür sorgen, dass da nichts wäre. »Und kannst du mir versprechen, mich, was dieses Thema anbelangt, nicht zu drängen?«

»Welches Thema, Glastonbury oder was du in meinem Zimmer getan hast?«

Als stumme Antwort verengte Prudence die Augen. Es war natürlich dasselbe Thema.

Ada lächelte schwach. »Ich werde dich nicht bedrängen. Übrigens habe ich Neuigkeiten zu berichten. Lucien hat mich gebeten, vierzehn Tage mit dem Viscount Warfield zu verbringen, um seine Bücher auf Vordermann zu bringen.«

Das Unbehagen, das Prudence empfunden hatte, nahm weiter zu. Sie starrte Ada an, denn sie war die Einzige, die die Wahrheit über Warfield kannte, nämlich dass er Prudence´ Halbbruder war, und sie ihn in der Hoffnung aufgesucht hatte, ihre gemeinsame Vaterschaft würde ihm wenigstens so viel bedeuten, dass er ihr zumindest eine Stellung verschaffen würde. »Das kann Lucien nicht von dir erwarten.«

»Natürlich kann er das. Warfield ist sein Freund.« Sie waren zusammen in Spanien gewesen.

»Ich bezweifle, dass Warfield zu Freundschaft fähig ist«, brummte Prudence. Ihr Halbbruder war so unhöflich und grausam, wie ein Mensch nur sein konnte. Dass Lucien angesichts seines Verhaltens weiterhin zu dem Mann stand, leuchtete Prudence nicht ein, selbst wenn sie gemeinsam im Krieg gekämpft hatten.

»Ich wusste, es würde dich beunruhigen, und deshalb hatte ich es dir sagen wollen. Ich muss mich ja nicht mit ihm anfreunden, und werde das auch nicht tun«, entgegnete Ada mit grimmiger Loyalität. »Ich bringe nur seine Bücher in Ordnung und dann gehe ich meiner Wege.«

»Es tut mir leid, dass du seine Gegenwart ertragen musst. Es wird ihm nicht gefallen, dass du da bist. Ihm gefällt überhaupt nichts.« Das hatte der Viscount sehr deutlich gemacht, als Prudence ihn um eine Stelle gebeten hatte. Sie wollte sich gar nicht vorstellen, was er gesagt hätte, wenn sie ihn über ihre Verwandtschaft als Halbgeschwister aufgeklärt hätte.

Doch so weit war es gar nicht gekommen. Er war so unsympathisch gewesen, so ungemein kalt und gefühllos, dass sie ihm nichts gesagt hatte. Sie war fassungslos gewesen und hatte die Nerven verloren. Auf ihrem Weg hinaus war sie mit Lucien zusammengetroffen, und das hatte ihr Leben verändert. Vermutlich hatte sie ihre Begegnung mit ihm dem Umstand zu verdanken, ihren Halbbruder aufgesucht zu haben, aber sie rechnete Warfield nicht das Geringste dafür an. Dass sie blutsverwandt waren, brachte sie beinahe in Rage.

»Ich gestehe, ich will unbedingt dorthin«, antwortete Ada. »Nicht nur, weil ich es liebe, Dinge in Ordnung zu bringen. Vielleicht gibt es eine Möglichkeit, wie ich dich rächen kann.«

»Du kannst mich nicht rächen«, antwortete Prudence. »Er weiß nicht, wer ich bin. Wahrscheinlich weiß er gar nicht, dass er eine Halbschwester hat. Ganz bestimmt erinnert er sich nicht an die arme junge Frau, die auf Stellungssuche vorgesprochen hatte.« Sie hatte gehofft, ihm über ihre Verwandtschaft zu erzählen, um ihn zu bewegen, ihr behilflich zu sein. Wie naiv sie doch gewesen war.

»Vielleicht weiß er es«, schlug Ada still vor.

»Ich bezweifele es stark.«

»Aber du weißt es nicht sicher. Vielleicht besteht der Grund für seine Misere darin, dass er seine Halbschwester nicht finden kann.«

Prudence gab ein Geräusch von sich, das teilweise ein Lachen und teilweise ein Husten war. »Manchmal ist dein Optimismus fehl am Platz.«

Ada zuckte mit den Schultern. »Das sollte ich vermutlich selbst herausfinden.«

»Wann wirst du gehen?« Prudence wollte sich nicht dafür interessieren, aber sie stellte fest, dass sie das tat.

»Ich bin nicht sicher. Nicht sofort, jedenfalls. Ich werde es dich wissen lassen, sobald alles festgelegt ist.«

»Solange du weißt, dass er innerlich ebenso vernarbt ist wie äußerlich – Lucien wird dir das sagen, falls er es nicht bereits getan hat.« Prudence stand auf. »Sollen wir in die Küche gehen und frühstücken?«

»Ja.« Ada trat zu ihr und sie verließen die Wohnung.

Als sie die Treppe hinabstiegen, versuchte Prudence, sich auf die Zukunft zu konzentrieren, und darauf, wie geplant voranzukommen. Wenn nur die Vergangenheit nicht versuchen würde, sie wieder zurückzureißen.

KAPITEL 11

$\mathcal{A}$m Samstagabend betrat Bennet den Phönix Club und machte sich auf die Suche nach Lucien. Gestern Abend hatte Lucien ihn mit zwei Ladys bekannt gemacht, eine mit einer beträchtlichen Mitgift und die zweite eine Witwe mit einem beachtlichen Vermögen. Erstere war die Tochter eines Barons mit alten Besitzungen und einer Abstammung, die des Öfteren mit Mitgliedern der königlichen Familie verflochten war. Und Letztere brachte auch zwei Kinder mit, was Bennet als vorteilhaft erachtete – dann hätte er kein schlechtes Gewissen, ihr keine weiteren zu schenken.

Als Bennet von dem Stammbaum der Tochter des Barons gehört hatte, hatte er sich gefragt, warum er überhaupt einen Versuch wagen sollte. Ganz gewiss konnte sie jemanden finden, über den nicht gerade jeder in der Stadt spottete.

Doch dann hatte er sie kennengelernt und verstanden. Sie war unscheinbar und still, und sie fürchtete sich fast vor ihrem eigenen Schatten. Mit ihr zu tanzen war wie mit einem neugeborenen Fohlen zu tanzen, das noch nicht gelernt hatte, das Gleichgewicht zu halten. Bennet hatte allerdings den Verdacht, dass das Pferd ihm seltener auf die Füße getreten wäre.

Er war sich bewusst, wie lieblos seine Gedanken über sie waren, doch inzwischen verglich er jede einzelne Frau, die er kennenlernte, mit Prudence. Und die Tochter des Barons konnte seiner ehemaligen falschen Verlobten nicht das Wasser reichen.

Die zweite Frau war die Witwe eines Bankiers. Sie leitete jetzt die Bank, was an sich schon eine erstaunliche Leistung war, und sie schien sehr erpicht darauf, Bennets Bekanntschaft zu machen. Während des Tanzes hatte sie deutlich gemacht, dass ihr Interesse einzig mit seinem Titel zu tun hatte. Damit hätte er im Grunde genommen kein Problem haben dürfen, aber sie schien eine gestrenge Frau zu sein. Die Falten an ihren Mundwinkeln ließen vermuten, dass sie öfter finster dreinschaute, als sie lächelte.

Es mussten sich doch noch andere Möglichkeiten finden lassen.

Und so war er hier, um mit Lucien zu reden. Vielleicht gab es eine Lösung, wie er eine Heirat ganz umgehen konnte. Wenn er nur genug Geld für eine solide Investition aufbringen könnte, wäre er vielleicht imstande, allen Sicherheit zu verschaffen.

Nachdem er dem Diener seinen Hut und die Handschuhe übergeben hatte, stieg Bennet die Treppe zum Mitgliederrefugium hinauf. Auf seinem Weg begegnete er Luciens älterem Bruder, Constantin, dem Grafen von Aldington.

Aldington war ein weiterer Mensch, den Bennet als streng beschrieben hätte, doch in letzter Zeit wirkte er aufgelockerter. Bennet hätte schwören können, den Mann in Westminster ein paar Mal lächeln gesehen zu haben.

»Guten Abend, Glastonbury«, meinte der Earl mit einem Nicken. »Ich bin gerade auf dem Weg hinaus. Soeben habe ich mit einem der Männer gesprochen, die in Ihrem Boxclub arbeiten. Er erkundigte sich, ob Sie heute Abend hier wären. Er sitzt dort drüben in der Ecke.« Aldington zeigte mit einem Kopfnicken quer durch den großen L-förmigen Raum zu einer der beiden Ecken, die Bennet sehen konnte.

Gott sei Dank war es Mortimer Dodd und nicht der ältere Cousin des Mannes, Fred, dem der Boxclub gehörte und der Bennet wahrscheinlich hinauswerfen würde, wenn er das nicht schon getan hatte.

»Ich werde gehen und ihm einen guten Abend wünschen«, antwortete Bennet lächelnd. Er verabschiedete sich von dem Earl und durchquerte den Raum, bis er bei Mort ankam, der an einem kleinen runden Tisch saß. Die Züge des ergrauten Mannes waren undurchschaubar und Bennet war sich nicht sicher, ob der Mann sich freute, ihn zu sehen oder nicht.

»Guten Abend, Mort. Du hast nach mir gefragt, wie ich gehört habe.«

»Das habe ich.« Morts Stimme war tief und rau, womit sie eine perfekte Ergänzung zu seinen, scheinbar aus Eichenholz bestehenden Armen und seinem athletischen Körperbau bildete. Obwohl der Mann bereits fünfzig war, konnte er es mit jemandem aufnehmen, der halb so alt und doppelt so groß war wie er. »Du warst seit Wochen nicht mehr im Club.«

Bennet setze sich gegenüber von Mort in einen der Sessel, die um den Tisch gruppiert waren. »Ich war auf meinem Anwesen.«

»Das habe ich gehört. Aber du bist jetzt seit fast einer Woche zurück.«

»Du bist gut informiert.«

»Nicht ich. Fred.« Mort nippte an seinem Ale und stellte es wieder auf d Tisch. »Er hat nur darauf gewartet, dass du auftauchst, damit er dich vor die Tür setzen kann.«

»Das hatte ich erwartet.« Trotzdem gab es ihm einen

Stich. Als junger Mann, frisch aus Oxford, hatte Bennet seine Ausbildung bei Fred angefangen. Fred hatte ihn gefördert und ihn ermuntert, und er hatte ihm das Selbstvertrauen und die Disziplin beigebracht, die Bennet nötig gehabt hatte, um sich zu einem erfolgreichen Kämpfer zu entwickeln – und zu einem Mann. In gewisser Weise war er der Vater gewesen, den Bennet vermisst hatte und von dem er nicht gewusst hatte, wie sehr er ihn brauchte.

»Du bist über Freds Absichten dich rauszuwerfen nicht überrascht?« Mort blinzelte ihn mit einem blauen Auge an. »Was ist bei dem Kampf in Croydon passiert? Du warst nicht du selbst.«

Bennet spannte sich an. »Das war ich nicht. Ich hatte gerade erfahren, dass meine finanziellen Verhältnisse ans Licht gebracht werden sollten. Ich hatte gehofft, einige meiner Probleme mit einem Sieg bei dem Kampf aus der Welt zu schaffen.« Seiner Vermutung nach wusste Mort all dies, da sein Cousin im Bilde war. »Ich fürchte, ich war so verzweifelt, einen Sieg zu erringen, dass ich eine äußerst schlechte Leistung erbracht habe.«

»Das war es nicht allein. Irgendetwas war nicht in Ordnung. Du hast irgendwie … wild gewirkt.«

Bennet umklammerte die Armlehne seines Sessels und bemühte sich, nicht an die Gefühle jener Nacht zu denken. Meistens hielt er sie ja unter Kontrolle. Das Kämpfen half ihm sogar dabei. Er hatte auf Aberforth Place gekämpft – einer der Stallknechte hatte ihm als Sparringpartner gedient, als er sich noch auf dem Anwesen aufgehalten hatte –, doch nicht mehr, seit er wieder in der Stadt war.

»Das ist alles«, entgegnete Bennet gleichmütig und hoffte, Mort würde ihn nicht weiter ausfragen. »Ich werde mir wohl einen neuen Club suchen müssen.«

»Das wirst du. Aber wenn du mich fragst, hätte ich dich bleiben lassen, weil wir das laut Wexford tun sollten. Er hat seine Mitgliedschaft gekündigt. Anscheinend hat er den Sport aufgegeben.« Mort klang ziemlich enttäuscht, was nicht verwunderlich war. Er hatte fast ebenso intensiv mit Wexford gearbeitet, wie Fred mit Bennet.

Bennet war gerührt, dass Wexford sich für ihn einsetzte. Er war berührt und perplex über die Freundlichkeit des Mannes und seine großzügige Einststellung, wie auch die von Prudence.

»Aber es liegt nicht an dir, ob du mich bleiben lässt«, entgegnete Bennet. »Der Club gehört Fred und er ist wahrscheinlich stinksauer auf mich, weil ich verloren habe.« Bereits vor dem Kampf hatten sie sich wegen des Plans zerstritten, den Bennet vorgeschlagen hatte.

Mort sah ihn mit ernstem Blick an. »Fred hat sich nie daran gestört, wer gewinnt. Er war nicht etwa mit deinem Plan nicht einverstanden, weil er dir helfen wollte. Fred ist nur von Geld motiviert und einzig und allein von Geld.«

»Das weiß ich jetzt.« Bennet hatte sein Vertrauen in den Mann gesetzt, den er schon seit Jahren kannte. Der Mann, von dem er dachte, dass er ihm etwas bedeutete.

»Um die Wahrheit zu sagen, habe ich die Nase voll von meinem Cousin«, brummte Mort. »Vielleicht werde ich mich selbstständig machen. Wenn ich das tue, würde ich dich willkommen heißen, falls du mit mir trainieren willst.« Er trank einen weiteren Schluck von seinem Ale und dann durchbohrte er Bennet mit einem gewichtigen Blick. »Du musst allerdings wissen, dass ich mich nicht mit manipulierten Kämpfen oder Plänen zum Geldmachen abgebe.«

»Das tue ich auch nicht mehr.« Es hatte eine verpatzte Entführung gebraucht, um ihm vor Augen zu führen, was für ein Schuft er gewesen war.

»Gut. Spar dir die Mühe, überhaupt zu Fred zu gehen, um zu kündigen. Schenke ihm nicht einmal diese Befriedigung.«

»Ich werde mir diesen Ratschlag zu Herzen nehmen,

danke.« Bennet entdeckte Lucien, der gerade das Mitglieder-refugium betrat. »Wenn du mich entschuldigen willst. Ich muss mit Lord Lucien sprechen.«

Mort nickte und Bennet stand auf, um auf Lucien zuzugehen.

»Lucien«, meinte er, als er bei dem Mann angekommen war. »Kann ich kurz im Büro mit dir sprechen? Es wird nicht lange dauern.«

Luciens dunkle Augenbrauen hoben sich kurz, doch dann bedeutete er Bennet, ihm beim Verlassen des Mitgliederrefugiums voranzugehen. Bennet trat direkt in das Büro ein und hörte, wie sich die Tür schloss.

»Wie stehen die Dinge mit Mrs. Merryfield und Miss Conkle?«, fragte Lucien.

»Gut so weit, danke. Ich weiß es zu schätzen, dass du mich ihnen vorgestellt hast.«

»Ich vernehme da ein Zaudern«, meinte Lucien langsam.

Bennet runzelte die Stirn. »Du hast mich bei unserem Gespräch neulich Abend angeregt, im Nachhinein über andere Alternativen nachzudenken. Obwohl ich so rasch wie möglich Geld brauche, würde ich gern eine Investitionsmöglichkeit finden, die eine gewisse Sicherheit bietet.«

»Meinst du das anstatt einer Heirat?«

Ja, aber er war nicht sicher, ob er das laut zugeben wollte. Als Allerletztes wollte er, dass Gerüchte über ihn aufkamen, dass er, wenngleich er wegen Geld heiratete, er eigentlich gar nicht heiraten wollte. Das wäre allerdings kein Gerücht, sondern die reine Wahrheit.

»Ich weiß nicht«, entgegnete Bennet. »Aber ich würde gern versuchen, eine Investition zu tätigen. Gibt es irgendetwas, was du mir empfehlen kannst? Ich kann mir nicht viel leisten.« Dabei rieb er sich mit seiner linken Hand über den Kiefer.

Luciens Blick blieb auf Bennets Hand haften. »Warum verkaufst du nicht diesen Ring? Er sieht sehr wertvoll aus.«

Bennet hielt sich die Hand vor die Brust und dann ließ er sie rasch sinken. »Das könnte ich nicht. Abgesehen davon, glaube ich nicht, dass er viel wert ist.« Nie wäre er mehr in Geld wert als er – für Bennet – als Andenken wert war.

Lucien trat näher und sein Blick war auf Bennets Hand fixiert. »Darf ich einmal sehen?«

Widerstrebend hob Bennet die Hand. Lucien starrte sie einen Moment an und dann sog er die Luft ein. »Ich will verdammt sein«, hauchte er. »Das ist das Familienwappen meiner Großmutter.« Er hob die Hand, um Bennet mit einem eindringlichen Blick festzuhalten. »Woher hast du ihn?«

Ein Gefühl des Unbehagens ließ Bennets Schultern kribbeln. »Ich habe ihn beim Kartenspiel gewonnen, aber ich erinnere mich nicht mehr wo, oder von wem. Es ist schon eine Weile her.« Er konnte Lucien unmöglich die Wahrheit sagen.

»Er gehört zu meiner Familie, um genau zu sein, meiner Tante Christina, denke ich, seit Großmutter gestorben ist. Meine Großmutter trägt ihn auf einem Portrait, das im Haus meines Vaters hängt. In seinem Arbeitszimmer.«

Bennets Magen krampfte sich zusammen. Er konnte den Ring nicht hergeben. Wie war Prudence´ Mutter an diesen Ring gekommen?

Lucien runzelte die Stirn. »Es ist nicht recht von mir, dich zu bitten, ihn mir einfach auszuhändigen, insbesondere nicht in deiner augenblicklichen schwierigen Lage.« Er konzentrierte seinen Blick auf Bennet und in seinen Augen glomm Entschlossenheit. »Ich schlage vor, du gibst mir den Ring, und ich werde eine anständige Summe für dich in einer soliden, sicheren Investition anlegen – mit der Garantie, dass sie eher früher als später gutes Geld einbringt. Das wäre vorteilhafter für dich, als dir das Geld direkt auszuhändigen, obwohl ich das auch tun könnte, wenn es dir lieber wäre. Wärst du mit einem dieser beiden Vorschläge einverstanden?«

Verflixt. Bennet wollte den Ring überhaupt nicht hergeben. Aber wie konnte er ablehnen? Er hatte Lucien in seiner Verzweiflung hierhergeschleppt und solch ein Angebot abzulehnen würde Fragen aufwerfen, und eine davon würde die Frage sein, ob Bennet noch ganz bei Trost sei.

Darauf wollte er ganz bestimmt keine Antwort geben.

Er wollte entgegnen, das Angebot nicht annehmen zu können, das er gelogen hatte und der Ring jemand anderem gehörte, für den er ihn jetzt aufbewahrte. Doch das würde noch mehr Zweifel aufwerfen – und Bennet sah sich bereits mit einer ganzen Menge davon konfrontiert. Er wollte Prudence fragen, wie ihre Mutter zu dem Ring gekommen war. Vielleicht wusste sie es nicht.

»Du zögerst?«, bemerkte Lucien. »Und du hast den Ring trotz deiner prekären Situation noch nicht verkauft. Bedeutet er dir etwas?«

Bennet rief sich Luciens Worte über Freundschaft in Erinnerung, und wie wichtig es war, ehrlich zu sein. Und hier war er und log den Mann in einer Tour an. Aber er hatte keine Wahl. Er konnte ihm nicht sagen, woher er den Ring wirklich bekommen hatte, oder warum er sich nicht davon trennen wollte. Schon wieder verbarg er Dinge, wie er es immer getan hatte. Vor allen. Einschließlich Prudence, die ihn in seinem verletzlichsten Zustand gesehen hatte. »Ich spiele selten. In Wahrheit habe ich es nicht mehr getan, seit ich den Ring gewonnen habe. Er schien ein Glücksbringer zu sein, also habe ich mich nicht davon trennen wollen.« Diese Geschichte kam ihm leicht über die Lippen, aber er hatte auch ein Leben lang Geschichten erfunden, um die verschiedenen Mitglieder seiner Familie zu beruhigen, sodass ihm dies jetzt zur zweiten Natur geworden war. In Wahrheit spielte Bennet überhaupt nicht. Nicht, nachdem er erlebt hatte, was dadurch mit seinem Vater passiert war.

»Lass mich darüber nachdenken«, fuhr Bennet fort. Prudence *hatte* ihm gesagt, er solle den Ring verkaufen. Dennoch würde er zuerst mit ihr sprechen, vor allem da er nun wusste, woher der Ring wirklich stammte. Mit skeptischem Blick sah er Lucien an. »Du bist sicher, dass der Ring aus den Kreisen deiner Familie stammt?«

»Vollkommen. Es ist ein sehr altes Wappen der Familie meiner Großmutter, das viele Generationen zurückreicht. Ich erinnere mich sehr genau daran.«

Wie interessant. Bennet war begierig, mit Prudence darüber zu sprechen.

»In der Zwischenzeit werde ich mich nach einem angemessenen Investitionsschema umschauen«, meinte Lucien. »Ich hoffe, du bist nicht töricht. Außerdem gehört der Ring meiner Familie. Ich werde nicht kampflos von ihm ablassen.« In seinem Tonfall schwang keine Drohung oder Missgunst mit, sondern es war nur eine Feststellung der Tatsachen.

Bennet nickte und fühlte sich nicht wohl dabei, lügen zu müssen, gleichwohl er wusste, dass es eine Notwendigkeit war. »Ich verstehe und das respektiere ich. Ich werde dir bald Bescheid geben.«

Er drehte sich um und verließ den Raum, während sein Verstand vor unbeantworteten Fragen brummte und sich ein ungutes Gefühl in seiner Brust breitmachte. Kannte Prudence die Wahrheit über diesen Ring?

Er war nicht sicher, was herauszufinden er sich erhoffte.

~

»*D*as ist entzückend, nicht wahr?«, fragte Cassandra mit einem strahlenden Lächeln, als Prudence und sie die Bond Street entlangschlenderten. »Es ist genauso wie in den Zeiten, bevor ich mit Ruark verheiratet war und bevor du Kats Gesellschafterin geworden bist.«

»Als ich deine Gesellschafterin war«, fügte Prudence hinzu.

»Ich bin so froh, dass wir immer noch im gleichen Haushalt leben.«

Das war Prudence auch. Nachdem sie während ihres Beisammenseins mit Bennet über diese Dinge unsicher gewesen war, war sie nun unbeschreiblich erleichtert, dass sie nicht nur diese Position innehatte, sondern dazu noch in der Nähe der Menschen war, die sie mochte, und die ihr ans Herz gewachsen waren. Und von denen sie gemocht und geschätzt wurde.

Im Augenblick. Wenn ihre Zeit in Riverview sie etwas gelehrt hatte, dann, dass alles wirklich nur vorübergehend war. Nur eine Sache war sicher: Veränderung.

Vielleicht fühlte sie sich aufgrund dieser klaren Erkenntnis seit ihrer Rückkehr nach London anders. Oder es könnte etwas vollkommen anderes sein. Oder *jemand*.

Bennet.

Sie verbannte ihn aus ihren Gedanken. Es brachte nichts, an ihn zu denken.

Nach vorn schauen, nicht zurück.

»Lass uns hier hineingehen«, schlug Cassandra vor und dirigierte Prudence in ein Hutmachergeschäft. »Diese Handschuhe im Schaufenster haben den perfekten Elfenbeinton.« Niemand in ganz London war geschickter im Einkaufen als Cassandra. Außer vielleicht, Evie Renshaw. Ein paarmal war

Prudence mit ihr und Ada unterwegs gewesen und Evies Blick für Modisches war unvergleichlich.

Sobald sie über die Türschwelle des Geschäfts getreten war, blieb Cassandra stehen. Prudence wäre beinahe in sie hineingelaufen.

»Guten Tag, Tante Christina«, grüßte Cassandra mit einer leichten Schärfe in ihrem Tonfall.

Diese Schärfe war so leicht, dass sie wahrscheinlich nur Prudence auffiel. Die Countess of Peterborough war die Schwester von Cassandras Vater und sie war Cassandras Mentorin gewesen – gleichwohl eine sehr mangelhafte. Als sie Cassandra zu gesellschaftlichen Veranstaltungen begleitet hatte, war es ihre Art gewesen, ihren Schützling häufig gleich nach der Ankunft im Stich zu lassen. Bei mindestens einer Gelegenheit war sie nicht einmal zum Haus des Herzogs am Grosvenor Square gekommen, um Cassandra dort abzuholen. Das hatte den Herzog maßlos geärgert.

Nichtsdestotrotz hatte er seiner jüngeren Schwester gestattet, die Rolle der Mentorin zu spielen, anstatt diese Aufgabe der ernsthafteren und weitaus beflisseneren Lady Aldington, Cassandras Schwägerin, zu überlassen, welche die Position kurzzeitig innehatte, ehe der Herzog sie für zu schüchtern befand.

Er hatte dabei übersehen, dass Schüchternheit besser war als Abwesenheit. Oder Desinteresse.

»Cassandra, meine Liebe!« Lady Peterborough küsste ihre Nichte auf die Wange. Sie sahen sich mit ihrem dunklen Haar ein bisschen ähnlich, gleichwohl Lady Peterboroughs Haar von grauen Strähnen durchsetzt war. Ihre Augen waren sehr ähnlich, hellbraun und warm. »Wie entzückend du aussiehst. Die Ehe bekommt dir offenbar.«

»Danke, Tante. Ich habe das Glück, Prudence heute bei mir zu habe. Ich weiß nicht, ob du davon gehört hast, aber sie ist jetzt die Gesellschafterin von Ruarks Schwester, Miss Shaughnessy.«

Lady Peterboroughs Blick schweifte kurz zu Prudence. »Das war mir nicht zu Ohren gekommen, aber wie schön für euch alle. Ich weiß, wie schwer es sein kann, gutes Personal zu finden.«

Innerlich verdrehte Prudence die Augen. Sie hatte Lady Peterborough immer schon selbstbezogen gefunden, insbesondere was ihre Nichte anbelangte. Man sollte erwarten, dass sie sich ein wenig mehr Mühe gab, da Cassandras Mutter gestorben war, als Cassandra noch jung war. Prudence wusste, wie tief der Verlust Cassandra getroffen hatte. Ihre Mütter zu vermissen war etwas, das sie miteinander gemeinsam hatten.

»Was kaufst du heute ein?«, fragte Lady Peterborough.

Cassandra blickte zur Vorderseite des Geschäfts. »Ich wollte mir die Handschuhe im Schaufenster anschauen.«

»Die elfenbeinfarbenen?« Auf Cassandras Nicken hin lächelte die Countess anerkennend. »Sie sind sehr modisch. Komm, lass sie uns anschauen, und wenn sie dir gefallen, werde ich sie dir kaufen.«

Das war Lady Peterboroughs Art – sie kaufte Dinge für Cassandra und begleitete sie zu aufregenden Einkaufstouren in Cheapside. Prudence nahm an, dass das schon etwas Bedeutsames war. Sie versuchte, sich vorzustellen, sie hätte dies mit ihrer Mutter getan, doch dafür hatten sie natürlich kein Geld gehabt. Sie hatten ein gutes Auskommen, solange ihr Vater noch gelebt hatte, doch nach seinem Tod hatten sie beide an der Schule arbeiten müssen. Es war nicht viel für Extravaganzen übrig geblieben. Und ein modisches Paar Handschuhe von der Bond Street überstieg für jemanden wie Prudence jede Extravaganz.

Prudence wartete in einer Ecke, während Cassandra die

Handschuhe anprobierte. Ihre Tante und sie bewunderten das Accessoire und der Kauf wurde getätigt.

»Nun, das war sehr unterhaltsam«, meinte Lady Peterborough mit einem leisen Lachen. »Ich freue mich so, dass ich dich getroffen habe, meine Liebe.« Sie umarmte Cassandra flüchtig und dann warf sie Prudence einen Blick zu. »Guten Tag, Miss Lancaster.«

Prudence nickte ihr zu und sah der Countess nach, als sie das Geschäft verließ. Cassandra nahm ihr neues Päckchen und drehte sich zur Tür. »Bereit?«

Zur Antwort folgte Prudence ihr aus dem Laden. Sie schlenderten ein paar Minuten dahin, ehe Cassandra das Wort ergriff: »Ich frage mich, ob sie mir immer aus einem Schuldgefühl heraus Geschenke kaufen wird.«

»Du glaubst, das ist der Grund?«

Cassandra gab ein leises, aber dennoch undamenhaftes Schnauben von sich. »Tust du das nicht? Ich habe dir genug über meine Tante erzählt und du hast selbst gesehen, wie sie ist.«

Ja, das hatte sie. »Besteht irgendeine Möglichkeit, dass sie es tut, weil sie dich gernhat? Jeder drückt seine Zuneigung auf andere Weise aus.« Prudence dachte an ihre eigene Mutter, die ihre Liebe damit zum Ausdruck gebracht hatte, ihre Tochter zu unterrichten und zur Selbstständigkeit zu erziehen. Wenn ihre Führung nicht gewesen wäre, hätte Prudence in einem Armenhaus landen können. Das war Liebe, wie auch Lady Peterboroughs Geschenke Liebe sein konnten.

»Du hast vermutlich recht. Ich wage allerdings zu behaupten, dass sie sich immer noch schuldig fühlt, weil sie so eine schreckliche Mentorin gewesen war.« Cassandra schaute Prudence an. »Vielleicht sollte ich ihr sagen, dass sie sich nicht so fühlen muss. Wir haben nie darüber gesprochen.«

»Glaubst du, es würde helfen, das zu tun?«

»Ich möchte nicht, dass sie Schuldgefühle hat. Das habe ich einst getan und gebe es auch zu, aber es scheint mir jetzt sehr unreif.«

»Das glaube ich nicht«, entgegnete Prudence leise. »Wahrscheinlich hattest du gehofft, dass sie dir mehr eine Mutter sein würde.«

Cassandra richtete den Blick geradeaus und blinzelte. »Ja, aber ich verstehe auch, warum sie das nicht war – sie hatte selbst zwei Söhne und eine unglückliche Ehe. Ich kann mir nicht vorstellen, dass es leicht für sie war. Und jetzt fühle ich mich doppelt unreif, weil ich das nicht eher erkannt habe.« Kopfschüttelnd lenkte sie ihre Aufmerksamkeit wieder auf Prudence. »Du bist immer so klug Pru. Geheimnisvoll. Ich würde liebend gern deine ganze Vergangenheit kennen und nicht nur die Teile, die du preiszugeben geruhst.«

»Mein Vergangenheit ist furchtbar langweilig«, entgegnete Prudence ohne Hintergedanken. Verglichen mit dem Leben der Tochter eines Herzogs war ihr Leben sehr langweilig gewesen.

»Ich bezweifle allerdings, dass dem so war, als du durchgebrannt bist«, entgegnete Cassandra ironisch. »Wie gern ich hören würde, was passiert ist, aber ich weiß, dass du nicht darüber sprechen möchtest.« In ihrer Stimme lag eine Traurigkeit, die Prudence fast dazu gebracht hätte, ihr zu erzählen, was passiert war. Es war allerdings genug, dass sie Ada eingeweiht hatte, der sie allerdings auch nicht die volle Wahrheit anvertraut hatte. Vielleicht sollte sie wirklich jemandem davon erzählen. Doch das bedeutete, sich wieder von ihren Gefühlen leiten zu lassen und das würde sie nicht tun.

»Es tut mir nur leid, dass deine Pläne sich nicht so ergeben haben, wie du es dir erhofft hattest«, meinte Cassandra. »Und ich meinte, was ich neulich Abend auf dem Ball gesagt habe. Wenn du dir je etwas von der Seele reden willst, bin ich für dich da. Deine Geheimnisse werden bei mir immer sicher sein.«

»Das ist sehr großzügig von dir«, entgegnete Prudence und dachte, dass ihre Geheimnisse Cassandra wahrscheinlich bis in ihre Grundfesten schockieren würden.

Sie fuhren in der Kutsche nach Hause, bei der es sich um ein luxuriöses Gefährt handelte, das Prudence bewusst machte, wie alt Bennets Kutsche gewesen war. Warum hatte niemand bemerkt, dass es ihm an den üblichen Statussymbolen eines Londoner Gentlemans gemangelt hatte? Prudence hatte gehört, dass er in einem sehr kleinen Terrassenhaus nahe der Bloomsbury Street wohnte.

Vielleicht waren alle so von seinem guten Aussehen, dem charmanten Lachen und seinem untadeligen Stil geblendet. Zumindest kleidete er sich wie ein wohlhabender Gentleman. Das war ihrer Vermutung nach alles, was er fertigbringen konnte. Er musste schließlich die Rolle spielen. Wie sollte er sich sonst eine Erbin angeln?

Der Gedanke, dass er genau das tat, formte in ihren Magen eine bleierne Kugel. Sie hatte Schwierigkeiten zu schlucken, als die Kutsche vor Wexfords Haus in der George Street, an einer der Ecken, nahe dem Grosvenor Square zum Stehen kam. War das …? Sie blinzelte, denn sie war sicher, dass sie sich etwas eingebildet hatte. Sie hatte an Bennet gedacht und ihn in ihrem Verstand heraufbeschworen. Als sie wieder hinsah, erkannte sie, dass sie sich ihn nicht eingebildet hatte. Er drückte sich an der Ecke herum und schien ihr zuzunicken. Dann verschwand er.

Prudence ging ins Haus und vor Vorfreude schlug ihr Puls schneller. Wollte er ihr zu verstehen geben, nach draußen zu gehen und ihn zu treffen? Sie könnte einen Spaziergang unternehmen …

Zwanzig Minuten später tat sie genau das.

KAPITEL 12

Obwohl sie keine junge Lady war, die nicht ohne Anstandsdame spazieren gehen sollte, fragte sich Prudence, ob sie unklug war. Wenn sie mit Lord Glastonbury gesehen würde, dann würde irgendjemand bestimmt einen Kommentar darüber machen. Solch ein Klatsch war einfach zu köstlich, um ihn zu ignorieren. Ein, dem Ruin geweihter Viscount flanierte mit einer bezahlten Gesellschafterin.

Es konnte viel schlimmer sein. Was, wenn die Leute wüssten, wer sie in Wirklichkeit war?

Ein ruinierter Lord, der mit dem unehelichen Kind eines Viscounts spazieren ging?

Sie blieb stehen, ehe sie die Queen Street erreichte und hätte beinahe kehrtgemacht.

Doch dann war er bei ihr und fasste ihre Hände. »Pru, wie bezaubernd du heute aussiehst.« Sie wollte ihm sagen, dass er ebenfalls wunderbar aussah. Er war makellos gekleidet und trug einen flaschengrünen Frack, der eher das Grün seiner Augen anstatt dem Blau hervorhob oder der üblichen gleichmäßigen Mischung aus beidem.

Sie zog ihre Hand von ihm zurück. »Ich hätte nicht herauskommen sollen. Es ist nicht gut für uns, wenn wir zusammen beim Spazierengehen gesehen werden.«

»Das habe ich überlegt.« Er schaute sich um und führte sie über die Straße und dann um die Ecke in die Hintergasse der Stallungen. Der Geruch von Pferden erfüllte die Luft.

Er schob sie in eine Nische zwischen zwei Remisen. »Darf ich jetzt deine Hand nehmen?«

»Das solltest du nicht.«

Er zog eine Schulter hoch und sah sie mit einem gewinnenden Lächeln an. »Wann haben wir uns je davon abhalten lassen?«

Prudence konnte kaum an dem Kloß vorbeischlucken, als die Emotionen in ihrer Brust aufwallten. Sie konnte dies nicht fortsetzen. Es würde zu schmerzlich werden, sich voneinander zu trennen. Und die Gefühle unter Kontrolle zu halten.

»Wie geht es dir?«, fragte er und ergriff ihre Hand. Sie ließ ihn gewähren.

»Gut. Und dir?«

»Gut ist keine richtige Antwort. Fühlst du dich wohl? Bist du beschäftigt? Oder ohne mich schrecklich gelangweilt?«

Sie lachte. »Du hast eine bemerkenswert hohe Meinung von dir.«

»Du weißt, das habe ich nicht«, konterte er. »Insbesondere nicht nach dem, was ich dir angetan habe.« Es lag keine Melancholie in seiner Stimme, sondern es war nur eine Feststellung der Tatsachen.

Sie musste Abstand zwischen sie beide bringen. »Hast du schon eine Erbin gefunden?«

Er zog eine Grimasse und ließ ihre Hand los. Das war ihre Absicht gewesen – ihn von sich zu weisen – aber es gab ihr dennoch einen Stich. »Ich wünschte, ich bräuchte das Geld nicht. Vielleicht sollte ich mir eine Arbeit suchen. Gibt es so etwas wie einen Gesellschafter? Du könntest mich schulen.«

Sie wurde von einem weiteren Lachen durchgerüttelt. »Ich fürchte, ich habe noch nie von so etwas gehört. Ich weiß, dass du gut im Aufräumen nach Stürmen bist.«

»Du hast recht«, meinte er und strich sich über das Kinn. »Ich könnte mich als Gärtner oder Pferdeknecht verdingen. Über Pferde weiß ich eine ganze Menge.«

»Du könntest auch Lehrer werden. Ich nehme an, dass du in Oxford oder Cambridge gewesen bist und ein umfangreiches Wissen besitzt, das du weitergeben könntest.«

»Wie dein Vater.« Seine Augen blickten warm.

»Nicht wie mein Vater. Er war nicht in Oxford oder Cambridge. Er war allerdings sehr klug.« Ihr Vater hatte ihr so viel über Geschichte, Wissenschaft und Literatur beigebracht.

»Das musste er wohl sein, um ein Kind geschaffen zu haben, das so klug und wunderbar ist, wie du.«

Er hatte sie allerdings nicht im ursprünglichen Sinn des Wortes geschaffen. Sie holte scharf Luft und hustete, um dies zu kaschieren, für den Fall, dass Bennet etwas bemerkt hatte. »Ich sollte umkehren. Und wir sollten uns nicht mehr auf diese Weise treffen.«

»Ich weiß.« Er klang resigniert. »Aber ich hatte dich sehen müssen. Es geht um den Ring, den du mir gegeben hast.«

»Du hast ihn verkauft.« Das hatte sie ihm nahegelegt und dennoch keimte Bedauern in ihr auf.

»Noch nicht, aber ich habe ein Angebot erhalten. Es ist eine vertrackte Sache.« Kopfschüttelnd streifte er den linken Handschuh ab. »Ich muss gestehen, dass ich ihn trage, seit du ihn mir gegeben hast.«

Das Gold glitzerte in der Nachmittagssonne. Der Ring

sah sehr natürlich und schön an seiner Hand aus. Ihn dort zu sehen, freute sie ungemein.

»Er sieht schön aus.« Mehr brachte sie nicht hervor. Sie wartete noch immer auf seine Erklärung der vertrackten Sache.

Ihr Blick flackerte zu seinem und sie erkannte ein winziges Zaudern darin. Sein Benehmen löste einen Anflug von Angst aus, die sie durchfuhr. »Neulich Abend ist Lucien auf den Ring aufmerksam geworden. Er hat mich gefragt, wie ich in seinen Besitz gekommen bin.«

Ihr Herz fühlte sich an, als ob es ihr aus der Brust springen könnte. »Was hast du ihm erzählt?«

»Dass ich den Ring beim Kartenspiel gewonnen habe. Er war allerdings einigermaßen verblüfft und bestand darauf, dass der Ring in seine Familie gehört. Es sei das Familienwappen seiner Großmutter.« Er sah auf den Ring an seinem Finger hinab. »Wie hat deine Mutter in seinen Besitz gelangen können?«

Alles um Prudence herum schien stillzustehen. Kein Laut, kein Geruch nach Pferden … nichts, außer einem Gefühl zu fallen. Dann kehrten die Geräusche mit einem lauten Rauschen in ihren Ohren zurück. Fiel sie tatsächlich?

»Pru?« Bennet berührte sie am Arm. »Geht es dir gut?«

»Ja«, krächzte sie hustend, ehe sie Luft holte. »Ich bin nur überrascht, dies zu hören.«

Wenn der Ring Luciens Familie gehörte, wie um alles in der Welt war er dann in den Besitz von Prudence´ Mutter gekommen? Nein, wie war er in den Besitz der Frau gekommen, die Prudence auf die Welt gebracht hatte? Es sei denn, diese Frau war ein Abkömmling der Familie von Luciens Großmutter. Was nicht zu weit hergeholt war. Prudence´ wahrer Vater war ein Viscount gewesen und der Ring stammte offenbar von einer bedeutsamen Familie. Alles

deutete darauf hin, dass Prudence' wahre Mutter von
Luciens Familie stammen musste.

Das würde bedeuten, dass Lucien – und Cassandra –
Prudence' Familie waren.

Prudence fühlte sich, als *würde* sie gleich fallen. Ihre Beine
wackelten unter ihrem Gewicht.

*Nimm dich zusammen, ehe Bennet die Zusammenhänge
durchschaut!*

»Ich weiß nicht, wie meine Mutter in den Besitz gelangt
ist«, log sie.

»Und du kannst sie natürlich nicht fragen.« Bennet streichelte ihr über den Arm und sein Blick war voller Sorge.
»Ich frage mich, ob sie die Wahrheit darüber kannte.«

Prudence entschied, nicht mit ihm darüber zu spekulie-
ren. Je weniger sie sagte, desto besser. »Danke, dass du ihm
nicht verraten hast, ihn von mir bekommen zu haben.«

»Das konnte ich nicht, ohne zu verraten, wie oder
warum. Das hätte ich ohnehin nicht getan.«

»Warum?«

Er runzelte leicht die Stirn. »Ich nehme an, ich fühle mich
dir gegenüber beschützend, ob das nun vernünftig ist oder
nicht.«

Prudence war es egal, ob es vernünftig war. »Das weiß ich
zu schätzen. Und dich.« Sie küsste ihn auf die Wange, aber
dann zog sie sich schnell zurück, da sie immer noch von dem
Schock bebte.

»Da ist allerdings noch mehr, fürchte ich«, meinte Bennet
finster. »Lucien will den Ring. Er denkt, er muss, aufgrund
des Todes der Großmutter, Tante Christina gehören.«

Lady Peterborough. Könnte *sie* Prudence' Mutter sein?
Ihr fiel das Atmen schwer. Sie fühlte sich, als hätte sie eine
lange Strecke in schnellem Lauf zurückgelegt.

»Er hat mir einen Handel angeboten.« Bennets Worte
rissen sie aus ihrem schwirrenden Chaos zurück.

»Was für eine Art von Handel?«, fragte Prudence leise.

»Er wird im Austausch gegen den Ring eine Investition in meinem Namen tätigen.« Bennet schaute sie einen Augenblick an und dann fuhr er fort. »Ich habe ihm gesagt, ich würde darüber nachdenken.«

Das Chaos kehrte zurück und zerrte an ihren Füßen. Bennet brauchte den Ring. Darüber hinaus hatte sie ihm das Schmuckstück gegeben, um es zu seinem Vorteil zu verkaufen. Jetzt hatte er die Chance, genau das zu tun. Wozu wollte Prudence den Ring haben? Hatte sie nicht bereits beschlossen, das Geheimnis um ihre Mutter in der Vergangenheit begraben zu lassen?

Allerdings war das Geheimnis beinahe gelöst. Prudence war nicht sicher, ob sie sich davon abhalten konnte, endlich die Wahrheit herauszufinden.

Seine Züge wurden sanfter. »Ich kann sehen, dass es dir wehtun wird, wenn ich ihm den Ring gebe.« Er zog ihn vom Finger und legte ihn in ihre behandschuhte Hand.

Sie wollte protestieren und darauf bestehen, dass er ihn an Lucien verkaufte. Dann könnten die Geheimnisse ihrer Vergangenheit endlich zur Ruhe gebettet werden. Doch sie brachte es nicht über sich. Am Ende konnte sie ihre Gefühle in dieser Sache nicht ignorieren, und auch nicht das Bedürfnis, das Puzzle ihres Lebens endlich vollständig zu kennen.

Sie fühlte das Gewicht des Rings in ihrer Handfläche. »Was wirst du ihm sagen?«

»Mach dir deshalb keine Sorgen. Nimm ihn bitte.« Er drückte ihre Finger um den Ring und streichelte mit seinem bloßen Finger über ihren Kiefer. »Du musst mir nicht antworten, aber bist du irgendwie mit Luciens Familie verwandt?«

Sie antwortete mit der Wahrheit und ihre Stimme war abgehackt und leise. »Ich weiß es nicht. Es ist nicht unmöglich, nehme ich an.« Und dann brach die Wahrheit aus ihr heraus, als die Kakophonie der Emotionen zu viel für sie wurde, um sie zurückzuhalten. »Meine Eltern waren nicht meine leiblichen Eltern. Ich bin von ihnen adoptiert worden.« Sie wandte den Blick von ihm ab. »Die Umstände meiner Geburt sind unschicklich. *Ich* bin unschicklich.«

Er packte sie an den Schultern und drückte sie leicht. »Sag das niemals. Du kannst dir nicht aussuchen, wie du geboren wirst. Du kannst dir nur aussuchen, wie du dich benimmst. Ich bin hier der Unschickliche, niemals du.«

Wie sie ihn in diesem Augenblick anbetete. Aber es machte etwas aus. Sie stammten aus unterschiedlichen Welten, und gleichwohl die Abstammung für seine Klasse bedeutsam war, blieb der Umstand ihrer Herkunft von Aristokraten ohne Belang. Der Makel ihrer Geburt garantierte, dass sie niemals mit ihm gleichgestellt wäre. Darüber würde sie allerdings jetzt nicht mit ihm debattieren. »Du bist nicht wütend auf mich, weil ich es dir vorher nicht gesagt habe?«

»Natürlich nicht. Das ist ein sehr großes Geheimnis.« Einer seiner Mundwinkel zuckte. »Weißt du, ich wäre nicht überrascht, wenn ich der erste Mensch wäre, dem du das erzählt hast.«

»Der zweite. Es tut mir leid.« Warum sie das Gefühl hatte, sich dafür entschuldigen zu müssen, wusste sie nicht. »Meine Freundin Ada weiß davon. Wie du sagst, ist es ein sehr großes Geheimnis. Es ist sehr schwer, es jemandem anzuvertrauen, aber es ist auch schwer, es ganz für sich zu behalten. Ich gebe zu, ich habe ihr erzählt, dass du mich entführt hast, aber darüber hinaus nichts weiter. Es tut mir leid. Ich hatte das nicht gewollt, doch sie ist eine liebe Freundin und sie kennt mich gut genug, um zu wissen, dass ich niemals mit jemandem durchbrennen würde, ganz zu schweigen mit einem Mann, von dessen Existenz sie noch nicht einmal etwas gewusst hatte.«

»Ach. Manchmal hindert uns die Logik daran, unauf-

richtig zu sein, was wahrscheinlich gar nicht so schlecht ist.«
Er zuckte mit den Schultern und sie hatte das Gefühl, dass er
aufgewühlt war – wozu er auch jedes Recht hatte, da sie sein
Vertrauen missbraucht hatte.

»Es tut mir wirklich leid.« Beinahe hätte sie mit den
Augen gerollt. »Jetzt bin ich an der Reihe, meine Entschuldigung auszudrücken.«

»Tu es nicht. Du musst dich niemals für deine Aufrichtig-
keit entschuldigen.« Er schaute sie in offener Bewunderung
an und war eindeutig nicht verärgert über sie. »Du bist eine
außergewöhnlich tapfere und wundervolle junge Frau.« Er
küsste sie flüchtig und als seine Lippen die ihren streiften,
flammte ein Verlangen tief in ihrem Inneren auf, das sich wie
eine Blume auf der Suche nach der Sonne in ihr entfaltete.
»Ich würde dich so gern halten, aber ich fürchte, dass wir
schon kühn genug gewesen sind.« Er ließ sie los und trat
einen kleinen Schritt zurück. »Was willst du unternehmen?«

»Ich weiß es nicht.« Sie sollte mit Lady Peterborough
sprechen und wenn auch nur, um ihr den Ring zurückzugeben. Doch das würde Fragen aufwerfen, wenn Lucien je
erfuhr, dass der Ring zurückgegeben worden war. Was für
ein Wirrwarr.

»Wie kann ich helfen? Oder bin ich an dieser Stelle eine
Last?«

»Du bist niemals eine Last!« Sie brachte ein holpriges
Lachen zustande. Nachdem sie den Ring in die Tasche ihres
Ausgehkleides geschoben hatte, holte sie tief Luft. Das
entspannte sie nicht so sehr, wie sie sich erhofft hatte. Andererseits würde sie sich jedoch für einige Zeit unruhig fühlen.
Allein die Vorstellung, die Countess – Cassandras *Tante* – zu
konfrontieren, löste einen Brechreiz in ihr aus.

Weil ihre Idee, ihren Halbbruder zu konfrontieren so
grandios verlaufen war, dachte sie sarkastisch.

»Aber ich glaube nicht, dass du helfen kannst.« Sie

lächelte ihn schwach an – es war das Beste, was sie zustande brachte. »Ich mache mir Sorgen darüber, was du Lucien sagen wirst.«

»Tu das nicht. Du hast schon genug, worüber du dir Sorgen machen musst. Diese Sache könnte die Situation für dich ändern. Wenn du das möchtest.«

Er hatte wahrscheinlich nicht so unheilvoll klingen wollen, aber genauso nahm sie es auf. »Ich glaube nicht, dass ich mich wohlfühlen würde, plötzlich Anspruch darauf zu erheben, ein Mitglied von Cassandras und Luciens Familie zu sein.« Tatsächlich hätte sie Bennet den Ring in diesem Augenblick beinahe zurückgegeben. Aber sie würde ihn brauchen, wenn sie Lady Peterborough aufsuchte. Anschließend könnte sie ihn Bennet zurückgeben, damit er ihn an Lucien verkaufte.

»Ich würde gern ein paar Tage darüber nachdenken. Dann werde ich dir den Ring wahrscheinlich zurückgeben. Ich denke, das ist das Beste.«

»Tatsächlich?« Bennet sah nicht so sicher aus. Auf ihr leichtes Nicken hin fuhr er fort. »Ich werde Lucien vertrösten, während du dir das Ganze überlegst.«

Endlich fing sie an, sich zu entspannen – ein bisschen wenigstens. »Danke. Ich kann das nicht ganz fassen, fürchte ich.«

Daraufhin nahm er sie in seine Arme und hielt sie fest. »Es wird sich alles finden. Vielleicht muss sich gar nichts ändern – wenn du das willst.«

Prudence zog sich aus seiner Umarmung zurück. »Ich muss gehen. Danke, dass du zur mir gekommen bist und Lucien angelogen hast, obwohl ich mich deshalb schlecht fühle.«

»Ich habe schon weitaus Schlimmeres getan.« Er stieß ein selbstkritisches Lachen aus. »Informiere mich über deine

Entscheidung. Ich werde Lucien so lange wie möglich hinhalten.«

Bennet nahm sie am Arm und führte sie aus der Nische. »In Wahrheit würde diese Investition keine kurzfristige Hilfe bedeuten. Ich werde wahrscheinlich trotzdem noch eine Erbin heiraten müssen.« Er klang wenig enthusiastisch.

Ein flüchtiger Gedanke schoss Prudence durch den Kopf. Wenn sie die *legitime* Tochter des früheren Viscount Warfield wäre, würde das die Antwort auf Bennets Probleme sein. Das war sie allerdings nicht, weshalb sich ein weiteres Nachdenken darüber nicht lohnte. Deshalb hatte sie ihm nichts gesagt.

Er begleitete sie auf ihrem Rückweg bis zur Ecke der Queen Street. »Mach dir nicht zu viele Sorgen. Und lass mich bitte wissen, wenn du etwas brauchst. Schicke mir einfach eine Nachricht, in Ordnung?«

Sie nickte.

»Versprich es mir, Pru.«

»Ich verspreche es.« Dann ließ sie ihn stehen und lief eilig zum Haus der Wexfords zurück, wobei sie betete, dass sie die Treppe hinauflaufen konnte, ohne jemandem zu begegnen.

~

*D*ass er Prudence am Vortag von dem Ring erzählt hatte, lastete schwer auf Bennet. Nicht, dass er es bereute, oder die Sache vermeidbar gewesen wäre. Sie hatte so schockiert und dann fast … panisch ausgesehen. Es lastete schwer auf ihm, dass sie ihre Geburt als beschämend empfand.

Der Lärm im Phönix Clubs war eine verschwommene Geräuschkulisse um ihn herum. Eine Mischung aus Gesprächen und Gelächter, Menschen, die ihrem Leben nachgingen, während er in einem Sessel mit Blick auf die Ryder Street saß und dabei ein Glas irischen Whiskey in der Hand hielt.

»Du trinkst wieder den guten Tropfen, was, Glastonbury?«, fragte Wexford, ehe er sich ihm gegenüber setzte.

»Ich habe es ernst gemeint, als ich sagte, du hättest mich auf den Geschmack gebracht und mich für anderes ruiniert.«

»Du hast es verdient«, meinte Wexford kichernd, ehe er an seinem eigenen Glas nippte. »Mort sagte, er habe mit dir über seine Pläne gesprochen, einen eigenen Club zu gründen. Ich dachte, du solltest wissen, dass ich der Hauptinvestor bin.«

»Deshalb hast du deine Mitgliedschaft bei Fred aufgekündigt?«, fragte Bennet. »Mort meinte, es sei wohl, weil du geheiratet hast.«

»Es ist beides. Ich habe genug vom Kämpfen.«

Bennet runzelte die Stirn. »Warum investierst du dann in einen neuen Club?«

»Weil Mort wie ein Vater für mich war, und ich festen Glaubens bin, dass er damit Erfolg haben wird. Ich habe dir, denke ich, schon gesagt, dass er der beste Trainer in England ist.«

»Ich weiß nicht, ob du es genau so ausgedrückt hast.« Bennet lachte. Sie hatten im Club einmal darüber gesprochen, wer der bessere Trainer sei – Mort oder Fred. Mort besaß auf jeden Fall das bessere Naturell. Was über Bennet aussagte, dass er sich damit begnügte, mit dem Unbeständigeren der beiden zu trainieren, und er eine Affinität zu Fred und nicht zu Mort gefunden hatte? Lag es daran, dass Bennet, was Vaterfiguren anbelangte, jemanden mit einem launischen Naturell erwartete und verdiente? Nach dem Vorbild seines leiblichen Vaters?

»Wirst du also Morts neuem Club beitreten?«, wollte Wexford erfahren. »Es würde ihm sehr helfen, wenn du dabei wärst. Du bist ein renommierter Boxer.«

»Bist du dir da sicher?«, schnaubte Bennet. »Du hast mich in Croydon deutlich geschlagen. Außerdem ist mein Ruf im Moment ganz schön lädiert.«

Wexford verzog das Gesicht, und seine attraktiven Züge verzerrten sich, als er die Augen verdrehte. »Das interessiert in einem Boxclub niemanden.«

»Um ehrlich zu sein, bin ich schockiert, dass es dich nicht interessiert«, meinte Bennet leise.

»Hast du erwartet, ich würde einen Groll hegen?« Wexford nippte an seinem Whisky. »Wer hat schon die Ausdauer für so etwas? Jedenfalls bin ich überglücklich, und du scheinst nicht enttäuscht zu sein, wie sich die Dinge entwickelt haben. Ich würde sogar sagen, dass du alles in allem recht ... heiter wirkst.«

Er war in Croydon enttäuscht gewesen. Und wütend. Das hatte ihn zu einer schrecklichen Tat veranlasst, die sich aber keineswegs als enttäuschend erwiesen hatte. Ja, er war heiter. Er war fast glücklich.

Nun, das war er einige Tage lang gewesen. Inzwischen aber war er auf dem Weg zu einer echten Enttäuschung, da er sein verflixtes Anwesen und seine Familie retten musste. Sein Glück hatte nichts mit seiner Pflichterfüllung zu tun.

Bennet trank seinen Whiskey aus. »Wenn du mich entschuldigen würdest, ich muss noch mehr von diesem giftigen Gesöff auftreiben, zu dem du mich überredet hast.« Er stand auf und machte sich auf den Weg in die Bibliothek, wo er sein Glas wieder auffüllen konnte. Er hätte einen Diener bitten können, aber in Wahrheit empfand er Wexfords Fröhlichkeit als ein bisschen erdrückend.

»Glastonbury, auf ein Wort, bitte.« Lucien näherte sich ihm mit entschlossener Miene.

Bennet schenkte sich seinen Whisky fertig ein und folgte Lucien in eine stille Ecke. Er konnte sich gut vorstellen, was jetzt käme. »Guten Abend, Lucien.«

»Ich will dich ja nicht drängen, aber ich möchte meiner Tante unbedingt diesen Ring zeigen.« Luciens Blick huschte zu Bennets Hand, aber natürlich trug er den Ring nicht. »Wo ist er?«

»Ich habe ihn zu Hause gelassen. Ich trage ihn nicht immer.«

»Hast du eine Entscheidung getroffen?«

»Noch nicht.« Bennet nippte an seinem Whiskey, und sein Kiefer spannte sich unwillkürlich an.

Luciens Brauen sanken noch tiefer über seine dunklen Augen. »Es ist ein Familienerbstück. Du musst verstehen, wie bedeutsam es für mich ist, es zurück zu bekommen.«

»Das kann ich nachvollziehen. Und ich bin verständnisvoll. Es ist nur so, dass ich mittlerweile sehr an dem Ring hänge, so dumm das auch klingen mag.«

Lucien starrte ihn an. »Er gehört rechtmäßig meiner Familie. Er muss gestohlen worden sein.«

»Das kannst du nicht wissen.« Es sei denn, er wusste es. Bennet spannte sich an, seine Hand umklammerte das Glas fest. »Hast du etwas darüber in Erfahrung gebracht?« »Noch nicht, aber ich habe vor, ein Gespräch mit meiner Tante zu führen.«

Bennet ging auf, dass seine Frist beinahe abgelaufen war. Was zur Folge hatte, dass auch Prudence fast keine Zeit mehr hatte. Er konnte sehen, dass Luciens Geduld ein Ende hatte. »Gibst du mir bis morgen Zeit?«

Luciens Kiefer arbeitete, aber er nickte schließlich. »Morgen.«

»Dann wünsche ich dir einen schönen Abend.« Bennet verließ die Bibliothek, aber er wollte nicht ins Mitgliederrefugium zurückkehren. Stattdessen ging er die Treppe hinab, trank noch einen Schluck vom Whisky und gab sein Glas schließlich einem Diener. Er ließ sich seinen Hut und die Handschuhe bringen. Dann verließ er den Phönix Club in

Richtung St. James' Square, wo er sich eine Mietdroschke nahm.

Während der Fahrt zu seinem kleinen Terrassenhaus in der Nähe des Bloomsbury Square legte er sich in Gedanken die Nachricht zurecht, die er als Allererstes am frühen Morgen zu Prudence schicken würde. Er würde sie ja gleich losschicken, doch es war viel zu spät, um ein Schreiben bei einer feinen Adresse abzugeben. Nicht, ohne Neugier zu wecken.

Sie würde eine Entscheidung treffen müssen. Es missfiel ihm, sie zu drängen, aber Lucien würde nicht noch länger warten.

Vielleicht konnte Bennet ihm einfach sagen, der Ring wäre von einem Straßenräuber, der ihn überfallen hatte gestohlen worden, was er nicht hatte zugeben wollen.

Bennet rieb sich mit der Hand übers Gesicht. Diese »Erklärung« klang wirklich schwach.

Bei seiner Ankunft zuhause ging Bennet direkt in sein kleines Arbeitszimmer, an der Rückseite der schmalen unteren Etage. Er verfasste die Nachricht für Prudence, in der er sie bat, ihn morgen Nachmittag im Park zu treffen, wenn sie das bewerkstelligen könnte.

»Guten Abend, Mylord.« Mrs. Hennings, seine Haushälterin, und außer Tom, dem in die Jahre gekommenen Kutscher, seine einzige Hausangestellte, steckte ihren Kopf durch die offene Tür. Sie war eine Mittfünfzigerin, verwitwet mit erwachsenen Kindern, und eine der besten Arbeiterinnen, die Bennet je gekannt hatte. Sie war auch ungemein gutherzig. »Braucht Ihr etwas, ehe ich mich zurückziehe?«

»Das tue ich nicht, danke. Ich wollte gerade sagen, dass Sie heute Abend spät auf sind, aber vermutlich bin ich früh nach Hause gekommen.«

»Das seid Ihr tatsächlich«, antwortete sie und ihre hellblauen Augen musterten ihn eingehend. »Wenn es Euch nichts ausmacht, dass ich das sage, aber seit Eurer Rückkehr in die Stadt seid Ihr anders. Ich weiß, dass Ihr raue Zeiten durchmacht. Ich hoffe, es ist nicht zu aufreibend.«

Diener waren über den Klatsch oft besser im Bilde als ihre Arbeitgeber. Mrs. Hennings war verschwiegen und treu. Er war nicht überrascht, dass sie dies zur Sprache brachte, und machte sich auch keine Sorgen über einen Beitrag zum allgemeinen Tratsch ihrerseits. Seit vier Jahren war sie bei ihm und er bedauerte einzig, dass sie keine Hilfe hatte, um ihr die Arbeit zu erleichtern.

»Nicht *zu sehr*.« Er sah sie mit einem schiefen Lächeln an. »Was haben Sie gehört, Mrs. Hennings? Es ist nicht nötig, dass Sie den Schlag abschwächen. Seien Sie ehrlich.«

Sie zog eine Grimasse und ihre Lippen wurden dünn. Dann straffte sie sich und betrat das Arbeitszimmer. »Die Nachbarschaft war von den Nachrichten über Eure … Probleme vor einigen Wochen ganz aus dem Häuschen. Das Gerede war ein bisschen eingeschlafen, aber seit Eurer Rückkehr in die Stadt hat es wieder angefangen.«

»Das ist zu erwarten. Ich hoffe, Sie machen sich keine Sorgen, dass Sie nicht bezahlt werden.« Er wäre ihm ein Gräuel, wenn sie das denken würde, und dazu würde er es nie kommen lassen. Er würde ihr eine neue, besser dotierte Stellung beschaffen, ehe er ihr Gehalt nicht mehr zahlen könnte.

»Ganz und gar nicht, Eure Lordschaft. Ich bin nicht auf der Suche nach einer neuen Position.«

»Das hatte ich von Ihnen auch nicht geglaubt.« Was vielleicht ein wenig kurzsichtig und selbstherrlich von ihm war. »Aber wenn Sie je das Gefühl haben, dass Sie das tun müssten, hoffe ich, Sie fühlen sich nicht schlecht. Ich weiß Ihre Ehrlichkeit zu schätzen.«

»Ihr seid ein guter Mensch«, sagte sie leise. »Ich würde

Euch nicht verlassen wollen. Gibt es noch etwas, das Euch beschäftigt?«

Ja, sehr scharfsinnig von ihr. »Nichts, worüber ich frei sprechen könnte. Ein Freund macht ebenfalls eine raue Zeit durch und ich versuche, ihm zu helfen.« Nicht, dass er von großem Nutzen war. Er konnte sie nur drängen, ihre Entscheidung über ein Objekt zu treffen, das von Rechts wegen ihr gehört. Lucien war nicht der Eigentümer, aber Bennet konnte ihm das nicht erklären, ohne Prudence' Geheimnis ans Licht zu bringen.

»Dann werde ich Euch diesbezüglich in Ruhe lassen«, meinte Mrs. Hennings mit einem Lächeln.

»Da ist noch eine Sache. Ich habe hier eine Nachricht, die morgen früh in der George Street abgegeben werden muss. Können Sie John bitten, das zu übernehmen?« John arbeitete in den Stallungen am Bloomsbury Square und seine Mutter war eine Freundin von Mrs. Hennings. Manchmal half er bei kleineren Aufgaben einschließlich der gelegentlichen Überstellung von Briefen für Bennet.

»Er wird erfreut sein, Euch zu helfen. Lasst den Brief nur auf dem Tisch liegen und ich werde dafür sorgen, dass er ihn umgehend ausliefert.« Sie drehte sich um und hielt an der Tür noch einmal inne. »Gute Nacht, Mylord.«

»Gute Nacht, Mrs. Hennings.«

Bennet beendete das Schreiben und notierte die Adresse zusammen mit Prudence' Namen auf dem Umschlag. Er wünschte, den Brief persönlich überbringen zu können, aber das war unmöglich. Was würde er nicht alles geben, um zu ihrer einfachen Zeit in Riverview zurückzukehren. Mit geschlossenen Augen stellte er sich, wie so oft, Prudence in der Küche und sich selbst in den Stallungen oder auf dem Hof vor. Beide arbeiteten, um ihr Haus und Grund zu erhalten, wo immer und was immer das auch war.

Aber so einfach war sein Leben nicht. Und das würde es auch nie werden.

KAPITEL 13

*P*rudence saß in dem kleinen Wohnzimmer, das sie mit Kat im zweiten Stock des Hauses der Wexfords teilte, und faltete den Brief von Bennet, der an diesem Morgen zugestellt worden war. Sie hatte keine Zeit mehr. Das überraschte sie nicht, aber leichter wurde es damit auch nicht. Wie sehr wünschte sie sich, sie hätte Bennet den Ring nie gegeben!

Doch das war geschehen und Lucien hatte das Schmuckstück gesehen. Jetzt kannte sie die mutmaßliche Wahrheit über ihre Geburt und konnte die Sache nicht mehr verleugnen.

»Guten Morgen, Prudence!« Cassandra rauschte mit einem strahlenden, fast schwindelerregenden Lächeln ins Wohnzimmer. »Wo ist Kat?«

Prudence versuchte, Cassandra nicht verwundert anzuschauen. Es war so seltsam, sie jetzt zu sehen, wo sie doch wusste, dass sie wahrscheinlich Cousinen waren und mit Sicherheit irgendwie verwandt. Sie konnte keine große Ähnlichkeit erkennen, aber vielleicht gab es eine geringe

Übereinstimmung in der Form ihrer Augen. Und in ihrem Lächeln. »In der Bibliothek.«

Cassandra setzte sich zu Prudence an den Tisch. »Natürlich ist sie das. Das hätte ich mir längst denken können.« Sie faltete die Hände im Schoß und sah Prudence aufmerksam an, die immer noch lächelte. »Kannst du ein Geheimnis für dich behalten?«

Sie lachte. »Was für eine dumme Frage. Du bist der geheimnisvollste Mensch, den ich kenne. Ich weiß immer noch nicht, wo du samstagmorgens hingehst. Nicht, dass es mich etwas anginge. Ich dachte, du würdest den Mann besuchen, mit dem du durchgebrannt bist. Da du samstagmorgens immer noch verschwunden bist und da deine Flucht gescheitert ist, muss ich davon ausgehen, dass das nicht der Fall war und auch jetzt nicht ist.«

Manchmal redete Cassandra sehr viel. Sehr oft sogar. Und da Prudence nicht gerne redete – zumindest nicht in ihrer Rolle als Gesellschafterin –, hörte sie einfach zu, meist mit Belustigung. Heute Morgen war sie für die Ablenkung dankbar.

»Welches Geheimnis willst du mir unbedingt anvertrauen?«, fragte Prudence, in der Hoffnung, das Gespräch von sich selbst abzulenken. Zumal Cassandras Geheimnis sie nicht betraf. Oder etwa doch? Plötzlich war Prudence wie versteinert, dass Cassandra etwas über den Ring wusste oder darüber, dass ihre Tante wahrscheinlich Prudence' Mutter war. Kalter Schweiß trat ihr in den Nacken.

»Ich sollte es wahrscheinlich nicht sagen, aber ich kann mir nicht helfen. Ich bin so glücklich! Und ich weiß, dass du es niemandem erzählen wirst.« Sie schaute zur Tür, als wollte sie sich vergewissern, dass sie allein waren, was sie auch waren, und beugte sich dann vor. Sie senkte ihre Stimme zu einem Flüstern. »Meine Schwägerin, Sabrina, hat mir anvertraut, dass sie ein Kind erwartet. Ist das nicht wunderbar? Nach all dieser Zeit werden sie und Con endlich Eltern. Und ich werde eine Tante sein!«

Prudence' Rückgrat sank ein und sie setzte sich entspannt im Sessel zurück. Natürlich wusste Cassandra nichts über den Ring oder Lady Peterborough. »Das ist wunderbar. Ich werde kein Wort verraten.«

»Sie weiß es offenbar schon seit einigen Wochen. Ihre unpässlichen Tage sind sehr regelmäßig, sodass sie sofort wusste, dass sie vielleicht schwanger sein könnte, als sie ausblieben. Der Arzt hat es bestätigt, aber Con und sie haben es für sich behalten. Ich mache ihnen keinen Vorwurf. Sie haben verdient, in ihrem gemeinsamen Glück zu schwelgen.«

Der ganze Wortschwall nistete sich in Prudence' Gehirn ein und setzte sich dort fest. Auch Prudence' unpässliche Tage kamen regelmäßig. Unvermittelt kam ihr zu Bewusstsein, dass sie sie schon länger nicht mehr gehabt hatte. Zu lange. Ihre Gedanken rasten. Sie dachte zurück … Das war vor Riverview gewesen. Vor … Bennet.

Aber er hatte das Notwendige getan, um eine Schwangerschaft zu verhüten, also konnte das nicht möglich sein. Oder doch? In der Zwischenzeit hatte Prudence alles gelesen, was sie über Geschlechtsverkehr finden konnte, und sie hatte auch die von ihm angewandte Methode erwähnt gefunden.

Trotzdem waren ihre unpässlichen Tage längst überfällig.

Panik machte sich in ihr breit, bis sie das Gefühl hatte, ihr könnte schlecht werden. Lag das an ihrer Aufregung, oder dass sie ein Kind trug?

Beruhige dich, Pru. Du weißt doch gar nicht, ob du schwanger bist.

Aber es war nicht so, als könnte sie zum Arzt gehen. Es gab nur eine Person, mit der sie reden konnte …

»Sie verdienen es, glücklich zu sein«, murmelte Prudence. »Mir fällt gerade ein, dass ich Kat noch etwas sagen muss. Bitte entschuldige mich.« Auf zittrigen Beinen floh sie aus dem Zimmer.

Als Prudence sich auf den Weg in die Bibliothek machte, fuhr sie mit der Hand über ihren Unterleib. Sie bog ihre Finger in der Handfläche und schüttelte den Arm zur Seite aus. Das wollte sie einfach nicht glauben.

Kat saß zusammengerollt auf dem Sofa, die Füße unter sich geklemmt, während sie in einem Buch las und die Seite umblätterte, als Prudence sich näherte. »Eine Sekunde«, meinte sie zu ihr, ohne den Kopf zu heben.

Prudence war dieses Benehmen gewöhnt und blieb geduldig stehen, gleichwohl ihr Inneres aufschrie.

Kat blätterte die Seite noch einmal um – sie war eine unglaublich schnelle Leserin – und legte das Buch neben sich auf das Sofa. Dann blickte sie erwartungsvoll zu Pru auf.

»Ich muss heute Morgen eine Besorgung machen. Macht es dir etwas aus, wenn ich ein oder zwei Stunden fort bin?«

Kat blinzelte sie an. »Es stört mich nie, wenn du etwas zu erledigen hast. Tatsächlich finde ich es albern, dass du mich um Erlaubnis bitten solltest, irgendetwas zu unternehmen.« Sie machte ein Gesicht und dann verengte sie die Augen, während ihr Mund sich zu einem verschmitzten Lächeln verzog. »Aber andererseits bist du auch durchgebrannt, weshalb ich glaube, dass du es ebenfalls sehr irritierend findest um Erlaubnis zu fragen.«

Das stimmte nicht, doch Prudence wünschte sich fast, es wäre so. »Danke, ich werde bald zurück sein.«

Kurze Zeit später betrat Prudence den Phönix Club durch den Seiteneingang und stieß in der Küche mit Ada zusammen. »Du bist hier«, meinte sie dümmlich. Der Anblick ihrer Freundin drohte Prudence aufs Neue zu überwältigen. Ihr Herz begann zu pochen.

»Ja«, gab Ada zur Antwort und in ihren blaugrauen Augen blitzte Beunruhigung auf. »Was ist los? Du wirkst blass. Und aus der Fassung.« Sie zog Prudence zu einem Stuhl an einem Tisch, an dem die Dienstmädchen ihre Mahlzeiten einnahmen – und auch Prudence und sie an den Samstagvormittagen.

Zum Glück war niemand in der Nähe. Dennoch stellte Prudence fest, dass sie nicht sprechen konnte. Ihre Kehle war vor Emotion zugeschnürt und sie verspürte eine Panik, die sie kaum unter Kontrolle halten konnte.

»Wir müssen nach oben gehen«, flüsterte Prudence. »Ich kann nicht … Nicht hier.« Sie konnte Ada keinesfalls bitten, diese Unterhaltung hier zu führen. Das zu tun hätte Adas Geheimnisse aufgedeckt, und so etwas würde Prudence niemals tun.

Ada nickte und dann gingen sie nach oben. Als sie das obere Stockwerk erreichten, fühlte Prudence sich, als sei sie quer durch London gerannt. Ada spürte die Angst ihrer Freundin und hielt ihren Arm, als sie auf Adas Wohnung zugingen.

Sobald sie drinnen waren, sank Prudence in ihren angestammten Sessel.

Ada schob ihren eigenen Sessel dicht genug zu Prudence, um ihre Hand zu nehmen. »Du hast mich gründlich erschreckt, Pru. Was ist los?«

»Alles. Ich habe meine unpässlichen Tage seit Wochen nicht gehabt, seitdem ich zu dem albernen Boxkampf nach Croydon gefahren bin.« Die Worte purzelten ihr schneller aus dem Mund, als sie wusste, was sie eigentlich redete. »Könnte ich schwanger sein, Ada? Wie fühlt es sich an? Wie kann ich es wissen?«

Ein Teil der Farbe wich Ada aus dem Gesicht, doch dann straffte sie das Rückgrat. »Ich hatte meine unpässlichen Tage nicht bekommen. Mir war morgens auch immer schlecht. Ist dir übel?«

»Im Augenblick ja. Aber nicht an anderen Morgen.« Sie

drückte Ada die Hand. »Es hat angefangen, als ich erkannte, dass ich meine unpässlichen Tage seit einiger Zeit nicht mehr gehabt hatte.«

»Es ist eine alberne Frage, aber gibt es einen Grund, warum du glaubst, dass du schwanger sein könntest?«, fragte Ada.

Prudence nickte. Und dann platzte sie mit der Wahrheit über ihre Zeit mit Glastonbury heraus. Ada hörte leise, aufmerksam und treusorgend zu, wobei sie Prudence' Hand keine Sekunde losließ.

»Warum hast du mir nicht von Glastonbury erzählt? Du musst doch wissen, dass ich es verstanden hätte. Ich bin mir sehr bewusst darüber, wie es ist, von Emotionen überwältigt zu werden.«

Von Emotion überwältigt zu werden. Nein, es war körperliche Anziehung gewesen. Lust. Prudence hatte hart daran gearbeitet, jede Emotion zu verbannen. »Ehrlich gesagt hatte ich überhaupt nicht vorgehabt, dir von Glastonbury zu erzählen – nicht einmal von der Entführung. Aber als du korrekterweise darauf hingewiesen hast, dass ich gar nicht durchgebrannt wäre, konnte ich dich nicht anlügen. Aber ich konnte auch nicht die volle Wahrheit enthüllen. Ich bin nicht sicher, warum. Vielleicht weil ich versucht habe, so zu tun, als wäre es nicht passiert. Oder zumindest nicht darüber nachzudenken.«

Ada sah sie traurig an. »Dann bedauerst du es also?«

»Nein!«, gab Prudence ohne nachzudenken zurück. Als ihr Gehirn wieder aufgeholt hatte, fügte sie hinzu: »Vielleicht.«

Wenn sie ein Kind bekäme, würde Prudence ihre Taten gewiss bereuen. Aber würde sie das wirklich? Sie hatte sich nie vorgestellt, Mutter zu werden, weil sie es nie für machbar erachtet hatte. »Besteht die Möglichkeit, dass ich meine unpässlichen Tage einfach nur zu spät bekomme? Mir ist überhaupt nicht übel gewesen.«

Auf Adas Gesicht zeigte sich eine schwache Grimasse. »Manchen Frauen wird es nicht übel. Wie sind deine Brüste? Sind sie empfindlich? Fühlen sie sich fest oder voll an?«

Prudence hatte festgestellt, dass sie in letzter Zeit empfindlich waren, aber keine großen Gedanken daran verschwendet. »Sie fühlen sich merkwürdig an.«

»Irgendein merkwürdiger Geschmack in deinem Mund? Ich hatte manchmal das Gefühl, ich hätte an Eisen geleckt.« Ada streckte ihre Zunge heraus und gab ein angewidertes Geräusch von sich.

Das klang ebenfalls bekannt. Prudence schlug die Hand vor den Mund und fing an zu weinen.

»Meine Liebste.« Ada beugte sich vor und legte die Arme um Prudence, um sie zu halten, während sie ihren Tränen freien Lauf ließ.

Als die letzten Tränen allmählich versiegten, setzte Prudence sich zurück und wischte sich die Augen. Ada sprang auf und brachte ihr ein Taschentuch. Sie setzte sich wieder und schaute ihre Freundin mit solch einer Liebe und Mitgefühl an, dass Prudence fürchtete, wieder in Tränen auszubrechen.

»Das tue ich nie.« Prudence putzte sich die Nase. »Weinen, meine ich.«

»Das passiert öfter, wenn ein Baby unterwegs ist. Eines Tages bin ich in Tränen ausgebrochen, als Rebecca geweint hat.«

Rebecca war eines der Kinder, dessen Gouvernante Ada gewesen war. Ada hatte sich in ihren Vater verliebt, und er in sie. Ada war schwanger geworden.

Es schien, als würde Prudence wirklich dicker werden. Sie starrte geradeaus und sah nichts außer grauer Leere.

»Das kann nicht passieren. Ich kann kein Kind austragen, das als unehelich bekannt wäre.«

Sanft bedeckte Ada Prudence´ Hände die zusammen mit ihren eigenen in ihrem Schoß ruhten. »Ich weiß genau, wie du dich fühlst. Als ich schwanger war, hatte ich furchtbare Angst ausgestanden. Nicht unbedingt wegen mir, sondern wegen des Babys und des Stigmas, mit dem er oder sie geboren worden wäre. So schrecklich, wie es war, es zu verlieren, war ich auch dankbar.« Sie atmete zittrig ein und drehte den Kopf von Prudence weg.

»Und glaube nicht, ich würde mich deshalb nicht schrecklich fühlen.«

Die letzten Worte waren so leise, dass Prudence sich anstrengen musste, um sie zu verstehen. Sie blinzelte und dann richtete sie ihre Aufmerksamkeit auf Ada. »Es tut mir leid, dich damit zu belästigen und die Vergangenheit wieder hochzubringen, an die du dich nie mehr erinnern wolltest. Mir ist nichts anderes eingefallen, was ich hätte tun können, oder mit wem ich hätte reden können.«

»Du hattest recht, mich zu fragen. Natürlich kann ich dir helfen. Ich werde dir helfen. Wir werden einen Weg finden, dies durchzustehen.« Ada zauderte und ihr Blick wurde wachsam. »Du musst das Baby nicht bekommen. Es gibt Möglichkeiten, die du ergreifen kannst …« Ihre Stimme war ein leises Krächzen.

Prudence war sich solcher Dinge nur vage bewusst. »Ich bin noch nicht einmal sicher, ob da überhaupt ein Baby ist.«

»Wenn du es bist, gibt es Möglichkeiten. Falls du das willst«, meinte Ada leise. »Hast du überlegt, ein Zuhause für das Kleine zu finden, wie deine Eltern für dich? Nach allem, was du mir erzählt hast, war es kein schlechtes Leben.«

Prudence konnte kaum über die Wahrscheinlichkeit nachdenken, dass sie schwanger war, ganz zu schweigen davon, was sie unternehmen sollte. Die Vorstellung, schwanger zu sein drang allerdings langsam in ihren Verstand und vermittelte ihr ein Gefühl, das sie seit langer Zeit nicht mehr gehabt hatte – sie fühlte sich mit jemandem verbunden. Selbst wenn dieses Kind illegitim wäre, würde es das *ihre* sein.

»Ich denke, es könnte mir gefallen, Mutter zu sein«, flüsterte Prudence, die fast Angst hatte, dies laut zuzugeben.

Ada drückte Prudence die Hände, ehe sie sie losließ und sich in ihrem Sessel zurücksetzte. »Ich nehme an, dass du Glastonbury noch nichts gesagt hast, da du bis heute keinen Verdacht geschöpft hattest.«

»Nein, das habe ich nicht. Was sollte er schon tun? Mich heiraten?« Prudence stieß ein humorloses Lachen aus. »Selbst wenn er nicht dringend eine Erbin bräuchte, um seine finanziellen Probleme in den Griff zu bekommen, könnte von einem Viscount niemals erwartet werden, dass er *mich* heiratet. Und da ihm die Mittel fehlen, seine eigene Familie zu unterstützen, kann ich von ihm nicht erwarten, mir eine Vergütung zukommen zu lassen, um mich und sein Kind zu unterstützen.«

»Du kannst und das solltest du«, widersprach Ada, deren Wangen sich röteten. »Dies ist ebenso sein Problem wie das deine. Er wusste, was er tat, als er mit dir geschlafen hat.«

»Ich hatte ihn darum gebeten«, meinte Prudence mit einem schaudernden Atemzug. »Er hatte Vorsichtsmaßnahmen ergriffen. Es ist ein ungeplantes Missgeschick.« Sie erinnerte sich, was er darüber gesagt hatte, kein Glück zu haben und konnte sich nur vorstellen, wie seine Reaktion ausfallen würde.

»Du wirst es ihm trotzdem sagen müssen. Er hat verdient, die Möglichkeit zu bekommen, für dich und das Baby zu sorgen, selbst wenn du glaubst, dass er es nicht kann oder will. Sei nicht kurzsichtig, Prudence.«

Prudence blickte auf ihren Schoß hinab und zupfte an

ihrem Kleid. »Da ist noch mehr.« Sie schaute zu Ada. »Ich habe herausgefunden, wer meine Mutter ist – wahrscheinlich.«

Adas Augen wurden groß. »Wie?«

»Ich hatte Bennet – Glastonbury – meinen Ring gegeben. Ich wollte, dass er ihn verkauft, da er so dringend Geld braucht. Hauptsächlich aber, weil ich nicht mehr zurückschauen wollte. Die Zeit, die ich mit ihm verbracht habe, hat mir die Augen für die Zukunft geöffnet, für Möglichkeiten, die ich mir nie vorgestellt hatte.«

»Hast du dich in ihn verliebt?«, fragte Ada leise.

»Ich weiß es nicht. Ich habe solche Gefühle sicher nicht gefördert.« Doch seitdem war sie emotionaler – was sie auf das Baby zurückführte, das in ihr gedieh. Eine neue Welle von Furcht und Sorge stieg in ihrer Kehle auf. Sie hatte Mühe, zu schlucken.

Ada beobachtete sie aufmerksam. »Er hat ihn vermutlich verkauft und irgendwie hat der Ring den Weg zurück zu deiner Mutter gefunden?«

»Nein, er hatte sich nicht dazu durchringen können, ihn zu veräußern.« Prudence ignorierte das Aufflackern der Überraschung in Adas Augen. »Er hat ihn getragen. Lucien hat ihn gesehen und wiedererkannt.« Ada sog geräuschvoll die Luft ein, doch Prudence fuhr fort. »Er meinte, der Ring hätte seiner Großmutter gehört und trage ein altes Familienwappen und er sollte seiner Tante – Lady Peterborough – zurückgegeben werden.«

»Du denkst, sie ist deine Mutter?« hauchte Ada und machte große Augen dabei.

»Es ist möglich. Wenn der Ring von der Mutter an die Tochter vererbt wird – von Luciens Großmutter an seine Tante –, ist es naheliegend, dass er an Lady Peterboroughs Tochter geht. Allerdings hat sie zwei Söhne und keine Tochter.«

»Es sei denn, du bist ihre Tochter, und so ist der Ring in deinen Besitz gekommen.«

Prudence wischte sich mit der Hand über die Stirn, denn sie fühlte sich zu warm und unwohl. »Das scheint möglich.«

»Du musst es mit Sicherheit herausfinden. Nicht wahr?«

»Das möchte ich«, flüsterte Prudence. »Aber ich habe Angst. Was, wenn sie nie von mir gefunden werden wollte?«

»Dann hätte sie den Ring behalten sollen«, entgegnete Ada ungehalten. »Ich halte es für wahrscheinlicher, dass sie hoffte, du würdest sie irgendwie finden. Und das hast du jetzt. Eventuell. Wo ist der Ring jetzt?«

»Ich habe ihn«, antwortete Prudence. »Bennet hat ihn mir zurückgegeben, aber Lucien beharrt darauf, dass er seiner Familie gehöre. Er hat angeboten, den Ring von Bennet zu kaufen – er wird in Bennets Namen eine Investition tätigen. Das würde Bennet sehr geholfen haben.«

»Trotzdem hat er dir den Ring zurückgegeben.« Ein kurzes Lächeln huschte über Adas Lippen. »Das hat doch eine Bedeutung – findest du nicht auch?«

»Er sagt, er fühle sich für meine Entführung und mein fast einwöchiges Verschwinden verantwortlich und hat ein schrecklich schlechtes Gewissen deshalb. Für mich ist es vollkommen einleuchtend, da er den Ring gar nicht erst nehmen wollte – was er anfangs nicht getan hat – und er ihn mir jetzt zurückgibt, wenn es ihm richtig erscheint. Ich weigere mich, etwas anderes darin zu sehen.«

Ada zog kurz die Augenbrauen hoch. »Was wirst du jetzt tun?«

»Ich weiß es nicht.« Prudence schlug die Hände zusammen und drückte sie fest aneinander. »Das Baby – falls es überhaupt eins gibt – verkompliziert alles. Ich wünschte, ich hätte Bennet den Ring nie gegeben.« Das stimmte nicht ganz. »Ich wünschte, er hätte ihn nicht getragen.«

»Ich finde es sehr liebenswert, dass er ihn getragen hat«,

entgegnete Ada. »Es klingt so, als würde ihm viel an dir liegen. Auch wenn du das nicht wahrhaben willst«, setzte sie hinzu.

»Wir fühlen uns verbunden ... oder so etwas.« Prudence´ Stimme erstarb. Sie hatte nicht allzu viel über die Gründe nachgedacht, warum sie ihn nicht vergessen konnte oder warum sie sich danach sehnte, ihn zu sehen, obwohl sie beschlossen hatte, in die Zukunft zu blicken. Es war ja nicht so, als hätten sie eine gemeinsame Zukunft. Außer, dass jetzt wahrscheinlich ein Kind unterwegs war. Während sie nie an Mutterschaft oder Heirat gedacht hatte, erwog sie jetzt beides. Und sie war nicht dagegen. Der Gedanke, eine eigene Familie zu haben, war sogar erschreckend verlockend.

Ada faltete die Hände im Schoß und straffte die Schultern. »Du hast mich um Rat gebeten, nicht wahr?«

»Ja.« Prudence brauchte dringend Hilfe.

»Du musst Glastonbury von dem Baby erzählen, oder zumindest von der hohen Wahrscheinlichkeit, dass es eines geben könnte.«

Prudence sträubte sich noch immer, auch wenn der Gedanke an eine Familie nun schon eher möglich schien. Bennets Situation hatte sich nicht geändert, nur weil sie vielleicht schwanger war. »Er kann mich nicht heiraten.«

»Er wird einen Weg finden, oder er ist ein absoluter Schuft. Ist er ein Schuft?«

»Nein.« Prudence wollte ihn keinesfalls in eine unmögliche Situation bringen. »Es könnte einen Weg geben, aber das hängt von Dingen ab, die sich meiner Kontrolle entziehen.« Würde er sie überhaupt heiraten wollen, wenn sich seine Situation änderte?

Ada beugte sich vor und in ihren hellen Augen leuchtete Interesse auf. »Wie sieht deine Idee aus?«

»Ich kann den Ring nehmen und Lady Peterborough zur Rede stellen. Sie ist wohlhabend, oder zumindest trifft das auf ihren Mann zu. Ich werde sie um Geld bitten, das ich als Mitgift verwenden kann.« Prudence hatte keine Ahnung, ob das ausreichen würde, um Bennets Belange zu befriedigen, doch es war das Einzige, was ihr einfiel, um zumindest zu versuchen, ihn in eine Lage zu versetzen, in der er sie heiraten konnte – falls er wollte.

»Mit einer Mitgift trittst du Glastonbury mit etwas gegenüber, was du ihm über dich selbst hinaus anbieten kannst – etwas, das er braucht.« Ada legte den Kopf schief. »Das klingt vernünftig und sehr geschäftsmäßig. Ich wage zu behaupten, dass auf diese Weise die besten Vereinbarungen getroffen werden, sogar Ehen.« Sie runzelte die Stirn. »Aber da sind keine Gefühle, kein Wort über Liebe. Das sollte mich nicht überraschen, denn du bist, wie du bist, und du findest *Gefühle* unnötig.« Ada verdrehte die Augen. »Vielleicht will er dich ja heiraten, weil er dich liebt.«

Prudence biss die Zähne zusammen. Ada besaß mehr romantische Vorstellungen in ihrem kleinen Finger als Prudence im gesamten Körper. »Er hat nicht den Luxus, aus Liebe zu heiraten. Wir haben dieses Baby nicht geplant – wir haben versucht, eine Schwangerschaft zu verhüten.« Prudence hatte nichts von alledem geplant – nicht die Entführung durch Bennets Handlanger, und auch nicht, tagelang mit Bennet festzusitzen und ihn schließlich zu begehren, wie sie noch nie jemanden begehrt hatte.

Ada schwieg einen Moment. »Wenn du dich entschließt, dem Kind ein Zuhause zu suchen, kannst du Lady Peterborough danach fragen, was sie in deinem Fall unternommen hat. Wenn du beschließt, sie damit zu konfrontieren, natürlich.«

Es schien, als müsste Prudence sie aufsuchen. Sie brauchte die Hilfe der Frau, entweder in Form von Geld oder guten Ratschlägen. Sie dachte an das unschuldige Leben in

ihr, dessen Familie von Viscounts, Earls und Herzögen
glänzte.

Er oder sie würde ohne all diese Vorzüge aufwachsen, so
wie sie selbst. Das wäre in Ordnung, es sei denn, das Kind
würde Waise und allein auf der Welt sein, so wie sie.

Es gab so viel zu bedenken. Prudence konnte kaum noch
klar denken. Noch immer war ihr Verstand von Angst und
Beklemmung erfüllt.

»Es gibt eine Alternative zu Lady Peterborough«, meinte
Ada und ihre Gesichtszüge spannten sich an. »Du könntest
deinen Halbbruder um Geld bitten.«

»Auf keinen Fall.« So viel stand für Prudence fest. »Ich
werde mit Lady Peterborough sprechen. Und zwar heute
noch.« Ehe sie der Mut verließ. Sie sollte außerdem Bennet
treffen – er hatte sie gebeten, ihn an diesem Nachmittag im
Park zu sprechen. Doch im Park konnte sie ihm nicht von
dem Baby erzählen, und sie wusste immer noch nicht, was
sie mit dem Ring anfangen sollte. Hoffentlich würde sie das
nach ihrem Gespräch mit Lady Peterborough wissen.

»Möchtest du, dass ich dich begleite?«, erbot Ada sich.

»Nein, aber ich danke dir. Ich weiß deinen Rat und deine
Unterstützung sehr zu schätzen. Ich wüsste nicht, was ich
ohne dich anfangen würde.«

Adas Lächeln wurde breiter. »Wir hatten vielleicht gelegentlich Pech, aber wir hatten das Glück, uns zu finden. Ich
würde sagen, wir haben mehr davon als die meisten.«

Das hatten sie in der Tat. »Ich glaube, ich hätte gerne
etwas Tee, ehe ich mich auf den Weg mache. Wenn es dir
nichts ausmacht.«

»Ganz und gar nicht. Lass uns in die Küche gehen.« Ada
stand auf, und als Prudence sich erhob, umarmte sie sie fest.
»Wir werden dich und das Baby, falls es eins gibt, durchbrin-
gen. Es werden glücklichere Tage kommen. Du wirst sehen.«

Das hoffte Prudence, denn im Moment konnte sie nicht über die aktuelle Katastrophe hinausblicken.

~

*I*n seinem Eifer, Prudence zu sprechen, traf Bennet noch vor fünf Uhr im Park ein. Sie war nirgends zu sehen, aber er hoffte, sie würde kommen. Es war ja noch genügend Zeit. Fast augenblicklich fiel sein Blick auf Mrs. Merryfield. Sie war groß, mit dunklem Haar, das von einem schlichten kastanienbraunen Hut bedeckt war, und sie schritt auf ihn zu, während eine jüngere Frau - wahrscheinlich ihre Zofe – direkt hinter ihr hermarschierte.

»Guten Tag, Mrs. Merryfield.« Er nahm ihre Hand und vollführte eine elegante Verbeugung.

»Guten Tag, Lord Glastonbury. Was für ein schöner Tag für einen Spaziergang.«

Bennet hatte keine andere Wahl, als ihr seinen Arm anzubieten. Sie gingen den Weg entlang, während sich der Park mit Angehörigen der feinen Gesellschaft zu füllen begann. »Ich habe unseren Tanz im Phönix Club neulich sehr genossen.«

»Wie ich auch«, entgegnete Bennet. »Sie sind eine einzigartige und unabhängige Frau.« Dass sie Besitzerin einer Bank war, hob sie von anderen Frauen ab. Viele fanden sie einschüchternd oder waren der Meinung, sie sollte keine Bank besitzen. Bennet vermutete, dass dies der Grund war, warum sie in den Phoenix Club eingeladen worden war. Sie entsprach genau der Art von Mensch, die der Club willkommen zu heißen schien, diejenigen, die ausgeschlossen waren oder von der feinen Gesellschaft in irgendeiner Weise verunglimpft wurden.

Menschen wie er, deren Väter ihr gesamtes Vermögen

verspielt und ihre Familie als Bettler zurückgelassen hatten. Vielleicht übertrieb er ein wenig, aber nicht sehr.

»Ich bin froh, dass Sie das sagen«, meinte Mrs. Merryfield mit dem leisesten Anflug eines Lächelns. »Wir haben uns gegenseitig viel zu bieten. Eine Verbindung zwischen uns wäre für beide Seiten von Vorteil. Ich weiß, dass Sie Geld brauchen, und ich habe reichlich davon. Falls ich mich neulich nicht klar ausgedrückt habe, wäre ich sehr gerne eine Viscountess.«

»Das habe ich mir schon gedacht.« Bennet bemühte sich, die Ironie aus seinem Tonfall herauszuhalten.

»Außerdem habe ich bewiesen, dass ich kräftige, gesunde Kinder gebären kann. Es sollte kein Problem sein, Ihnen in gebotener Eile einen Erben zu schenken.«

Bennet wäre beinahe gestolpert. Wie sollte er ihr sagen, dass er das nicht wollte? Er könnte es einfach sagen, vermutete er. Sie war so wunderbar offen zu ihm.

»Es gibt etwas, das ich besprechen möchte, und ich hoffe, Sie werden dafür zugänglich sein. Wie ich verstehe, müssen Sie einige Zeit auf Ihrem Anwesen in Somerset verbringen; ich erwarte jedoch, hauptsächlich in London zu wohnen, abgesehen von ein paar Wochen im Jahr, in denen ich zu Besuch komme nach – Aberforth Place, nicht wahr?« Sie sah ihn erwartungsvoll an.

»Ja.« Sagte sie damit, was er dachte, dass sie sagte? Wollte sie nicht viel Zeit auf Aberforth Place verbringen? Sie war nahezu perfekt. Er könnte umgehen, ihr etwas über seine Familie zu erzählen, denn sie würde sie nur selten zu Gesicht bekommen. Sicherlich konnte er ihre Anwandlungen geheim halten. Solange, bis es ihn eines Tages überkam, wie es seinem Vater ergangen war – *falls* das je passierte.

»Ich fürchte, ich werde in London gebraucht«, fuhr sie fort. »Wegen der Bank.«

»Freilich. Dafür habe ich volles Verständnis.« Er lächelte

breit, erfreut darüber, wie verdammt wunderbar sich alles entwickelte. Wenn er sie nur wirklich heiraten wollte. »Darf ich annehmen, dass Ihre Kinder bei Ihnen in London bleiben?«

»Natürlich«, antwortete sie schnell, fast ein wenig beleidigt. »Mein Sohn ist ohnehin in der Schule.«

»Sicher.« Bennet schätzte den Umstand, dass er die Rolle des Stiefvaters aus der Ferne spielen konnte.

»Darf ich Sie jetzt nach Ihrer Angewohnheit, sich im Boxen zu messen, fragen?« Sie rümpfte die Nase, und Bennet konnte erahnen, was sie darüber dachte.

»Der Sport bereitet mir sehr viel Spaß.« Er beabsichtigte nicht, das zu leugnen, nur um eine Frau für sich zu gewinnen. Und er wollte auch nicht anbieten, damit aufzuhören.

»Es ist überaus brutal. Ich kann nicht sagen, dass ich dies unterstützen würde.«

»Das ist bedauerlich, denn ich habe nicht die Absicht, es aufzugeben.« Im Gegenteil, er hatte das Gefühl, den Sport mehr denn je zu brauchen.

Als er zu ihr blickte, erkannte er ihre geschürzten Lippen. Er verspürte einen Anflug von Erleichterung, dass sie vielleicht doch noch einmal über ihre Eignung nachdachte, was ungemein töricht war. Mrs. Merryfield könnte die Lösung sein, nach der er suchte.

Die Unterhaltung wandte sich dem Wetter zu und den Frühlingsblumen, während er sie den Weg entlangführte, bis sie abrupt stehen blieb und ihren Aufbruch ankündigte. »Vielleicht werde ich Sie am Freitag auf dem Ball im Phönix Club treffen«, meinte sie. »Es sei denn, Sie besuchen mich zuvor.« Sie lächelte, doch er konnte keine aufrichtige Wärme spüren. Der ganze Spaziergang hatte eher wie eine geschäftliche Transaktion angemutet, und zwar wie eine, die nicht befriedigend ausgegangen war.

Bennet verpflichtete sich zu nichts, als er sich verneigte

und ihr einen angenehmen Nachmittag wünschte. Ihre Zofe gesellte sich zu ihr und gemeinsam schlenderten sie auf den Ausgang zu. Offensichtlich hatte sie erreicht, weshalb sie in den Park gekommen war. Für ihn war das allerdings nicht der Fall.

Inzwischen waren weit mehr Menschen unterwegs, sodass es noch schwieriger war, Prudence zu finden. Er ging den Weg zurück, den er gekommen war, und nickte und lächelte allen zu, die ihm nicht auswichen. Niemand schnitt ihn direkt, aber einige Leute waren kurz davor.

Endlich entdeckte er Lady Wexford. Sie stand mit ihrer Freundin, Lady Overton, gleich neben dem Weg. Bennet ging auf sie zu und lenkte ihre Aufmerksamkeit beim Näherkommen auf sich.

»Lord Glastonbury, wie schön, Sie zu sehen«, begrüßte Lady Wexford ihn. »Fiona, kennst du Lord Glastonbury?«

Er verbeugte sich vor den beiden Ladys.

»Das tue ich. Es ist ein Vergnügen, Sie zu treffen«, meinte Lady Overton. Mit schockierend rotem Haar und einem charmanten, wissbegierigen Naturell hatte sie bei ihrer Ankunft vom Lande beträchtliche Aufmerksamkeit erregt. Das war gewesen, ehe sie mit ihrem Vormund, dem Earl of Overton durchgebrannt war, woran er von Prudence erinnert worden war. Ihr Durchbrennen hatte sogar noch mehr Aufmerksamkeit erregt. Bennet kannte ihn vage, aber sie waren keine Freunde.

Bennet richtete den Blick auf Lady Wexford und versuchte, nonchalant zu klingen. »Wo ist Ihre bezaubernde Schwägerin und deren Gesellschafterin?«

»Kat – Miss Shaughnessy – kommt während der angesagten Stunde selten in den Park«, entgegnete Lady Wexford. »Sie findet all dies unsinnig. Ich hätte Prudence gefragt, uns zu begleiten, aber sie war nicht daheim.«

Bennet unterdrückte seine Enttäuschung. Wo war sie,

wenn sie nicht zuhause war? Insbesondere, da er sie um ihr Kommen gebeten hatte? Er fragte sich, ob sie irgendetwas mit dem Ring unternahm, da er ihr von Luciens Ungeduld erzählt hatte. War sie zu ihm gegangen? War sie zu Lady Peterborough gegangen? Ein ungutes Gefühl wallte ihn ihm auf. Wie er sich wünschte, an ihrer Seite sein zu können, um ihr Unterstützung anzubieten. Dies musste eine schwierige Zeit sein.

Himmel, er wollte an ihrer Seite sein, selbst wenn es nicht schwierig war. Er vermisste sie.

Plötzlich war er begierig darauf, sich wieder auf den Weg zu machen, damit er mit seinen Gedanken allein sein konnte. »Ich dachte nur, ich mache kurz bei Ihnen halt, um Ihnen einen schönen Nachmittag zu wünschen.« Er tippte sich an den Hut und setzte seinen Weg in Richtung des Eingangstors fort.

Warum konnte Prudence nicht die Erbin sein, die er brauchte? Wie einfach alles sein würde.

Was eine Lüge war. In Wahrheit wollte er nicht heiraten. Er konnte nicht. Die Anwandlungen seiner Familie waren nicht gerade etwas, was er einer Braut zumuten wollte, insbesondere nicht, wenn es sich um jemanden handelte, der ihm so am Herzen lag wie Prudence. Falls er Mrs. Merryfield heiraten würde, unternähme er alles Erdenkliche, um dafür zu sorgen, dass sie von der Krankheit seiner Familie nichts erführe. Gott sei Dank hatte sie verlauten lassen, ohnehin die meiste Zeit lieber in London verbringen zu wollen, was die Sache weitaus einfacher machte, als er vorausgesehen hatte. Es war ein beträchtlicher Punkt zu ihren Gunsten.

Er rieb sich über die Stirn, als er den Park verließ und spürte, wie sich sein Kopfschmerz anmeldete. Warum konnte ihm nicht einfach ein Haufen Geld in den Schoß fallen? Er hatte ganz bestimmt etwas außerordentliches Glück verdient.

Was, wenn sein Zusammentreffen mit Prudence das größte Glück war, das ihm je beschieden gewesen war?

Sie hatten allerdings keine gemeinsame Zukunft. Er brauchte eine Erbin und sie wollte ohnehin nicht heiraten. Außerdem war sie eine bezahlte Gesellschafterin und somit jemand, den ein Viscount nicht heiraten sollte. Er war nicht sicher, ob er sich einen feuchten Kehricht darum scherte, ganz egal, was die feine Gesellschaft darüber sagte.

Seine Fantasie driftete in einen Traum ab, in dem er sich um Geld keine Sorgen machen musste und in der Lage war, zu tun, was immer er wollte. Würde er Prudence wollen? Von allen, die er je kennengelernt hatte, würde sie diejenige sein, die seine Familie vielleicht verstehen könnte. Sie könnte sie sogar akzeptieren. Ihr Herz war so groß und gutherzig – dessen war er sicher. Sie hatte seine Familie sogar als faszinierend bezeichnet, aber andererseits hatte er auch nur an der Oberfläche ihrer wahren Persönlichkeiten gekratzt. Beide konnten sie reichlich ungehalten werden, insbesondere Flora, wenn die Dinge nicht so liefen, wie sie sich vorstellte oder erwartete. Mit ihren Obsessionen umzugehen wäre im besten Falle ermüdend und im schlimmsten explosiv.

Es war viel verlangt, von jemandem zu erwarten, sich nicht nur mit seiner Familie abzufinden, sondern sie auch noch zu mögen. Schon vor langer Zeit hatte er sich gelobt, das von niemandem zu erwarten. Aber er hatte nie mit jemandem wie Prudence gerechnet.

Außerdem musste sie zustimmen, keine Kinder zu bekommen. Das war absolut unerlässlich.

Wunderbar, denn da sie bereits darauf hingedeutet hatte, dass sie keine Kinder wollte, schien dies die leichteste Hürde. Sie hatte auch gesagt, dass sie nicht heiraten wollte. Warum quälte er sich also mit diesen Gedanken? Das waren Dinge, die er nicht haben konnte, egal, wie sehr er sie wollte.

Er holte tief Luft und nahm die Schultern zurück. Er musste seine Prioritäten ordnen und tun, was getan werden musste.

Morgen würde er Mrs. Merryfield einen Besuch abstatten.

KAPITEL 14

Prudence bedauerte im Nachhinein, Adas Angebot abgelehnt zu haben, sich von ihr zum Haus von Lady Peterborough am Berkeley Square begleiten zu lassen. Die Steinfassade erhob sich groß und imposant, als sie auf die Tür zuschritt. Sie zauderte und wollte es, von ihren Beklemmungen überwältigt, beinahe schon aufgeben. Schließlich brachte sie den Mut auf, anzuklopfen.

Fast sofort öffnete ihr ein Diener die Tür.

»Guten Tag, ich bin hier, um Lady Peterborough zu sprechen.« Prudence übergab dem Diener ihre Karte und war dankbar, dass Cassandra darauf bestanden hatte, ihr diese zur Verfügung zu stellen, als sie ihre Gesellschafterin geworden war. Diese Karte wies sie fälschlicherweise als Gesellschafterin von Lady Cassandra Westbrook aus – was inzwischen noch nicht einmal mehr Cassandras Name war –, doch das war Prudence´ geringste Sorge.

Der Diener warf einen Blick auf die Karte an und bat sie dann hinein. »Folgen Sie mir, Miss Lancaster.«

Sie folgte ihm in einen Salon, der in gedämpften Gelb- und Brauntönen gehalten war. Das Farbschema erinnerte sie an einen der letzten Herbsttage, wenn die einst leuchtenden Farbtöne müde und verblichen wirkten.

Nachdem der Diener hinausgegangen war, nestelte Prudence an ihrem Kleid herum und rügte sich dann selbst für diese schlechte Angewohnheit.

Wenige Minuten später trat die Countess mit schwerelosen Schritten und ihrem typischen Ausdruck fader Heiterkeit ein. Es war, als versuchte sie glücklich zu wirken, doch alle, einschließlich ihr selbst, wussten, dass es nur gespielt war.

»Sie sind es nur?«, fragte Lady Peterborough, die einige Schritte vor Prudence stehen blieb und mit einem geduldigen, wenn auch verwirrten Gesichtsausdruck die Hände vor sich verschränkte. »Ich bin überrascht, dass Sie allein kommen.« Sie wirkte aufrichtig neugierig und nicht so, als wolle sie Prudence zu verstehen geben, dass sie *nicht* hätte vorsprechen sollen.

»Diese Angelegenheit betrifft niemanden sonst.« Prudence verabscheute Konfrontationen, doch diese hier war wichtig. Ihre gesamte Zukunft hing von dem Ausgang dieser Unterredung ab. Genauso hatte sie sich auch gefühlt, als sie ihren Halbbruder aufgesucht hatte und alles zu Bruch gegangen war, weil sie nicht den Mut aufgebracht hatte, ihm zu sagen, was sie hatte sagen wollen, nämlich, dass sie Geschwister waren und er ihr bitte helfen sollte.

Die Worte, die sie an die Countess hatte richten wollen, waren wie vom Winde verweht aus Prudence′ Verstand entschwunden. Panik stieg in ihrer Kehle auf und ihr Nacken wurde heiß. Anstatt etwas zu sagen, griff sie in ihre Tasche und zog den Ring heraus. Sie trat einen Schritt näher auf die Countess zu und streckte ihre Hand aus. Das Gold blitzte in ihrer Handfläche.

Lady Peterborough legte den Kopf schief und runzelte die Stirn. »Was ist das?«

»Ein Ring.« Prudence hustete, um die Gefühlsaufwallungen aus ihrer Kehle zu vertreiben. »Meine Mutter gab ihn mir, bevor sie starb.«

Hellbraune Augen sahen Prudence einen Moment lang an, ehe die Countess ihr den Ring aus der Hand nahm und damit an das Fenster trat, wo die späte Nachmittagssonne durch die Vorhänge schien. Dann hielt sie den Ring hoch.

Prudence hielt den Atem an.

Lady Peterborough drehte sich um und sah Prudence an. »Den hat Ihnen Ihre Mutter gegeben?«

»Die Frau, die mich aufgezogen hat«, hauchte Prudence, ehe sie sich weiter vorwagte: »Ich habe erfahren, dass dieser Ring Ihrer Familie gehört, und vielleicht sogar Ihnen.«

Den Ring umklammernd, schloss die Countess eilig die Tür zum Salon. Als sie zu Prudence zurückkehrte, war ihr Gesicht blass und ihre Augen dunkel vor Angst. »Bitte sprechen Sie nicht so laut.« Ihre Worte waren kaum mehr als ein Flüstern. »Mein Mann darf dieses Gespräch nicht hören.«

Prudence schaute sie einfach nur an, da ihr die Worte wieder einmal völlig fehlten.

Die Countess blickte sie ebenfalls an. »Der Ring gehört mir – oder er hat mir gehört. Ich hatte ihn der Amme gegeben, die meine Tochter zu ihren Adoptiveltern begleitet hat. Ich bin froh, dass sie ihn weitergegeben hat, wie ich es ihr aufgetragen hatte.« Sie musterte Prudence. »Ich habe Sie noch nie so genau betrachtet. Sie haben Ähnlichkeit mit ihm. Ihrem Vater, meine ich. Wissen Sie, wer das ist?«

Langsam nickte Prudence. Sie fühlte sich wie in einem Traum. »Als meine Mutter im Sterben lag, erzählte sie mir, dass man mich zu ihr gebracht hatte, damit sie mich aufzog. Die Frau hatte ihr auch den Ring gegeben und gemeint, er sei von meiner Mutter – der Frau, die mich geboren hatte. Sie enthüllte auch die Identität meines wahren Vaters. Sie sind meine Mutter?«

»Es scheint so.« Lady Peterborough hielt den Ring zwischen ihrem Daumen und Zeigefinger hoch. Sie lächelte, und Prudence schwor, dass es der aufrichtigste Ausdruck war, den sie je bei dieser Frau gesehen hatte. »Sie sollte ihn dir geben, wenn du heiratest. Dann erhält ihn die erstgeborene Tochter.« Ihr Lächeln schwand. »Ich bedaure, dass deine Mutter das nicht mehr erleben konnte. Aber ich bin froh, dass sie dir den Ring persönlich gegeben hat.«

Prudence konnte kaum glauben, der Frau gegenüberzustehen, die sie zur Welt gebracht hatte. »Warum hast du mich weggegeben?« Die Frage klang leise, aber hart.

»Da du weißt, wer dein Vater war, weißt du auch, dass er nicht mein Ehemann war. Leider war Lord Peterborough wütend darüber, dass ich mir erlaubt hatte, von einem anderen Mann ein Kind zu bekommen. Ohne von den Kindern zu reden, die er mit seiner Mätresse gezeugt hat.« Sie schniefte, und Prudence verspürte den plötzlichen Drang, Lord Peterborough niederzuschlagen. »Es war die einzige Möglichkeit«, sagte Lady Peterborough. »Pete wollte dich nicht haben, und Walters Frau wollte dich auch nicht. Es tut mir leid. Er ließ mir keine andere Wahl, was dich betrifft. Ich musste dich weggeben.« Sie streckte die Hand nach Prudence' Wange aus, aber sie berührte sie nicht, sondern zog ihre Hand wieder zurück. »Es war so schwer, aber ich wusste, dass man sich gut um dich kümmern würde, und das Paar, das dich nahm, hatte dich unbedingt haben wollen. Das hat mir Trost gespendet. Ich bin froh, dass du den Ring noch hast. Du wirst ihn deiner Tochter an ihrem Hochzeitstag schenken.«

Prudence' *Tochter*. Die sie in diesem Augenblick in sich tragen könnte.

Tränen trübten Prudence die Sicht, und sie fühlte sich so wackelig wie vorhin. »Ich muss mich setzen.« Sie ließ sich praktisch auf das nahe stehende Sofa fallen.

Lady Peterborough nahm auf demselben Möbelstück Platz und die Sorge stand ihr ins Gesicht geschrieben. »Geht es dir nicht gut? Du siehst unpässlich aus.«

»Ich bin ... Das ist jetzt egal.« Sie wollte erst die Countess reden hören. Die Countess. Ihre Mutter. »Ich kann nicht glauben, dass du meine Mutter bist. Bist du sicher?«

»Je mehr ich dich anschaue, ja.« Sie studierte Prudence´ Gesicht und lächelte dann wieder. »Du bist eindeutig Walters Tochter. Du hast seine Augen und seine Nase und die gleiche Gesichtsform. Es ist wirklich erstaunlich. Wenn ich dich je richtig angeschaut hätte, dann hätte ich es gesehen.« Dann lachte sie und überraschte Prudence damit. »Du liebe Güte, das wäre für uns beide ein Schock gewesen.«

»Ich denke, es muss jetzt ein Schock sein.« Törichterweise – und überraschend – wünschte Prudence sich, von dieser Frau gemocht zu werden und dass sie glücklich wäre, sie zu sehen.

»Ja.« Die braunen Augen der Countess umwölkten sich und sie blinzelte mehrere Male. Dann wischte sie eine Träne fort. »Es ist ein wundervoller Schock. Ich hatte nie gedacht, dir einmal zu begegnen. Du bist so wunderschön, so gefasst.«

Prudence hatte Sorge, sie könnte vielleicht in unkontrolliertes Schluchzen ausbrechen. Wie sie all diese chaotischen Emotionen verabscheute! »Aber ich bin nur eine bezahlte Gesellschafterin.«

»Du bist von der Mittelklasse in die höchsten gesellschaftlichen Kreise aufgestiegen.« Lady Peterborough schüttelte den Kopf. »Du bist nicht aufgestiegen. Du *bist* aus den höchsten gesellschaftlichen Kreisen. Du hättest hier bei mir aufgezogen werden sollen. Du und Cassandra, ihr wärt zusammen aufgewachsen.« Ihr brach die Stimme und mit zitterndem Kinn wandte sie den Blick ab.

Prudence wusste nicht, was sie tun sollte. Instinktiv wollte sie die Frau trösten und vielleicht ihre Hand nehmen

oder sie gar umarmen. Doch es war alles fremd und merkwürdig. Ein Leben voller Geheimnisse stand zwischen
ihnen.

»Dein Taufname ist Prudence?«

»Ja.«

»Er ist wunderschön, so wie du.«

Ungewollte Emotionen wallten in Prudence auf, aber sie
musste sich auf ihr Ziel in dieser Angelegenheit konzentrieren. »Ich fürchte, Lucien weiß von dem Ring.«

Abermals wich die Farbe aus dem Gesicht der Countess.
»Was meinst du damit?«

»Ich habe diesen Ring einem Gentleman gegeben. Er hat
ihn getragen, was ich nie von ihm erwartet hatte. Lucien hat
den Ring gesehen und ihn wiedererkannt. So habe ich erfahren, dass er zu deiner Familie gehört.«

Die Countess hielt sich die Hand vor den Mund, als sie
scharf Luft holte. »Pete darf nicht erfahren, dass du hier bist
– so nah bei mir. Kein Wort zu ihm«, fügte sie flüsternd
hinzu.

»Ich *verstehe*.« Prudence wollte die Ängste der Frau
beschwichtigen – nein, ihre Panik. Sie war offensichtlich
sehr von der Vorstellung besessen, ihr Ehemann könnte
herausfinden, dass Prudence beinahe in ihrem Leben war.

Beinahe.

»Was hat Lucien gesagt?«, erkundigte sich die Countess
atemlos.

»Ich habe nicht direkt mit ihm gesprochen. Er weiß nicht,
dass der Ring in meinem Besitz ist und er weiß auch nicht,
dass ich ihn jetzt habe. Er sagt, er will den Ring, weil er zu
seiner Familie gehört. »Der Gentleman hat mir den Ring
allerdings zurückgegeben.«

»Wie es sich gehört. Es ist dein Ring.« Mit gefurchter
Stirn schaute Lady Peterborough zum Fenster.

»Der Gentleman hat Lucien vertrösten können, aber dein

Neffe ist überaus beharrlich. Ich fürchte, uns bleibt keine Zeit mehr. Ich werde ihm den Ring aushändigen müssen.«

»Nein.« Die Countess drehte sich wieder zu Prudence und ihr Blick war eindringlich. »Das ist eine Sache, die ich nicht erlauben werde. Ich habe mich den Wünschen aller gebeugt, was dich anbelangte, aber das werde ich nicht zulassen. Ich werde mich um Lucien kümmern.«

»Was wirst du ihm sagen?« Prudence wollte nicht, dass Bennet in Schwierigkeiten geriet.

Lady Peterborough zuckte mit einer Schulter. »Die Wahrheit, denke ich. Lucien ist sehr gut darin, Geheimnisse zu bewahren – und anderen Menschen zu helfen. Ich werde ihm sagen, dass der Ring dort ist, wo er hingehört und er sich um seine eigenen Angelegenheiten kümmern sollte.«

Prudence war neuerlich von der Countess überrascht. Ihrer Mutter. Sie benahm sich, wie eine Mutter sich benehmen sollte. Das war zumindest etwas. »Danke.«

»Warum hast du diesem geheimnisvollen Gentleman den Ring gegeben?«, fragte Lady Peterborough.

»Ich gab ihn ihm aus Gefälligkeit – um die er nicht gebeten hatte. Ich hoffte, er würde ihn verkaufen. Tatsächlich hatte ich ihm dazu geraten. Er braucht Geld und ich hatte ihm helfen wollen.«

»Das klingt, als sei er dir sehr wichtig.«

Jetzt war der Augenblick gekommen, den anderen Grund für ihren heutigen Besuch zur Sprache zu bringen. »Die Dinge haben sich geändert, seitdem ich ihm den Ring gegeben hatte. Ich finde mich in der gleichen misslichen Lage wie du damals.« Prudence zauderte einen winzigen Augenblick, ehe sie weitersprach und ihr dabei die Hitze ins Gesicht stieg. »Ich glaube, ich bin schwanger und ich brauche eine Mitgift.«

Lady Peterborough machte große Augen. »Es ist sein Kind? Oh, du armes Mädchen.«

Prudence beantwortete die Frage der Countess nicht. »Kannst du mir helfen?«

»Ich verstehe deine Not – natürlich tue ich das. Aber ich kann dir nichts geben, aus Angst, dass etwaige Abgänge von meinen Bezügen nicht belegt sind. Ich nehme an, dass dieser mysteriöse Gentleman, dem du den Ring gegeben hast, der Vater ist? Wenn er in Luciens Kreisen verkehrt, dann muss er recht bekannt sein.« Lady Peterborough setzte einen skeptischen Blick auf. »Hat er sich einverstanden erklärt, dich zu heiraten, wenn du eine Mitgift mitbringst?«

»Bislang hat er sich mit gar nichts einverstanden erklärt.« Prudence versteifte das Rückgrat und wandte den Blick von der Countess ab. »Ich habe ihm noch nichts von dem Kind erzählt. Ich bin noch nicht ganz sicher.«

»Verzeih mir, aber wenn dieser Mann ein Gentleman ist oder ein Adliger, kann ich mir nicht vorstellen, dass er dich heiraten wird. Es tut mir leid, dass ich das sagen muss.«

»Das würde er, wenn ich das Geld hätte«, konterte Prudence und wieder gewannen ihre Emotionen die Oberhand. Sie zügelte sie und straffte ihr Rückgrat, ehe sie zu einem gemäßigteren Tonfall überging. »Er braucht das Geld.« Scheinbar begehrte er auch sie, aber das bedeutete nicht, sie heiraten zu wollen. Sie konnte sehr gut verstehen, warum das nicht in seinem Sinn war. »Ich werde jedenfalls in allem zu ihm ehrlich sein – er kennt bereits die Umstände meiner Geburt.« Und es schien ihn nicht zu stören.

»Also hast du vor, ihn mit einer Mitgift in die Ehe zu ködern.«

»Da du mich nicht gut kennst, würde ich darum bitten, dir keine enttäuschende Meinung über mich zu erlauben«, entgegnete Prudence kühl. »Nein, ich habe nicht vor, ihn zu ködern. Wie ich sagte, werde ich ihm von dem Kind erzählen – oder zumindest der Möglichkeit davon. Er wäre nicht frei, mich ohne Mitgift zu heiraten, und mir liegt daran, dass er diese Wahlmöglichkeit hat.«

Ein trauriges Lächeln umspielte die Lippen der Countess. »Ich fürchte, du räumst dem männlichen Geschlecht weit mehr Zutrauen ein, als sie verdient haben. Wahrscheinlich ist er gar nicht frei, dich überhaupt zu heiraten – ob mit Mitgift oder ohne. Seine Verpflichtungen werden verlangen, dass er jemanden seines Standes heiratet.«

»Wie ich sehen kann, willst du mir nicht helfen.« Prudence erhob sich. »Wirst du mir den Ring zurückgeben?« Es schien, als würde der Countess etwas daran liegen, dass sie ihn hatte.

»Natürlich. Er gehört dir.« Die Countess erhob sich vom Sofa. Sie ergriff Prudence´ Hand und drückte ihr den Ring in die Handfläche.

»Was soll ich damit tun?«, fragte Prudence. »Du möchtest, dass ich diesen Ring habe, und doch kann ich ihn nicht tragen oder auf andere Weise zur Schau stellen, aus Furcht, dass die Leute herausfinden, wer – und was – ich bin. Wenn ich ihn an meine Tochter weitergebe, soll ich ihr dann erzählen, dass ich ein uneheliches Kind bin und ihre Großmutter eine Countess, wie auch die Tochter und Schwester eines Herzogs? Nichts davon ist von Bedeutung, da wir es niemandem erzählen können. Es ist einfach ein Märchen, das ich ihr jeden Abend als Gutenachtgeschichte erzählen kann. Nein, behalte deinen Ring.« Prudence versuchte, ihn zurückzugeben.

Bei alldem, was Prudence gerade gesagt hatte, waren noch tiefere Furchen auf dem Gesicht der Countess zutage getreten und sie wirkte sehr gequält. »Ich wünschte, du könntest ihn mit Stolz tragen. Ich wünschte, ich könnte dich vor der Welt als meine Tochter deklarieren. Wie sehr ich mir doch eine Tochter gewünscht hatte, und schau dich nur an – so wunderschön und so klug. Ich wünschte, ich könnte dir helfen«, fügte sie leise hinzu. »Glaubst du wirklich, dass dieser Mann dich heiraten würde, wenn du eine Mitgift hättest?«

Wahrscheinlich, und wenn auch nur, weil er das Geld brauchte. »Ich will ihm diese Chance ermöglichen – um des Babys willen, das ebenso ein Teil von ihm ist, wie von mir. Wenn er sich weigert, werde ich nicht schlimmer dran sein, als ich heute bin.«

»Dir könnte das Herz gebrochen werden«, meinte die Countess leise und ihr Blick war warm und so verständig, dass Prudence´ Entschluss, dieser Frau den Rücken zu kehren, beinahe dahinschmolz. »Ich weiß, wie sich das anfühlt, und in gewisser Weise wirst du dich vielleicht niemals davon erholen. Ich hätte wirklich gern, dass du den Ring behältst.«

»Ich werde ihn vielleicht verkaufen«, obwohl der Erlös für Bennets Nöte wahrscheinlich nicht annähernd ausreichen würde.

Die Countess blickte ihr in die Augen. »Ich kann sehen, wie wichtig dies für dich ist – die Mitgift. Ich kann meinen Bruder nicht bitten. Nie hatte ich ihn mit dieser Sache belästigen wollen. Die einzige Person, die mir einfällt, ist dein Halbbruder.«

»*Nein*«, grollte Prudence buchstäblich. Sie weigerte sich, ihn um irgendetwas zu bitten.«

»So eine vehemente Antwort. Kennst du ihn? Es klingt, als seist du mit seinem Benehmen vertraut.«

»Das bin ich. Er ist eine schreckliche Person.«

»Das war er vor dem Krieg nicht«, entgegnete Lady Peterborough mit einem schwachen Lächeln und dann holte sie tief Luft, wobei sie das Kinn reckte. »Ich würde dir gern helfen. Es ist das Mindeste, was ich tun kann. Allerdings sind meine Möglichkeiten beschränkt. Wenn Pete von dir erführe, wäre mein Leben vorbei.«

Prudence schnappte nach Luft. Es konnte doch nicht *so* schlimm sein. »Was würde er tun?«

»Mich wahrscheinlich in ein Kloster schicken. Das hat er mir angedroht. Weshalb ich nicht tun kann, was ich gern tun würde.«

»Und was wäre das?«, fragte Prudence vorsichtig.

»Dich als meine Tochter anerkennen, natürlich. Ich kann allerdings mit Maximillian – ich meine Warfield – sprechen und darauf bestehen, dass er eine Mitgift für dich bereitstellt. Sein Vater würde sich das von ihm wünschen, da bin ich sicher.«

Prudence schaute ihr Gegenüber an und verabscheute die Vorstellung, zu ihm gehen zu müssen, doch allmählich akzeptierte sie den Gedanken, dass darin wahrscheinlich ihre einzige Möglichkeit bestand, voranzukommen, wenn sie ihr Kind ehelich zur Welt bringen wollte. »Ich möchte dieses Baby unbedingt legitim zur Welt bringen«, flüsterte sie und beim letzten Wort brach ihr die Stimme.

»Ich verstehe.« Lady Peterborough nahm ihre Hände und drückte sie. »Wirst du mir erlauben, mich für dich darum zu kümmern?«

Prudence konnte gar nicht glauben, dass diese Frau ihr helfen wollte, aber war das nicht der Grund, warum sie gekommen war? »Danke. Bitte sage Warfield nichts von meiner Schwangerschaft. Es ist schon schlimm genug, es dir erzählt zu haben.«

»Du musst dich nicht schämen, nicht vor mir. Ich bin deine Mutter, Prudence, und ich liebe dich – ich habe dich immer geliebt. Das ist mein Enkelkind und ich werde sie – oder ihn – ebenfalls lieben.«

Die Familie, die sie sich nie vorgestellt hatte, war nicht nur möglich, sondern sie würde kommen, ob Prudence das nun wollte oder nicht. Sie wollte es. Und ein großer Kloß formte sich in ihrer Kehle, während sich die Tränen in ihren

Augen sammelten. Sie schüttelte den Kopf und weigerte sich, zu weinen. Diese verflixten albernen Emotionen.

Wie hatte Prudence sich von einer unabhängigen Frau, die mit ihrem Leben zufrieden war, zu jemandem entwickelt, der danach schmachtete, sein Leben nach einem Mann zu richten, der sie entführt hatte, und dabei hoffte, tatsächlich mit seinem Kind schwanger zu sein? Vielleicht war schmachten zu stark, aber sie dachte viel zu viel an ihn.

Lady Peterborough fuhr fort, ohne den großen Gedankenumschwung wahrzunehmen, der sich in Prudence vollzog. »Wir werden deinem Bruder sagen, dass du eine Mitgift verdient hast und dass du eine sehr vorteilhafte Ehe eingehen könntest. Sein Vater würde das wollen und Maximillian sollte das ebenfalls tun. Er wird dich allerdings nicht als Schwester anerkennen. Verstehst du das?«

Prudence nickte und es gelang ihr, ein paar Worte hervorzubringen. »Ja, und ich möchte ihn auch nicht als Bruder anerkennen.«

»Gut.« Die Countess wurde wieder nachdenklich. »Ich werde dich informieren, sobald ich die Angelegenheit geregelt habe. Ich werde schnell handeln. Ich verstehe, dass für dich Eile geboten ist.« Sie blickte zu Prudence´ immer noch flachem Bauch.

Als Prudence ging, konnte sie nicht anders, als sich beklommen zu fühlen. Was, wenn Warfield ihr keine Mitgift gewähren würde?

Sie konnte ein Wort nicht abschütteln: ködern. Sie wollte Bennet nicht in eine Ehe locken, die er nicht wollte. Er wäre geschockt, wenn sie ihm von dem Baby erzählte.

Sie hoffte allerdings, dass er auch glücklich sein würde, da sie sich allmählich so zu fühlen begann.

*A*ls Bennet aus dem Park zurückkehrte, musste er feststellen, dass zwei seiner Verwandten unangekündigt angekommen waren. Er war schockiert, denn sie statteten ihm hier nie einen Besuch ab, und gar nicht zu reden von Aberforth Place. Deshalb machte er sich Sorgen, dass etwas Schreckliches geschehen war.

Er eilte die Treppe hinauf, wo sie ihn im Salon erwarteten.

Tante Judith, die jüngere Schwester seines Vaters, thronte auf der Sofakante und Großtante Esther, die Schwester seiner Großmutter, hatte in einem Sessel beim Kamin Platz genommen. Sie straffte sich, als ob sie von seinem Eintreten überrascht wäre – oder als ob sie geschlafen hätte.

»Was für eine Überraschung«, begrüßte Bennet sie, ohne sich die Mühe zu geben, ihren Besuch als etwas Erfreuliches zu charakterisieren. Er liebte all seine Verwandten, aber diese beiden stellten seine Geduld ganz besonders auf die Probe. Lag es daran, dass Tante Judith von der familiären Disposition verschont geblieben war, während Großtante Esther nicht aus dem beeinträchtigten Zweig stammte? »Habe ich einen Brief verpasst, in dem ihr euer Kommen angekündigt habt?«

»Ich habe mir nicht die Mühe gemacht, zu schreiben.«, antwortete Tante Judith, ohne ein Blatt vor den Mund zu nehmen, was sie allerdings auch sonst nie tat. »Sobald ich von den Gerüchten hörte, habe ich mich reisefertig gemacht.«

»Ich habe darauf bestanden, mitzukommen«, meinte Großtante Esther. Mit vierundsiebzig war sie noch sehr rüstig. »Es ist eine Ewigkeit her, seit ich in London war.«

Tante Judith warf ihr einen genervten Blick zu. »Wir werden nicht lange bleiben.« Sie lenkte ihre Aufmerksamkeit wieder zu Bennet. »Ich habe ihr nahegelegt, nicht mitzukommen, da es sich um eine heikle Angelegenheit handelt, aber keine, die ihr erlauben würde, sich unter die Leute zu mischen oder Ausflüge in die Stadt zu unternehmen.«

Großtante Esther lächelte Bennet an und auf ihren Wangen zeigten sich Grübchen, während sich feine Linien um ihre Augen bildeten. »Ich bin sicher, dass Glastonbury darauf bestehen wird, uns mindestens für einige Tage in der Stadt herumzuführen.«

»Und wohin würden wir gehen?«, fragte Tante Judith. »Ich vermute, dass er keine Einladungen erhält. Wenn etwas Wahres an dem Gerücht ist.« Sie blickte ihn erwartungsvoll an, als ob Bennet wissen müsste, worüber sie sprach.

Natürlich tat er das.

»Bist du deshalb gekommen?«, fragte er und zwang sie damit, genauer zu werden, was für sie nicht schwierig sein dürfte. Er setzte sich in einen Sessel, der näher bei Großtante Esther als bei Tante Judith stand. Hoffentlich würde Letztere dies nicht als eine Art Bevorzugung auslegen, aber das könnte sie sehr gut.

»Ja, deshalb bin ich gekommen«, antwortete Tante Judith. »Als jemand, dessen Existenz von dir abhängig ist, war ich entsetzt zu hören, dass du praktisch pleite bist. Ich bin nur froh, dass Gerüchte zu Übertreibungen tendieren. Trotzdem, wie schlimm steht es?« Sie beugte sich ein wenig vor und legte blinzelnd den Kopf schief, sodass sie ihn an einen Vogel erinnerte.

»Praktisch pleite ist nicht weit von der Wahrheit entfernt«, antwortete er irgendwie vergnügt. Welchen Sinn hätte es, deshalb trübsinnig zu sein? »Vater hat alles in einem Desaster hinterlassen, fürchte ich.«

Tante Judiths Nasenflügel flatterten und sie ruckte zurück. »Ich kann nicht sagen, dass mich das überrascht. Dein Vater war in allem eine Katastrophe. Ich hätte damit rechnen sollen, dass er auch arm starb.«

So wütend und frustriert sich Bennet oft wegen seines Vaters fühlte, erinnerte er sich daran, dass diese Emotionen sich auf die unglückliche Situation bezogen. Sein Vater konnte seine Mängel ebenso wenig abstellen, wie er verhindern konnte, dass er wegen ihnen einen bedauerlichen und desaströsen Lebensweg beschritten hatte. Bennets Mutter zu heiraten, war das Beste, was er je getan hatte – das sagte er jedenfalls immer. Da sie bei Bennets Geburt gestorben war, konnte Bennet sich unmöglich ein eigenes Urteil bilden.

»Daran ist jetzt nichts mehr zu ändern«, meinte Bennet und presste die Lippen zusammen, ehe er noch etwas hinzufügte, das nicht sehr hilfreich sein würde. »Ich tue mein Bestes, um die Angelegenheiten ins Reine zu bringen.«

»Du bist auf der Jagd nach einer Erbin«, stellte Großtante Esther fest. »Das war der andere Teil des Gerüchts. Vielleicht können Judith und ich dir bei dieser Sache helfen. Gleichwohl ich allerdings sagen würde, dass wir eine Modistin aufsuchen müssten.«

Judith riss den Kopf zu ihrer Tante herum. »Sei nicht töricht! Dafür ist kein Geld da. Wir sind nicht hier, um uns in der Gesellschaft zu präsentieren.«

Großtante Esther warf ihrer Nichte einen mürrischen Blick zu. »Wir können trotzdem helfen«, murmelte sie.

Bennet wollte nicht, dass sie sich schlecht fühlte. »Wenn du einen Ratschlag für mich hast, werde ich ihn mit Freuden annehmen, Großtante Esther.«

Das beschwichtigte sie und sie lächelte wieder, was ihre Grübchen erneut zum Vorschein brachte. »Du bist immer so ein guter Junge gewesen. Und jetzt kümmerst du dich um alles. Was für ein Joch das sein muss.«

»Es ist seine Pflicht«, unterbrach Tante Judith. Sie warf Bennet einen finsteren Blick zu. »Deshalb bin ich gekommen. Unter der Annahme, dass die Gerüchte wahr sind – und wie sehr ich gehofft hatte, sie seien es nicht –, brauchst du einen Ratschlag, gleichwohl nicht darüber, wen du heiraten solltest. Es gibt eine einfache Lösung. Du musst aufhören, diese exorbitanten Gebühren für das Hospital in Lancashire zu entrichten.«

Bennet stützte seinen Ellbogen auf die Sessellehne und biss die Zähne zusammen. Mehr konnte er nicht tun, um sich davon abzuhalten, seine Stirn vor Aufregung zu massieren. »Das ist weder einfach noch eine Lösung. Tante Agatha ist genau dort, wo sie sein muss und ich werde ihre Pflege nicht mit dir besprechen. Ich weiß sehr wohl, was du denkst.«

Tante Judith schürzte die Lippen und kniff missbilligend die Augen zusammen. »Du bist töricht. Die Ärmste ist sich ihrer Umgebung kaum bewusst. Ich weiß, du liebst sie – wir alle lieben sie. Verdammt, sie ist meine Schwester – aber es ist nicht ungnädig, Geld zu sparen, damit der Rest von uns nicht leidet.«

»Wisst ihr, was eine einfache Lösung sein *könnte?*«, fragte Bennet. »Ihr beide könntet nach Aberforth Place ziehen. Dort ist reichlich Platz.« Er konnte nicht entscheiden, welche seiner beiden Tanten entsetzter dreinblickte.

Großtante Esther ergriff zuerst das Wort. »Darum kannst du uns nicht bitten. Sei gesegnet Junge, dass du dich um sie kümmerst, aber du kannst mich nicht bitten, mit diesen verrückten Menschen zusammenzuleben.«

Bennet hätte beinahe begonnen zu knurren. Er hasste es, wenn sie dieses Wort benutzte. »Sie sind *exzentrisch.*«

Tante Judith verdrehte die Augen. »Cousine Frances weiß manchmal nicht, welcher Tag es ist. Stellt sie ihre Kleidung immer noch aus alten Vorhängen und Bettbezügen her?«

»Ja, und es ist sehr kostensparend, wenn ich das sagen darf.« Er lächelte freundlich und genoss den unbehaglichen Blick, den sie sich gegenseitig zuwarfen.

Tante Judith faltete die Hände in ihrem Schoß. »Wenn du

darauf bestehst, die Dinge so zu belassen, wie sie sind, werden wir dir wohl helfen müssen, eine reiche Frau zu finden.«

Bennet blickte zu seiner Tante. »Da du nicht nach Aberforth Place ziehen willst, bestünde eine andere Lösung darin, dass du einen wohlhabenden Mann heiratest.«

»Du weißt, warum ich nie geheiratet habe«, entgegnete Tante Judith mit fester Stimme.

Aus demselben Grund, aus dem er nicht geheiratet hatte und auch nicht wollte. Keiner von ihnen wollte das Familienerbe an die nächste Generation weitergeben. »Du bist nicht mehr im gebärfähigen Alter, denke ich.«

Sie stieß die Luft aus und blickte zu Großtante Esther, als ob sie Unterstützung erwartete.

Großtante Esther zuckte mit den Schultern. »Da hat er recht, obwohl ich mir vorstellen kann, dass es schwierig ist, in deinem Alter einen Ehemann zu finden. Ich konnte das nie.«

»Das konntest du nicht einmal während deiner Saisons«, erwiderte Tante Judith.

Bennet ignorierte ihr Gezänk. »Ich will damit sagen, dass ich euch freundlich bitten möchte, eure Meinungen und Ratschläge für euch zu behalten – es sei denn, ich frage euch danach –, wenn ihr nicht bereit seid, zur Verbesserung unserer finanziellen Situation beizutragen.« Trotzdem er sie zurechtwies, versuchte er, freundlich zu klingen.

Die beiden Frauen tauschten einen weiteren Blick aus, aber Bennet konnte nicht sicher sein, was sie sich damit sagen wollten.

»Welcher Lady machst du den Hof?«, erkundigte Großtante Esther sich. »Oder wem beabsichtigst du, den Hof zu machen?«

»Derzeit niemandem«, antwortete er wahrheitsgemäß. Er wollte Mrs. Merryfield nicht erwähnen, wahrscheinlich weil

seine beiden Tanten es sich sonst zur Aufgabe machen könnten, Sorge dafür zu tragen, dass die Heirat stattfand. Gleichwohl das eigentlich in seinem Interesse liegen sollte, wollte
er es nicht. »Ich weiß es zu schätzen, dass ihr helfen wollt,
aber es ist nicht nötig. Es tut mir leid, dass ihr den weiten
Weg für etwas auf euch genommen habt, das mit einem Brief
hätte erledigt werden können.«

Großtante Esther warf ihrer Nichte einen kurzen Blick
zu. »Judith war sich sicher, dass sie dich überzeugen könnte,
bei Agatha zu sparen. Ich habe mich auch gefragt, ob du
nicht auch Frances wegschicken könntest, dann hättest du
ein weiteres Häuschen auf dem Anwesen zu vermieten.« Auf
seinen finsteren Blick hin schlug sie die Augen nieder und
sah auf ihren Schoß.

»Und warum sollen Agatha und Frances leiden, während
ihr beiden an nichts sparen wollt? Ich werde weder Tante
Agatha aus dem einzigen Heim vertreiben, das sie in den
letzten dreißig Jahren gekannt hat, noch Cousine Frances
oder eine von euch, gleichwohl ich das sollte, um die
Schulden meines Vaters zu begleichen und den Besitz wieder
rentabel zu machen.«

»Mein Vater hat mir versprochen, dass immer für mich
gesorgt sei«, entgegnete Tante Judith entrüstet.

»Als Erbe seiner Hinterlassenschaft werde ich für dich
sorgen«, konterte Bennet. »Aber dein Haushalt in Bath ist
verflucht kostspielig.«

Tante Judith erbleichte. »Vorsichtig, Bennet«, flüsterte
sie. »Du musst dich beherrschen, sonst endest du wie er.«

Als ob er von ihr noch daran erinnert werden müsste.
Bennet ließ seinen Zorn verrauchen. »Ich bitte um
Entschuldigung.«

Tante Judiths Gesichtszüge wurden weicher, und ihr
Blick wurde mitfühlend. »Ich verstehe, dass du nicht
heiraten willst – und wie du weißt, unterstütze ich das.

Deshalb hatte ich gedacht, du seist offen dafür, Agatha in einer weniger kostspieligen Pflegeanstalt unterzubringen.«

»Ich weiß deine Besorgnis zu schätzen. Ehrlich. Ich habe versucht, eine andere Lösung zu finden. Ich habe fast alles von Wert in Aberforth Place verkauft. Der armen Großtante Flora gehen die Stellen aus, an denen sie ihre Blumen pressen kann.«

Das rief bei allen ein Lächeln hervor, und Bennet entspannte sich. Sie mochten eine chaotische Familie sein, aber sie waren immerhin eine Familie. Und er würde alles dafür unternehmen – einschließlich der Entführung einer Erbin –, um sie alle wieder in Sicherheit zu wissen und glücklich zu sehen. So betrachtet gab es keinen Grund, warum er Mrs. Merryfield nicht heiraten sollte.

Er wusste, was er zu tun hatte. »Ehrlich gesagt gibt es eine Frau, die für unsere Bedürfnisse geeignet sein könnte«, bemerkte er. »Sie ist über meine ... Situation im Bilde und bereit, Geld gegen den Titel einer Viscountess einzutauschen. Außerdem hat sie bereits Kinder, sodass ich kein schlechtes Gewissen habe, ihr keine zu schenken.«

»Das ist ein großes Opfer«, stellte Tante Judith leise fest.

Als die Resignation ihn überkam und eine Melancholie mit sich brachte, die ihm nicht willkommen war, seufzte er. »Das ist die einzige Lösung.«

Großtante Esther sah ihn mit einem aufmunternden Lächeln an. »Wie ich immer sage, du bist so ein guter Junge.«

KAPITEL 15

*B*ennets Schritte waren schwer, als er sich nach seinem Besuch bei Mrs. Merryfield auf den Heimweg machte. Sie hatte sich sehr gefreut, ihn zu empfangen – wenn man ihr verschmitztes Lächeln und ihre Einladung zum Tee als »erfreut« bezeichnen durfte. Er hatte ablehnen wollen, aber er hielt es für sinnvoll, Zeit mit der Frau zu verbringen, die seine Ehefrau werden würde.

In einem Monat.

Sie hatte unbedingt ein Datum festlegen wollen, und am kommenden Sonntag würde das Aufgebot verlesen werden. Bennet sollte sich glücklich oder zumindest erleichtert fühlen. Stattdessen fühlte er sich ausgebrannt.

Gerade als er sein Haus erreichte, hörte er seinen Namen. Lucien kam aus der entgegengesetzten Richtung auf ihn zu.

»Glastonbury, ich bin froh, dass ich dich erwischt habe.« Lucien sah recht aufgewühlt aus. Er hatte die Stirn gerunzelt und seine Augen waren besonders dunkel.

Bennet war jetzt nicht in der Stimmung, über den Ring zu debattieren. »Guten Tag, Lucien. Ich fürchte, ich bin gerade auf dem Rückweg von einer Besorgung, und ich habe Verwandte zu Besuch.«

»Tatsächlich? Wie erfreulich. Ich brauche nur ein paar Minuten. Können wir hineingehen?« Er deutete mit dem Kopf auf Bennets Haus.

Bennet nickte resigniert. Er führte Lucien ins Haus und direkt in sein kleines Arbeitszimmer an der Rückseite des Hauses. »Du bist wegen des Rings gekommen, vermute ich?« Bennet bedeutete Lucien, Platz zu nehmen, und dann legte er Hut und Handschuhe ab, ehe er in seinem Lieblingssessel neben dem Kamin Platz nahm.

Lucien hockte sich auf die Sesselkante. »In gewisser Weise, ja. Meine Tante ist zu mir gekommen, um mich zu bitten, den Ring zu vergessen. Sie sagte, er sei bei der Person, zu der er gehörte – ihrer Tochter.«

Bennet gab sich alle Mühe, seine Überraschung zu verbergen. Es war kein völliger Schock zu erfahren, dass Lady Peterborough Prudence´ Mutter war, aber er wünschte, er hätte es von Prudence gehört. Er sehnte sich danach, zu erfahren, wie sie die Nachricht aufgenommen hatte und ob sie und Lady Peterborough eine Art von Bündnis geschlossen hatten.

Lucien schüttelte den Kopf. »Ich kann nicht glauben, dass meine Tante eine illegitime Tochter hat und ich eine Cousine, von der ich nichts wusste.«

Bei dem Wort »illegitim« sträubte sich alles in Bennet, doch er äußerte sich nicht dazu. »Ich bin froh, dass die Sache damit erledigt ist.« Er wollte unbedingt mit Prudence reden, doch da sie ihn nicht im Park getroffen und auch keine Nachricht geschickt hatte, musste er annehmen, dass ihre Bekanntschaft zu Ende war. So, wie es sein sollte. Es gab keinen Grund für sie beide sie fortzusetzen, insbesondere deshalb nicht, weil er jetzt verlobt war. Plötzlich fühlte er sich, als hätte er eine Tasse mit Glassplittern geschluckt.

»Meine Tante hatte noch einen anderen Grund mich aufzusuchen«, fuhr Lucien fort. »Sie hat mich gebeten, vom Halbbruder der Frau, dem Viscount Warfield, eine Mitgift für ihre Tochter zu erbitten. Tante Christina beharrt darauf, dass er die Mittel bereitstellen wird. Ich bin da nicht so sicher und das sage ich als einer der wenigen Freunde, die Warfield noch geblieben sind.« Stirnrunzelnd fügte er hinzu. »Ich könnte in der Tat der einzige sein.«

Lady Peterborough bemühte sich um eine Mitgift für Prudence? Warum? Bennet hasste es, wie sein Puls sich beschleunigte, während ihn eine freudige Erregung überkam. Mit einer Mitgift wäre Prudence heiratsfähig. Es war ihm ein Gräuel, dass er an sie in Zusammenhang mit einem finanziellen Vorteil denken musste. Sie war so viel mehr. Noch immer war er voller Gedanken an sie, obwohl er seine Zukunftspläne ohne sie schmiedete. Er sehnte sich nach der Zeit, die sie gemeinsam in Riverview zugebracht hatten, um Tee und Wein mit ihr zu trinken und ihr vorzulesen. Und das Bett mir ihr zu teilen. »Wie wunderbar, dass deine Tante ihre Tochter auf diese Weise unterstützen will.« Er klang steif und gepresst, was er auch war – unter dem Druck seiner Verpflichtungen, anstatt frei und wie es ihm beliebte.

Lucien schaute Bennet aus schmalen Augen an. »Tante Christina hat auch gesagt, diese Mitgift sei dazu gedacht, dass ihre Tochter den Mann heiraten könnte, dem sie den Ring gegeben hatte – das müsstest du sein.«

Verflixter Mist.

»Ich habe nicht gewusst, dass ihr heiraten wolltet«, fuhr Lucien fort. »Als Letztes hatte ich gehört, dass du verzweifelt nach einer Erbin suchst. *Dies* ist deine Lösung? Meine illegitime Cousine zu heiraten?«

Bennet wollte ihn anschreien, damit er aufhörte, Prudence so zu nennen. Und er wusste überhaupt nichts von diesen Plänen! Außerdem hatte er gerade eingewilligt, eine andere zu heiraten. Moment, bedeutete das, er würde Prudence heiraten, wenn sie diese Mitgift von Warfield bekäme? Gleichwohl sie damit heiratsfähig wäre, änderte das nichts an der Tatsache, dass er niemanden heiraten wollte, insbesondere niemanden, den er so gern hatte wie Prudence. Er konnte sie schlecht bitten, ihn zu ertragen, wenn er die Familienkrankheit bekommen sollte.

Denke daran, dass sie keine Kinder will. Sie könnte perfekt sein ...

Lucien durchbohrte ihn mit einem eindringlichen Blick und schreckte Bennet aus seinen abschweifenden Gedanken auf. »Meine Tante wollte mir den Namen ihrer Tochter nicht nennen. Ich möchte, dass du ihn mir sagst.«

Bennet schüttelte den Kopf. »Es steht mir nicht zu, dieses Geheimnis zu verraten.«

»Ich werde es herausfinden, wenn du sie heiratest«, stellte Lucien mit deutlich spürbarem Unmut fest.

»Genau dann wirst du es herausfinden.« Bennet schwamm der Kopf. Er hatte keine Ahnung, was los war. Er war verlobt, aber nicht mit Prudence.

»Ist es eine glückliche Vereinigung?«, fragte Lucien.

Bennet konnte diese Frage nicht beantworten, da er zum ersten Mal davon hörte. »Ich bin sicher, dass es so sein wird«, entgegnete er ausdruckslos. »Wenn du mich jetzt entschuldigen möchtest. Ich muss wirklich weitermachen.«

»Na schön.« Lucien stieß die Luft aus, als er aufstand. »Wünsch mir Glück mit Warfield. Ich werde ihn jetzt aufsuchen. Er ist von der schwierigen Sorte.«

»Das habe ich gehört.«

Lucien legte den Kopf schief. »Was passiert, wenn er die Mitgift nicht aufbringt? Ich weiß, wie dringend du Geld brauchst.«

»Für den Augenblick wüsste ich es sehr zu schätzen,

wenn du dieses Thema mir und der fraglichen Lady überlassen würdest.«

»Es ist schwer, das zu tun, wenn du offenbar die Hilfe anderer brauchst«, entgegnete Lucien trocken. Seine Miene verfinsterte sich. »Brich ihr nicht das Herz, wenn das Geld nicht kommt. Ich weiß vielleicht nicht – noch nicht – wer sie ist, aber sie ist mein Fleisch und Blut und ihr werde ihre Ehre verteidigen.«

»Ich würde ihr nie wehtun wollen«, gab Bennet leise zurück. Doch das hatte er bereits, als seine angeheuerten Helfershelfer sie aus dem Schlaf gerissen und damit ihren Lebensweg verändert hatten. Bis zu dem Punkt, an dem sie jetzt eine Heirat plante, wohingegen sie früher angedeutet hatte, dies vermeiden zu wollen.

Warum tat sie das? Nur um ihm zu helfen, so wie es auch ihre Absicht mit dem Ring gewesen war?

Es hatte sich etwas verändert. Bennet musste erfahren, was es war.

Lucien verabschiedete sich und Bennet erhob sich aus seinem Sessel, um dann unruhig auf und ab zu gehen. Urplötzlich hatte sich seine Situation gewandelt und anstatt verzweifelt und unsicher zu sein, standen ihm nun zwei mögliche Optionen offen. Die Frage war, welche er wählen würde.

Mrs. Merryfield besaß das Vermögen, das er brauchte, und er hatte ihr bereits sein Wort gegeben. Wenn Prudence allerdings eine Mitgift hätte, würde er dann nicht lieber sie heiraten? Ganz bestimmt ging er lieber mit ihr ins Bett. Davon hatte er jede Nacht geträumt, seit sie sich in Riverview getrennt hatten. Aber es war mehr als das. Er konnte Mrs. Merryfield nicht mit seiner Familie sehen, wohingegen er sich vorstellen konnte, dass Prudence mit seiner Großtante Flora Blumen pflückte und Großtante Minerva in ihrem Atelier besuchte. Gleichwohl die Vorstellung einen gewissen Charme hatte, wusste er, dass es ein Traum war. War würde Prudence tun, wenn Großtante Minerva ihre Farben hinwarf und eine schreckliche Sauerei verursachte? Oder wenn Großtante Flora ihre Zeitungen in einem Anfall zerriss, nur um dann zu schluchzen, sobald sie sich ihrer Untat bewusst geworden war?

Er schob die Gedanken beiseite. All dies war hypothetisch. Prudence hatte noch keine Mitgift und er wusste nicht, was los war.

Er brauchte Antworten und er brauchte sie schnell – ehe das Aufgebot am Sonntag verlesen wurde.

~

»*I*ch will nur eine Zeichnung von diesem Exemplar machen«, meinte Kat, die den Blick auf einen Vogel in seinem Glasgehäuse im Britischen Museum geheftet hatte. »Es macht dir nichts aus?«

»Natürlich nicht.« Prudence war es gewohnt, dass Kat alle möglichen Dinge zeichnete, und sie hatte sich ein Buch mitgebracht. »Ich werde mir nur einen Platz suchen, an dem ich mich hinsetzen und lesen kann.«

»Ausgezeichnet.« Kat war bereits dabei, mit dem Stift über das Papier zu fahren, das sie auf ein kleines dünnes Brett geheftet hatte, welches ihr als tragbare Schreibunterlage diente.

Prudence ging den Weg zurück bis zur Eingangshalle, in der sich Sitzgelegenheiten befanden. Sie entdeckte eine leere Bank und setzte sich, mit dem aufgeschlagenen Buch auf ihrem Schoß.

Sie las kein einziges Wort.

Ihr Kopf war voller Gedanken an Bennet, das Baby und ob sie eine Mitgift bekommen würde. Dann noch die Tatsache, dass sie jetzt eine Mutter hatte, die sie offensichtlich liebte. Es war unbeschreiblich überwältigend.

Sie konnte die Freude nicht leugnen, die sie verspürt hatte, als Lady Peterborough – vielleicht sollte sie in Gedanken einen weniger formellen Namen für sie verwenden – sich angeboten hatte, ihr zu helfen, und sogar gesagt hatte, sie zu lieben. Sie konnte auch das aufkommende Glück nicht ignorieren, das sie empfand, wenn sie an das Kind dachte, das sie vielleicht in sich trug. Und was war mit Bennet?

»Guten Tag.«

Die tiefe, vertraute Stimme jagte ihr einen Freudenschauder über den Rücken. Ruckartig hob sie den Kopf und traf auf den entwaffnenden Blick der Person, die sie am meisten beschäftigte.

»Bennet«, flüsterte sie, vollkommen überrascht, ihn zu sehen.

Er lächelte. »Prudence.«

Er hatte ihr an diesem Morgen eine Nachricht geschickt, in der er sie bat, sie heute zu sehen. Sie hatte ihm schnell geantwortet und ihr Bedauern ausgedrückt, da sie Kat heute ins Museum begleiten wollte. Er hatte gewusst, dass er sie hier finden würde.

Ihr ging auf, dass sie ihn zum letzten Mal vor der Konfrontation mit ihrer Mutter gesehen hatte. »Es tut mir leid«, platzte sie heraus.

Trotz des Lächelns, das seinen Mund umspielte, wirkte er perplex. »Weswegen?« Er setzte sich neben sie.

»Dich nicht im Park getroffen zu haben. Dir nichts von meiner Begegnung mit Lady Peterborough gesagt zu haben. Sie ist tatsächlich meine Mutter.«

Daraufhin überkam ihn ein Lächeln. »Ich weiß. Das ist einer der Gründe, warum ich dich heute sehen wollte.

Lucien hat es mir berichtet.« Er blickte sich um. »Wo ist Miss Shaughnessy?«

»Sie skizziert einen Vogel. Es wird wohl eine Weile dauern – sie arbeitet sehr detailliert –, weshalb ich zum Lesen hierher gekommen bin.« Sie klappte das Buch in ihrem Schoß zu. »Ich fürchte, ich bin nicht weit gekommen. Ich war zu abgelenkt.«

»Das kann ich mir nur zu gut vorstellen. Was war mit Lady Peterborough? Hoffentlich hat sie sich gefreut, dich zu sehen.«

»Das hat sie, überraschenderweise. Sie hat mich damals nur ungern weggegeben, aber ihr Mann hatte darauf bestanden. Sie hat sogar Angst, er könnte von meiner Existenz erfahren. Ich weiß nicht, welche Art von Beziehung wir unterhalten können, aber ich bin froh zu wissen, dass sie mich geliebt hat. Dass sie mich liebt.«

Er grinste. »Ich freue mich so für dich.«

»Sie hat auch darauf bestanden, dass ich den Ring behalte, und versprochen, sich um die Sache mit Lucien zu kümmern.«

Er beugte sich ein Stück weit zu ihr vor, was sie veranlasste, es ihm gleich zu tun. »Lucien hat mich gestern besucht. Deshalb habe ich dir die Nachricht geschickt.«

»Was hat er gewollt?« Unvermittelt fühlte Prudence sich unbehaglich. Nun, unbehaglicher als bislang, was in letzter Zeit schon recht beachtlich war.

»Er kam, um mir mitzuteilen, dass er von seiner Tante beauftragt wurde, eine Mitgift für die Frau zu beschaffen, die ich heiraten werde. Lucien wusste nicht, wer das ist, nur dass sie seine Cousine ist.«

Prudence stockte der Atem, als sie Bennet anstarrte. Lady Peterborough schickte Lucien zu Warfield? Warum hatte sie das nicht gesagt? Als sie angedeutet hatte, sie würde sich um Lucien kümmern, hatte Prudence nie gedacht, dass sie ihn in ihre Probleme hineinziehen würde. Sie mochten zwar eine Familie sein, aber sie waren es nicht wirklich. Wegen ihrer Unehelichkeit musste die verwandtschaftliche Verbindung geheim bleiben. Sie hatte nicht einmal in Erwägung gezogen, ihm oder Cassandra gegenüber zu erwähnen, dass sie verwandt waren, gleichwohl dies an ihr nagen würde. »Lucien weiß nicht, dass ich seine Cousine bin?«

Bennet schüttelte den Kopf. »Er hat mich zwar nach der Identität der Frau gefragt, doch ich habe ihm geantwortet, dass es mir nicht zusteht, dieses Geheimnis zu verraten.« Er hielt inne und holte tief Luft. »Pru, warum bist du auf eine Mitgift aus? Wir haben nie von Heirat gesprochen.« Er sprach leise und schaute sich um, als wollte er sich vergewissern, dass niemand in der Nähe war. Seine Gesichtszüge waren natürlich verwirrt, denn das musste ziemlich schockierend sein.

Sie drehte ihren Kopf so, dass sie ihn nur aus dem Augenwinkel ansah. »Nein, wir haben nicht darüber gesprochen.«

»Versuchst du, meine finanziellen Probleme zu lösen?«, fragte er. »Ich weiß das zu schätzen, doch das kann ich nicht akzeptieren. Ich weiß, dass du nicht heiraten willst. Tatsache ist, dass ich erst gestern ein Arrangement getroffen habe, um eine Witwe, Mrs. Merryfield, zu ehelichen.«

Jäh drehte sie den Kopf zurück, um ihn anzusehen, und konnte gerade noch verhindern, dass ihr Kiefer erschlaffte. Er war verlobt? Sie sollte weder schockiert noch verärgert sein. Von dem Moment an, als er sie entführt hatte, war ihr klar gewesen, dass er so rasch als möglich wegen des Geldes heiraten musste. Sie hatte gewusst, was kommen würde. Das machte es aber nicht leichter, denn sie wollte ihn unbedingt für sich. Ja, sie *wollte* ihn heiraten. Wenn er sie haben wollte.

Obwohl sie die Zähne zusammenbiss, schaffte sie eine Antwort: »Ich verstehe. Hoffentlich werdet ihr sehr glücklich miteinander.«

Wollte sie ihm wirklich nicht sagen, dass es ein Baby geben könnte? Möglicherweise war es dieses Wort ›könnte‹, das sie zaudern ließ. Sie – oder besser Lucien – gaben sich all diese Mühe, um eine Mitgift zu bekommen – aber was, wenn es wirklich kein Baby gab? Wenn sie aber wartete, um ganz sicher zu sein, wäre es zu spät.

Außerdem *gab* es noch gar keine Mitgift. Was, wenn Lucien keinen Erfolg hatte? Würde sie von Bennet erwarten, dass er sie heiratete, wenn es keine Mitgift gab und nur die Wahrscheinlichkeit eines Babys bestand? Das war viel zu viel verlangt.

»Ich habe nur versucht, dir zu helfen«, entgegnete sie und ihr wurde die Kehle trocken. »Es freut mich, dass du eine glückliche Lösung gefunden hast.«

Bennet machte ein zweifelndes Gesicht und Furchen gruben sich in seine Stirn. »Es geht hier nicht ums Glück. Mrs. Merryfield verfügt über die finanziellen Mittel, die ich benötige, und ihr gefällt die Vorstellung, eine Viscountess zu sein.«

»Dann bekommt ihr beide, was ihr wollt«, entgegnete Prudence und bemühte sich, positiv zu klingen.

»Ich bekomme, was ich *brauche*.« Seine Stimme war ein leises Krächzen. »Nicht, was ich möchte.« Er heftete seinen Blick auf sie. Das Verlangen, das tief in seinen Augen brannte, war unmissverständlich.

Vielleicht *konnte* sie es ihm sagen...

»Da bist du ja, Prudence«, rief Kat aus, die mit dem Zeichenpapier und ihrem Brett unter den Arm geklemmt auf sie zulief.

Prudence erhob sich hastig. »Du bist schon fertig?«

»Nein, aber ich muss wohl an einem anderen Tag wiederkommen. Ich bekomme die Skizze einfach nicht richtig hin.« Kat klang frustriert. Und zerstreut. Sie nahm noch nicht einmal Augenkontakt mit Bennet auf, der sich von seiner Bank erhoben hatte.

»Lord Glastonbury ist zufälligerweise ins Museum geschlendert und war so freundlich, mir Gesellschaft zu leisten«, erklärte Prudence.

Bennet verneigte sich vor Kat. »Guten Tag Miss Shaughnessy. Es ist mir ein Vergnügen, Sie wiederzutreffen.«

Er drehte sich zu Prudence und nahm ihre Hand. »Ich bin sehr erfreut, dass ich Gelegenheit hatte, Zeit mit Ihnen zu verbringen, Miss Lancaster.«

Er klang so ernst und seine Berührung drang direkt bis in ihre Seele, um sie ohne jegliche Mühe an ihre gemeinsame Zeit in Riverview zu erinnern. Wie konnte diese Zeit so flüchtig und doch so wunderbar unvergesslich sein?

»Gleichfalls Mylord.« Sie knickste kurz vor ihm und dann entzog sie ihm ihre Hand, ehe noch ihr gesamter Körper versuchen würde, sich ihm entgegenzustrecken. Dass sie ihn nie wieder küssen würde – und schlimmer noch, dass Mrs. Merryfield das für den Rest ihrer Tage tun würde –, wollte sie in Wut ausbrechen lassen.

Stattdessen drehte sie sich – vollkommen ratlos, was sie tun sollte – um und verließ das Museum mit Kat. Die Mitgift war nicht mehr erforderlich, es sei denn, sie wollte einen arglosen Mann in die Falle locken und so tun, als sei das Kind, das sie vielleicht in sich trug, das seine. Doch das würde sie niemals tun, nicht einmal, um das Kind von dem Makel der Illegitimität zu retten. Es war besser, nach Amerika oder auf den Kontinent zu flüchten und sich als Witwe eine neue Identität zu erschaffen.

Ihr Rücken kribbelte, als ob Bennet sie anstarren würde. Vielleicht tat er das. Sie würde sich nicht umdrehen und nachsehen. Sie musste vorankommen.

*M*usikabende waren für Bennet kein besonderer Genuss. Wenn einem allerdings die Einladungen ausgingen, besuchte man auch einen Musikabend, wenn man dazu eingeladen wurde. Insbesondere, da seine Verlobte – wie er plötzlich dieses Wort nicht mehr mochte – eine Nachricht geschickt hatte, mit der sie ihm versicherte, sie dort zu finden.

Als er die Treppe nach oben in den Salon hinaufging, hing er der Erinnerung an die Zeit nach, als Prudence seine Verlobte war. Es war nicht echt gewesen, aber es hatte sich wunderbar ehrlich angefühlt.

»Guten Tag, Glastonbury«, begrüßte Mrs. Merryfield ihn. Sie stand auf dem oberen Treppenabsatz, als ob sie auf seine Ankunft gewartet hätte. Sie war elegant gekleidet und hatte ihr Haar zu einem ordentlichen Knoten aufgesteckt. Ohne ein Lächeln auf ihrem Gesicht flackerte Anerkennung in ihren Augen auf. Oder vielleicht Wichtigkeit. Tatsächlich erkannte er, dass es ihm sehr schwer fiel, sie zu durchschauen.

»Guten Abend, Mrs. Merryfield«, begrüßte er sie und fragte sich, ob er sich je wohlfühlen würde, sie Margaret zu nennen, oder was immer für einen Kosenamen sie bevorzugte. Er nahm an, dass es keinen Kosenamen gab. Er konnte sie sich nicht als Maggy oder Margie oder Meg oder irgendetwas anderes als schlichtweg Margaret vorstellen.

Er bot ihr seinen Arm und fragte sich, ob er je etwas fühlen würde, wenn sie ihn berührte. Er fragte sich auch, was sie wohl sagen würde, wenn er sich weigerte, sich beim Liebesakt in ihr zu erlösen.

Er unterdrückte einen Anflug von Abscheu und vertrieb diesen Gedanken rasch aus seinem Verstand. Vielleicht müsste er noch nicht einmal ein Bett mit ihr teilen, da sie keine Kinder haben würden.

»Ich freue mich sehr auf Sonntag.« Jetzt lächelte sie kurz und presste die Lippen dabei fest zusammen. Bennet glaubte nicht, das er je ihre Zähne gesehen hatte – jedenfalls nicht vollständig. Waren sie furchtbar schief? Es war schwer, sie nicht mit Prudence zu vergleichen, deren Lächeln ihn dazu brachte, wie ein Junge grinsen zu wollen, der gerade Schokolade bekommen hatte.

Bennet antwortete nicht, als sie den Salon betraten. Beim heutigen Musikabend würde ein Quartett aus Edinburgh spielen. »Glauben Sie, dass die Musik lebhaft sein wird?«, fragte er, um die Unterhaltung von ihrer bevorstehenden Vermählung abzulenken.

»Erwarten Sie von ihnen, einen Reel zu spielen?« Sie kicherte höhnisch. »Heute Abend wird kein Tanz geboten.«

Das war ein Jammer, denn er mochte einen guten schottischen Reel. Ob Prudence wusste, wie er getanzt wurde?

Er führte Mrs. Merryfield in den Raum und sie zog ihre Hand von seinem Arm zurück. Er drehte sich um und sog scharf die Luft ein. Prudence war gerade mit den Wexfords hereingekommen. Er hatte nicht damit gerechnet, sie hier zu sehen. Es sah nicht so aus, als ob Miss Shaughnessy bei ihr wäre. Wie eigenartig, dass sie allein gekommen war. Nun, nicht allein. Sie war in Begleitung von Lord und Lady Wexford.

»Haben Sie mich gehört, Glastonbury?«

Blinzelnd drehte Bennet den Kopf zu Mrs. Merryfield. »Wenn Sie mich entschuldigen wollen. Ich muss mit jemandem sprechen.« Er sah sie mit seinem strahlendsten Lächeln an und dann wandte er sich den Neuankömmlingen zu, die zum Sitzbereich strebten.

Unmittelbar darauf kam ihm die Erkenntnis, dass er die Frau, die er heiraten wollte, nicht hätte stehenlassen dürfen, um mit der Frau zu sprechen, die seine Fantasie bis ins Kleinste beherrschte – im Einklang mit jedem Körperteil.

Prudence sah heute Abend entzückend aus und ihr blondes Haar war mit grünen Bändern durchflochten, die mit dem Grün ihres schlichten, aber exquisiten Kleides harmonierten. Die silbernen Verzierungen zauberten einen Schimmer in ihre klugen Augen. Mit Freuden hätte er in ihnen versinken können.

»Guten Abend Miss Lancaster.« Er verbeugte sich vor ihr, ehe er erkannte, dass er die Begrüßung vollkommen verpatzt hatte, da er seine Begrüßung nicht zuerst an Lady Wexford gerichtet hatte. Diese Dinge vergaß er normalerweise nie. Was war nur los mit ihm?

Er drehte sich zu Lady Wexford, die neben Prudence und Wexford stand, und verneigte sich tief. »Verzeihen Sie mir, Sie nicht zuerst begrüßt zu haben, aber ich fürchte, dass Miss Lancaster meine sofortige Aufmerksamkeit verdient hat – sie sieht heute Abend bezaubernd aus.« Er sah zu Prudence, die den Mund zu einem kleinen, geheimnisvollen Lächeln geformt hatte.

»Nein, es ist nicht notwendig, sich zu entschuldigen«, entgegnete Lady Wexford heiter. »Ich freue mich für Prudence, dass sie der Mittelpunkt der Aufmerksamkeit ist.«

»Mir liegt nichts daran«, entgegnete Prudence leise, um dann hastig hinzuzufügen: »Aber es ist in Ordnung, weil ich euch alle kenne. Ich meine nur, dass ich nur ungern die Aufmerksamkeit anderer auf mich ziehen würde.«

Bennet wollte ihr sagen, dass er sie davor bewahren würde, und überhaupt vor allem, aber er tat nichts dergleichen. »Ist Miss Shaughnessy heute Abend nicht mit Ihnen gekommen?«

Lady Wexford zog einen ihrer Handschuhe zurecht. »Nein, sie hat ihre Meinung vehement geändert und entschieden, zuhause zu bleiben.«

»Vehement ist eine treffende Beschreibung«, meinte Wexford kopfschüttelnd.

»Und da Prudence bereits angekleidet war, hatten wir gedacht, dass sie mit uns kommen könnte.« Lady Wexford lächelte ihre frühere Gesellschafterin an. »Es ist fast, wie es früher gewesen ist.«

»Außer, dass du jetzt verheiratet bist«, stellte Prudence trocken fest.

Lady Wexford schmunzelte. »Nun, mit Ausnahme dieses Umstands.« Sie blickte sich im Salon um, der sich rasch mit Gästen füllte. »Haben Sie zufällig Lucien gesehen?«

»Das habe ich nicht«, antwortete Bennet und fragte sich, ob er bereits von seinem Besuch bei Warfield zurückgekehrt war. Bedeutete das, dass er Fortschritte machte? Vielleicht arbeiteten die beiden an einer Übereinkunft. Kalter Schweiß brach ihm am Nacken und zwischen den Schulterblättern aus. Sein Blick schoss zu der Stelle, an der seine Verlobte – er unterdrückte ein Schaudern – im Gespräch mit einer anderen Lady stand. Dann schaute er zu Prudence, die in ihrem spektakulären Abendkleid unglaublich schön aussah. In seiner Fantasie sah er sie allerdings in einem schlichten Kleid mit Schürze, wie sie in Mrs. Logans Küche in River-view arbeitete. Sie war für ihn in jeder Umgebung und jedem Aufzug gleichermaßen betörend. Oder in gar keinem.

Natürlich würde er Prudence anstelle von Mrs. Merry-field heiraten. Er beugte den Kopf dicht an ihr Ohr und flüs-terte. »Triff mich im Garten, wenn die Musik begonnen hat.«

Er nickte ihr leicht zu und dann verließ er den Salon, ehe sie ablehnen konnte. Bennet ging die Treppe hinunter und in den Garten hinaus. Einige Gäste standen in der Nähe der Türen und unterhielten sich, doch dann gingen sie hinein und ließen ihn allein.

Nachdem er, wie es ihm schien, eine unendlich lange Zeit gewartet hatte, vernahm er die ersten Klänge des Quartetts. Erwartungsvoll blickte er zur Tür. Vielleicht würde sie nicht kommen. Nur weil er ihr keine Gelegenheit gewährt hatte, seine Bitte abzulehnen, bedeutete das nicht, dass sie ihr nachkommen würde.

Er hätte sie fragen sollen, anstatt zu fordern. Aber er musste sie sehen. Hatte sie kein Bedürfnis, ihn zu sehen? Offensichtlich nicht.

Frustriert drehte er sich um und war im Begriff mit zusammengesunkenen Schultern eine Runde durch den Garten zu drehen.

»Bennet?«

Als er sich umwandte, sah er Prudence in der Tür stehen. Er ging auf sie zu, aber sie kam ihm auf halbem Wege entgegen. Ohne Rücksicht auf irgendetwas oder irgendjemanden, schwang er sie in die Arme und küsste sie. Sie schlang ihm die Arme um den Nacken und hielt sich an ihm fest, als er sie an sich drückte.

Dann öffnete er ein Auge, um sich zu vergewissern, dass sie immer noch allein waren, ehe er sie in den Schatten am Rande des Gartens zog, wo ein Baum sie von dem Haus abschirmen würde.

Dort küsste er sie wieder und tastete mit seiner Zunge nach der ihren, während er sich nach weit mehr sehnte, als sie in einem Garten während eines Musikabends teilen konnten.

Plötzlich löste sie sich von ihm. Sein Körper wechselte von voller Erregung zu Verwirrung.

Im Licht, das vom Haus in den Garten fiel, wirkte ihr Gesicht blass. »Ich glaube, ich könnte ein Kind in mir tragen.«

Die Worte purzelten ihr aus dem Mund und trafen ihn wie Felsbrocken.

Er taumelte rückwärts und wäre da nicht der Baum gewesen, wäre er vielleicht vollends gestürzt. »Was hast du gesagt?«, flüsterte er mit rasendem Puls, während sein Inneres sich zusammenzog.

»Ich weiß, dass du in Riverview aufgepasst hast, aber es scheint, als sei ich schwanger geworden.«

Es scheint. Vielleicht. Das waren keine überzeugten Worte. Er tröstete sich in ihrer Unsicherheit. »Dann bist du noch nicht sicher?«

»Nicht ganz, weshalb ich es dir gestern nicht gesagt habe. Ich wollte nicht, dass du dich gefangen fühlst, insbesondere da du gefunden hast, wonach du gesucht hattest.« Sie klang so kalt, wie er sich in diesem Augenblick fühlte. »Ich fühle mich deshalb schrecklich. Wir hätten nie zusammen ins Bett gehen sollen. Ich hätte dich auch nie darum bitten dürfen.« Ihre Wangen färbten sich rot und sie wandte den Blick von ihm ab.

Bennet nahm ihre Hand. »Du hast mich nicht gebeten etwas zu tun, was ich nicht liebend gern hatte tun wollen. Ich war vorsichtig.«

Aber selbst er wusste, dass diese Methode nicht narrensicher war, egal wie vorsichtig er war. »Hast du einen Arzt aufgesucht?«

Sie starrte ihn an und wurde ebenso schnell bleich, wie sie rot geworden war. »Natürlich nicht. Ich bin unverheiratet.«

Er war ein Idiot, sie so etwas zu fragen. Jetzt verstand er, warum sie auf die Mitgift aus war. Es ging gar nicht darum, ihm zu helfen, sondern sie zu retten. »Deshalb willst du die Mitgift?«

Nickend wandte sie wieder den Blick von ihm ab, aber nur kurz. Als ihr Blick abermals den seinen traf, flammte Entschlossenheit und Selbstschutz in ihren Augen auf. »Ich möchte nicht, dass mein Kind illegitim ist.«

Wie sie. Sie sagte es nicht, aber er hörte es an der Angst in ihrer Stimme.

»Ich verstehe.« Er holte tief Luft und versuchte, sein rasendes Herz zu beschwichtigen. »Das weiß allerdings niemand über dich. Du bist das legitime Kind der Lancasters.«

»Ich weiß. Aber glaube mir, wenn ich sage, dass es etwas ausmacht. Ich kann nicht erwarten, dass du das verstehst.«

»Weil mein Leben so leicht und beneidenswert ist.« Er erkannte, dass er sarkastisch klang und er Kritik heraufbeschwören würde, doch sie wusste nichts von seiner Wirklichkeit. Und er würde ihr auch nichts davon erzählen.

Allerdings würde sie seine Frau werden. Das hatte er jedenfalls schon entschieden, ehe sie ihm diese beunruhigende Nachricht mitgeteilt hatte.

Sie war nicht Mrs. Merryfield, die ihre Zeit in London weit entfernt von seiner Familie verbringen würde. Prudence wäre auf Aberforth Place und sie würde alles sehen. *Alles.*

Bennet presste den Rücken gegen den Baum, als die Panik sein Inneres aufwühlte. Wenn sie erkannte, wie sie sein konnten … wie *er* sein konnte oder schlimmer noch, enden könnte, würde sie weit weg laufen wollen.

»Dein Leben ist leicht und weitaus beneidenswerter als das der meisten«, antwortete sie leise. »Aber ich verstehe, dass du Schwierigkeiten hast. Deshalb hatte ich gezögert, dir von dem Kind zu erzählen. Ich weiß, wie dringend du Geld brauchst.«

»Es geht um so viel mehr als Geld«, flüsterte er. »Es ist kompliziert – meine Familie ist kompliziert. Du hast keine Ahnung von dem Desaster, das mein Vater mir hinterlassen hat.«

»Nein, das habe ich nicht, aber vielleicht willst du mir davon erzählen. *Wenn* mein Halbbruder die Mitgift bereitstellt.«

Er sollte es ihr sagen. Gleich jetzt. Doch die Worte wollten einfach nicht kommen. Er hatte es noch nie jemandem erzählt. Nicht einmal den Dienstboten. Wenn neue eingestellt wurden, überließ er es Mrs. Marian, der

Haushälterin oder Eakes, dem Butler und Mrs. Marians Bruder, ihnen die Lage zu erklären. Nicht, dass sie viel neues Personal gehabt hätten. Aberforth Place hatte eine kleine Belegschaft und das nicht nur, weil kein Geld vorhanden war. Wenn weniger Leute die Wahrheit kannten, war es leichter, über die Dinge Stillschweigen zu bewahren.

Prudence schnappte zittrig nach Luft. »Ich verstehe, dass du mich ohne Mitgift nicht heiraten kannst. Dennoch wollte ich, dass du über das Baby Bescheid weißt. Ich denke nicht, dass es richtig wäre, dies vor dir zu verheimlichen.«

Ein Baby. Das Einzige, was er nie gewollt hatte. Was, wenn das Kind wie sein Vater oder seine Tante Agatha wäre? Wie konnte er es in diese Welt setzen, wo er doch wusste, dass es möglicherweise einem Leben voller Ärger, Verwirrung oder Elend ausgesetzt war? Er wollte Prudence sagen, dass er sie liebend gern heiraten würde und er ungeduldig auf die Geburt des Kindes wartete, aber er war von seiner Angst gefangen. Ihr Kind könnte betroffen sein und er war immer noch nicht sicher, wie schlimm die Krankheit ihn beeinträchtigen würde, wenn er älter wurde. Es schien bei allen schlimmer zu werden und einige fielen ihr eher zum Opfer als andere.

Er wollte ihr auch versichern, wie froh er war, dass sie ihm die Sache erzählt hatte, doch die beschämende Wahrheit war, dass er entsetzt war. Und das konnte er nicht zugeben. Jedenfalls nicht, ohne alles aufzudecken.

»Bennet, hast du gehört, was ich gesagt habe?«, fragte sie und riss ihn damit aus dem Tumult seiner Gedanken. »Ich erwarte nicht, dass du mich heiratest, wenn es keine Mitgift gibt. Ich erwarte im Grunde überhaupt nicht, dass du mich heiratest. Ich würde dich nie in eine Falle locken wollen.«

Das war die Lösung, wie er das Problem umgehen konnte, ihr von seiner Familie zu erzählen – wenn er sie nicht heiratete. Was bedeutete, dass er Mrs. Merryfield heiraten würde. Noch nie in seinem Leben hatte er sich mehr in die Ecke gedrängt oder frenetischer gefühlt. Die Träume, die er von Prudence hatte, wie sie mit Tante Flora Blumen presste, waren einfach nur das – Illusionen eines Lebens, das er nie haben würde.

Erinnerungen an seinen Vater schlichen sich in seine Gedanken. Mit aufgerissenen Augen durchsuchte dieser seinen Schreibtisch nach etwas – normalerweise Geld oder etwas Wichtiges, das er verlegt hatte. Darauf folgte ein Wutausbruch oder unkontrollierbare Verzweiflung. Oder in seltenen Fällen eine alberne Euphorie, da er das Gesuchte gefunden hatte. Dies waren die besten Erinnerungen, denn in diesen Momenten schien er glücklich. In Wahrheit war er nie glücklich gewesen. Und Bennet würde Prudence eine Chance auf Glück nicht ruinieren, indem er ihr die Disposition seiner Familie offenlegte. Vielleicht musste sie die wahre und schreckliche Wahrheit nicht erfahren. Es bestand eine Chance, wie gering sie auch immer sein mochte, dass ihr Kind nicht betroffen wäre.

Als seine Emotion Bennet innerlich aufwühlte und an seiner Beherrschung zehrte, fürchtete er, dass das Schlimmste eintreten würde und er sich von seiner Wut hinreißen lassen oder in tiefer Hoffnungslosigkeit versinken würde. Diese Situation *fühlte* sich ganz sicher hoffnungslos an.

Bennet streckte den Arm nach hinten und legte seine Handfläche gegen die Baumrinde, wobei er seine Hand in die rauen Rillen drückte. Er suchte ein bisschen Klarheit inmitten des Tumults in seinem Kopf und wurde fündig. »Lucien wird dafür sorgen, dass du die Mitgift bekommst. Er ist kein Mann, der so leicht die Flinte ins Korn wirft.«

»Du kennst Warfield nicht«, entgegnete sie düster, wobei sich ihre Lippen leicht kräuselten. »Er ist so herzlos, wie man nur sein kann.«

Mitgift hin oder her, Bennet würde sie heiraten. Er hatte vielleicht kein Kind gewollt, aber es sah so aus, als würde er eines bekommen. »Wir sollten trotzdem heiraten.« Ihm war klar, dass keine Frau diese Art von Heiratsantrag hören wollte. Auch nicht der, den er Mrs. Merryfield gemacht hatte, als er eine »für beide Seiten vorteilhafte Verbindung« vorgeschlagen hatte. Prudence hatte etwas Besseres verdient.

Er nahm seine Hand vom Baum und holte tief Luft. »Heirate mich, Prudence.« Er blickte auf ihren Unterleib und fragte sich, ob sie wirklich ein Kind in sich trug. Sein Kind. Er könnte ein Vater sein. Wie sehr wünschte er sich, dass er Freude empfinden würde. Aber da war nur Angst.

»Was ist, wenn es keine Mitgift gibt?« Sie hielt inne, ihr besorgter Blick traf den seinen. »Oder kein Baby?« Bei der letzten Silbe war ihre Stimme ein Quieken.

Dann würde er arm, aber erleichtert sein. »Wir werden es schaffen. In Riverview haben wir bewiesen, dass wir putzen, kochen und hart arbeiten können. Wir werden überleben.«

Ihre Gesichtszüge wurden sanfter, und er erkannte darin eine Erleichterung, die er unmöglich empfinden konnte. »Ja, ich werde dich heiraten. Was ist mit deinem anderen ... Arrangement?«

Morgen würde er Mrs. Merryfield aufsuchen – nachdem er eine Sondergenehmigung für die Hochzeit mit Prudence besorgt hätte. Er konnte sich nicht vorstellen, dass Margaret darüber glücklich sein würde, aber sie würde es verstehen müssen. Es war ja nicht so, dass irgendetwas formell angekündigt worden wäre, und das Aufgebot war natürlich noch nicht verlesen worden. »Mach dir darüber keine Sorgen. Bereite dich einfach darauf vor, am Samstag Lady Glastonbury zu werden, vorausgesetzt, es gelingt mir, morgen die Sonderlizenz zu beschaffen.« Er hoffte, dass das kein Problem sein würde.

Sie machte große Augen. »So bald?«

Er konnte sich nicht entscheiden, ob sie überrascht oder angespannt oder besorgt wirkte, oder alles zusammen. »Je früher, desto besser, nicht wahr?«

Er wollte sie fragen, wie sie sich fühlte, aber ihm wurde klar, dass ihrer beider Befindlichkeiten keine Rolle spielten. Keiner von beiden wollte heiraten oder Kinder haben, aber sie waren nun einmal hier. Sie würden das Beste daraus machen. Zumindest mochten sie sich sehr – so schien es ihm jedenfalls.

»Ja, das ist wohl das Beste.« Sie klang unsicher, aber auch hierin wollte er sie nicht fragen, was sie fühlte.

Er zog sie in seine Arme und küsste sie auf die Stirn. »Das ist nicht das, was wir geplant oder vielleicht auch gewollt haben, aber ich denke, andere heiraten mit weit weniger zu ihren Gunsten«, meinte er pragmatisch und hoffte, die positiven Aspekte dieser schockierenden und vielleicht unwillkommenen Entwicklung zu vermitteln. »Wir haben unsere beiderseitige Gesellschaft in Riverview genossen, nicht wahr?«

»Nach einer gewissen Zeit«, gab sie zu und provozierte ihn zu einem Lächeln.

»Und wir haben uns auch im Bett sehr gut verstanden. Oder habe ich mir das nur eingebildet?«

»Das hast du nicht. Ich habe das sehr genossen.«

Er zog sich zurück und schaute auf sie hinab. »Dann ist das ein sehr guter Anfang.«

Seine Lippen fanden die ihren, und es gelang ihm, seine Verzweiflung in Schach zu halten.

KAPITEL 16

*B*ennet stand in Mrs. Merryfields elegantem Salon in der Bruton Street nicht weit vom Berkeley Square entfernt. Ihr Haus war größer und weit besser eingerichtet als Bennets. Er fühlte den finanziellen Unterschied zwischen ihnen sehr deutlich. Das hätte ihm vorher etwas ausgemacht.

Vor was genau?

Vor Prudence. Genauer gesagt vor der Zeit, die er mit Prudence in Riverview verbracht hatte, wo er eine Kostprobe auf ein einfacheres, aber nicht unwillkommenes Leben erhalten hatte.

Jetzt würde er Prudence heiraten und vielleicht mussten sie so bescheiden leben. Er stellte fest, dass ihn dies nicht weiter aufregte. Oh, er würde immer noch eine Möglichkeit finden müssen, für Tante Agathas Pflege aufzukommen und er weigerte sich, Tante Judiths Vorschlag nachzukommen. Er würde nicht opfern, was immer seine Tanten an Annehmlichkeiten genossen, um das Geld einzusparen. Das war das Problem. Er wollte keinen seiner Verwandten bitten, seinen

Lebensstil wegen der Fehler seines Vaters zu ändern. Das sollten sie nicht zu erleiden haben. Weshalb er sich in der fatalen Situation fand, eine Erbin heiraten zu müssen.

Oder nicht, da er im Begriff war, sich von Mrs. Merryfield zu entloben. Über diesen Entschluss fühlte er sich überraschend ruhig.

Weil er wusste, dass er das Richtige tat. Der Gedanke, sie zu heiraten, hatte ihn nur aufgewühlt, selbst als er ihm als einfachste Lösung erschienen war.

Mrs. Merryfield trat ein und ihr Gang drückte ihr Selbstbewusstsein aus, während ihre Züge einen erfreuten Ausdruck des Willkommens widerspiegelten. Sie war eine attraktive Frau und unter anderen Umständen hätte Bennet sie vielleicht noch attraktiver gefunden – sie besaß Strenge und Intelligenz, was er bewunderte.

»Glastonbury«, begrüßte sie ihn. »Was für eine charmante Überraschung.«

Eine leise Furcht kroch ihm das Rückgrat empor. »Können wir uns für einen Moment setzen?« Er zeigte zu einem kleineren Sitzbereich auf einer Seite des großen Raumes.

»Gewiss.« Sie schritt zu einem Sessel – nicht zu dem Sofa, auf das sie sich zusammen hätten setzen können. Bennet war froh, denn ihm war nicht besonders daran gelegen, so nah bei ihr zu sitzen, wenn er die Neuigkeiten überbrachte.

Er holte tief Luft und kam zum Kern der Sache. »Ich bedauere, aber ich bin gekommen, um unser Arrangement aufzulösen.«

Sie wirkte wie erstarrt. Sie blinzelte weder, noch bewegte sie sich auf irgendeine Weise. Sie schien noch nicht einmal zu atmen. Endlich ergriff sie das Wort. »Habe ich Sie richtig verstanden? Sie wollen mich nicht länger heiraten?«

»Ich fürchte, ich befinde mich in einer anderen Situation, die eine Eheschließung mit Ihnen verhindert. Es ist nicht Ihr Fehler und nichts wofür Sie verantwortlich sind. Es tut mir schrecklich leid, Ihnen dieses Ungemach zu bereiten.«

Ihre Augen verengten sich leicht. »Wir hatten ein Arrangement. Die Vereinbarung wird heute schriftlich niedergelegt.«

Das wusste er, und er war dankbar, dass er noch nichts unterschrieben hatte. »Ich bin gekommen, um Sie so schnell wie möglich zu informieren. Ich entschuldige mich für die Umstände.« Er wich nicht vor dem aufsteigenden Ärger in ihrem Blick zurück.

»Dies ist außerordentlich ärgerlich«, entgegnete sie mit fester Stimme, die Hände im Schoß gefaltet. »Wir hatten ein Arrangement«, wiederholte sie. »Darüber hinaus brauchen Sie Geld.« Ihre Nasenflügel bebten. »Haben Sie eine Braut gefunden, die Ihnen mehr zusagt? Jemand aus dem Adelsstand, da bin ich sicher.«

»So ist es nicht. Ich werde eine andere heiraten, aber nicht wegen des Geldes.« Er wollte ehrlich zu ihr sein – das hatte sie verdient.

»In die Sie sich verliebt haben?« Ihre Lippen kräuselten sich. »Wie töricht Sie sind, dies über Ihre Sicherheit zu wählen. Vielleicht ist Ihre derzeitige Situation mehr auf Ihre Uneinigkeit zurückzuführen, als Sie zugeben wollen. Beschuldigen Sie Ihren Vater, wie sie wollen, aber wenn Sie Liebe über Sicherheit wählen, können Sie nicht sehr clever sein.«

Ihre giftigen Worte überraschten ihn, aber andererseits kannte er sie auch nicht so gut. Und es gefiel ihm nicht, was sie sagte. Was, wenn er eine schlechte Entscheidung traf, nur weil sein Vater das beinahe immer getan hatte? Mrs. Merryfield war seine bessere Wahl: Sie hatte bereits Kinder, sie würde kaum nach Aberforth Place kommen und ihr Geld war ihm sicher. Aber Prudence … und das Baby.

Bennet schluckte und verabscheute das Unbehagen, das in seiner Brust rumorte. »Wenn Sie sich besser fühlen, mich zu verunglimpfen, dann tun Sie das bitte. Dies ist nahezu unentschuldbar von mir, aber es muss sein.« Selbst wenn es eine schlechte Entscheidung war. Er glaubte nicht, dass dem so war – und vielleicht bedeutete das wirklich, dass er wie sein Vater war, und er dem gleichen Schicksal nicht entkommen konnte. Er ballte seine Hand zu einer Faust und streckte sie dann wieder flach aus.

»Muss es das?« Ihre Stimme schwoll an. »Wie ich gesagt habe, hatten wir eine Vereinbarung. Wo ist Ihre Loyalität, Ihre Ehre? Haben Sie denn gar kein Schamgefühl?«

Sein Zorn wallte auf und sein Körper spannte sich an. »Ich tue dies aus Ehre.« In dem Versuch, die Unterhaltung wieder zurückzulenken und sich hoffentlich so schnell wie möglich zu verabschieden, setzte er hinzu: »Es war zumindest keine Ankündigung der Verlobung erfolgt. Die Sache wird kein schlechtes Licht auf Sie werfen.«

Sie spannte den Kiefer an. »Ich habe meinen Freunden, meiner Familie und meinen *Kindern* davon erzählt.«

Bennet zuckte zusammen. Er hatte ihr jüngeres Kind, eine Tochter, kurz kennengelernt. Sie war zehn Jahre alt, bescheiden und überaus höflich. »Es tut mir leid, Sie zu enttäuschen.«

»Dann tun Sie das nicht. Halten Sie Wort und wir werden diese unglückselige Unterhaltung vergessen.«

Er brodelte innerlich vor Wut. »Wenn ich auch verstehe, wie schwierig dies sein muss, kann ich unser Arrangement nicht fortsetzen.« Ehrlich gesagt hatte er nicht gedacht, dass sie es so schlecht aufnehmen würde. Es war ja nicht so, als würde er ihr das Herz brechen oder als würde sie alles verlieren.

»Vielleicht werde ich mich mit meinem Anwalt beraten und sehen, was er dazu sagt.«

Drohte sie ihm etwa? Nun wurde er allmählich richtig wütend. »Ich habe mich bemüht, höflich zu bleiben, doch Ihre beharrliche Weigerung, diese Veränderung hinzunehmen, wird langsam ermüdend. Wir werden nicht heiraten, und damit hat sich die Sache erledigt.« Mehr als bereit, sich zu verabschieden, erhob er sich.

Mrs. Merryfield stand ebenfalls auf. »Sie enttäuschen mich, Glastonbury. Ich mochte Sie. Ich dachte, wir würden sehr gut zusammenpassen. Für beide Seiten war dies eine vorteilhafte Vereinbarung, und Sie können mir zwar sagen, ein Ehrenmann zu sein, der zu seinem Wort steht, aber das ist einfach nicht wahr. Sie sind ein Betrüger und ein Lügner, und nach allem, was ich über Ihren Vater weiß, bin ich möglicherweise nur knapp einer Katastrophe entkommen.«

Einzig mit diesen Worten konnte sie ihn hart und direkt treffen. Ja, es war durchaus möglich, dass sie gerade den größten Fehler ihres Lebens verhütet hatte. Und vielleicht hatte sie recht, was seine Ehre anbelangte. Mit der Entführung einer Lady, die er organisiert hatte, war sein offensichtlicher Mangel derselben bewiesen. Verzweiflung war eine hässliche Sache - er erkannte sie jetzt in Mrs. Merryfield.

Und er fühlte sich schrecklich, sie in ihr geweckt zu haben. Er versuchte, das Richtige zu tun, doch den Preis dafür würde sie bezahlen. »Es tut mir wirklich leid. Ich wollte Sie nicht enttäuschen – oder verletzen –, aber gerade wegen meiner Ehre muss ich eine andere heiraten.«

Ihre Augen weiteten sich. »Sie ist schwanger, nicht wahr?«

Himmel, wie hatte sie das nur erraten können? Bennet entgegnete nichts.

»Zumindest könnten Sie mir die Gnade der Ehrlichkeit erweisen.«

Er hatte es versucht. »Ich möchte lieber nicht darüber sprechen.« Er sollte es leugnen, doch wenn ihr Baby so kurz nach der Hochzeit auf die Welt käme, würde er sich bei einer Lüge ertappen lassen. Er wollte nicht das sein, was Mrs. Merryfield ihn genannt hatte – ein Lügner oder ein Betrüger. Aber war er das nicht? Seine Familie war ein schändliches Geheimnis, das preiszugeben er sich nicht überwinden konnte.

»Dann betrachte ich das als Bestätigung«, sagte sie kalt. »Sie haben sich verwerflich verhalten und jetzt wollen Sie mich für irgendein dummes Mädchen sitzenlassen. Wer so töricht ist, sich einem Mann außerhalb des Ehebettes hinzugeben, hat verdient, was auch immer mit ihr geschieht.«

Wut brach in Bennet aus, scharf und schnell. Er stürzte auf sie zu. »Halten Sie den Mund. Sprechen Sie nicht von ihr. Nie wieder.«

Sie zuckte zurück und ihr Gesicht war blass. Die Angst ließ ihre Augen glasig werden, und Bennet spürte eine so starke Welle des Selbsthasses, dass er seine Wut fast herausschrie.

Stattdessen machte er auf dem Absatz kehrt und verließ den Raum.

Der Diener schaffte es kaum rechtzeitig, die Tür zu öffnen, bevor Bennet in den grauen Nachmittag hinausmarschierte. Während er die Bruton Street entlangschritt, bemühte er sich, seinen Zorn und das Gefühl abzuschütteln, keine Kontrolle zu haben. Rasch folgte darauf das Gefühl von Verlust und Verzweiflung und verstärkte seine Nervosität nur. Nein, das würde er nicht erlauben. Er war kein schlechter Mensch, und seiner Wut oder seinen Emotionen nicht ausgeliefert.

Wie sehr er das Boxen vermisste. Er musste sich körperlich verausgaben. Wo war ein Sturm mit dem daraus resultierenden Durcheinander, das man aufräumen musste, wenn man es brauchte?

Nach einigen Minuten fing er allmählich an, sich zu entspannen. Zumindest das war geschafft. Es war außerordentlich schlecht gelaufen, aber jetzt konnte er sich Prudence zuwenden. Für eine erschreckend ungewisse Zukunft.

～

*N*ach einem zauberhaften Besuch bei Ada heute Morgen fühlte sich Prudence fast glücklich. Ada hatte die Nachricht von Prudence' und Bennets Heiratsabsichten mit Begeisterung aufgenommen und sich von der Mitteilung, dass Prudence' Mitgift noch unsicher war, nicht aus der Ruhe bringen lassen. Prudence wünschte, sie könnte das auch, aber solange Lucien nicht mit der Zusage auf eine Mitgift zurückkehrte, würde sie ihre Angst nicht abschütteln können.

Und jetzt musste sie Cassandra alles beichten. *Alles.* Ihre Nervosität verdreifachte sich.

Oh, hör auf, sagte sie sich. Cassandra hatte sich vor ihrer Hochzeit mehrmals mit ihrem Mann davongestohlen. Prudence wusste nicht mit Sicherheit, was sie getan hatten, aber sie konnte es sich denken, und Cassandra würde nicht weniger von ihr denken, weil sie mit Bennet zusammen gewesen war.

Sie nahm an, dass sie Cassandra nicht alles sagen musste, nur dass sie Bennet heiraten würde. Das war das Wichtigste, denn sie würde ihre Anstellung als Kats Gesellschafterin aufgeben.

Der Moment der Wahrheit kam, als Cassandra leichten Schrittes den Salon betrat. »Mrs. Forth sagte, du wolltest mich sprechen. Ist alles in Ordnung?« Cassandras Stirn war leicht gerunzelt.

Prudence saß bereits in einem Sessel und wies auf das Sofa neben ihr. »Bitte setz dich. Ich habe dir etwas Wichtiges mitzuteilen.«

Cassandra nahm Platz, wobei ihr rostroter Rock wie von Zauberhand auf elegante Weise über das Sofa fiel. »Ich kann nicht sagen, ob es sich um etwas erfreulich Wichtiges oder weniger Erfreuliches dreht.«

»Etwas Erfreuliches, denke ich.« Prudence brachte ein kleines Lächeln zustande. »Ich werde heiraten. Diesmal wirklich.«

»Oh!« Cassandra stürzte auf sie zu, hielt aber mit verwirrtem Gesichtsausdruck inne. »Bist du glücklich?«

Obwohl sie nie an eine Ehe gedacht hatte, konnte sie nicht leugnen, dass sie glücklich war, Bennet zu heiraten. Es war schwierig, sich das einzugestehen – sogar vor sich selbst –, da sie sehr stark zweifelte, dass er genauso empfand. »Ja.«

»Du hast zu lange gebraucht, um das zu sagen.« Cassandra runzelte die Stirn und setzte sich wieder hin. »Erst brennst du durch, um dann zurückzukommen und zu sagen, dass es ein Fehler war, und jetzt verkündest du ohne Begeisterung deine Hochzeitspläne. Wirst du zu etwas gezwungen? Ich hoffe, du wirst mir sagen, was los ist. Ich habe mir Sorgen um dich gemacht, Pru. Seit deinem verunglückten Durchbrennen bist du nicht mehr dieselbe.«

Prudence holte tief Luft. »Ich hatte nie vorgehabt, durchzubrennen. Ich habe noch nicht einmal diese Nachricht geschrieben.«

Cassandra stand der Mund offen. »Wer war es dann?«

Das war der Moment – sollte sie ihr alles sagen oder nicht? Prudence entschied sich für Ersteres. Das musste sie – denn sie waren jetzt wirklich eine Familie und obwohl sie Bennet versprochen hatte, nicht zu verraten, was passiert war, musste er verstehen, dass dies notwendig war. »Der Viscount Glastonbury.«

Cassandra stand der Mund noch weiter offen. »*Was?*«

»Nun, er hatte geplant, dich zu entführen. Die Nachricht hatte von dir sein sollen, um dein Verschwinden zu erklären. Er hatte sich zuversichtlich gefühlt, dass du glücklich darüber wärst, mit ihm durchzubrennen.«

Cassandra sackte auf das Sofa zurück und blinzelte einmal, ehe sie Prudence wieder anstarrte. »Ich kann diese Geschichte kaum glauben, aber natürlich ist sie wahr.« Sie setzte sich aufrecht. »Er hat stattdessen dich entführt?«

Prudence nickte. »Es war, weil wir die Umhänge getauscht hatten. Er hatte die von ihm angeheuerten Männer angewiesen, die Frau in dem lila Umhang zu entführen.«

Cassandra schlug sich mit der Hand an die Stirn. »Mein Gott, das ist alles meine Schuld.«

Ein Lachen entfleuchte Prudence. »Kaum. Es war ganz allein Bennets Schuld und er übernimmt die volle Verantwortung.«

»*Bennet?*«, fragte Cassandra und zog die Augenbrauen hoch.

»Wir haben sechs Tage zusammen in Hersham verbracht«, erklärte Prudence. »Wir saßen dort fest, weil seine Kutsche reparaturbedürftig war. Dann war das Wetter schrecklich und die Straßen unpassierbar. Der Sturm war so schlimm, dass ein Baum auf seine Kutsche gefallen ist und das Dach zerstört hat.«

Cassandra schnappte noch einmal nach Luft und mit jeder Enthüllung wurde ihr Ausdruck ungläubiger.

Dann kicherte sie und hielt sich die Hand vor den Mund. »Es tut mir leid. Ich muss einfach fragen, ob die Kutsche vor ihrer Zerstörung instand gesetzt worden war?«

Es zuckte um Prudence Lippen. »Ich fürchte ja. Er sagt, er hätte das größte Pech und das stimmt.«

Cassandra ernüchterte und legte die Hand in den Schoß.

»Was hat er getan, als er erkannte, dass seine Männer die falsche Frau entführt hatten?«

»Er war einigermaßen enttäuscht«, antwortete Prudence trocken. »Und sehr zerknirscht. Weißt du, die Männer hatten mich gefesselt, mir einen Knebel in den Mund gesteckt und auch einen Sack über meinen Kopf gestülpt.«

Cassandras Aufkeuchen erfüllte den Raum. »Nein! Ich kann nicht glauben, dass du das ertragen hast, ohne etwas zu sagen.«

»Wenn du es so hinstellst, klingt es, als hätte ich etwas sagen sollen, aber ich war nicht verletzt. Weitaus mehr war ich darüber besorgt, welche Auswirkungen meine Abwesenheit auf meinen Ruf – und damit verbunden auf meine Chancen auf eine zukünftige Anstellung haben würde.«

»Du solltest wissen, dass ich dich immer beschützen werde – ganz egal, was geschieht. Wir sind Freundinnen, Pru.«

Sie waren mehr als das, doch davon würde Prudence noch nichts sagen. »Das weiß ich zu schätzen.«

»Warum hast du mir bei deiner Rückkehr nicht die Wahrheit gesagt?«

»Ich wollte verhindern, dass irgendjemand erfuhr, was Bennet getan hatte. Er war so ungemein reumütig – um die Wahrheit zu sagen, war es fast irritierend – und ich hatte sehen wollen, ob ich in mein altes Leben zurückkehren konnte, ohne zu verraten, was passiert war – zu unser beider Wohl.«

»Da ist etwas, das du nicht sagst«, bemerkte Cassandra scharfsinnig, wobei sie Prudence eindringlich anblickte. »Du nennst Glastonbury bei seinem Vornamen Bennet. Er hat dich entführt und du hast große Mühen auf dich genommen, ihn vor allerlei Schwierigkeiten zu beschützen. Wenn die Leute wüssten, was er getan hat ...« Wieder wurden ihre Augen ganz groß. »Ruark darf das nie erfahren.«

»Danke, dass du das sagst«, entgegnete Prudence. »Ich hatte auf dein Einverständnis in der Sache gehofft. Ich wollte dir die Wahrheit sagen, aber das muss niemand anders erfahren.«

»Einverstanden.« Cassandra schüttelte den Kopf. »Ruark könnte versuchen, ihn umzubringen. Oder ihn zumindest noch einmal in einem Boxkampf übel zurichten. Ja, das wird unter uns bleiben.«

»Danke. Ich würde dich auch bitten, Bennet gegenüber nicht anzudeuten, dass du über die Geschehnisse im Bilde bist. Vertrau mir, wenn ich dir sage, dass du nicht auf der Empfängerseite seines Bedauerns sein willst.« Sie verdrehte die Augen und Cassandra lachte.

»Du klingst, als würdet ihr euch ziemlich gut kennen.«

»Das tun wir, denke ich.« Prudence kam zu Bewusstsein, dass es noch viel mehr gab, was sie von dem Mann nicht wusste, den sie heiraten würde. »Auf eine Weise mehr als auf andere Weise«, fügte sie mit bedeutungsschwangerem Blick hinzu.

Cassandra schaute sie einen Augenblick an, und dann flatterten ihre Nasenflügel, während sie mit einem einzelnen Nicken antwortete. »Aha. Ich verstehe.« Wieder spiegelte sich Überraschung auf ihrem Gesicht. »Oh! Du heiratest *ihn?*«

»Genau.«

»Aber ... wie?«, stammelte Cassandra. »Ich meine, ich dachte – musste er nicht unbedingt eine Erbin heiraten?«

»Das wollte er. Das tut er. Seine finanziellen Turbulenzen haben sich keineswegs auf magische Weise verbessert. Als wir uns vor meiner Rückkehr nach London trennten, gab ich ihm das Einzige, was ich von Wert besaß, damit er es verkaufen konnte.«

»Was war das?«

»Ein Ring, den mir meine Mutter geschenkt hatte. Aber

offenbar hatte er sich nicht dazu durchringen können, ihn zu veräußern, und trug ihn stattdessen.« Sie holte tief Luft, bevor sie den nächsten Teil erzählte – den wahrscheinlich wichtigsten Teil dieses Geständnisses. »Lucien erkannte das Wappen darauf und behauptete, es gehöre zu eurer Familie.«

Cassandra verzog kurz das Gesicht. »Ich erinnere mich, dass meine Großmutter mir von diesem Ring erzählt hat. Es tat ihr leid, dass es für mich keine solche Tradition gab, und sie war enttäuscht, als meine Tante kein Mädchen zur Welt gebracht hatte, dem sie ihn hätte geben können.« Sie konzentrierte sich auf Prudence und atmete scharf ein. »Deine Mutter hat ihn dir geschenkt?«

»Sie hatte ihn von der Frau bekommen, die mich geboren hatte, und sie hat ihn vor ihrem Tod an mich weitergegeben. Lady Peterborough ist meine wahre Mutter, und der vormalige Viscount Warfield war mein Vater.«

Cassandra starrte sie an. Dann lächelte sie plötzlich. »Das heißt, wir sind Cousinen.«

»Ja, das heißt es.« Auch Prudence lächelte.

Als Cassandra diesmal auf sie zustürzte, erhob sich auch Prudence aus ihrem Sessel. Sie umarmten sich innig, und Prudence fühlte, wie ihre Wangen feucht wurden. Eine Familie zu haben, war ein Geschenk, das sie sich nicht vorzustellen gewagt hatte.

Nach einigen Augenblicken trennten sie sich, doch jetzt setzte Prudence sich zu Cassandra auf das Sofa, damit sie dicht beieinander waren.

»Das sind die allerschönsten Neuigkeiten«, meinte Cassandra und strahlte vor Freude und ... Stolz? »Immer habe ich mir eine Schwester gewünscht, und eine Cousine ist für mich das Gleiche.«

»Ich habe mir auch immer ein Geschwisterchen gewünscht. Meine Adoptiveltern konnten keine Kinder bekommen – das hat meine Mutter mir erst auf dem Sterbe-bett erzählt. Sie hatten mich adoptiert, und sie sagte, es sei der glücklichste Tag in ihrem Leben gewesen.«

»Wie wundervoll. Ich wünschte, ich hätte sie gekannt«, entgegnete Cassandra herzlich. »Weiß Tante Christina, wer du bist? Sie hat nie den Eindruck erweckt, als wüsste sie Bescheid.«

»Das hat sie nicht. Ich musste sie allerdings aufsuchen, nachdem Lucien das Wappen erkannt hatte. Sie gab zu, mich nie genau betrachtet zu haben, da ihr sonst aufgefallen wäre, wie sehr ich dem ehemaligen Viscount Warfield ähnlich sehe.«

Cassandra schnaubte. »Typisch Tante Christina.« Dann schnitt sie eine Grimasse. »Ich bitte um Verzeihung. Ich wollte deine Mutter nicht verunglimpfen.«

»Ich kann sie kaum als meine Mutter bezeichnen, insbe-sondere deshalb nicht, wenn wir diese Art von Beziehung nicht unterhalten können. Sie hat deutlich zum Ausdruck gebracht, wie wütend Peterborough sein würde, wenn er von meiner Identität erfährt.«

»Er ist ein Mistkerl«, brachte Cassandra vehement hervor. »Ich verzeihe Tante Christina die meisten ihrer Eigenheiten, weil ich weiß, dass sie in einer sehr unglückli-chen Ehe lebt. Ich wünschte, die beiden könnten einfach getrennt leben.«

»Besteht diese Möglichkeit? Sie hat den Eindruck erweckt, als ob sie völlig unter seiner Kontrolle stünde.«

»Das könnte sehr gut sein. Ehrlich gesagt kenne ich meinen Onkel nicht besonders gut. Dieses Jahr habe ich ihn nur paar Mal getroffen, und auch nur für kurze Zeitab-schnitte – er hat Kinder nie gemocht. Mein Vater kann ihn nicht ausstehen. Mehr als einmal hat er gemeint, er wünschte sich, seine Schwester hätte einen anderen geheiratet.«

Prudence erinnerte sich vage an eine Erwähnung des Herzogs, die in diese Richtung ging. »Glaubst du, er war deshalb so erpicht darauf, dass sie deine Mentorin wurde? Hatte er ihr eine Aufgabe geben wollen, auf die sie sich konzentrieren konnte, um sie von Peterborough abzulenken?«

»Das ist möglich. Es würde auf jeden Fall erklären, warum er ihr ihre mangelnde Aufmerksamkeit als meine Mentorin nicht nachgetragen hat.«

Obwohl Prudence Lady Peterboroughs Verhalten einst als frustrierend empfunden hatte, weil sie Cassandra so gleichgültig behandelte, so tat ihr die Frau jetzt leid. Wahrscheinlich deshalb, weil sie jetzt wusste, dass die Countess ihre Mutter war, aber auch, weil ihr Leben sehr trostlos zu sein schien. Plötzlich wünschte sie sich, sie beide *könnten* eine tiefere Beziehung zueinander haben.

Prudence lenkte ihre Gedanken wieder der Sache zu – es war Zeit für den abschließenden Teil. »Der andere Grund, weswegen ich sie aufsuchen musste, bestand in meiner Absicht, sie um Geld zu bitten – und da sie nicht riskieren wollte, dass ihr Mann Wind von der Sache bekommt, konnte sie mir nicht helfen.«

»Warum brauchst du Geld? Ich kann dir doch sicher unter die Arme greifen.«

»Genauer gesagt, brauche ich eine Mitgift, um Bennet zu heiraten.«

»Oh! Gewiss. Wie du sagtest, hat sich seine finanzielle Situation nicht geändert.« Sie runzelte leicht die Stirn. »Hast du inzwischen eine Mitgift? Das ist leider mehr, als ich mir leisten kann.«

»Noch nicht, aber Lucien arbeitet offenbar daran. Lady Peterborough hat ihn zu meinem Halbbruder geschickt, damit er eine Mitgift vom ihm für mich ausbittet.«

»Ach, hör bitte auf, sie Lady Peterborough zu nennen. Nenn sie Christina oder deine Mutter – zumindest vor mir.« Cassandra schaute sie eindringlich an. »Wenn du dich damit wohlfühlst.«

»Lady Peterborough ist ein Zungenbrecher«, gab Prudence mit einem Lächeln zu. »Ich muss gestehen, ich war überrascht, als sie mir ihre Hilfe angeboten hat. Es hat mir davor gegraust, sie um Geld zu bitten.«

»Aber es war unumgänglich, da Glastonbury und du euch ineinander verliebt habt und ihr heiraten wollt.«. Sie ließ es wie ein Märchen klingen, obwohl es alles andere als das war.

Prudence nestelte an ihrem Kleid herum. »Nun, das ist nicht ... das ist nicht ganz richtig. Unsere gemeinsame Zeit in Riverview hat zu einer ungeplanten Situation geführt. Ich glaube, ich bin von ihm schwanger. Damit wird eine Heirat zur Notwendigkeit. Aber er braucht Geld und ich habe keines, das ich ihm geben könnte.«

Wieder zeichnete sich Schock auf Cassandras Gesicht ab. Sie erholte sich, nahm Prudence´ Hände zwischen ihre und drückte sie sanft. »Oh, meine Liebe. Wie schön für dich, aber auch wie schrecklich.«

»Es war dumm von mir, mich in diese Lage zu bringen«, meinte Prudence.

»Das darfst du nicht sagen. Wir alle wurden schon einmal von der Leidenschaft oder der Sehnsucht oder was auch immer dich zu Intimitäten mit ihm verleitet hat, mitgerissen. Ich bin sicher kein Unschuldslamm.«

»Er hatte Vorkehrungen getroffen, aber nichts ist garantiert, also sind wir jetzt in dieser Situation.«

»Ihr seid also nicht verliebt?« Cassandra sah niedergeschlagen aus.

»Ich denke nicht.« Prudence hatte solchen Gedanken nicht nachgegeben, weil sie mit Gefühlen verbunden waren.

Insbesondere mit Gefühlen, die sie lieber für sich behielt. Das war allerdings vorher stets so gewesen, als sie sich weder einen Ehemann noch Kinder in ihrem Leben hatte vorstellen können. Sollte sie nicht wenigstens erwägen, sich jetzt dafür zu öffnen? »Als wir diese Zeit zusammen waren, habe ich mich zu ihm hingezogen gefühlt. Ich erkannte eine Gelegenheit für eine Nacht voller … Leidenschaft, und habe sie ergriffen. Nie hatte ich beabsichtigt, zu heiraten oder Kinder zu bekommen. Ich war mit meinem Leben als Gesellschafterin zufrieden. Ich habe es geliebt, für Fiona zu arbeiten, dann für dich und nun für Kat.« Sie zögerte und ihre Stimme wurde leiser. »Ich gebe zu, ich war froh darüber, am Rande der Gesellschaft zu stehen. Seit ich Kenntnis davon hatte, dass mein Vater ein Viscount war, hatte ich sehen wollen, wie es wäre, dieses Leben zu führen. Ich wollte es nicht – dazu war ich nicht geboren. Aber ich war neugierig, ob es mir wirklich im Blut liegt.«

Cassandras Blick war so warm und mitfühlend. »Ich glaube, ich kann diese Neugierde oder zumindest die Zweifel nach der Zugehörigkeit nachvollziehen. Die Familie – oder ihr Mangel – lässt einen unterschiedliche Dinge fühlen. Da ich ohne meine Mutter aufwuchs, war ich immer von den Müttern meiner Freunde besessen, von ihren Beziehungen.«

Prudence war für Cassandras Verständnis dankbar. »Ich weiß nicht einmal, ob ich es schaffe, eine Viscountess zu sein. Ich habe das Gefühl, ich hätte Bennet in die Falle gelockt. Er braucht Geld, doch ohne zu wissen, ob Warfield eine Mitgift bereitstellen wird, hat er zugestimmt, mich zu heiraten.«

»Dann liebt er dich vielleicht doch«, entgegnete Cassandra lächelnd.

»Ach, hör bitte mit deinen romantischen Vorstellungen auf«, konterte Prudence, und dachte dabei, dass Cassandra und Ada gut miteinander auskommen würden. »Er tut, was er tun muss, weil er ein guter Mann ist.«

»Der Leute entführt«, murmelte Cassandra.

»Dem es *leidtut*, Menschen zu entführen«, ergänzte Prudence.

Sie lachten, und Cassandra ließ Prudence´ Hände los.

Rasch ernüchterte Prudence wieder. »Wir haben nichts von Lucien gehört, also mache ich mir Sorgen, dass es mit Warfield nicht sehr gut läuft. Was zu erwarten war, da er ein grässlich selbstsüchtiger Mensch ist.«

»Du kennst ihn?«

»Ich habe ihn einmal kennengelernt, als ich ihn aufgesucht hatte, um ihn um eine Anstellung zu bitten. Meine Mutter erzählte mir, man hätte ihnen zwei Dinge übergeben, als ich zu ihnen gebracht worden war. Der Ring, der Christina gehört hatte, war das eine. Das zweite war die Identität meines leiblichen Vaters und das Angebot, ich solle ihn um Hilfe bitten, falls ich jemals in eine Notlage geraten sollte. Unglücklicherweise war er gestorben, also suchte ich stattdessen seinen Sohn auf.«

»Und er hat dich verstoßen, seine eigene Halbschwester? Dass er unsympathisch ist, wusste ich ja, doch dies erklärt ihn zu einem regelrechten Schurken.«

»Ich hatte keine Gelegenheit, ihm zu eröffnen, wer ich in Wirklichkeit bin. Er warf mich raus und nannte mich eine elende Bettlerin. Auf dem Weg hinaus ist mir dann zum Glück Lucien begegnet, der Warfield besuchen wollte.«

»Sie sind Freunde. Oder das waren sie zumindest«, berichtigte Cassandra. »Sie haben zusammen in Spanien gekämpft, doch Warfield ist wie es scheint, davon beschädigt. Innerlich und äußerlich.«

Prudence besann sich auf die vernarbte linke Gesichtshälfte, den grausamen Zug seiner Lippen und die Kälte in seinen haselnussbraunen Augen. Sein Inneres hatte im Einklang mit seinem Äußeren gestanden, und seine Schönheit war so ruiniert, dass er zu einer Bestie geworden war.

»Ich muss davon ausgehen, dass Lucien mit leeren Händen zurückkehren wird.« Wieder nestelte Prudence an ihrem Kleid herum, nicht imstande, sich davon abzubringen. »Falls das geschieht, weiß ich nicht wie ich die Heirat mit Bennet in die Tat umsetzen soll. Wie ich schon sagte, komme ich mir wie eine Betrügerin vor, weil ich ihn in eine solche Falle gelockt habe.«

»Du hast nichts dergleichen getan! Er war an der Zeugung dieses Babys ein gleichberechtigter Partner, und er hat eine Verantwortung. Ich werde nicht zulassen, dass er sich davor drückt.« Ihre bernsteinfarbenen Augen verengten sich vor Entschlossenheit.

Der Butler hustete, was sie beide aufschrecken ließ. Prudence geriet einen Moment lang in Panik, als sie sich fragte, wie lange er wohl schon dort stand.

»Lord Glastonbury ist hier, um Miss Lancaster zu besuchen«, verkündete er. »Der Gentleman wartet im Salon.«

»Danke, Bart«, entgegnete Cassandra. Sobald der Butler wieder gegangen war, stand sie auf und blickte auf Prudence hinunter. »Brauchst du Hilfe beim Aufstehen?«

»Noch nicht«, gab Prudence trocken zurück. »Ich bin mir nicht einmal ganz sicher, ob ich schwanger bin, aber alle Anzeichen deuten in diese Richtung. Ich werde mich entsetzlich fühlen, wenn ich es nicht bin. Bennet hatte nämlich ein Arrangement mit einer wohlhabenden Witwe, das er nun bricht, um mich zu heiraten.«

»Du musst aufhören zu denken, du seist nicht gut genug für ihn. Oder für irgendeinen von uns. Du bist meine Cousine. Ich war schon immer bereit, dich zu verteidigen und dir in jeder Angelegenheit zur Seite zu stehen, aber jetzt ist es unumgänglich. Wir sind eine Familie, Pru.« Sie straffte die Schultern. »Jetzt lass uns gehen und deinen Verlobten begrüßen.«

Prudence stand auf und folgte Cassandra aus dem Wohnzimmer. Sie wäre jedoch fast mit ihr zusammengestoßen, da Cassandra sich plötzlich umdrehte. »Wir werden eine Geschichte brauchen, um deine plötzliche Heirat mit Glastonbury zu erklären. Wir können schließlich nicht allen die Wahrheit erzählen, aber liebe Güte, die Geschichte ist faszinierend.«

Cassandra grinste. »So romantisch.«

Sie war nichts von beidem. Aber sie wollte Cassandra nicht korrigieren. »Ich habe keine brillanten Einfälle.«

»Lass mich darüber nachdenken«, entgegnete Cassandra zuversichtlich. »Mir wird schon etwas einfallen.« Sie hakte sich bei Prudence unter und zusammen gingen sie die Treppe hinunter in den Salon im Erdgeschoss.

Bennet kehrte ihnen den Rücken zu und hatte die Hände hinter sich verschränkt. Sein dunkelblauer Frack saß perfekt um seine breiten Schultern und seine beige Hose umschmeichelte die Konturen seiner muskulösen Beine. Prudence konnte die freudige Erregung nicht leugnen, die sie erfasste, wenn sie an die Nächte dachte, die sie beide gemeinsam verbringen würden.

Für immer.

Er drehte sich um und sein Anblick von vorne war sogar noch besser. Sein hellblondes Haar war sorgfältig frisiert und eine kunstvolle Locke streifte seine Stirn, während sein kantiger Kiefer leicht zuckte und seine Lippen sich in dem Moment zu einem langsamen, anerkennenden Lächeln formten, als seine blauen Augen sich auf Prudence richteten.

Cassandra marschierte auf ihn zu und stieß ihn mit der Faust in den Bauch, was ihn mit einem Grunzen vornüber taumeln ließ.

»Das ist dafür, dass du meine Cousine entführt hast, du Unhold. Wir werden nie wieder ein Wort darüber verlieren.« Sie drehte sich zu Prudence um. »Es tut mir leid. Ich konnte mich nicht beherrschen.«

Prudence erstickte ein Lächeln. Bennet hob die Augenbrauen, als er Prudence anblickte.

»Ich habe ihr alles erzählt«, meinte sie zu ihm. »Es war mir notwendig erschienen. Mach dir keine Sorgen. Sie wird niemandem davon erzählen und ganz besonders Wexford nicht. Ich möchte nicht gleich Witwe werden, sobald ich verheiratet bin.«

»Das ist eine Erleichterung«, gab er zu und richtete sich wieder auf. Er strich sich mit einer Hand glättend über den Frack. »Hat Ihr Ehegatte Ihnen das Boxen beigebracht, Lady Wexford? Das war ein gut platzierter Schlag. Und auch sehr kraftvoll.«

»Überhaupt nicht. Es liegt mir offenbar in der Natur.« Cassandra sah ihn mit einem frechen Grinsen an und Prudence hätte beinahe losgelacht. Sie verspürte einen absurden Stolz darüber, dass diese Frau ihre Cousine war. »Sie können mich auch Cassandra nennen, weil wir verwandt sein werden. Wann soll das glückliche Ereignis denn stattfinden?«

»Tatsächlich habe ich gerade eine Sonderlizenz beschafft und den Vikar für morgen Vormittag bestellt.«

Prudence´ Magen zog sich zusammen. Nun würde es wirklich geschehen.

»Dann solltet ihr hier heiraten«, meinte Cassandra, die sich dabei mit dem Zeigefinger an das Kinn tippte. »Ich werde Sorge dafür tragen, dass ihr ein aufwändiges Hochzeitsfrühstück bekommen werdet. Wir werden Fiona und Overton einladen. Wen noch?« Sie schaute Prudence an.

»Meine Freundin Ada Treadway – sie arbeitet im Phönix Club. Sie ist die Person, mit der ich meine Samstagvormittage verbringe.«

Cassandras Augen leuchteten auf. »Aha! Und ich hatte angenommen, dass du sie mit dem Mann verbringst, mit dem du durchgebrannt bist.« Sie warf Bennet einen finstern

Blick zu. Sie mochte die Sache vielleicht nie wieder zur Sprache bringen, doch seine Übertretung würde sie ihn nicht so bald vergessen lassen. Prudence fand das überaus liebenswert, als ob sie wirklich Schwestern wären.

»Wir sollten auch Evie Renshaw einladen.« Prudence wollte sie dabeihaben. »Und vielleicht Christina«, fügte sie leise hinzu.

»Ja, sie wird deine Hochzeit erleben wollen – selbst wenn die Welt von dir nur als meine ehemalige Gesellschafterin weiß. Macht es dir etwas aus, wenn ich Con und Sabrina einlade?« Cassandra schaute sie mit einem offenen Blick an. »Hast du vor, ihnen zu sagen, dass du unsere Cousine bist?«

»Das hatte ich noch gar nicht überlegt.« Prudence hatte so viel in ihrem Kopf. Es war schwer, an alles zu denken. »Lucien weiß es noch nicht einmal. Ihm ist bekannt, dass Bennet seine Cousine heiratet, aber er weiß noch nicht, wer das ist. Bennet hat sich geweigert, es ihm zu sagen. Er sagte, es stehe ihm nicht zu dieses Geheimnis zu verraten.«

Cassandra schaute ihn anerkennend an. »Vielleicht bist du am Ende gar kein Schuft. Für diese Haltung und dafür, dass du Prudence heiratest, obwohl du noch nicht weißt, ob sie eine Mitgift haben wird oder nicht. Ich freue mich so für meine Cousine, dass du das Richtige tust.«

Er runzelte die Stirn. Dann schaute er Prudence an. »Dann gibt es noch keine Neuigkeiten?«

Sie schüttelte den Kopf und konnte seine Angst so stark spüren, wie ihre eigene.

»Also haben wir das geregelt. Ihr werdet die Zeremonie und das Frühstück morgen hier stattfinden lassen«, bestimmte Cassandra.

»Danke«, antwortete Prudence und eine überraschende, aber willkommene Liebe für diese Frau, die jetzt ihre Familie war, stieg in ihr auf. Sie würde heiraten und ihre *Familie* wäre dabei.

»Meine Familie wird ebenfalls kommen«, meldete Bennet sich zu Wort. »Meine Tante und meine Großtante sind aus Bath zu Besuch.«

Prudence war überrascht, das zu hören. »Das hast du nicht erwähnt.«

»Es passieren eine Menge Dinge auf einmal«, antwortete er mit einem schwachen Lächeln.

»In der Tat«, stimmte sie ihm zu.

Cassandra strahlte sie an. »Ausgezeichnet, wir haben reichlich Platz. Ich muss los, und diese Pläne in die Tat umsetzen, also bitte entschuldigt mich!« Sie eilte aus dem Zimmer, und schloss die Tür hinter sich.

»Das war sehr rücksichtsvoll von ihr«, murmelte Bennet. Rasch ging er zu Prudence und zog sie in seine Arme. Er küsste sie sanft und in dem Moment dachte sie, es würde alles wieder ins Lot kommen.

Den Kopf auf seine Schulter gelegt, fragte sie: »Wie steht es um die Beendigung deines Arrangements?«

»Es ist geschafft und nur das zählt.«

Prudence zog sich zurück und schaute zu ihm auf. »Das klingt nicht, als sei es gut gelaufen.«

»Das ist unwichtig.« Er schenkte ihr ein aufmunterndes Lächeln und dann küsste er sie wieder, wobei er die Hände über ihren Rücken gleiten ließ, während er sie festhielt.

Leicht keuchend trennten sie sich ein paar Minuten später. »Das ist merkwürdig, aber schön. Nach dem morgigen Tag können wir das vermutlich immer tun, wenn wir wollen.«

»Ja, dies und viele andere Dinge.« Er liebkoste ihren Kiefer und schaute ihr dabei tief in die Augen. »Ich freue mich darauf, deinen Körper erneut zu erobern, Pru.«

Sie erschauderte vor Vorfreude, obwohl die Angst sich beharrlich hielt. Sie konnte die Umstände ihrer ungewollten Vereinigung nicht vergessen oder die Unsicherheit, der sie sich stellen mussten. »Du kannst immer noch deine Meinung ändern, wenn es keine Mitgift gibt. Ich werde Verständnis haben.«

»Nein, keine Chance.« Wieder küsste er sie und sie gab sich dem Moment der Freude hin.

KAPITEL 17

$\mathcal{B}$ennet traf früh beim Haus der Wexfords ein und schickte seine, aus zweiter Hand erworbene Kutsche zurück, um seine Tanten abholen zu lassen. Sie waren schockiert gewesen, als sie die Nachricht von seiner Heirat hörten, aber auch begeistert. Wahrscheinlich, weil sie davon ausgingen, dass er nun bei seiner Eheschließung eine Zahlung bekommen würde. Etwas anderes hatte er ihnen nicht gesagt.

Hoffentlich würde er das nicht tun müssen. Er hoffte, dass Lucien bereits mit den Neuigkeiten da war, dass die Mitgift zugesichert wäre.

Seine Gedanken wanderten zu seinen Tanten zurück und er fragte sich, was Prudence von ihnen halten würde. Er hatte die beiden, Tante Judith und Großtante Esther, ange-wiesen, kein Sterbenswort zu seiner Braut über ihre Familie zu verlieren. Die Frauen hatten ihn gefragt, ob er vorhatte, diese Anwandlungen geheim zu halten und wie er das anstellen wollte, wenn er sie mit nach Aberforth Place nahm.

Das konnte er natürlich nicht und er verzögerte das

Unvermeidliche nur. Es passierte allerdings gerade so viel, und mit dem Druck wegen der ungewissen Mitgift, der auf ihnen lastete; hielt er es für das Beste, seine Beichte über die Krankheit seiner Familie noch ein wenig aufzuschieben. Da er sich vor diesem Schritt fürchtete, war die Entscheidung nur noch leichter.

Dann fragte Tante Judith ihn, ob er vorhatte, ihr von Agatha zu erzählen. Wäre das wirklich notwendig?

Ehe er zu eingehend darüber nachdenken konnte, wurde er vom Butler in Wexfords Arbeitszimmer geführt, wo der Ire ihn erwartete. »Guten Morgen Glastonbury. Es scheint, als hätten wir eine Sondergenehmigung zum Heiraten bekommen.« Er schmunzelte.

»Deine, meinst du«, entgegnete Bennet. »Ich war nicht eingeladen.« Er hatte ohnehin mit Prudence in Riverview fest gesessen. Das würde er für nichts eintauschen.

»Ein Versehen, da bin ich sicher.« Humor schimmerte in Wexfords Blick. Offenbar hatte er Bennet für sein Benehmen beim Boxkampf wirklich verziehen. Wenn er von Bennets Entführungsversuch seiner Frau wüsste, wurde er sich nicht so verhalten. Er war froh, dass er nur einen ausgezeichneten Aufwärtshaken von Cassandra hatte einstecken müssen.

»Irgendetwas Neues von Lucien?«, erkundigte Bennet sich und ärgerte sich, dass er so angespannt klang, wie er sich fühlte – als wäre er auf eine Streckbank gepflockt.

»Nichts. Cass hat ihn heute Morgen zur Hochzeit eingeladen.«

Bennet fragte sich, ob der Name der Braut Bestandteil der Einladung gewesen war, oder ob Lucien bei seiner Ankunft hier überrascht sein würde.

»Ich bin immer noch so verblüfft, dass ihr, Prudence und du, es geschafft habt, euch vor unserer Nase zu verlieben.« Wexford grinste. »Wie schön für euch beide.«

Das war die Geschichte, die Cassandra sich ausgedacht hatte. Anders war die Eile ihrer Heirat nicht zu erklären, vor allem angesichts der mangelnden Mitgift, von der dieser intime Kreis von Menschen natürlich Kenntnis hatte. Sie konnten nur behaupten, dass es sich um einen Fall von wahrer Liebe handelte. Bennet hatte keine Zeit mehr gehabt, Prudence um ihre Meinung dazu zu fragen.

In diesem Moment betrat Lucien das Arbeitszimmer. Bennets Nacken wurde schweißnass, als seine Angst in ihm aufflammte.

In dem Moment, in dem Luciens Mund sich zu einer dünnen Linie zusammenzog und seine Lippen beinahe verschwanden, wusste Bennet Bescheid. Lucien sah Bennet in die Augen. »Ich fürchte, ich habe für meine Bemühungen kein Resultat vorzuweisen. Es tut mir leid, Glastonbury.«

Bennet brachte ein Nicken zustande, während seine Gefühle der gefürchteten Verzweiflung entgegenschlugen. »Du hast dein Bestes getan, da bin ich mir sicher.«

»Er war unerbittlich.« Lucien runzelte die Stirn. »Er ist nicht mehr der Mann, den ich einst kannte. Mir graust es davor, deiner Braut sagen zu müssen, dass er ihr nicht helfen wollte. Seiner eigenen Schwester!« Seine Lippen kräuselten sich angewidert.

Bennet wusste die Empörung des Mannes zu schätzen, die er wegen Prudence empfand, aber sie war auch seine Cousine. »Ich nehme an, du weißt, wen ich heiraten werde?«

»Cass hat ihren Namen in die Einladung geschrieben und auch, dass sie sich freut, unsere neue Cousine in unserer Familie willkommen zu heißen. Ich kann gar nicht glauben, dass Prudence unsere Cousine ist und ihr euch zufällig ineinander verliebt habt. Was für ein sonderbares und wundervolles Leben das doch ist.«

In diesem Moment fand Bennet das Leben nicht besonders wunderbar. Jetzt, da er wusste, dass kein Geld da wäre, überlegte er, wie er für Tante Agatha, Tante Judith und Großtante Esther aufkommen sollte. Vielleicht sollte er Cousine Frances in das Haus auf Aberforth Place ziehen lassen, wie Großtante Esther vorgeschlagen hatte. Aber der Gedanke, Prudence zuzumuten mit dieser Situation fertigzuwerden, ließ ihn zaudern. Sie hatte nicht die geringste Vorstellung, worauf sie sich da einließ.

Er sollte sie aufklären, damit sie die Sache abblasen konnte, falls sie das wollte. Allerdings wusste er, dass sie das nicht tun würde. Wegen des Babys. Sie würde das Kind um jeden Preis davor bewahren, unehelich zur Welt zu kommen, und das konnte er ihr nicht verdenken.

Die Umstände für ihre Ehe waren ein verworrenes, kompliziertes, beunruhigendes Durcheinander. Wahre Liebe, in der Tat.

»Was wirst du tun?«, fragte Wexford mit Blick auf Bennet.

»Wenn du fragst, ob ich weiterhin gedenke, Prudence zu meiner Frau zu machen, dann lautet die Antwort natürlich ja.«

Wexford schien verwirrt. »Das war keine Frage für mich, wenn man bedenkt, wie sehr du sie liebst. Ich meine, was wirst du im Hinblick auf deine finanzielle Situation anfangen?«

»Dasselbe, wie bisher – damit fertigwerden.« Er hatte nicht vor, mit ihnen darüber zu diskutieren. Sie konnten nicht verstehen, wie es war.

Bei ihrer Ankunft auf Aberforth Place würde Prudence schockiert sein, sobald sie dort die leeren Zimmer und nur noch das absolute Minimum an Personal vorfinden würde. Würde es ihr etwas ausmachen, ihre Zeit während der Saison nicht in London zu verbringen? Er würde sich keine angemessene Garderobe für sie leisten können. Das bedeutete, dass sie getrennt sein würden, da er Verpflichtungen im House of Lords hatte.

Gott, sie beide hatten das einfach nicht durchdacht. Dafür war keine Zeit gewesen. Durch das Baby hatte sich alles verändert und Entscheidungen mussten überstürzt getroffen werden.

Er fühlte sich überwältigt und entschuldigte sich, um nach draußen zu gehen. Er brauchte Luft. Und mehrere tausend Pfund.

Er schlenderte vom Haus weg, bis er den hintersten Winkel erreicht hatte und verschränkte die Arme vor der Brust, während er stirnrunzelnd zu Boden blicke. Er hatte sich bisher kaum gestattet, an das Baby zu denken. Was, wenn das arme Kind nach seinem Großvater schlug? Oder noch schlimmer, wenn es seiner Großtante Agatha glich, die mit zwanzig Jahren in eine Anstalt eingewiesen worden war?

Wieder brach ihm der Schweiß aus, sein Atem ging immer schneller, während Panik und Angst in seinem Inneren brodelten. Nach und nach entglitt ihm die Kontrolle. Aber er konnte sich jetzt nicht von seinen Gefühlen leiten lassen, nicht wenn er kurz vor seiner Eheschließung mit Prudence stand.

Ihr Gesicht nahm in seiner Fantasie Gestalt an. Er erinnerte sich, wie böse sie ihn nach ihrer Ankunft in Riverview angeschaut und ihm gesagt hatte, er würde das Bett nicht mit ihr teilen. Dann hatte sie ihn Tage später dazu eingeladen und ihn mit ihrer Leidenschaft und Zärtlichkeit vollkommen aus dem Konzept gebracht und verführt.

Sie mochten vielleicht kein Traumpaar sein, aber er begehrte sie, wie er nie zuvor jemanden begehrt hatte. Das war schon etwas, nicht wahr?

Er hoffte nur, dass es genügte.

~

*D*er Ring an Prudence´ Finger fühlte sich schwer an und das Gold schimmerte hell im Licht, das durch das Fenster hereinfiel. Es war ein wunderschöner Frühlingsmorgen, perfekt für eine Hochzeit.

Sie konnte kaum glauben, dass sie verheiratet war und schon gar nicht, nun die Viscountess Glastonbury zu sein. *Eine Viscountess.*

»Es tut mir leid, dass es kein Diamant oder Smaragd ist«, meinte Bennet, der hinter sie getreten war. Auf die Zeremonie, die vor einer kurzen Weile zu Ende vollzogen worden war, hatte man anschließend mit Champagner angestoßen und jetzt warteten sie alle auf Cassandras hastig geplantes aber sicherlich sehr elegantes Frühstück. »Eines Tages werde ich ihn durch einen Ring ersetzen, der besser zu deinem Stand passt.«

Sie blickte zu ihm auf. »Manch einer würde einwenden, dass er meinem Stand perfekt entspricht. Und ich ihn weit überschritten habe.« Zur Unterstreichung ihres Sarkasmus wackelte sie mit einer Augenbraue.

»Das sind Idioten.« Er gab ihr einen Kuss auf die Stirn.

Lucien, Cassandra und ihr Bruder, der Earl of Aldington traten in Begleitung von Christina näher.

Prudence´ Mutter blieb an ihrer Seite stehen. »Deine Cousins haben etwas Wunderschönes mitzuteilen. Ich wünschte, ich könnte behaupten, ich hätte Teil daran, aber das kann ich nicht.«

Lucien sah zu seinem Bruder, ehe er sich an Prudence und Bennet wandte. »Constantine und ich würden euch gern ein Hochzeitsgeschenk in Höhe von eintausend Pfund machen. Es ist genau genommen keine Mitgift, aber wir hoffen, du nimmst sie trotzdem gern an.« Er schaute Prudence an.

Der Boden unter ihren Füßen schien zu schwanken. Sie blickte von Lucien zu Bennet und wieder zurück. »Gibt es denn keine Mitgift?«

Auf den überraschten Ausdruck, der über Luciens Gesicht huschte, folgte schnell Bedauern. »Natürlich hat Glastonbury dir noch nichts sagen können, weil ich ihn erst kurz vor der Zeremonie informiert habe.« Er sah zu Bennet. »Entschuldigung.«

»Warfield hat sich geweigert, dir eine Mitgift zu zahlen«, meinte Bennet leise neben ihr.

Sie drehte den Kopf zu ihm um. »Du hast das gewusst und mich trotzdem geheiratet?« Das hatte er vorher versprochen, aber vermutlich hatte sie ihm nicht ganz geglaubt. Sie wusste, wie dringend er Geld brauchte.

Er nahm ihre Hand zwischen seine und drückte sie. In dem Moment wusste sie, dass sie ihn liebte. Ihre Mutter hatte nicht ganz recht gehabt. Emotionen waren nicht immer unordentlich oder unnötig. Die Liebe, die sie für Bennet verspürte, war rein und klar. Dank dieser Liebe fühlte sie sich stark und glücklich. Und das war sehr nötig. Sie wusste ehrlich gesagt nicht, was sie ohne sie anfangen würde oder wie ihr Leben sich angefühlt hatte, ehe Bennet darin eine Rolle gespielt hatte.

»Ich bin von eurer Großzügigkeit gerührt«, meinte Bennet zu ihren Cousins.

»Danke.« Mehr brachte Prudence nicht an dem Kloß vorbei, der sich in ihrem Hals gebildet hatte. Heute wurde ein Traum wahr, wobei dies allerdings Träume waren, die sie nie gehegt hatte. Eine Familie. Einen Ehemann. Ein Kind. Liebe.

»Ich möchte euch danken«, meinte Christina an ihre Neffen gewandt. »Ich bin so froh, meine Tochter in meiner Familie aufgenommen zu wissen.« Sie schaute Prudence an. »Ich wünschte, es wäre von mir gekommen.«

»Ich weiß.« Prudence dankte ihnen allen aus tiefstem Herzen, aber es würde eine Weile dauern, bis sie sich wirklich als Teil ihrer Welt fühlen würde.

»Wir haben darüber gesprochen, unserem Vater die Wahrheit über dich zu sagen«, meinte Cassandra und lenkte den Blick dabei zu ihren Brüdern. »Constantine wird das zusammen mit Tante Christina in Angriff nehmen. Con ist sein Liebling und in seinem Beisein wird alles erträglicher.«

Aldington brummte und verdrehte die Augen dabei. »Das ist leider wahr.«

Prudence war nervös, wenn sie daran dachte, wie der Herzog vielleicht reagieren mochte. Er war ein sehr formeller Mensch mit hohen Erwartungen. Sie besann sich darauf, was Christina darüber gesagt hatte, ihm nichts von ihrem illegitimen Kind erzählen zu wollen. »Muss er das wirklich wissen?« Prudence sah zu ihrer Mutter.

»Ich denke, es ist Zeit. Obwohl wir nicht aller Welt davon erzählen wollen, möchte ich, dass deine Cousins dich als Familienmitglied einbeziehen können.«

»Wir wollen das auch«, meinte Lucien.

»Familien haben so eine komplizierte Dynamik«, stellte Prudence fest und schluckte ihre Angst herunter. »Ich werde noch lernen müssen, mich mit eurer – unserer – zurechtzufinden. Wie auch mit Bennets.« Sie schaute zu ihm auf und dann ließ sie den Blick zu seinen Tanten schweifen, die auf der anderen Seite des Zimmers zusammensaßen.

»Werdet ihr beide Aberforth Place aufsuchen?«, fragte Cassandra.

»Nicht bis nach der Saison«, entgegnete Bennet. Obwohl sie ihre Pläne für die Zeit nach der Hochzeit noch nicht besprochen hatten, war Prudence ein bisschen enttäuscht. Sie hatte gehofft, den Rest seiner Familie kennenzulernen und sein Domizil kennenzulernen.

Sie plauderten noch ein paar Minuten, ehe es Zeit für das

Frühstück war. Es war ein herzliches, fröhliches Beisammensein mit einem Überfluss an Essen, Wein und Gelächter. Prudence tat das Gesicht vom Lächeln weh.

Anschließend bestand sie darauf, sich mit Judith und Esther zu unterhalten. »Ich bin so froh, dass Sie beide heute kommen konntet«, sagte sie zu ihnen.

»Das sind wir auch«, gab Esther mit großem Enthusiasmus zurück. »Was für ein glücklicher Zufall, dass wir gerade jetzt in die Stadt gekommen sind, wo wir normalerweise nie nach London kommen. Ich wünschte nur, wir könnten länger bleiben. Wie dem auch sei, müssen wir morgen nach Bath zurückkehren.«

»Können Sie mir noch einmal aufzählen, wen ich in Aberforth Place kennenlernen werde?«, bat Prudence. »Großtante Minerva und Großtante Flora?«

»Ja, und Cousine Frances«, fügte Esther hinzu.

»O ja, ich denke, Bennet hat sie erwähnt.«

Überrascht zog Judith die blonden Augenbrauen hoch. »Tatsächlich?«

Prudence wollte fragen, warum das so überraschend war, doch Bennets Tante sprach bereits.

»Sie werden Großtante Minerva und Großtante Flora sehr charmant finden«, meinte Tante Judith schnell.

Esther zog die weißen Augenbrauen zusammen. »Ich bin nicht sicher, ob charmant das richtige Wort ist. Haben Sie gewusst, dass Minerva ein Eichhörnchen als Haustier hat? Oder vielleicht auch zwei.«

»Bitte entschuldigen Sie uns, Prudence«, mischte Judith sich ein und nahm ihre Tante am Arm. »Wir müssen unseren Gastgebern danken, ehe wir gehen.« Schnell führte sie Ester fort, die über die Reaktion ihrer Nichte leicht verwundert schien.

Prudence hatte das untrügliche Gefühl, dass es da Dinge

gab, die sie sagen wollten, aber nicht taten. Oder nicht konnten. Hatte Bennet sie angewiesen, nicht über ihre anderen Verwandten zu sprechen? Sie war auch neugierig zu erfahren, warum die beiden in Bath lebten, wohingegen die anderen auf Aberforth Place wohnten, insbesondere da sie nicht glaubte, dass Judith oder Esther je verheiratet gewesen waren. Angesichts Bennets finanzieller Situation glaubte Prudence, dass es wirtschaftlicher sein könnte, wenn sie alle auf dem Anwesen lebten.

Ada gesellte sich zu Prudence und ihr Blick folgte den Tanten. »Wie findest du Glastonburys Familie?«

»Sie scheinen so weit ganz angenehm, wenn auch ein bisschen geheimnisvoll.« Ada zog zur Antwort die Brauen hoch und Prudence führte ihre Aussage daraufhin weiter aus: »Vielleicht nicht geheimnisvoll, aber ich habe den Eindruck, dass mehr hinter seiner Familie steckt, als sie mir sagen wollen.«

»Hast du eine Ahnung, warum das so sein könnte?«

»Nicht wirklich. Es gibt so vieles, das Bennet und ich noch voneinander lernen müssen. Es ist alles sehr schnell gegangen.«

»In der Tat, gleichwohl du glücklich wirkst und er ebenfalls.«

Prudence traf Bennets Blick quer durch den Raum. »Glaubst du das?«

»Die Art und Weise, wie er dich anschaut, wirkt sehr romantisch. Darin ist eine Sehnsucht zu sehen, denke ich.« Ada blickte sie einen Moment eindringlich an. »Und ich würde sagen, dass du ebenfalls glücklich bist, nicht wahr?«

»Fast«, antwortete Prudence und wünschte, die Mitgift wäre gezahlt worden, aber für die finanzielle – und emotionale Unterstützung ihrer neugefundenen Cousins war sie überaus dankbar. Sie wünschte sich auch, Bennet erzählen zu können, wie sie sich fühlte – dass sie ihn liebte. Doch das wagte sie nicht. Er hatte diese Heirat nicht gewollt und er glaubte, dass sie das auch nicht gewollt hatte. »Frag mich, wenn du mich das nächste Mal siehst.«

»Du weißt, das werde ich tun.« Ada grinste. »Das ist das, was Freundinnen tun.«

»Danke.« Prudence berührte den Arm der anderen und lächelte warmherzig. »Ich mag vielleicht zwei neue Familien haben, aber ich betrachte dich als meine liebste Schwester. Du bist eine unerschütterliche und wunderbare Freundin.«

»Ich bin froh, das zu hören, denn ich werde eine Freundin brauchen, wenn ich Ende der Woche zu Warfields Anwesen aufbreche.« Ihre blauen Augen glitzerten vor Entschlossenheit.

»Wirst du immer noch hingehen, nach dem, was passiert ist? Ich habe mich gefragt, ob Lucien sich vielleicht entscheiden würde, dir zu sagen, dass du nicht gehen solltest.«

»Heute hat er tatsächlich erwähnt, dass er seine Meinung geändert hat, aber er ist auch wütend und frustriert. Ich rechne damit, dass er seine Meinung erneut ändert. Freundschaft und Treue gewinnen bei ihm immer die Oberhand, so wie es sein sollte.«

Ja, Ada war eine ganz besondere Freundin – eine ganz besondere Person. Wenn sie gehen würde, um Warfield zu helfen, würde er hoffentlich sein großes Glück erkennen. Falls nicht, würde Prudence ihn vielleicht aufsuchen und ihm den Kopf zurechtsetzen. Ganz bestimmt hatte er eine verbale Abreibung verdient. Eigentlich könnte Ada, wenn sie schon zu ihm ginge, die Richtige sein um diese Mission zu übernehmen. Ada mochte vielleicht zierlich sein, aber sie strotzte vor Kraft und Prudence hatte keinen Zweifel, dass sie sich behaupten würde.

Kurze Zeit später trat Prudence an Bennets Seite und bat ihn um einen Spaziergang im Freien, damit sie ein paar Minuten für sich hätten. Erstaunt zog er eine Augenbraue hoch, und führte sie stillschweigend durch die Türen, die in den Garten führten.

Prudence hielt den Kopf schräg, um ihn anzuschauen, als sie den kleinen Garten umrundeten. »Ich gebe zu, dass ich mir wünsche, Aberforth Place zu besuchen, und wenn es nur für eine kleine Weile ist. Aber ich verstehe es, wenn du dir die Reise nicht leisten kannst.«

»Eigentlich sollte ich jetzt, da Geld vorhanden ist, eine Reise dorthin unternehmen. Du brauchst mich allerdings nicht begleiten. Ich muss mich nur um einige Dinge kümmern.«

»Schulden?«, fragte sie und lächelte ihn dabei aufmunternd an. »Du kannst es mir sagen. Ich möchte dich wissen lassen, dass du ehrlich zu mir sein kannst. Wenn ich mit dir über meine Herkunft spreche, solltest du wissen, dass du mir ganz vertrauen kannst.

Er drückte ihre Hand. »Das weiß ich sehr zu schätzen.«

»Gut, denn wenn du nach Aberforth Place reisen wirst, möchte ich dich begleiten. Wir könnten heute Abend sogar in Riverview haltmachen. Die Logans wären entzückt, zu erfahren, dass wir endlich verheiratet sind.«

Bennet lachte. »Endlich. Wer hätte ahnen können, dass unsere vorgetäuschte Verlobung in einer echten Ehe endet?«

Eine echte Ehe. Prudence glaubte nicht, dass ihre Verbindung dafür qualifiziert war – zumindest noch nicht. »Also werden wir fahren?«

Er zauderte und legte die Stirn in Falten. »Du willst wirklich heute abreisen? Vermutlich wäre es schön, die Nacht nicht in meinem kleinen Haus zusammen mit meinen Tanten zu verbringen.«

»Warum, Lord Glastonbury? Haben Sie etwas geplant?« Sie klimperte mit den Wimpern und provozierte ihn, mit den Augenbrauen zu wackeln.

Er zog sie in seine Arme. »Viele Dinge, meine liebe Ehefrau. Ich werde sie alle zur rechten Zeit demonstrieren.«

KAPITEL 18

$\mathcal{A}$m späten Nachmittag bog die Kutsche in den Hof von Riverview ein. Anders als bei ihrem letzten Besuch, war der Himmel klar und die Straße trocken – und sie hatten einen Kutscher. Sechzig, mit hinkendem Gang, hatte Tom den Verlust der vorigen Kutsche bedauert, aber er hatte getan, was er konnte, um die Neue so gut in Schuss zu bringen, wie es ging.

Tom öffnete die Tür für sie und Bennet stieg aus, ehe er seiner Frau aus der Kutsche half.

Seine Frau.

Würde das für seine Ohren jemals normal klingen?

Sie nahm seinen Arm und zusammen schritten sie zur Eingangstür der Herberge, wo Bennet anklopfte.

Die Tür öffnete sich und Mrs. Logan erschien, die sofort nach Luft schnappte.

»Gestatten Sie mir, Ihnen die Viscountess Glastonbury vorzustellen«, sagte Bennet mit einem breiten Lächeln.

»Meine Güte, wie wundervoll! Herein, herein.« Mrs. Logan lächelte überschwänglich, als sie zurücktrat und die beiden Ankömmlinge mit einer Geste hereinbat.

Bennet schloss die Tür hinter ihnen. »Tom kümmert sich um die Kutsche – wir werden hier übernachten, vorausgesetzt Sie haben ein Zimmer frei.«

»Gewiss. Das Fenster in dem zweiten Raum ist noch immer nicht repariert, aber die Herrschaften können den gleichen Raum haben, den sie bei ihrem letzten Besuch benutzt haben. Hoffen wir, dass das Wetter eine Weiterreise dieses Mal nicht verhindert. Obwohl Mr. Logan und ich es genossen haben, die Herrschaften so lange hier zu Gast gehabt zu haben.« Sie klatschte in die Hände. »Wie wunderbar, dass die Herrschaften verheiratet sind!«

»Tatsächlich ist es gerade erst heute Morgen geschehen«, meinte Bennet.

Mrs. Logans Augen wurden ganz rund. »Oh! Dann muss es etwas ganz Besonderes zum Abendessen oder Nachtisch geben. Meine Güte, ich werde mein Allerbestes geben.«

Prudence fasste die Wirtin an der Hand. »Was immer Sie zubereiten wird herrlich sein. Brauchen Sie Hilfe in der Küche?«

»Darum kann ich Euch nicht bitten«, entgegnet Mrs. Logan und wirkte leicht entsetzt. »Es ist nur … Ihr seid jetzt eine Viscountess.«

Prudence lächelte. »Ich bin die gleiche Person, die mit Ihnen Brot gebacken hat. Also, mein Angebot steht.«

»Nun, Ihr seid frisch verheiratet und Ihr werdet Zeit mit Eurem Ehemann verbringen wollen.«

Sie zwinkerte Bennet zu. »Soll ich Euch Euer Zimmer zeigen?«

»Wir werden es finden«, antwortete Bennet schmunzelnd.

Der Bursche des Stallmeisters stürmte mit ihren Reisetaschen durch den Schankraum. Er musste sie von der Kutsche hergebracht haben.

Mrs. Logan drehte sich zur Küche. »Ich kann es kaum abwarten, Mr. Logan von Eurer Ankunft zu berichten. Das Abendessen ist um halb sieben, aber das wissen die Herrschaften ja bereits.« Sie eilte geschäftig in die Küche und murmelte dabei glücklich: »Es gibt so viel zu tun!«

»Ich hoffe, sie macht sich nicht zu viel Arbeit«, meinte Prudence als sie sich der Treppe zuwandten.

»Nichts, was du sagst, könnte sie ins Schwanken bringen, also genieße es einfach.«

»Das stimmt.« Sie ging vor Bennet die Treppe hinauf und als sie oben angekommen waren, traten sie beiseite, damit der Bursche des Stallmeisters wieder hinuntergehen konnte.

Er tippte sich an die Stirn und nickte. »Mylord, Mylady.«

»Danke, Davy«, entgegnete Bennet. Er ging, um die Tür zu ihrem Zimmer für Prudence zu öffnen.

Sie trat ein und er folgte ihr, um dann die Tür hinter sich zu schließen. Gegen das Türblatt gelehnt, beobachtete er sie, wie sie zum Kamin ging, in dem Davy offenbar ein Feuer entfacht hatte.

Sie band ihre Haube auf, nahm sie vom Kopf und legte sie dann auf den Sessel, der ihm in der ersten zusammen verbrachten Nacht als Schlafstatt gedient hatte. Ihr Profil war so bezaubernd – der elegante Schwung ihrer Wimpern, die kecke Nasenspitze und die provokative Wölbung ihrer Lippen. Den ganzen Tag hatte er darauf gewartet, sie zu kosten. In der Tat hatte er beabsichtigt, sie – zumindest teilweise, in der Kutsche zu verschlingen, doch sie war fast sofort eingedöst und vor ihrer Ankunft nicht wieder aufgewacht.

»Bist du immer noch müde?«, fragte er sie und stieß sich von der Tür ab. Er zog seine Handschuhe aus und legte den Hut auf der Kommode ab.

Sie sah ihn verlegen an. »Ich hatte nicht bemerkt, dass ich

müde *war*. Wie ich gehört habe, kann ein Baby besonders zu
Beginn der Schwangerschaft unglaublich müde machen.« Sie
wurde rot und lenkte ihre Aufmerksamkeit wieder auf das
Feuer.

Bennet trat hinter sie und legte die Hände um ihre Mitte.
»Es ist nicht deine Schuld«, flüsterte er. »Keiner von uns hat
das gewollt.«

»Aber hier sind wir«, entgegnete sie leise und ihr Atem
geriet ins Stocken. »Fühlst du dich in eine Falle gelockt?«

Er dachte nach, ehe er eine Antwort gab. »Ja, aber nicht
aus dem Grund, den du vermutest. Mein Vater hat mich in
eine unmögliche Situation gebracht, als er den letzten Shil-
ling verspielte und versäumte, das Anwesen so zu leiten, dass
es profitabel wäre.« Er drückte seine Lippen auf ihren Hals,
genau auf die Stelle unterhalb und ein wenig hinter ihrem
Ohr. »Du hast mich nicht in eine Falle gelockt. Wie ich sagte,
hat keiner von uns dies geplant.«

»Nein, du sagtest, keiner von uns *wollte* dies. Das ist nicht
das Gleiche.«

»Das ist es vermutlich nicht.« Ihr Duft und ihre Nähe
machten ihm das Denken schwer. »Aber das war auch nicht
wahr, weil ich dich sehr leidenschaftlich begehre.«

»Mich zu begehren und für immer mit mir und einem
Baby belastet zu sein, ist aber nicht das Gleiche.«

Er strich mit der Hand über ihren Bauch und drückte die
flache Handfläche darauf. Dort war das Kind, das er gezeugt
hatte. Er zweifelte nicht an seiner Existenz. Aus welchem
Grund auch immer *wusste* Bennet, dass er oder sie dort war.
Wie er auch wusste, dass er Angst um sie und ihre Zukunft
hatte. Doch er spürte Prudence´ Beklemmung und ihr
Zaudern, und würde ihr deshalb nichts sagen. Noch nicht.

Ihre Hand legte sich vorsichtig auf seine, doch sie trug
noch immer Handschuhe und er wollte ihre Haut an seiner

spüren. »Es macht dir wirklich nichts aus, mit mir verheiratet zu sein? Ich bin nicht das, was du haben wollest. Nicht nur, weil ich kein Geld habe. Ich bin eine bezahlte Gesellschafterin. Schlimmer noch, ich bin illegitim.«

Bennet drehte sie in seinen Armen um, sodass sie ihn anschaute. Er hob ihr Kinn, um ihren Blick zu erwidern, worauf er ihre Wange liebkoste. »Es ist nicht nur, dass es mir nichts ausmacht, mit dir verheiratet zu sein, sondern ich habe eine andere Frau sogar zurückgewiesen, damit ich das tun konnte. Mein einziges Bedauern besteht darin, dass ich dich aus Versehen zuerst entführte – und das auch nur, weil ich dich dabei einer schrecklichen Tortur ausgesetzt hatte.«

»So schlimm war es nicht«, hauchte sie.

Er nahm eine ihrer Hände und zog den Handschuh von ihren Fingern. »Ich erinnere mich, wie du bei deiner Ankunft ausgesehen hast. Es schien so schlimm. Du warst damals sehr wütend gewesen und du hattest jedes Recht dazu gehabt.«

»Also gut, es war nicht angenehm, aber es hätte viel schlimmer sein können.«

Nachdem er den Handschuh auf den Sessel mit ihrer Haube hatte fallen lassen, ging er zu ihrer anderen Hand über und zog den Handschuh aus, um ihn auf dem wachsenden Haufen aus Accessoires zu deponieren. »Schlimmer als hier mit mir gestrandet zu sein und du mich erschießen wolltest?«

»Ich habe dich nie erschießen wollen.«

Er drehte sie wieder zum Feuer um und fing an, ihr Kleid aufzuschnüren. »Das hättest du tun sollen.« Er küsste ihren Nacken und fühlte sie erschaudern, als er langsam ihr Kleid aufknöpfte.

»Warum ziehst du mir mein Kleid aus?«, fragte sie. »Wir müssen später zum Abendessen wieder hinuntergehen.«

»Wirst du dich nicht umziehen?«, fragte er unschuldig, ehe er das Kleid auseinanderzog und es auf ihre Taille hinunterschob.

»Ich habe ein Abendkleid mitgebracht, aber es scheint für die Gaststube unten kaum angemessen.«

Er führte seine Hände zu ihrer Vorderseite und legte sie über dem Korsett und Hemd um ihre Brüste. »Vermutlich könnte ich dir helfen, das Kleid wieder anzuziehen. Oder wir könnten deinen derzeitigen Zustand zu unserem Vorteil nutzen.«

»Das war von Anfang an dein Plan«, entgegnete sie und wölbte sich unter seiner Berührung.

Er zog die Bänder ihres Korsetts auf und lockerte das Kleidungsstück so, dass er seine Hand leicht über ihre erhitzte Haut schieben konnte. Er liebkoste sie und drückte mit seinem Schaft gegen ihre Rückseite. »Das stimmt. Ich gebe es zu.« Er senkte seinen Mund auf ihren Nacken und küsste sie mit einem wilden Hunger, als er in ihre Brustwarze kniff.

Sie schnappte nach Luft. »Du lenkst mich schrecklich ab. Ich möchte mit dir über deine Familie reden. Das war meine Absicht, als wir in die Kutsche gestiegen sind, aber ich bin eingeschlafen.«

»Ach nun, sie werden warten müssen. Eigentlich könnten wir diese Unterhaltung doch bis nach unserer Ankunft auf Aberforth Place verschieben, nicht wahr? Ich möchte unsere Reise dazu nutzen, uns nur auf uns selbst zu konzentrieren. Genauer gesagt möchte ich meine ganze Aufmerksamkeit auf deinen spektakulären Körper richten und die wunderbaren Reaktionen, die ich ihm entlocken kann.«

Er neckte ihre Brust, während er sie leckte und an ihrem Hals knabberte. Sie legte den Kopf in den Nacken und gewährte ihm freien Zugang zu der köstlichen, seidigen

Hautfläche. Er wollte nichts mehr als in sie zu sinken und all ihre Anspannung und Sorge verblassen zu lassen.

»Ich denke, du versuchst, mich abzulenken. Ich könnte mich sogar fragen, ob du etwas vor mir verheimlichst.«

Bennet erstarrte einen Augenblick. Das tat er, aber er wollte jetzt nicht darüber reden. Er wusste, dass er verzögerte, was er zu enthüllen hatte, doch jetzt waren sie ein Paar – in guten wie in schlechten Zeiten, wie das Ehegelübde besagte. Er hoffte nur, sie würde nicht glauben, es sei nur für schlechte Zeiten.

Dann nahm er ihr Ohrläppchen zwischen seine Zähne. »Das Einzige, was ich vor dir verberge, ist meine ungezügelte Lust nach dir. Aber ich denke, das gelingt mir nur sehr schlecht.« Er zupfte an ihrer Brustwarze.

»Sehr«, brachte sie zwischen heiseren Lauten ihrer Lust hervor.

Er ging in die Knie und schwang sie in seine Arme, um sie zum Bett zu tragen, wo er sie auf der Kante absetzte. Er kniete sich vor ihr hin und zog ihr schnell die Stiefel aus, aber er ließ ihre Strümpfe unangetastet.

»Du wirst mir die Strümpfe nicht ausziehen?«, fragte sie.

»Wie du sagtest, haben wir nur eine Stunde. Außerdem ist etwas unleugbares Erotisches an einer Frau, die nur teilweise bekleidet ist.« Er schob ihr Korsett nach unten und zog den Saum ihres Unterhemds herunter, womit er eine Brust enthüllte. »Genau so«, raunte er, ehe er den Kopf sinken ließ, um ihre Brustwarze in den Mund zu nehmen.

Sie klammerte sich an ihn und ihre Finger gruben sich in seine Kopfhaut.

Wenn er Zweifel an ihrer Schwangerschaft gehabt hätte, so hatte er dies jetzt nicht mehr. Ihre Brüste waren so anders – schwerer und fester. Es gab keinen Zweifel.

Bennet löste den Mund von ihr und schob ihr die Röcke

bis zur Taille hoch. Er legte seine Hand auf ihren Oberschenkel, spreizte ihre Beine und beugte sich, um ihr Geschlecht zu kosten.

In dem Moment, in dem seine Zunge ihre Schamlippen berührten, schrie sie auf. »Bennet!«

»Leg dich zurück.« Er ließ seinen Finger in ihre feuchte Hitze gleiten und saugte an ihrer Klitoris. Ihre Beine zitterten um ihn und die Muskeln ihrer Scheide hielten ihn fest gepackt, als er in sie hinein- und wieder herausglitt.

Noch immer hielt sie seinen Kopf umfasst und zog an seinem Haar, als ihre Hüften sich hoben, um seinem Mund und seiner Hand entgegenzukommen. Er packte ihre Hüfte und positionierte ihr Bein über seiner Schulter. Sie legte ihr anderes Bein über seine andere Schulter. Jetzt war er eindeutig gefangen. Doch es gab keinen Ort, an dem er lieber gewesen wäre.

Er gab sich ihr vollkommen hin und labte sich an ihr, indem er seine Zunge tief in sie stieß.

Sie spannte sich um ihn an und stand kurz vor ihrer Erlösung. Er füllte sie mit zwei Fingern und trieb sie an die Grenze, wobei er sich an ihren Lustschreien erfreute. Dann bäumte sie sich auf und ihr Körper versteifte sich, als ihr Orgasmus wie eine Flut über sie hereinbrach. Er hielt sie und küsste und leckte sie, während sie sich von den Wogen der Ektase mitreißen ließ.

»Bennet«, stöhnte sie. »Komm mit mir *jetzt*.« Sie zog an seinem Kopf.

Er straffte sich und mit zitternden Fingern nestelte er die Knöpfe an seinem Schritt auf. Dann fluchte er und ihre Finger gesellten sich zu seinen. Dann war ihre Hand an seinem Schaft und sie führte ihn an ihr Geschlecht.

Er drehte sie auf dem Bett um und schob sich über sie, während sie seinen Schaft in ihre Scheide einführte. Er stieß tief in sie und stöhnte ihren Namen wieder und wieder, als die Lust ihn übermannte und zu Gefilden trug, die er nie zuvor erreicht hatte. Dies war ein Verlangen, das an der Seele rührte, eine verzweifelte Sehnsucht, von der er nicht sicher war, ob sie sich befriedigen ließ.

Ihre Beine schlossen sich um ihn zusammen und ihre Fersen gruben sich in seine Rückseite, als sie ihm Stoß für Stoß entgegenkam. Sie bewegten sich gemeinsam in einem perfekten Rhythmus und das Geräusch ihrer Körper und ihrer Schreie der Lust erfüllten die Luft um sie herum.

Er küsste sie und seine Zunge verschlang sich in wildem Verlangen mit ihrer. Sein Orgasmus baute sich auf und seine Gewohnheit sagte ihm, sich zurückzuziehen, um sich außerhalb von ihr zu erlösen.

Aber warum? Sie war nicht nur seine Frau, sondern sie trug sein Kind. Es gab keinen Grund, die Beherrschung aufrecht zu erhalten. Er schrie ihren Namen und ließ sich gehen wie nie zuvor, als er seinen Samen in ihr ergoss.

Es gab tatsächlich kein Zurück mehr.

~

Sie kamen spät in Aberforth Place an, sodass Prudence außer dem Butler Eakes, der Haushälterin Mrs. Marian und Laura, dem Hausmädchen, das als Prudence′ Zofe dienen würde, erst am nächsten Morgen jemanden von den Hausbewohnern kennenlernte.

Prudence hatte sich dagegen gewehrt, eine Zofe zu haben, aber Bennet hatte sie überredet, es auszuprobieren und zu sehen, was sie davon hielt. Als Frau, die ein Kind erwartete, würde sie die Hilfe vielleicht zu schätzen wissen. Prudence war zu erschöpft gewesen, um weiter zu streiten, also war das vielleicht ihre Antwort.

Als Prudence das Frühstückszimmer betrat, bot sich ihr ein chaotischer Anblick. Die Hälfte des Tisches war mit

Zeitungen bedeckt, und auf der anderen Hälfte lagen Nüsse verstreut. Ein lautes Quieken erfüllte die Luft, und Prudence brauchte einen Moment, um zu erkennen, dass es von einer der Frauen kam - derjenigen, die auf dem Stuhl auf der Zeitungsseite des Tisches saß.

»Bleib ruhig sitzen, Flora!« Eine große, schlanke Frau von scheinbar fortgeschrittenem Alter flitzte in der Taille vornübergebeugt durch den Raum. Ihre flinken Bewegungen widersprachen ihrem offensichtlichen Alter. »Du machst ihm Angst!«

»*Ich* mache *ihm* Angst? Er ist eine Bedrohung!« Das kam von der Frau, die gequiekt hatte. Sie war zierlich, besaß blendend weißes Haar und sie hatte die Beine bis zur Brust angezogen, während sie wie wild mit Messer und Gabel herumfuchtelte. Das war allem Anschein nach Flora. »Er hat versucht, meinen Schinken zu stehlen!«

»Ich erziehe ihn noch.« Die größere Frau verschwand hinter dem Vorhang, und die Luft im Raum schien stillzustehen, während Prudence den Atem anhielt. Als die Frau auf der anderen Seite des Vorhangs wieder auftauchte, hielt sie ein kleines Fellbündel hoch. »Ich habe ihn!«

»Gott sei Dank.« Flora stellte die Füße wieder auf den Boden und dann drehte sie den Kopf und lenkte den Blick auf Prudence. »Das ist die Braut von Glastonbury. Kommen Sie herein, meine Liebe. Setzen Sie sich zu uns und essen Sie mit uns. Oh, die Speisen stehen dort drüben.« Mit einer Hand winkte sie in Richtung eines langen Tisches an der Wand, auf dem zugedeckte Schüsseln standen.

Prudence ignorierte das Essen für den Augenblick, obwohl ein schrecklicher Hunger in ihrem Magen bohrte, und schritt auf den Tisch zu. »Guten Morgen, ich bin Prudence.«

»Sie sind Lady Glastonbury«, antwortete die große Frau.

»Ja, aber ich heiße Prudence, also hoffe ich, dass Sie mich so nennen werden. Sie müssen Bennets Großtanten sein.«

Auf ihrem Stuhl sitzend zeigte Flora auf ihre Brust. »Ich bin Flora, und das ist Minerva.« Sie gestikulierte in Richtung der größeren Frau, die auf der anderen Seite des Tisches stand. »Und das ist ihr neuestes Geschöpf.« Flora rümpfte die Nase.

»Manche nennen uns Flora und Fauna«, entgegnete Minerva mit einem Lächeln, das einen fehlenden Zahn auf der oberen linken Mundseite zeigte. Einige ihrer grauen Haare hatten sich aus ihrer Haube gelöst. »Weil Flora eine irrwitzige Anzahl von Blumen im ganzen verdammten Haus presst und ich meine Fähigkeiten für einen hilfreicheren Zeitvertreib nutze. Ich rette diejenigen, die in Not geraten sind.« Sie hob das Tier in ihrer Hand und küsste seinen Kopf.

»Ist das ein Eichhörnchen?«, fragte Prudence.

»Es ist eine Bedrohung«, murmelte Flora.

»Das ist George.« Minerva kam um den Tisch herum, was Flora veranlasste, die Beine wieder auf den Stuhl zu ziehen. Prudence wollte sie beruhigen und ihr versichern, dass alles in Ordnung sei und das Eichhörnchen nicht mehr auf dem Fußboden umherlaufe, doch sie hielt den Mund.

»Wie schön, dich kennenzulernen, George«, meinte Prudence, die unsicher war, ob sie versuchen sollte, das Tier zu streicheln.

»Er ist sehr zutraulich, aber Flora hat ihn mit ihrer irrationalen Angst erschreckt, fürchte ich.«

»Sie ist nicht irrational! Ich wurde von einem Eichhörnchen gebissen, als ich neun war.«

»Das stimmt nicht. Ich war dabei, und es war ein Dachs.«

Flora starrte sie mit dunkelblauen Augen an. »Es war *kein* Dachs. Ich würde mich an einen verdammten Dachs erinnern.«

»Was auch immer es war, ich bin sicher, dass es ein traumatisches Erlebnis war«, meinte Prudence diplomatisch. Sie blickte zu Minerva. »Frühstückt George jeden Morgen mit Ihnen?« Sie war sich nicht sicher, was sie von Mahlzeiten im Beisein von Wildtieren hielt.

»Nicht jeden Morgen, aber heute Morgen schien er einsam zu sein. Er ist noch ein Baby, wissen Sie. Er ist mutterlos, deshalb habe ich ihn vor zwei Wochen aufgenommen. Ich hatte gehofft, Temperance könnte sein Mutterersatz werden.«

»Temperance?«

»Ihr anderes Eichhörnchen«, antwortete Flora knapp. Sie hatte ihre Füße wieder auf den Boden gesenkt und schmierte sich eine Scheibe Brot. »Das sie letztes Jahr gerettet hat.«

»Ich verstehe, und wo ist Temperance?«

Minerva ging zum Fenster hinüber und hielt George an das Glas. »Sie wollte heute Morgen im Freien speisen. Sie ist gleich da draußen. Da ist deine Mama.«

Prudence trat zu ihr und sah das andere Eichhörnchen draußen. Geschäftig arbeitete sich das Tierchen durch einen kleinen Haufen Nüsse. »Wie ... reizend.« Sie lächelte Minerva an, gab ihrem Hunger nach und trat zur Anrichte, um sich ihr Frühstück zu servieren. Mit dem gefüllten Teller schlenderte sie zum Tisch und überlegte, wo sie sitzen sollte. Zeitungen oder Nüsse? Sie entschied sich für den Stuhl am Ende des Tisches und stellte ihren Teller genau auf den Zeitungsrand.

Flora sprang auf und schnappte die Zeitung unter Prudence' Teller weg. »Sie dürfen keine Sachen auf meine Zeitung legen.«

Die Gründe, warum Bennet eine Unterhaltung über seine Verwandten lieber vermieden hatte, traten nun deutlich zutage. Hatte er sie nicht als exzentrisch bezeichnet? »Ich bitte um Verzeihung«, meinte Prudence an Flora gewandt, die daraufhin schniefte, während sie ihre Zeitung an das andere Ende des Tisches legte und sich wieder auf ihren Stuhl setzte.

»Was werden Sie heute unternehmen?«, erkundigte Minerva sich, als sie sich neben Prudence setzte und George in die Brusttasche ihrer Schürze schlüpfte. Dann nahm sie eine Nuss vom Tisch und gab sie ihm, als sei es das Selbstverständlichste der Welt.

Prudence verspeiste einen Bissen Schinken, ehe sie antwortete: »Ich habe vor, mich mit dem Haus vertraut zu machen.« Sie hatte gestern Abend nur den Eingangsbereich, die Treppenhalle und ihre Zimmerflucht gesehen.

Heute Morgen war sie auf dem Weg hierher durch einige Zimmer gekommen. Sie standen größtenteils leer mit dunkleren Flecken an den Wänden, wo ihrer Vermutung nach einst Gemälde gehangen hatten. Das Haus wirkte, als befände es sich in einem Prozess der Entleerung. Sie wusste, dass Bennet seine Möbel hatte verkaufen müssen, aber sie hatte nicht geahnt, wie viel bereits verschwunden war. Die Bürde, die sie verspürte, ihn zu dieser Heirat gezwungen zu haben, lag schwer auf ihr, egal was er sagte.

»Hier ist noch etwas!« Floras Kopf war über eine der Zeitungen gebeugt. »Der Viscount Glastonbury hat Miss Prudence Lancaster geheiratet, die frühere Gesellschafterin der Countess Overton, der Countess Wexford und Miss Kathleen Shaughnessy.« Sie warf Prudence einen Seitenblick zu. »Sie waren Gesellschafterin?«

Prudence ignorierte die Welle des Unbehagens, die über ihr zusammenschlug. »Ja.«

Flora verengte die Augen ein wenig. »Ich wage zu behaupten, dass das faszinierend gewesen sein muss. Ich hoffe, Sie werden uns all den guten Klatsch erzählen.« Dann lenkte sie ihre Aufmerksamkeit wieder der Zeitung zu.

»Verzeihen Sie Flora. Sie ist ein bisschen vom Londoner Klatsch besessen, trotz der Tatsache, dass sie seit mehr als fünfzig Jahren nicht mehr dort gewesen ist. Sie werden sehen, dass sie fast alle Zeitungen von dort erhält.«

»Die Zeitungen dienen einem doppelten Zweck«, entgegnete Flora mit einem Anflug von Verärgerung. Sie hob den Blick nicht von der Zeitung. »Ich benutze sie, zum Pressen meiner Blumen.«

»Alle neuntausend davon.« Minerva verdrehte die Augen. Sie nahm ihre Gabel und schob das Essen auf dem Teller umher. »Heute werden Sie also das Haus besichtigen. Vielleicht können Sie dann morgen das Anwesen in Augenschein nehmen. Halten Sie sich nur von Frances' Häuschen fern, wenn Sie können.« Die letzten Worte unterstrich sie mit einem intensiven Blick zu Prudence. Dann erschauderte sie.

»Frances ist Bennets Cousine?«

»Ja«, gab Flora zur Antwort und blickte immer noch nicht auf. »Minerva und ich sind exzentrisch, aber auf gutmütige Art.« Sie tauschte ein Nicken und ein Lächeln mit ihrer Schwester aus, und Prudence erkannte, dass ihr Gezänk gutartiger Natur war. Darauf entspannte sie sich ein wenig. »Leider ist Frances auf die falsche Weise exzentrisch.«

»Auf welche Weise denn?« Prudence wollte keinen Tratsch hören, aber ihre Neugierde gewann die Oberhand. War Frances das, was Bennet zu verbergen versucht hatte?

»Es gibt einen Grund, warum sie in einem Häuschen lebt und nicht hier bei uns«, sagte Flora, als würde sie ein gut behütetes Geheimnis preisgeben.

»Sie hat sich dafür entschieden«, fügte Minerva hinzu. »Aber ehrlich gesagt, könnten wir es einfach nicht erlauben, wenn sie hier leben wollte. Allerdings könnten wir uns das vielleicht noch einmal überlegen, wenn sie regelmäßiger baden würde.«

»Es ist nicht so, dass sie nicht badet«, erklärte Flora wie zu einem Kind. »Sie besteht einfach darauf, ihre eigene Seife herzustellen, und die stinkt furchtbar. Ich glaube, sie stellt sie aus allem her, was sie auf ihren ausgedehnten Spaziergängen aufsammelt.«

Darauf fiel Prudence keine Antwort ein, also konzentrierte sie sich aufs Essen.

»Es ist nicht nur das«, meinte Flora. »Sie hat auch noch diese schlimmen Anfälle von Jähzorn.«

Minerva fütterte George mit einer weiteren Nuss. »Du auch.«

Flora blickte finster auf ihre Zeitung. »Na schön, das hat die ganze Familie, aber ihre sind schlimmer.«

Sie hatten alle Wutanfälle? Galt das auch für Bennet?

»Nicht die ganze Familie. Judith wäre zutiefst beleidigt, wenn sie das von dir hören würde.« Der Sarkasmus in Minervas Tonfall war unüberhörbar.

»Ich habe Judith kennengelernt«, entgegnete Prudence. »Und Esther. Sie waren auf der Hochzeit.«

Sowohl Flora als auch Minerva richteten ihre Aufmerksamkeit auf Prudence. »Sie waren in London?«, fragte Flora und klang dabei eifersüchtig.

»Ja«, antwortete Prudence. »Ich bin mir nicht sicher, aus welchem Grund. Sie waren einfach zufällig dort.«

»Richtig, weil die Hochzeit in aller Eile abgehalten wurde.« Flora sah argwöhnisch auf Prudence' Bauch. »Sind Sie schwanger?«

Prudence verschluckte sich fast an dem Bissen Brötchen, an dem sie gerade kaute.

»Sei nicht so unhöflich, Flora«, rügte Minerva. »Was spielt das überhaupt für eine Rolle?« Sie blickte wieder zu Prudence. »Judith und Esther können uns nicht leiden. Deshalb leben sie in Bath. Und sie weigern sich, uns zu besuchen.«

»Esther ist vom Familienzweig unserer Schwägerin – sie

ist eine Außenseiterin«, erklärte Flora mit einem Anflug von Verachtung. »Judith ist eher wie sie denn wie wir.«

Prudence versuchte, sich einen Reim auf Esthers Beziehung zu ihnen zu machen. Wenn Flora und Minerva Schwestern von Bennets Großvater waren, muss Esther die Schwester seiner Großmutter sein? Sie fühlte sich ein wenig wie jemand, der ohne Kerze im Dunkeln herumtappt. »Judith hat also keine Wutanfälle?«

Minerva und Flora tauschten einen Blick und brachen in Gelächter aus. Nach einem Moment antwortete Minerva. »Sie hat Anfälle von Überheblichkeit.«

»Ich verstehe.« Prudence glaubte, sich das nach der kurzen Zeit, die sie mit Bennets Tante verbracht hatte, vorstellen zu können, zog es aber vor, der Frau einen Vertrauensvorschuss einzuräumen. »Und zu welchem Familienzweig gehört Bennet eher?«

»Oh, ganz bestimmt zu unserem Zweig!«, rief Flora aus.

»Ganz bestimmt«, pflichtete Minerva ihr bei. »Er ist durch und durch ein St. James.« Darauf schien sie sehr stolz zu sein, und nun war Prudence neugieriger denn je.

»Ah, guten Morgen. Wie ich sehe, hast du meine Großtanten schon kennengelernt.« Bennet stand mit leicht gequältem Gesichtsausdruck in der Tür.

»Deine Braut ist entzückend«, stellte Flora im Aufstehen begriffen fest. Sie raffte ihre Zeitungen zu einem unordentlichen Haufen zusammen und drückte sie dann an ihre Brust. »Ich werde in der Bibliothek sein.«

Bennet trat in den Frühstücksraum, damit sie hinausgehen konnte.

Minerva erhob sich und klaubte noch eine Nuss auf, die sie George in ihrer Schürzentasche zusteckte. »Ich muss mit George draußen eine Runde drehen. Bis später, Prudence!« Sie winkte zum Abschied mit den Fingern und rauschte durch die Türöffnung.

»Entschuldigung, dass ich nicht hier war, um dich angemessen vorzustellen«, meinte Bennet zu ihr. »Ich fürchte, ich hatte dringende Geschäfte zu erledigen, jetzt, da ich dank deiner Cousins ein wenig Geld habe.«

»Hast du noch welches, oder ist schon alles weg?«

Er zog eine Grimasse. »Das meiste ist schon ausgegeben, fürchte ich. Aber ich habe einen Teil für eine ordentliche Investition zurückbehalten. Ich verspreche, dass unsere Zukunft besser sein wird als unsere Gegenwart.«

Prudence tat es leid, dass er wegen des Mangels an Geld so unter Druck stand. »War es schwer, so viel von der Einrichtung zu verkaufen?«, fragte sie sanft.

Bennet zog den Stuhl neben ihren an den kleinen rechteckigen Tisch heran und drehte ihn zu ihr hin, ehe er sich setzte. »Nicht so schwer wie den Schuldnern sagen zu müssen, dass ich nicht zahlen kann. Oder mit Leuten zu verhandeln, die dieses Defizit für mein eigenes Verschulden halten und mir keinen Kredit mehr einräumen. Es ist frustrierend, aber eine Realität, mit der ich zurechtkommen muss.« Er klang völlig resigniert, aber nicht traurig. »Was denkst du von meinen Großtanten?« Jetzt klang er ein bisschen ängstlich.

Prudence drehte sich auf ihrem Stuhl, um ihn anzuschauen. »Sie sind liebenswert, trotzdem sie sich gekabbelt haben.« Prudence entschied, Floras Frage, ob sie ein Kind erwarte, nicht zu erwähnen.

»Ja, ich fürchte, sie sind so schwesterlich wie eh und je, aber sie haben auch ihr gesamtes Leben zusammen verbracht.«

»Hatten die beiden sich dafür entschieden, nicht zu heiraten, oder…« Prudence schüttelte den Kopf. »Unwichtig. Das ist keine Frage, auf die du antworten musst.« Sie erkannte, dass keine der Frauen, die sie von seiner Familie kennengelernt hatte, verheiratet war.

»Ich weiß nicht, ob sie sich das ausgesucht hatten, aber das müsstest du sie selbst fragen, wenn du es genau wissen willst«, entgegnete er. »Ich hoffe, dir hat ihr exzentrisches Verhalten nichts ausgemacht.« Sein gequälter Ausdruck kehrte zurück.

»Meinst du George, das Eichhörnchen, oder die Zeitungen überall?«

Er wischte sich mit der Hand über die Stirn und massierte sie leicht. »Ich hoffe, dass Flora nicht anstößig war. Sie kann sich von ihrem Hang zu Klatsch mitreißen lassen.«

»Sie hat gefragt, ob ich wirklich eine Gesellschafterin gewesen bin.«

Sein Mund zuckte. »Es tut mir leid, dass sie dir Unbehagen bereitet hat.« Er beugte sich vor und nahm ihre Hand.

»Was mich unbehaglich macht, ist das Gefühl, dass du etwas vor mir verheimlichst. Die Wahrheit über Cousine Frances vielleicht?«

Mit angespannten Gesichtszügen starrte er sie einen Moment an. »Haben sie dir von ihr erzählt?«

»Nur, dass sie ihre eigene Seife herstellt, die offenbar nicht sehr gut riecht. Ich habe den Eindruck, sie mögen Frances nicht sonderlich. Oh, und die Wutanfälle, unter denen ihr alle leidet. Außer Judith. Habe ich das richtig verstanden? Obwohl mir nicht bekannt ist, dass du Wutanfälle hast.«

Die Farbe wich zum Teil aus seinem Gesicht, und sie war besorgt.

»Ich habe nicht wirklich versucht, sie zu verheimlichen.« Er sprach gemessen, als wollte er seine Worte sorgfältig wählen. Oder als überlegte er, was er sagen sollte. »Ich glaube, ich habe erwähnt, dass meine Familie exzentrisch ist.«

»Erzähle mir von den Wutanfällen.« Wieder schien er

sich unbehaglich zu fühlen. Prudence berührte seine Hand.
»Wenn dir danach ist. Ich möchte dich nicht aufregen.«

Daraufhin schien er sich zu entspannen. »Ich liebe meine
Familie, aber es ist schwer, mit Ihnen auszukommen. Ich
hatte wohl gefürchtet, du würdest sie nicht mögen – und das
könnte ich dir nicht verdenken.«

»Wie könnte ich sie nicht mögen? Abgesehen davon, dass
sie eigentlich ganz liebenswert sind, würde ich sie einfach
lieben, weil sie deine Familie sind.«

Seine Gesichtszüge wurden starr, und für einen Moment
schien sein Atem auszusetzen. »Ich danke Dir.« Er erhob
sich von seinem Stuhl, umfasste ihr Gesicht und küsste sie.
Es war kein sanfter oder süßer Kuss, sondern eine Inbesitz-
nahme, die sie zu der Seinen erklärte.

Als er endlich von ihr abließ, war sie außer Atem und ihr
Körper bebte vor Verlangen. »Darf ich dich in unser Schlaf-
gemach begleiten?«, fragte er. »Oder soll ich die Tür schließen, deine Röcke hochschieben und mein Gesicht gleich hier
zwischen deinen Schenkeln vergraben?«

Sie öffnete die Augen einen Spalt und legte die Hand über
dem Hosenstoff um seinen steifen Schaft. »Vielleicht solltest
du dich einfach wieder hinsetzen, und ich knie mich hin.«
Sie hatte ihn während ihrer Reise nach Aberforth Place
schon zweimal in den Mund genommen und genoss die
Macht, die ihr das verlieh. »Du brauchst nicht einmal die Tür
zu schließen, denn der Tisch würde meine Anwesenheit vor
jedem verbergen, der hereinkommt.«

Er stöhnte. Er zog sie vom Stuhl hoch und küsste sie
erneut, diesmal wild und schnell, wobei seine Zähne an ihre
stießen. »Oben. Jetzt sofort. Ich kann mich nicht im Entferntesten benehmen, und ich möchte die Dienerschaft nicht
schockieren. Wir haben so wenige, und wenn sie angewidert
ihre Stellung verließen, müssten wir alles selbst erledigen.«

Sie streichelte seinen Nacken und zupfte an seinen Haarspitzen. »Du weißt, es würde mir nichts ausmachen. Ich dachte, wir waren uns einig, dass es Schlimmeres gibt.«

Bennet hob sie in seine Arme, was sie zu einem Quieken veranlasste, als sie ihre Arme um seinen Hals schlang. Dann marschierte er aus dem Zimmer.

Ja, es gab Schlimmeres, aber im Moment konnte sie sich nicht vorstellen, was das sein könnte.

KAPITEL 19

Das Tausend-Pfund-Geschenk seiner neuen, angeheirateten Familie half Bennet sehr – aber nicht annähernd genug. Es gelang ihm, alle Schulden seines Vaters zu begleichen, was bedeutete, dass ihm die Geldmittel in diese Richtung nicht länger abflossen. Allerdings reichten die Einkünfte aus dem Besitz nicht aus, um seine aktuellen Ausgaben zu befriedigen, zu denen der Unterhalt von Tante Judith und Großtante Esther in Bath, Cousine Frances, den Großtanten Flora und Minerva und natürlich Tante Agatha gehörte. Ganz zu schweigen von den Kosten für eine Garderobe, die einem Viscount und seiner Frau angemessen wäre, oder für die Möblierung einer Residenz, in der sie Gäste unterhalten konnten. Auf Gemälde konnte er verzichten, aber ein angemessener Tisch im Esszimmer wäre schon schön. Das war jedoch völlig unnötig, denn sie konnten es sich nicht leisten, jemand anderen als sich selbst zu verköstigen. Warum sollten sie also einen Tisch für zwanzig oder dreißig Personen brauchen?

Prudence war so wunderbar verständnisvoll und hilfsbereit gewesen. Sie hatte sich nicht über die kahlen Räume gegrämt oder sich über den Mangel an Bediensteten ausgelassen. Wie erwartet, war sie bereit, sich eine Schürze umzubinden und zu helfen. Tatsächlich hatte sie nach Vollzug der Verführung, die er im Frühstücksraum begonnen hatte, genau das getan. Als sie vollends befriedigt war – wozu zu Bennets Freude mehrere Stellungen erforderlich gewesen waren –, hatte sie angekündigt, sie würde sich daran machen, etwas zu putzen.

Der Gedanke an sie brachte ihn zum Lächeln. Wenn er daran dachte, wie er ihren Fragen ausgewichen war, indem er sie verführt hatte, wollte er sich eine Ohrfeige verpassen.

Er konnte nicht umhin, ihr die Wahrheit über all diese Dinge zu sagen.

Erzähle mir von den Wutanfällen.

Er hatte ihr antworten wollen, dass sie das wirklich nicht wissen wollte. Stattdessen hatte er den Weg des Feiglings gewählt und sich vor der Wahrheit gedrückt. Vielleicht sollte er die Worte einüben, die er ihr sagen sollte. Mrs. Marian würde ihm wahrscheinlich helfen, wenn er sie darum bat. Zum Teufel, nicht einmal dazu hatte er den Mut. Was würde seine Haushälterin sagen, wenn er zugab, dass er seiner neuen Frau nichts von der Familienkrankheit erzählt hatte?

Wütend über sich selbst schlug er das Hauptbuch auf seinem Schreibtisch zu und blickte aus dem Fenster. Von seinem Arbeitszimmer aus hatte er eine schöne Aussicht auf die Parklandschaft. Jemand marschierte auf das Haus zu.

Er stand auf und trat ans Fenster. Als die Person näher kam, begann er sie zu erkennen. Aber nein, sie trug ein ordentliches Kleid, wenn auch ein ziemlich altes. Und eine Haube. Die unter ihrem Kinn zusammengebunden war. Bennet konnte sich nicht erinnern, wann sie dies das letzte Mal getan hatte.

Er stürzte aus dem Zimmer und lief eiligst in die Eingangshalle. Der einzige Diener war nirgends zu sehen, wahrscheinlich weil Eakes ihn mit irgendeiner Aufgabe betraut hatte. Bennet öffnete die Tür und trat ins Freie, als sie gerade auf den Eingang zusteuerte.

»Frances?«, rief er und schirmte seine Augen mit der Hand an der Stirn vor der Sonne ab.

»Benny, du bist zuhause.«

Er hasste diesen Namen. Gott sei Dank war sie die Einzige, die ihn so nannte. »Ja.«

»Mit einer Ehefrau, wie ich höre.« Ihr Kleid war wahrscheinlich drei Jahrzehnte alt und für ihre derzeitige Figur eher klein. »Warum bin ich nicht zu deiner Hochzeit eingeladen worden?«

»Sie hat in London stattgefunden«, antwortete er und war über sich selbst überrascht, dass er vor ihrem Duft nicht zurückwich.

Sie ging an ihm vorbei ins Haus und band ihre Haube unverzüglich mit einem kräftigen Ruck los. Das Band löste sich von der Haube und sie hielt das Satingewebe mit einem Stirnrunzeln in die Luft. »Was soll ich hiermit anstellen?«

Sie riss sich die Haube vom Kopf und schleuderte sie quer durch die Eingangshalle. »Verdammter Unsinn. Das habe ich davon, wenn ich versuche, mich an die Leute anzupassen.« Sie warf auch das Band, das allerdings kaum ein paar Zentimeter vor ihr landete. Wieder fluchte sie und stampfte mit ihrem schweren Stiefel darauf herum, der ganz und gar nicht mit ihrem Ausgehkleid harmonierte.

Prudence kam von der Treppenhalle herein. »Ich dachte, ich hätte Stimmen gehört.«

Ehe Bennet sie der Cousine seines Vaters vorstellen konnte, schritt Frances schon auf sie zu. »Sie sind sehr hübsch. Ich bin Cousine Frances.«

»Ich bin erfreut, Sie kennenzulernen. Ich bin Prudence.«

Frances streckte ihr eine Hand hin. »Wie schön, Sie kennenzulernen, Prudie.«

Prudence nahm ihre Hand, während sie Bennet mit verdattertem Blick ansah. Wahrscheinlich wegen ihres neuen Spitznamens. Wenn er mit »Benny« leben konnte, würde sie lernen, »Prudie« zu akzeptieren. Er hielt sein Lächeln zurück, obwohl ihn eine gewisse Beklemmung beschlich. Frances schien bei klarem Verstand zu sein, doch hin und wieder hatte sie Tage, an denen sie darauf bestand, sich für einen Ball fertig machen zu wollen oder eine Kuh melken zu müssen, was beides unnötig war.

»Ich hatte geplant, Sie morgen zu besuchen«, meinte Prudence. »Ich bin froh, dass Sie heute gekommen sind. Bleiben Sie zum Tee?«

Frances beugte sich zu Prudence und atmete scharf ein. Dann rümpfte sie die Nase und ging um Prudence herum, wobei sie schnüffelte.

Bennet runzelte die Stirn. Vielleicht war Frances doch nicht so klar, wie er dachte.

Er wechselte seinen Platz, um sich neben Prudence zu stellen. »Was tust du da, Frances?«

Frances blieb stehen, als sie sich wieder vor Prudence befand. »Wann kommt das Baby?«

Prudence erstarrte neben ihm. Er legte ihr die Hand auf die Taille.

»Woher wollen Sie das wissen?«, fragte Prudence flüsternd mit fahlem Gesicht.

»Tiere haben einen bestimmten Geruch, wenn sie sich trächtig sind. Sie haben diesen Geruch.«

»Trächtig?« Den Blick auf Prudence geheftet sauste Großtante Flora ins Zimmer. Sie musste in dem kleinen Salon gewesen sein, der an die Eingangshalle grenzte. »Sie *sind* also schwanger.«

»Ja«, Prudence blickte niemanden an, und Bennet hätte sie am liebsten weggeführt.

»Das würde die überstürzte Hochzeit erklären«, fügte

Großtante Flora mit einem Nicken hinzu. »Ich wusste es! Es überrascht mich, dass in der Zeitung nichts davon stand.«

Großtante Minerva kam mit schwebenden Schritten aus der Treppenhalle herein, und zwei Eichhörnchenköpfe lugten aus ihrer Schürze hervor, jedes in seiner eigenen Tasche. »Worüber?«

»Prudie ist schwanger«, antwortete Cousine Frances.

»Wie schön!« Großtante Minerva strahlte Bennet an. »Ich bin so froh, dass du dich doch noch für Kinder entschieden hast. Ein kleiner St. James, der in Aberforth Place herumspringt, ist genau das, was wir brauchen.«

Prudence drehte sich zu ihm um. »Was meint sie damit, dass du dich *doch noch* für Kinder entschieden hast?«

Bennets Beunruhigung von vorhin nahm weiter zu. Er wollte auf diese Weise nicht mit Prudence darüber sprechen, dass er Kinder lieber vermieden hätte. Verdammt, er hatte gehofft, niemals darüber reden zu müssen, dass er jemals so gedacht hatte. Selbstverständlich würden sie sich um das Kind kümmern, wie das ihre Pflicht war. Prudence hätte nie erfahren müssen, wie sehr er sich fürchtete und wie sehr er sich wünschte, sie würde kein Kind von ihm austragen.

»Er wollte diesen Familienzweig aussterben lassen«, erklärte Großtante Flora mit einem missbilligenden ›Ts‹. »Er hatte nicht einmal heiraten wollen.«

»Flora!«, brüllte er. »Kannst du nicht einmal still sein? Kann denn keiner von euch den Mund halten?«

Großtante Minerva streichelte eines der Eichhörnchen in ihrer Schürze. »Natürlich können wir das nicht, und wir sollten das auch nicht müssen. Warum sollte deine Frau nicht wissen, dass du vorhattest, kinderlos zu bleiben, dass du –«

»Kein Wort mehr, Minerva«, knurrte er.

»Vermutlich hast du ihr auch nichts von Agatha erzählt.« Das kam von Frances, die die Hände in die Hüften gestemmt hatte. »Du kannst nicht geheim halten, was wir sind, Benny.

Und du kannst auch nicht vor der Tatsache davonlaufen, dass dein Nachwuchs genau wie wir werden könnte.«

»Er oder sie könnte wie Judith werden«, entgegnete Großtante Minerva wenig hilfreich. »Aber das wäre doch schade.«

Während sie sprachen, beobachtete Bennet die Abfolge von Emotionen, die über Prudence´ Gesicht wanderte. Schock, Bestürzung, Unglauben, Wut und eine ganze Anzahl anderer, die er nicht zuordnen konnte.

»Wer ist Agatha?«, fragte Prudence ruhig, gleichwohl der Puls in ihrem Nacken heftig pochte.

Bennet nahm sie am Arm und führte sie aus der Eingangshalle.

»Kommst du mit in mein Arbeitszimmer, damit ich mit dir reden kann, ohne dass dieser Chor dazwischenredet?«

Sie ging auf sein Arbeitszimmer zu, den Rücken steif und die Schultern hochgezogen. Drinnen angekommen, baute sie sich, die Arme vor der Brust verschränkt, an einer Seite auf. Sie war das visuelle Abbild einer sehr zugeknöpften Person, und das nahm er ihr nicht übel. »Ich verstehe nicht, was hier los ist. Wer ist Agatha?«

Er stellte sich vor seinen Schreibtisch, und die Emotionen tobten in ihm. »Agatha ist die andere Schwester meines Vaters. Er war der Älteste, dann Agatha, dann Judith. Sie lebt in einem Hospital in Lancashire.«

»Warum?«

»Das ist sehr schwer zu erklären. Deshalb habe ich das bislang auch nicht getan.« Er richtete den Blick zu Boden und murmelte: »Das ist einer von vielen Gründen.«

»Versuche es.«

»Du hast sicher schon bemerkt, dass sie alle etwas exzentrisch sind, aber es ist mehr als das. Es gibt ... Gefühlsschwankungen, einschließlich der Wutanfälle, die meine Großtanten erwähnten. Dann gibt es auch Wahnvorstel-

lungen – im Fall von Agatha und bei meinem Vater. Einer
der Gründe, warum er am Spieltisch so oft verloren hatte,
bestand in seiner Einbildung, er würde gewinnen.« Es fiel
ihm schwer, alles richtig zu erklären. Es war so schwer für
andere zu verstehen.

»Agatha ist deswegen im Krankenhaus?«

Er nickte. »Es ist eine Geisteskrankheit, die sich bei
jedem anders auszuwirken scheint. Minerva und Flora
können von ihren Aktivitäten regelrecht besessen werden.
Minerva kann tagelang malen, ohne ihr Atelier zu verlassen.
Während dieser Perioden ist sie oft weinerlich, aber wenn du
sie unterbrichst und versuchst, sie herauszulocken, kann sie
ganz mutlos werden. Flora verhält sich mit ihren Blumen
und Zeitungen übertrieben beschützerisch. Ihre Stimmung
kann sehr stark von exzessiver Aufregung zu unbeschreibli-
cher Traurigkeit wechseln. Sie kann für ihre Liebe zum
Lesen oder die Blumen mehrere Tage ohne Schlaf
verbringen.«

Prudence blinzelte, jedoch konnte er nicht im Entferntesten erahnen, was in ihr vorging. »Warum ist Agatha im
Krankenhaus und diese beiden nicht?«

»Agathas Launen sind sehr heftig. Ihre Zornausbrüche
und Verzweiflungsanfälle waren so schwer handzuhaben,
dass mein Großvater sie mit neunzehn Jahren in die Anstalt
einwies. Seitdem ist sie dort.«

Prudence starrte ihn schockiert an, ihre Augen waren
rund und ihr Mund stand offen.

Er wollte es nicht, aber er wusste, dass er weiterreden
musste. »Ich habe gehört, mein Vater hätte ähnliche Stimmungen wie Agatha gehabt, aber er trank sehr viel Alkohol,
was seine Emotionen dämpfte. Bis das dann nicht mehr
passierte und er sich in Wut und Frustration verlor.« Bennet
erinnerte sich an so viele Gelegenheiten, bei denen sein Vater
von einem dämmrigen Rauschzustand in eine knurrende

Wut übergewechselt war. Dann hatte er mit Dingen um sich geworfen und alle von sich gestoßen. »Er war auch nicht in der Lage, vernünftige Entscheidungen zu treffen. Er verspielte fast alles. Viele der Dinge, die aus dem Haus verschwunden sind, hat er vor seinem Tod verkauft.«

»O Bennet, ich wünschte, ich hätte das gewusst.« Sie sprach so leise, dass er sie kaum hören konnte.

»Mein Großvater war nicht so, doch seine Schwestern – Flora und, in geringerem Maße, Minerva – sowie auch sein Bruder, der gestorben ist, als er im Alter von fünfundzwanzig Jahren von einem Pferd abgeworfen wurde. Cousine Frances ist seine Tochter, und auch sie ist betroffen. Judith scheint jedoch nicht unter der Krankheit zu leiden. Trotzdem hat sie sich entschieden, nicht zu heiraten und keine Kinder zu bekommen, damit sie die Krankheit nicht an diese weitergibt.«

Prudence' Gesichtszüge schienen wie aus Stein gemeißelt. »Du hast dasselbe getan … oder es zumindest gewollt.«

»Ich hatte nie heiraten wollen, doch dann hat mein Vater dafür gesorgt, dass ich es tun musste. Ich hatte gehofft, ich würde keine Kinder bekommen. Das ist einer der Gründe, warum ich Mrs. Merryfield heiraten wollte. Sie hatte bereits Kinder. Ich dachte, es würde ihr vielleicht nichts ausmachen, wenn ich mich weigerte, welche zu bekommen.«

»Du warst wirklich damit zufrieden, den Titel mit dir sterben zu lassen?«

»Mehr als das. Der Gedanke, mein Kind würde wie Tante Agatha enden …« Er drückte die Lippen aufeinander und mahlte mit dem Kiefer.

»Du weißt nicht, ob das geschehen wird«, meinte sie. »Bei Judith ist es offensichtlich nicht passiert.«

»Sie ist in der Minderheit.« Bennet wollte sich nicht für seine Angst oder für das, was er wusste, rechtfertigen müssen – das Risiko war zu groß. Doch nun war es zu spät.

Das Baby war unterwegs und sein Schicksal bereits festgelegt. Panik wallte in seiner Brust auf und schürte seine Wut. »Außerdem bin *ich* betroffen. Meine Emotionen übermannen mich, so wie jetzt gerade, und ich treffe furchtbare Entscheidungen, wie beispielsweise Menschen zu entführen.« Er wandte sich von ihr ab und pirschte sich an das Fenster heran. Er brannte darauf, mit seiner Faust das Glas zu durchschlagen, wenn er könnte. Er würde den Schmerz gern in Kauf nehmen, wenn er dadurch seine Wut bezähmen und seine Kontrolle wiedererlangen könnte.

Die Stille im Raum war beängstigender, als wenn sie ihn angeschrien hätte. Er blickte über die Schulter zu ihr zurück und spürte einen Anflug von Furcht. Ihr Gesicht war undurchschaubar.

»Und mir nichts davon zu sagen.« Ihre Stimme war tief und dunkel, und er spürte, wie sie in seiner Brust bebte. »Das war auch keine kluge Entscheidung.«

»Wahrscheinlich nicht.«

Ihre Nasenflügel blähten sich auf. »Jetzt verstehe ich, warum du mich nicht hier haben wolltest. Es ist das Beste, wenn ich nach London zurückkehre, denke ich.«

~

*V*on Schmerz und Wut überwältigt, begann Prudence sich umzudrehen.

Bennet wandte sich vom Fenster ab und trat einen Schritt auf sie zu. »Warte.«

»Worauf? Ich muss wohl fragen, was du mir sonst noch verheimlicht hast.«

»Nichts.«

Gut so, denn das reichte vollkommen aus. »Nur, dass es in deiner Familie ein Leiden gibt, das unser Kind vielleicht hat, oder vielleicht auch nicht. Das hättest du mir sagen müssen. Du hattest reichlich Gelegenheit dazu.«

Sie hatte in Riverview mit ihm über seine Familie sprechen wollen, und er hatte sie abgewimmelt. Dann waren sie mehrere Tage unterwegs gewesen, ehe sie auf Aberforth Place ankamen. Selbst nach ihrer Ankunft und nachdem sie Bekanntschaft mit seinen Großtanten gemacht hatte, hatte er ein offenes Gespräch vermieden!

»Ich wusste nicht, wie ich es dir sagen sollte.«

»Aber ich bin deine *Frau*. Und ich trage dein *Kind*.« Sie besann sich auf Minervas Worte, dass er keine Kinder wollte, um der letzte Viscount Glastonbury zu sein. »Wolltest du mir je sagen, dass du keine Kinder haben wolltest? Sei ehrlich. Bitte.«

Bedrängnis zeichnete sich auf seinem Gesicht ab. »Ich hatte gehofft, das zu vermeiden. Was hätte das für einen Sinn?«

»Es geht darum, dass du Angst hast und deine Angst nicht mit mir teilen wolltest.« Wieder einmal ein Beweis dafür, wie nutzlos Gefühle waren. Hier war sie, fühlte viel zu viel und er wollte gar nichts davon wissen.

»Ich hatte Angst. Und habe mich geschämt.«

Eine Träne rann ihr aus dem Auge. Sie wischte sie ungeduldig ab und zog die Brauen tief über die Augen. »Du hast das nicht gewollt. Ich habe dich in die Falle gelockt, unabhängig davon, worauf du beharrst. Außerdem hatte ich das auch nicht gewollt.« Zumindest anfangs nicht, doch dann war sie zu dem Schluss gelangt, es sehr zu wollen.

Ihre Gefühle, die unmöglich zu verbergen oder ignorieren waren, begehrten in ihr auf. Sie versuchte, tief Luft zu holen, was ihr misslang, denn ihre Brust fühlte sich wie zugeschnürt an. Sie fühlte sich, als würde sie ertrinken und ihre Kehle war verstopft, als die Panik sie übermannte.

Es war zu viel passiert. Sie hatte festgestellt, dass sie

schwanger war. Sie hatte ihre richtige Mutter ausfindig gemacht - und herausgefunden, dass ihre Freunde ihre Cousinen waren. Dann hatte sie einen Mann geheiratet, der mit einer anderen verlobt gewesen war und der sie nicht einmal hatte heiraten wollen. Sie hatte ihn in die Falle gelockt und es war keine Überraschung für sie, dass er ihr seine tiefsten Geheimnisse nicht anvertraut hatte. Warum sollte er?

Sie erkannte auch, dass sie sich in diesen Mann verliebt hatte, der diese Emotion wahrscheinlich nicht erwidern konnte.

Verstecke es, Prudence.

Wie ein willkommener Balsam erklang in all dem Chaos das innerlich in ihr tobte, die Stimme ihrer Mutter in ihrem Kopf. Der Augenblick der Beschwichtigung war flüchtig. Sie brauchte Ruhe und Gleichmut. Sie musste von Bennet fort.

»Pru, du musst nicht gehen.«

»Das muss ich wirklich. Du wolltest mich nicht hier und ich denke, das war deine beste Entscheidung. Ich werde unverzüglich nach London aufbrechen.« Sie nagelte ihn mit einem kalten Blick fest, wobei sie ihre Emotionen so gut wie möglich abschirmte. Sie waren immer noch dort und brodelten unter der Oberfläche, was ihr das Gefühl gab, jeden Moment in Tränen ausbrechen zu müssen. Prudence weigerte sich, das zu tun. »Du wirst mich gehen lassen müssen.«

Dann drehte sie sich um und verließ sein Arbeitszimmer – erpicht darauf, Zeit und Abstand zwischen sie zu bringen.

Zwei Tage nach Prudence' Abreise erwachte Bennet aus seinem betrunkenen Stumpfsinn. Das bedeutete, dass es Zeit für noch mehr Wein war. Oder was immer er finden konnte.

Er stolperte in die Küche hinunter und ging zum Weinschrank, den er allerdings verschlossen vorfand. »Zum Teufel noch mal«, murmelte er und rüttelte an der Tür.

»Da bist du ja«, meinte Großtante Minerva verstimmt und überraschte ihn so, dass er mit dem Kopf gegen das Holz schlug.

»Autsch.« Beim Umdrehen rieb er sich mit der Hand über die verwundete Stelle.

Großtante Minerva war nicht allein. Himmel, sie war nie allein. Diese verdammten Eichhörnchen saßen immer in ihrer Schürzentasche. Großtante Flora stand ebenfalls an ihrer Seite.

»Du siehst furchtbar aus«, meinte Großtante Minerva. »Ich verstehe, dass du wegen Prudence aufgewühlt bist, aber du bist nicht du selbst.«

»Ich bin mehr als aufgewühlt.« Er fühlte sich, als sei sein Inneres zerrissen und zu Brei zerstampft worden. Da war nichts außer schmerzender Verzweiflung. Er war so dumm gewesen, ihr die Wahrheit nicht zu sagen. Nein, er war so dumm gewesen, zu denken, sie beide könnten eine richtige Ehe führen, während sie eindeutig zum Ausdruck gebracht hatte, keine zu wollen.

Er war in Hinsicht auf eine ganze Menge Dinge dumm gewesen.

»Wir sind alle manchmal dumm«, meinte Großtante Flora.

Bennet blinzelte sie an, als der Kopfschmerz über seinen Schädel kroch. »Habe ich das laut gesagt?«

Großtante Minerva streichelte den Kopf eines der Eichhörnchen. »Du musst ihr nachgehen.«

»Und wir werden mitkommen.« Großtante Flora hob das Kinn mit einem Ausdruck, der ihn zum Widerspruch herausforderte. »Du hättest sie nie gehen lassen dürfen.«

»Ich bin nicht ihr Gefängniswärter«, nuschelte Bennet. »Abgesehen davon hat sie uns alle kennengelernt und sie will uns nicht. Warum sollte sie auch. Wir sind alle befleckt. Gebrochen.«

»Eindeutig dumm.« Großtante Minerva schüttelte den Kopf. »Wir sind ein bisschen ausgefallen, aber wir sind nicht gebrochen. Du bist das ganz bestimmt nicht. So sehr wir dich auch als St. James ausgeben wollen, bist du nicht wie wir.«

Der Schmerz in seinem Kopf nahm zu. Oder vielleicht war er schon immer dort und er wurde nur gerade nüchtern. »Was meinst du? Ich bin ein Trinker wie mein Vater. Und ich bin betrunken. Und ich treffe sehr schlechte Entscheidungen. Wie beispielsweise Prudence entführen. Nur dass es nicht Prudence hatte sein sollen.«

»Du hast sie entführt und dann geschwängert?«, rief Großtante Flora erschrocken aus.

»Gewissermaßen.«

Großtante Flora blickte zu ihrer Schwester. »Ich denke, er *ist* wie wir.«

Großtante Minerva wedelte ihre Worte wie ein lästiges Insekt weg. »Ich bin sicher, dass du einen guten Grund hattest, sie zu entführen. Du triffst keine schlechten Entscheidungen – zumindest nicht so, wie dein Vater es tat. Du hast alles in deiner Macht Stehende für den Zusammenhalt dieser Familie getan und dafür, dass sie funktioniert. Was würden wir ohne dich tun, Bennet?«

»Aber ich bin jetzt gerade so verdammt *traurig*.« Manchmal jammerte er sogar, wie sein Vater das manchmal getan hatte, wenn er besonders ratlos war.

»Das solltest du auch sein. Du hast die Dinge mit der Frau verpatzt, die du liebst, und jetzt fühlst du dich traurig. Anders als ich, wenn ich meiner Besessenheit verfalle, zu malen, hast du einen guten Grund. Ich wünschte, ich wüsste, durch was diese Anfälle hervorgerufen werden, doch das ist nicht der Fall.«

»Ich wünschte, ich wüsste, warum ich so gereizt werde, wenn meine Zeitungen oder die Blumen in Unordnung sind«, meldete Großtante Flora sich. »Es ist wirklich nicht das Gleiche wie das, was du gerade durchmachst. Das musst du erkennen.« Er war nicht sicher, ob er das vermochte.

»Wenn du nüchtern bist, wirst du es verstehen«, meinte Großtante Minerva zuversichtlich. »Dann werden wir nach London aufbrechen. Morgen, in Ordnung?«

»Nein. Ich werde euch nicht nach London mitnehmen.«

»Wir werden dich nicht allein gehen lassen«, widersprach Großtante Flora und schniefte. »Komm, Minnie, lass uns packen.« Zusammen marschierten sie davon, als ob sie zur Schlacht aufriefen.

Bennet blickte ihnen nach, als eine weitere Schmerzattacke seine Schläfe durchbohrte. Er zuckte zusammen und hielt sich den Kopf. Ganz eindeutig wurde er nüchtern.

»Mrs. Marian, wo ist der Schlüssel zum Weinschrank?«

Die Haushälterin tauchte auf, als ob sie ein Geist wäre, der sich unter der Treppe versteckt hatte. Sie hatte eine rundliche Figur und ein Lächeln, das so breit wie ganz England war. Sie schüttelte ihren ergrauenden Kopf. »Da müsst Ihr Eakes fragen, aber er wird ihn Euch nicht geben. Eure Großtanten haben recht.«

»Inwiefern?«

»In allem. Ihr werdet es vielleicht nicht glauben, doch die beiden sind sich ihrer … Probleme durchaus bewusst. Wie wir hier auch alle wissen, dass Ihr nicht darunter leidet.«

»Sie wissen nicht alles, was ich getan habe«, flüsterte er.

»Das muss ich nicht. Ich kenne Euch, seit Ihr ein kleiner

Junge wart. Ihr habt nie irgendwelche Anzeichen gezeigt, die mich denken lassen würden, Ihr hättet etwas von den Neigungen Eurer Großtanten oder von Frances in Euch. Vergesst nicht, dass meine Mutter hier zu den Zeiten Eures Großvaters gearbeitet hatte. Sie hat mir immer gesagt, wie ähnlich Ihr ihm seid. Und Ihr wisst, dass er nicht wie sein Bruder oder Euer Vater war.«

All das, was sie da sagte, stimmte. Konnte es wirklich sein, dass er nicht betroffen war?

Er war nicht sicher, ob er das glauben konnte. »Sie haben vielleicht nicht irgendetwas, das meinen Kopfschmerz lindern könnte?«

»Die Köchin hat ein Mittel.« Mrs. Marian lächelte. »Ich werde es nach oben schicken. Ihr solltet Euch ausruhen, ehe Ihr packt.«

»Sie glauben, ich solle nach London gehen?«

Mrs. Marian lachte. »Ich glaube nicht, dass Eure Großtanten Euch eine Wahl lassen. Aber ja. Ihr solltet nach London gehen. Lady Glastonbury war nicht sehr lange hier, aber ich konnte sehen, wie sehr Mylord und sie einander liebten. Wir freuen uns alle, Euch endlich so glücklich zu sehen. Das habt Ihr ganz bestimmt verdient.« Sie lächelte ihn noch einmal an, ehe sie davonging.

Bennet ließ sich gegen die Schranktür sacken. Ob er es verdient hatte oder nicht, war er glücklich gewesen. Tatsache war, dass er Prudence liebte. Als sie gesagt hatte, dass sie seine Tanten liebte, weil sie Familie waren, wusste er, dass er sie auch liebte – und das schon seit Wochen. Seit der Zeit, bevor sie Riverview überhaupt verlassen hatten. Sie hatte ihn in seiner schlimmsten Verfassung erlebt und trotzdem war daraus ihre Zuneigung für ihn erwachsen.

Er war nicht ganz überzeugt, ob er ihr nach London folgen sollte. Wenn sie weitermachten wie bisher, würde er sich nur mehr in sie verlieben und dann wäre die Trennung schwierig – die dann nach der Geburt des Babys erfolgen musste. Ein zweites Kind konnte er nicht riskieren, nicht wenn er sich wegen dem ersten solche wahnsinnigen Sorgen machte.

Wenn er sich gestattete, darüber nachzudenken. Meistens vermied er die Gedanken an die Zukunft. Wenn aber Prudence' Bauch runder wurde, würde er es damit schwer haben. Vielleicht bestand die Lösung in einer Trennung. Sie hatte ihn ja gerade daran erinnert, dass auch sie dies nicht gewollt hatte.

Das furchtbare Geheimnis war, dass er es ganz tief in sich wollte. Er begehrte sie. In seinem Bett, als seine Frau und als die Mutter seines Kindes. Es war ihm einerlei, ob sie illegitim war oder eine Gesellschafterin oder eine Tagelöhnerin. Sie war das Erste, woran er dachte, wenn er aus dem Schlaf erwachte, und das Letzte, was er gedanklich vor Augen hatte, wenn er einschlief. Sie suchte ihn auch in seinen Träumen heim und beflügelte seine Fantasie. Prudence war überall und sie war *alles*.

Er hatte ihr seine Familie mit ihren Neigungen aufgebürdet, und seine unsichere Zukunft. Aber vielleicht würde er nicht wie sein Vater enden. Zudem konnte er noch hoffen – wirklich hoffen –, dass seinem Kind das ebenfalls erspart bleiben würde. Und wenn nicht? Bennet würde es nicht weniger lieben. Er liebte sein Kind bereits so verzweifelt, wie er dessen Mutter liebte. Sie würden ihr Kind zusammen mit seiner Familie behüten.

Natürlich musste er nach London.

KAPITEL 20

Cassandra, die in einem Sessel in der Nähe saß, wippte mit dem Fuß. »Wir sollten in den Park gehen.«

Prudence´ Nerven lagen immer noch blank. Sie musste kämpfen, um ihre Gefühle im Zaum zu halten, was sich zu einem tagtäglichen, wenn nicht gar stündlichen Kampf entwickelt hatte. »Ich bin erst seit zwei Tagen hier. Kann ich mich nicht eingewöhnen, ehe du mich zwingst, vorzugeben, ich wäre eine Viscountess?«

Es war zwar schon fast eine Woche vergangen, seit sie die Wahrheit über Bennets Familie und seinen Wunsch erfahren hatte, aufgrund dieser Familie nie zu heiraten oder Kinder zu bekommen, aber die Emotionen dieses Tages waren immer noch heftig. Sie wollte dem Baby die Schuld anlasten, aber tatsächlich hatte sie ihre Gefühle so lange vergraben und nun kam alles, was sie je gefühlt hatte, bei der geringsten Provokation an die Oberfläche. Sie hasste es, wie verloren sie sich fühlte, wie machtlos.

Ada, die neben Cassandra auf einem Sofa im Salon der

Wexfords saß, drehte sich zu Prudence um. »Du *gibst nicht vor*, eine Viscountess zu sein.«

Ach nein? Sie hatte ihren Mann im Stich gelassen. Sie war wütend auf ihn gewesen, aber sie hätte nicht gehen dürfen. Flora und Minerva hatten versucht, sie zum Bleiben zu überreden, doch sie war überreizt gewesen. Es war ihr schwergefallen, sie zu enttäuschen. Sie fühlten sich bereits wie ihre Familie an, auch wenn Bennet das nicht recht war.

»Irgendwann wirst du dir eingestehen müssen, dass du keine Betrügerin bist, und dass du hier zu uns gehörst«, stellte Cassandra fest. »Wir lieben dich, Pru. Du gehörst zu unserer Familie. Und du bist eine Viscountess, ob du nun willst oder nicht.«

Ja, das war sie offenbar. »Ich liebe euch auch. Ich will nur nicht ausgehen. Ich muss nachdenken.« Darüber, was sie als Nächstes tun sollte. Sie liebte Bennet und wünschte sich eine richtige Ehe mit ihm. Anstatt verzweifelt davonzulaufen, hätte sie bleiben und es ihm sagen sollen.

Der Butler trat ein und vermeldete: »Lady Overton.«

Fiona schritt in den Raum und wirkte sehr entschlossen. Und besorgt. Sofort ließ sie den Blick aus ihren braunen Augen zu Prudence wandern.

Prudence spannte sich an. Jeder einzelne ihrer Instinkte meldete ihr, dass gleich etwas Schlimmes geschehen würde.

»Setz dich zu uns, Fi«, forderte Cassandra sie auf und deutete auf den freien Sessel neben ihr. »Warum siehst du aus, als hättest du eine Gewitterwolke mitgebracht?«

»Weil ich das habe«, sagte sie unheilvoll. »Ich habe gerade das allerschrecklichste Gerücht gehört.« Sie kniff die Lippen zusammen und blickte zu Cassandra. »Vielleicht hätte ich zuerst mit dir reden sollen«, murmelte sie.

»Geht es um mich?«, fragte Prudence. »Wenn ja, dann würde ich es gerne hören. Nein, ich möchte es nicht *gern* hören, aber ich muss.« Sie machte ihr Rückgrat ganz steif, legte die Hände in den Schoß und wartete darauf, dass die sprichwörtliche Axt fiel.

»Es tut mir so leid, dass ich die Überbringerin dieser Nachricht bin, Pru.« Fionas Blick war warm und mitfühlend. »Du weißt, wie sehr ich dich bewundere. Ohne dich hätte ich mich hier in London nie zurechtgefunden. Dass jemand so etwas über dich behaupten kann, macht mich so wütend!« Ihre kastanienbraunen Brauen senkten sich tief über ihre zornigen Augen.

Prudence schätzte Fionas Unterstützung und Freundlichkeit. »Du würdest mir nie wehtun wollen. Das weiß ich. Sprich also weiter. Bitte.«

Fiona nickte knapp und holte tief Luft. »Ich war vorhin bei der Modistin, und sie wollte mich unbedingt fragen, ob etwas Wahres an dem Gerücht sei, weil ich dich kenne. Ich sollte hinzufügen, dass ich Madame Leclerc nicht mehr für mich arbeiten lassen werde.« Sie rümpfte die Nase. »Sie sagte, ihr wäre zu Ohren gekommen, dass Glastonbury dich nur geheiratet habe, weil du ein Kind erwartest und er dafür vom Earl of Aldington und Lord Lucien Westbrook bezahlt worden sei. Sie arrangierten die Ehe für ihre ...« Fiona zögerte, und Prudence wusste, was jetzt kommen würde.

»Für ihre illegitime Cousine«, beendete sie für Fiona.

Fiona machte eine traurige Miene. »Ja, und ich wünschte, das wäre alles.«

»Da kann nicht noch mehr sein«, sagte Cassandra, und ein Ausdruck des Entsetzens zeichnete sich in ihren Zügen ab.

»Ich fürchte doch«, antwortete Fiona und zuckte zusammen, als hätte ihr jemand auf den Fuß getreten. »Da Lord Glastonbury nicht mit dir nach London zurückgekehrt ist, wird spekuliert, dass das Kind gar nicht von ihm stammt.«

Wut kochte in Prudence hoch. Anstatt sie zu verdrängen, freute sie sich über die Empörung. Sie hatte in letzter Zeit so viele Emotionen verspürt, vielleicht war es an der Zeit, sie zuzulassen. Wenn sie sich eine Zukunft mit Bennet aufbauen wollte, musste sie einen Weg finden, genau das zu tun. Wie konnte sie eine liebevolle Ehefrau und Mutter sein, wenn sie sich weigerte, Gefühle zuzulassen? »Ich habe also einen mittellosen Viscount mit Hilfe meiner Cousins in die Ehe gelockt? Ich hatte keine Ahnung, wie berechnend ich bin.«

»Wie kannst du nur so leichtfertig sein?«, fragte Cassandra, wobei sie die Augen verdrehte.

»Bravo«, murmelte Ada, während sie Prudence´ Arm kurz berührte. »Wie um alles in der Welt hat jemand das alles nur ausgekundschaftet? Niemand weiß von deiner wahren Abstammung, und schon gar niemand weiß, dass du ein Kind in dir trägst. Wer könnte hinter dieser Grausamkeit stecken?«

Prudence dachte an all jene, die Bescheid wussten. »Die einzigen Personen, die von meiner Abstammung wissen, sind diejenigen, die bei der Hochzeit dabei waren.«

»Und mein Vater«, fügte Cassandra hinzu und wobei sie das Gesicht zu einer leichten Grimasse verzog. »Con und Tante Christina haben ihn eingeweiht. Er schien es gut verkraftet zu haben und hat tatsächlich kaum ein Wort dazu gesagt. Aber er kann furchtbar streng sein, wenn es um Erwartungen geht.«

»Du glaubst doch nicht, er würde diese Information weitergeben?«, fragte Fiona. »Nicht, wenn es seiner Schwester schaden würde? Nach allem, was ihr, Pru und du erzählt habt, hat Lady Peterborough große Angst davor, ihr Ehemann könnte erfahren, dass Pru ihre Tochter ist.«

Cassandra blickte von Fiona zu Prudence. »Das ist wahr und ich glaube jedenfalls nicht, dass mein Vater so grausam ist, insbesondere nicht, wenn seine Schwester in die Sache verwickelt ist.«

Prudence wünschte, sie könnte die gleiche Zuversicht

aufbringen. Als Cassandras Gesellschafterin hatte sie mit dem Herzog in einem Haushalt gelebt, aber sie konnte nicht behaupten, ihn sehr gut zu kennen.

»Wer sind unsere anderen Verdächtigen?«, fragte Ada. »Könnten die Dienstboten etwas mitgehört und die Information weitergeleitet haben? In den Untergeschossen werden viele Gerüchte in Gang gesetzt.«

»Das halte ich für möglich«, meinte Cassandra.

Prudence heftete ihren Blick auf Cassandra. »Erinnerst du dich an den Tag, als ich dir alles erzählt habe, und Bart hereingekommen ist, um Bennet zu melden?«

»Du kannst Bart nicht in Verdacht haben.« Cassandra schüttelte den Kopf. »Mir ist klar, dass ich erst seit kurzem in diesem Haushalt bin, aber Ruark schätzt ihn mehr als seinen Butler. Er vertraut ihm voll und ganz.«

»Ich kann mir auch nicht vorstellen, dass er es war«, meinte Prudence. Obwohl sie nicht lange hier gelebt hatte, wusste sie, dass Bart einen trockenen Humor besaß und sehr einnehmend war.

»Vermutlich könnte es irgendjemand gewesen sein«, meinte Ada stirnrunzelnd.

Es war nicht wirklich wichtig, wer hinter dem Gerücht steckte. Es stimmte – jedenfalls das meiste davon – und jetzt würde Prudence von allen angesehen werden, als ob sie eine hinterhältige Intrigantin wäre. Es war bereits schlimm genug, dass sie eine Gesellschafterin gewesen und nun eine Viscountess geworden war. Dies würde weitaus schlimmer sein. Es würde hinter ihrem Rücken getuschelt werden und sie wäre neugierigen Blicken ausgesetzt, sowie einer mitleidlosen Beurteilung.

Die andere Wahrheit war allerdings, dass Bennet all dies über sie wusste. Aber welchen Grund hätte er, diese Information zu verbreiten? Darüber hinaus war er nicht einmal in London.

Prudence sprang auf und spannte ihr Rückgrat an. »Meine Mutter. Wenn Peterborough dieses Gerüchte zu Ohren kommt, könnte die Lage für sie brenzlig werden.«

»Wie brenzlig?«, fragte Ada, deren Tonfall so schwer wie die Luft im Raum war.

Cassandra sprang auf. »Ich muss zu meinem Vater. Er wird wissen, was zu tun ist.« Sie schaute zu Prudence. »Es tut mir leid, dich jetzt zu verlassen.«

»Du musst gehen.« Prudence drückte ihr die Hand so fest, dass sie kaum ihre Finger spüren konnte. »Meine Mutter braucht Schutz. Bitte. Sollte ich dich begleiten?«

»Nein, du bleibst hier. Ich kann sehen, wie aufgewühlt du bist.« Cassandra verabschiedete sich eiligst, doch die Luft im Raum blieb angespannt. Für einige Augenblicke herrschte Stille, ehe Fiona das Wort ergriff. »Was können wir unternehmen, Pru?«

»Ich weiß es nicht.« Sie versuchte, ein Lächeln zustande zu bringen, doch es misslang ihr. »Ich fühle mich einfach so … besiegt.« Sie wünschte, Bennet wäre hier.

»Sei das nicht. Die Prudence, die ich kenne ist mutig und robust und sie sorgt für ihr eigenes Glück. Du hast schwere Zeiten durchgemacht und eine Entführung, nur um stärker daraus hervorzugehen.«

»Entführung?« Fiona starrte sie mit offenem Mund an.

»Oh, was für ein Schlamassel. Ich habe vergessen, dass sie nicht eingeweiht war.«

Prudence lachte. »Es ist schon in Ordnung. Ich werde die Geschichte erzählen – das wird meine Gedanken von der Katastrophe ablenken.« Dann würde sie Pläne schmieden, nach Somerset zurückzukehren. Zu ihrem Ehemann.

Wo sie hingehörte.

» *D* u hast gar keine Blumen?«, fragte Großtante Flora, die aus dem Fenster von Bennets Londoner Arbeitszimmer auf seinen winzigen Garten hinausschaute. Dort stand ein kleiner Baum und ein paar Büsche. Für etwas anderes war kein Platz.

»Nein.« Bennet sah seine Korrespondenz durch, während Großtante Minerva in einem Sessel saß und eines ihrer Eichhörnchen liebkoste. Es musste George sein, dachte er, der kleinere der beiden.

Nach einer eiligen Reise von Somerset waren sie gerade erst angekommen. Das war, mit den beiden älteren Ladys, den Eichhörnchen und viel zu viel Gepäck, kein leichtes Unterfangen.

Großtante Flora drehte sich vom Fenster weg und zog einen, für sie charakteristischen … Flunsch. »Wo soll ich Blumen zum Pressen finden?«

»Im Park«, entgegnete Großtante Minerva. Ich muss Temperance und George zu einem Auslauf hinbringen. Sie sind nach der Kutschfahrt ganz aufgeregt.«

Bennet hatte sie zu überzeugen versucht, die Tiere nicht mitzubringen, doch sie hatte darauf bestanden. Letztendlich hatte er eingelenkt, weil er einfach losfahren wollte. Er war ungeduldig gewesen, endlich nach London zu gelangen, um Prudence zu sehen.

Nun war er hier und von großer Besorgnis erfüllt. Es musste so viel gesagt werden. Und es gab so vieles, womit er sich auseinandersetzen musste. Ersteres machte ihm keine Angst. Letzteres erschütterte ihn bis ins Mark.

»Wir können jetzt nicht in den Park«, sagte er zu seinen beiden Großtanten, ohne sich die Mühe zu machen, seine Nervosität zu verbergen. »Großtante Minerva, kannst du deine Lieblingstiere nicht in den Garten bringen? Ich glaube nicht, dass ihnen der Mangel an Blumen etwas ausmachen wird.«

»Das ist wahr.« Großtante Minerva erhob sich und ging durch die Tür in der Ecke hinaus, die nach draußen führte.

Großtante Flora stieß die Luft aus. »Hast du wenigstens eine Zeitung, in der ich blättern kann? Vorzugsweise eine mit einer Klatschspalte?«

Bennet fand in dem Haufen von Dingen auf seinem Schreibtisch ein paar Zeitungen und reichte sie ihr gedankenverloren.

Sie dankte ihm gerade, als Mrs. Hennings den Raum betrat.

»Keine davon haben Klatschspalten«, beschwerte Großtante Flora sich und stellte Bennets Geduld auf die Probe.

Mrs. Hennings hielt einen Finger hoch, ehe sie aus dem Raum stürmte. Sie kehrte einen Augenblick später mit einer anderen Zeitung zurück und gab sie Großtante Flora. »Diese sollte enthalten, wonach Sie suchen«, meinte sie mit einem Lächeln.

»Vielen Dank.« Großtante Flora lächelte vor Erwartungsfreude, als sie es sich in einem Sessel bequem machte, um zu lesen.

Die Haushälterin kehrte zu Bennet zurück und zeigte mit dem Kopf zur Tür, womit sie ihn scheinbar darauf aufmerksam machen wollte, dass sie lieber unter vier Augen mit ihm sprechen würde.

Mit einem Nicken folgte er ihr in die schmale Treppenhalle. »Danke, dass Sie diese Zeitung für meine Großtante geholt haben. Ich wünschte, sie würde nicht so viel Klatsch lesen.«

»Ich war sehr überrascht, als ich sah, dass Ihr Eure beiden Großtanten mitgebracht habt«, bemerkte Mrs. Hennings.

»Sie haben darauf bestanden, mich zu begleiten und ich dachte ehrlich gesagt, dass ich die Unterstützung gebrauchen könnte.«

Auf Mrs. Hennings Gesicht zeichnete sich Besorgnis ab. »Hat dies etwas mit Lady Glastonbury zu tun? Ich muss zugeben, dass ich mich gewundert habe, warum sie ohne Euch nach London zurückgekehrt war. Was mich auf den Grund bringt, warum ich mit Euch sprechen möchte.« Jetzt wirkte sie eindeutig gequält.

Furcht beschlich ihn.

»Ihr wisst doch, dass meine Tochter Zofe bei Lady Basildon ist«, meinte Mrs. Hennings. »In ihrer Position bekommt sie eine erstaunliche Menge Klatsch zu hören.«

Bennet stockte der Atem. Was war jetzt?

»Es geht das eher unrühmliches Gerücht um, dass Ihr Lady Glastonbury nur geheiratet hättet, weil sie schwanger ist und Ihr von ihren Cousins dafür bezahlt worden seid, mit denen sie auf … skandalöse Weise verwandt ist.«

Jeder Fluch, den Bennet je gehört hatte, raste zusammen mit einem überwältigenden Bedürfnis durch sein Gehirn, denjenigen persönlich und körperlich zu zerstören, der dies in die Welt gesetzt hatte. »Hat Lady Basildon dieses Gerücht angefangen?«

Mrs. Hennings blinzelte überrascht. »Ich weiß es nicht. Da ist allerdings noch mehr.«

Verdammt! Bennet massierte seine Stirn. »Erzählen Sie.«

»Es wird gemunkelt, dass das Baby nicht einmal Eures ist, da Ihr und Lady Glastonbury getrennte Leben zu führen scheint.« Sie zog eine Grimasse und ihr Blick war voller Mitgefühl. »Es tut mir so leid, Euch das erzählen zu müssen, aber ich wusste, dass Ihr es lieber wissen wolltet.«

»Ich weiß es zu schätzen, dass Sie mir das erzählen«, murmelte er und sein Verstand arbeitete sich nicht nur durch die Frage, wie dies angefangen haben könnte, sondern auch, auf welche Weise es Prudence betreffen würde. Sie würde am Boden zerstört sein. Und das zu Recht.

Weil er nirgends zu sehen gewesen war. Seine Abwesenheit hatte die Sache tatsächlich noch schlimmer gemacht.

Er erkannte, dass Mrs. Hennings ihn ängstlich beobachtete. »Seien Sie versichert, Mrs. Hennings. Lady Glastonbury und ich leben nicht getrennt. Und obwohl das nur uns etwas angeht, ist das Kind, das meine Frau erwartet, *mein* Kind.«

»Sollte ich meine Tochter bitten, Lady Basildon diese Information zu übermitteln?« Ihre Frage endete mit einem kleinen Quieken.

Bennet erkannte, dass sie nervös war, und er machte ihr keinen Vorwurf. Wahrscheinlich wirkte er so wütend, als ob er jemanden erdrosseln könnte. Ganz bestimmt fühlte er sich entsprechend zornig. »Ich würde ihre hässlichen Klatschgewohnheiten lieber nicht unterstützen. Und mit ›ihr‹ meine ich nicht Ihre Tochter. Ich weiß, dass sie nur versucht, hilfsbereit zu sein.« »Jawohl, Mylord. Sie war Euretwegen äußerst aufgewühlt.«

Das bezweifelte er nicht. Jane Hennings hatte vor mehreren Jahren im Londoner Haushalt seines Vaters gearbeitet, als noch mehr Geld da gewesen war. Bennet fühlte sich schrecklich, dass sie hatte gehen müssen. »Wenn Lady Glastonbury herkommt, um hier zu leben, könnte Ihre Tochter vielleicht als ihre Zofe wieder in diesen Haushalt zurückkehren wollen. Sie könnte Ihnen auch im Haus helfen.« Nicht nur, weil es vielleicht notwendig war – er wusste, dass Prudence sich nicht wohlfühlen würde, wenn sie eine Zofe hätte, die sich einzig um sie kümmerte.

Er war voreilig. Bislang hatte er Prudence noch nicht einmal überzeugt, zurückzukehren. Er war nicht sicher, ob ihm das gelingen würde.

Mrs. Hennings hob leicht überrascht die Brauen. »Ich bin sicher, dass sie sich sehr freuen würde, Mylord.«

»Ausgezeichnet. Sagen Sie ihr noch nichts.« Er bedauerte nicht, dieses Angebot gemacht zu haben, aber jetzt musste er überlegen, wie er dafür aufkommen sollte. Dann holte er tief Luft, um der aufkommenden Panik und Frustration Einhalt zu gebieten, und fragte sich, ob die Dinge jemals einfacher würden.

Mrs. Hennings nickte und ging dann ihrer Wege.

Bennet trat an den Fuß der Treppe und fasste den Pfosten, wobei er den Kopf neigte, als ob er sein Gewicht nicht länger tragen könnte. Sein Verstand raste von Gedanken und Sorgen getrieben, und vor allem von einer zunehmenden Wut. Er grub die Fingerspitzen in das Holz, doch die Oberfläche war, wie seine derzeitigen Gedanken, unnachgiebig.

Und seine derzeitige Situation war ganz allein seine Schuld. Nicht die Gerüchte natürlich, aber er hatte die Sache noch schlimmer gemacht, indem er nicht an der Seite seiner Frau gewesen war.

»Ich habe gehört, was sie gesagt hat«, meinte Tante Flora.

Bennet riss den Kopf hoch und sah sie gleich am Eingang der Treppenhalle stehen. »Ich wäre im Augenblick lieber allein, bitte.« Er wünschte, er hätte sie oder ihre Schwester nicht mitgebracht.

»Das kann ich mir vorstellen – was für ein Debakel. Wir können es allerdings wieder in Ordnung bringen.« Sie klang sehr zuversichtlich.

»Wie?« Er war nicht sicher, ob er angesichts der Sicherheit in ihrem Blick lachen oder weinen sollte.

»Wir werden die Vorherrschaft über den Klatsch übernehmen.« Sie sah ihn aus schmalen Augen an und jetzt erkannte er die Entschlossenheit darin. »Klatschmäuler hören sich gern selbst reden – das weiß ich. Wir müssen ihnen nur etwas liefern, worüber sie klatschen können. Etwas, das besser ist als dies.«

Sämtliche Gedanken in seinem Kopf verflüchtigten sich. Er starrte sie einfach nur an. »Ich hoffe, du hast eine Idee, weil ich keine habe.«

»Noch nicht, aber das werde ich.«

Das Bedürfnis, Prudence zu sehen, wurde immer überwältigender, doch er erkannte, dass es besser wäre, wenn er
einen Plan hätte. Nicht, dass er übermäßig zuversichtlich
über all dies war, was immer Großtante Flora vielleicht
ausbrüten würde. »Wann kann ich mit dem Vorschlag dieser
Brillanz rechnen?«

Sie sah ihn an und verdrehte die Augen dabei. »Sei nicht
frech.«

Er unterdrückte seine Aufregung. »Ich bin recht begierig,
Prudence zu treffen, und ich würde dies gern tun, nachdem
wir Schritte zur Abwehr dieser Gerüchte eingeleitet haben.
Prudence ist der Grund, warum wir hergekommen sind,
erinnerst du dich?«

»Natürlich erinnere ich mich. Deshalb haben Minnie und
ich auch drauf bestanden, dich zu begleiten. Du brauchst
eindeutig unsere Hilfe und jetzt mehr als zuvor.« Sie drehte
sich um und ging wieder ins Arbeitszimmer, wobei sie sofort
zum Schreibtisch hinüberging. »Welche Einladungen hast du
erhalten?«

»Kaum welche.«

»Wir brauchen einen Ball.«

Bennet besann sich, dass es eine Einladung für einen Ball
gab. Er ging zu seinem Schreibtisch und wühlte den Haufen
durch, bis er das Gesuchte endlich gefunden hatte. »Er findet
heute Abend statt.«

»Ach du lieber Himmel. Dann werden Minnie und ich
wohl einfach damit auskommen müssen, was wir zum
Anziehen haben.«

»Ich will ja nicht rüde sein, Großtante Flora, aber es geht
nicht um dich. Warum müssen wir auf einen Ball gehen?«

»Weil du etwas tun musst, um diese Gerüchte niederzuschlagen. Du musst den Leuten etwas weitaus Pikanteres
liefern, worüber sie sich das Maul zerreißen können.« Sie

tätschelte seinen Arm. »Wir werden uns etwas einfallen lassen.«

»Das wird nicht nötig sein«, flüsterte er und sein Verstand raste dabei. »Ich muss gehen.«

Er wirbelte herum, denn er sah ganz eindeutig, was geschehen musste. Er musste nur dafür sorgen, dass die richtigen Leute anwesend waren.

∿

*P*rudence hatte wegen der lastenden Sorgen um ihre Mutter, und der Frage, ob Peterborough in irgendeiner Form grausame Rache an ihr verübte, kaum geschlafen. Gott sei Dank hatte sie am Morgen Nachricht erhalten, dass die Countess die Nacht sicher im Hause ihres Bruders verbracht hatte.

Damit konnte Prudence sich auf den Hauptteil ihrer Sorgen konzentrieren, der aus den Gerüchten über sie und auch ihrer Zukunft bestand. Was würde Bennet zu all dem sagen, wenn er hier wäre? Hatte er fernab in Somerset davon gehört? Wenn nicht, würde er das bald, da Flora den Londoner Klatsch aufmerksam verfolgte.

»Nun, das war langweilig.« Kat sprang von ihrem bevorzugten Lesesessel auf und ging, um das Buch wieder ins Regal zu stellen.

Prudence drehte sich vom Fenster weg. »Du bist schon fertig?«

»Ich habe die letzte Hälfte überflogen.« Angesichts ihrer Lesegeschwindigkeit fragte Prudence sich, wie das vonstattengehen mochte. »Und jetzt ist mir langweilig. Ich denke, ich werde einen Spaziergang machen. Ich würde dich ja einladen, aber du wirst bestimmt wieder Nein sagen.«

Weil Prudence seit ihrer Ankunft in London nicht zum Spazierengehen zu bewegen war. Zuerst hatte sie in Selbstmitleid geschwelgt. Jetzt wollte sie niemandem begegnen, der sie verächtlich anschauen würde.

Ehe sie antworten konnte, trat Bart ein. »Lady Glastonbury. Lady Peterborough ist hier, um Euch zu besuchen. Sie wartet im Salon.«

»Danke, Bart.« Prudence sah zu Kat, die sie fortwinkte.

»Es ist nicht so, dass du länger meine Gesellschafterin bist«, meinte Kat zu ihr. »Obwohl ich zu sagen wage, dass du dir das vielleicht wünschst. Scheinbar war das für dich erfreulicher gewesen als der Ehestand. Ich denke, dies hat meinen Entschluss gefestigt, unverheiratet zu bleiben. Ich werde die großartigste Blaustrumpf-Jungfer sein, die London je gekannt hat.« Sie hüpfte geradezu aus der Bibliothek, und Prudence war für das Lächeln dankbar, das sie sich dabei nicht verkneifen konnte.

Prudence eilte die Treppe hinauf und lenkte ihre Schritte zum Salon, um ihre Mutter zu begrüßen. Die Countess stand drinnen bei der Tür und schenkte ihr beim Eintreten ein trauriges Lächeln.

»Mein armes Kind«, entfuhr es Christina und sie streckte ihre Arme aus.

Prudence zögerte. Ihr war zwar daran gelegen, dass es ihrer Mutter gut ging. aber sie war sich nicht sicher, ob sie in ihre ausgebreiteten Arme laufen wollte. Ihre Beziehung war noch nicht so weit gediehen. Oder doch?

Die Countess deutete ein leichtes Stirnrunzeln an. »Ich dachte, du würdest gerne getröstet werden. Liegt das nicht in deiner Natur? So war es mir erschienen, als du mich zum ersten Mal besucht hattest.«

»An jenem Tag war ich sehr aufgewühlt.« Inzwischen war sie jeden Tag sehr aufgewühlt. »Es kommt mir auch … irgendwie seltsam vor. Cassandra gegenüber hast du dich nie so verhalten, und sie hatte Bemutterung nötig gehabt.«

Christina machte eine Pause, bevor sie antwortete. »Ich

weiß. Ich gebe zu, dass es mir schwergefallen war, ihr so viel Zuneigung zu schenken, wie sie gebraucht hatte. Sie hat mich immer daran erinnert, dass ich dich verloren hatte. Es war zu schwer gewesen. Ich wünschte, ich wäre ihr eine bessere Tante gewesen, aber ich habe mein Bestes getan.«

Prudence ging zu ihrer Mutter und umarmte sie.

Die Countess schlang die Arme um Prudence und drückte sie fest an sich. »Was für ein Durcheinander das geworden ist.«

Sie lösten sich voneinander, und Prudence stellte überrascht fest, dass sie sich ein wenig besser fühlte. »Ich bin erleichtert, dass es dir gut geht. Was ist mit Peterborough gewesen?« Prudence hatte fast Angst zu fragen.

»Er war außer sich, aber zum Glück kam mein Bruder gerade in dem Moment, als er mir eröffnete, ich würde in einem Kloster in Irland weiterleben. Evesham hat mich schnell hinausgebracht und in sein Haus mitgenommen. Ich hätte ihm früher von dir erzählen sollen, aber selbst er gibt zu, dass er mir wahrscheinlich geraten hätte, eine Adoptivfamilie für dich zu finden.«

Prudence spannte sich an. »Ist er verärgert darüber, dass ich nun hier bin?«

»Nein, über Petes Reaktion ist er viel wütender. Er versteht, dass wir das Beste aus dieser Situation machen müssen.« Christina zuckte zusammen, dann lächelte sie entschuldigend. »Nicht, dass wir das Beste daraus machen müssten, dich hier in unserem Leben zu haben. Es ist nur eine Veränderung.«

Es war eine Überraschung, dass der Herzog Prudence scheinbar akzeptierte.

Christina fuhr fort: »Ich werde bei meinem Bruder wohnen, während ich überlege, was als Nächstes zu tun ist. In der Zwischenzeit unternimmt Evesham einen Versuch, Pete klarzumachen, dass jede Handlung seinerseits den

Skandal nur verschlimmern würde. Wenn er mit den Achseln zuckt, nichts unternimmt und so tut, als sei dies eine alte Geschichte, die ihn nicht interessiert, wird der Sache die Spitze genommen.« Sie nahm Prudence´ am Arm und führte sie zum Sofa. »Die Leute mögen Klatsch nur, wenn er jemanden demütigt.«

Sie setzten sich nebeneinander und wie Prudence feststellte, konnte sie leichter atmen.

»Ich freue mich, dass dein Bruder sich für dich einsetzt.«

»Es ist ein bisschen schockierend, das muss ich zugeben, doch er hat eine Seite, die weicher ist, als man sich vorstellen kann.« Christina legte einen Finger an ihre Lippen und lächelte. »Nicht weitersagen.«

Prudence ahmte die Geste nach.

»Noch überraschender als mir Hilfe zu leisten, ist die Tatsache, dass er dir, als seine Nichte, helfen will.«

»Mir?« Sie zu akzeptieren war eine Sache, aber ihr zu *helfen*? »Wie?«

»In aller Öffentlichkeit. Heute Abend findet ein Ball statt, und er wird an deiner Seite stehen.«

Es war schon schwer genug gewesen, die Tatsache zu akzeptieren, dass die Wahrheit über ihre Abstammung irgendwie bekannt geworden war, aber jetzt sollte sie auch noch glauben, der mächtige – und gestrenge – Herzog von Evesham würde ihr Beistand leisten. Sie schüttelte den Kopf. »Das kann ich nicht.«

»Mein Liebes, du musst. Und nicht nur, weil du das Risiko eingehst, den Herzog zu beleidigen. Der schnellste Weg, Klatsch und Tratsch zu ersticken, besteht darin, den Leuten etwas anderes zu geben, worüber sie sich das Maul zerreißen können.«

»Wenn der Herzog auf einem Ball zu mir steht, wird das dem Klatsch über mich ein Ende setzen?« Sie lachte, ohne den geringsten Hauch von Humor. Das war zu absurd.

Die Countess stieß die Luft aus. »Vielleicht nicht, aber es wird die Sache fördern. Viele werden die Akzeptanz des Herzogs erkennen und nicht wagen, ein Wort gegen dich zu sagen. Das Getuschel wird augenblicklich verstummen.«

»Du setzt sehr viel Vertrauen in die Macht deines Bruders.«

»Freilich. Er ist der Duke of Evesham.« Sie schaute Prudence mit einem verschmitzten Lächeln an. »Das solltest du auch. Also, was wirst du anziehen? Es muss dein schönstes Kleid sein.«

Als Gesellschafterin besaß Prudence Kleider, die sie zu Bällen trug. Aber es waren keine Ballkleider, nicht wie diejenigen, die Cassandra oder Fiona trugen. »Ich war bis vor kurzem Gesellschafterin, was sich in meiner Garderobe widerspiegelt. Selbst wenn ich die Zeit gehabt hätte, neue Kleider in Auftrag zu geben, kann mein Mann sich das nicht leisten.«

»Natürlich, daran hätte ich denken sollen. Ich bin sicher, dass wir uns etwas einfallen lassen können. Ich schicke meine Zofe. Sie kann wahre Wunder bewirken.«

Allem Anschein nach würde Prudence an diesem Abend auf einen Ball gehen. Am liebsten hätte sie sich unter einem Felsen verkrochen.

Die Countess legte den Kopf schief. »Ich wünschte nur, Glastonbury wäre hier. Mit ihm an deiner Seite würden auch die letzten Gerüchte verstummen. Warum *bist* du ohne ihn nach London zurückgekehrt?«

Prudence war dankbar, dass die Krankheit seiner Familie nicht Bestandteil des Gerüchts war. Das wäre zu viel gewesen. Das würde sie nicht einmal Ada, Cassandra oder ihrer Mutter anvertrauen. »Das Gerücht ist nicht ganz unrichtig«, sagte sie leise. »Wir haben nur wegen des Babys geheiratet.«

»Oh.« Ein tiefes Stirnrunzeln verzerrte Christinas Züge.

»Ich hatte den Eindruck, dass ihr euch gern hattet und vielleicht verliebt wart.«

»Wirklich?« Prudence hatte nicht gedacht, dass ihre Gefühle so offensichtlich waren. Vielleicht war sie wirklich eine Versagerin darin, sie zu verstecken. Ganz sicher war sie unfähig, dies gemäß der Anleitung ihrer Mutter zu bewerkstelligen – die sie aufgezogen und geformt hatte. Außerdem, von ihren eigenen Gefühlen abgesehen, glaubte sie nicht, dass Bennet in sie verliebt war.

Die Countess zuckte mit den Schultern. »Es schien, als hättet ihr zumindest eine gewisse Zuneigung zueinander geteilt. Besteht noch Hoffnung, dass die Liebe kommen wird?«

»Ich glaube nicht.« Prudence konnte ihren eigenen Mangel an Überzeugung hören. Wenn ihre Mutter etwas erspäht hatte, mussten Bennet und sie sich einander vielleicht nur gänzlich offenbaren?

Ein prickelndes Unbehagen legte sich zwischen ihre Schulterblätter. Sie war wütend und frustriert gewesen, weil er unaufrichtig zu ihr gewesen war, aber von dem größten und wichtigsten Geheimnis hatte sie ihm nichts gesagt. Dass sie dieses Baby – sein Baby – mehr als alles andere wollte und sie für ihr Glück kämpfen würde. Wenn er sie ließe.

»Du klingst nicht, als ob du das glauben würdest«, meinte Christina. »Was wirst du tun?«

»Ich bin noch nicht sicher. Aber heute Abend muss ich offensichtlich auf einen Ball gehen.«

Die Countess grinste. »Ja. Wir werden einen denkwürdigen Auftritt mit Cassandra und Wexford, Aldington und Sabrina, Lucien und dem Herzog vollziehen. Niemand wird es wagen, ein Wort gegen dich zu sagen. Ich wage zu behaupten, dass du sehr beliebt sein wirst.«

Prudence bezweifelte das, aber es kümmerte sie auch nicht. Dies war ein Gefallen, den sie ihrer Mutter tat. Denn wenn es nach Prudence ginge, würde sie sich so schnell wie möglich auf ihren Rückweg nach Aberforth Place machen.

KAPITEL 21

Bennet nahm zwei Stufen auf einmal, als er die Treppe des Phönix Clubs hinaufstürmte. Er strebte direkt zu Luciens Büro, das er allerdings leer vorfand. Als Nächstes versuchte er es in der weniger bevölkerten Bibliothek. Dort war der Gesuchte auch nicht. Bennets Frustration wuchs und er marschierte in das belebtere Mitgliederrefugium, in dem er mehrere Personen bemerkte, die ihn direkt anstarrten.

Von Lucien war immer noch nichts zu sehen. Wo um alles in der Welt steckte er bloß?

Er drehte sich auf dem Absatz herum und marschierte zur Treppe zurück, denn er beabsichtigte, im Spielsalon nach ihm zu suchen, das im Untergeschoss lag. Aber Lucien kam gerade die Treppe herauf.

Als er oben angelangt war, kam er auf Bennet zu, bis sie sich beinahe mit den Nasenspitzen berührten. »Ich sollte dir eine reinhauen, weil du zugelassen hast, dass meine Cousine allein nach London zurückgekehrt ist, aber du würdest mich wahrscheinlich verprügeln.«

»Das werde ich nicht.« Bennet trat einen Schritt zurück. »Schlag zu. Ich habe es verdient.«

Mit finsterem Blick stieß Lucien ein leises Knurren aus, ehe er sich zu seinem Büro umdrehte. Bennet folgte ihm.

»Wer hat dieses wilde Gerücht in die Welt gesetzt?«, fragte Bennet, sobald sie eingetreten waren.

Lucien schloss die Tür mit Vehemenz. Es war nicht direkt ein Zuknallen, aber so ähnlich. »Du meinst die wahre Geschichte meiner armen Cousine? Es mag ein Gerücht sein, aber falsch ist es nicht.« Wut schimmerte in seinen dunklen Augen.

Bennet hatte angestrengt versucht, seinen eigenen Zorn im Zaum zu halten. Er wurde daran erinnert, wie schwierig das war, denn plötzlich wollte er irgendetwas quer durch den Raum schleudern.

»Doch es ist auch nicht ganz richtig«, presste Bennet hervor. »Du hast mich nicht bezahlt, damit ich sie heirate.«

»Ach nein? Beantworte mir nur eine Frage. Gibt es ein Baby?«

Rage loderte in Bennets Magengrube auf. Er ballte die Fäuste an seinen Seiten. »Das geht dich nichts an. Es geht niemanden etwas an.«

»Das ist eine Antwort.«

»Ich werde versuchen, zu vergessen, dass du mich das überhaupt gefragt hast. Es sollte nichts ausmachen.«

»Es macht etwas aus. Ich glaubte, ihr wärt ineinander verliebt gewesen. Allerdings scheint es jetzt, als hättet ihr wegen des Kindes geheiratet.«

Wenngleich das nicht falsch war, so war es auch nicht ganz richtig. Bennet *hatte* sich verliebt. Aber er hätte sie wahrscheinlich nicht geheiratet, wenn das Kind nicht gewesen wäre. Himmel, es war ihm ein Graus, wie all dies passiert war. Warum hatte er sich nicht einfach in Prudence verlieben und sie heiraten können? Weil seine Familie ange-schlagen war. Er war mittellos und er fürchtete sich davor, wer er möglicherweise werden würde.

Er konnte sich mit all dem, das bereits schiefgelaufen war, oder schieflaufen würde, nicht weiter quälen. Es kam nur darauf an, dass er Prudence und ihr gemeinsames Kind liebte, was immer die Zukunft bereithielt. Noch immer war er zu Tode erschrocken, aber er war nicht allein.

Er war nicht allein.

Bennet erwiderte Luciens Blick und wählte klare Worte, damit kein Missverständnis aufkommen konnte. »Die Gründe für unsere Heirat sind kompliziert. Und *privat*. Ich habe allerdings einen Plan, der ein eher öffentliches Spek-takel erfordert. Ich muss dich um einen letzten Gefallen bitten.« Lucien runzelte die Stirn und Bennet hätte beinahe über die Absurdität der Situation gelacht. »Ich möchte dich bitten, dafür zu sorgen, dass Prudence heute Abend auf dem Tilden Ball erscheint.«

»Das ist eine sehr kurze Frist. Warum?«

»Ich habe jetzt keine Zeit, das zu erklären. Versprich mir nur, dass du sie dorthin bringst.«

»Ich kann dir nichts versprechen, aber ich werde es versuchen.« Er sah Bennet aus schmalen Augen an. »Ich vertraue dir ein letztes Mal, Glastonbury. Wenn du das verpatzt, werde ich dich nicht nur aus dem Phönix Club ausschließen.«

»Wenn ich versage, wirst du das nicht tun müssen.« Bennet wusste nicht, wie er sich dann davon erholen sollte. »Hast du irgendeine Ahnung, woher die Information stammt? Es gibt nur ein paar Leute, welche die Wahrheit kennen.«

Lucien wirkte gequält. »Ich habe einhundertmal mit Con und Wex darüber gesprochen. Es könnte jemand aus Wex'

Haushalt gewesen sein, aber soweit bekannt ist, hat er keine undichten Stellen. Sein Butler geht der Sache auf den Grund.«

»Wenn ihr etwas herausfindet, möchte ich wissen, wer es war.« Bennet wartete auf Luciens zustimmendes Nicken, ehe er fortfuhr. »Ich habe mir um Prudence´ Mutter Sorgen gemacht. Ist mit Lady Peterborough alles in Ordnung?«

Überraschung flackerte in Luciens Blick auf. »Es ist nett von dir, zu fragen. Mein Vater hat eingegriffen. Sie wohnt vorläufig bei ihm.«

Bennet war froh, das zu hören. »Gut.« Er drehte sich zum Gehen, aber Lucien hielt ihn auf.

»Wenn du die Dinge mit Prudence nicht regelst, werden Con und ich dafür sorgen, dass du es tust.«

Bennet sah über seine Schulter zurück und traf den Blick des anderen. »Wenn ich die Dinge mit meiner Frau nicht regele, kann weder Aldington noch sonst wer etwas tun, was noch schlimmer wäre als die Schmach, mit der ich den Rest meiner Tage leben müsste.«

$\sim$

*E*vie Renshaw hatte es wieder einmal geschafft. Sie hatte diesen Tag für so viele Leute auf so vielerlei Weise gerettet, und der heutige Abend war nicht anders. Als ein extravagantes Ballkleid, das die gesamte feine Gesellschaft in Staunen versetzen sollte, gefunden werden musste, hatte Evie es stillschweigend geliefert. Heute Abend hatte sie bewiesen, dass sie in Hinsicht auf modischen Geschmack und gute Verbindungen unvergleichlich war. Einzig ihr war es zu verdanken, dass Prudence heute Abend nicht nur so aussah, als gehörte sie der feinen Gesellschaft an, sondern als hätte sie darin den höchsten Stand inne.

Das rote Kleid war erst zum Teil fertig gewesen, als Evie ihre bevorzugte Modistin aufgesucht hatte. Sie hatte die Frau zu den Wexfords gebracht, wo die Modistin Prudence' Maße genommen und das Kleid dann mit Hilfe von Christinas Zofe fertiggestellt hatte.

Christina und Cassandra waren Schuhe einkaufen gegangen und irgendwie hatten sie dabei auch ein paar rubinbesetzte Kämme für Prudence' Haar aufgetan, die Christinas Zofe in der elegantesten Frisur drapierte, die Prudence je getragen hatte. Sie trug auch eine Halskette und Ohrringe mit Rubinen. Der Schmuck fühlte sich schwer an ihr an, und Prudence musste feststellen, dass sie sich nach einer Schürze und Mrs. Logans Küche sehnte.

Als sie das Haus der Tildens betrat und dabei von ihrer Mutter und ihrem Onkel flankiert wurde, hielt sie den Kopf hoch erhoben und betete, dass sie wie eine Viscountess aussah. Lord und Lady Tilden hatten sie erfreut begrüßt, doch anstatt aufrichtiger Wärme zeigten sie eher Überraschung. Ob es an Prudence lag, die den Nerv hatte hierher zu kommen, oder die Tatsache, dass sie vom Herzog von Evesham begleitet wurde, würde ein Geheimnis bleiben.

Im Ballsaal nahmen sie in der Nähe der Tanzfläche Aufstellung. Cassandra kam an Prudence' Seite und beugte sich dichter zu ihr. »Du siehst absolut umwerfend aus. Die Leute sehen, wie prächtig du in diesem Kleid und dem Schmuck aussiehst.«

Prudence berührte die Rubinhalskette an ihrem Hals. »Sie starren mich an und fragen sich, warum ich hier bin. Wenn sie meine Kleidung oder meine Accessoires zur Kenntnis nehmen, dann nur, um sich zu fragen, wie es mir bloß gelungen ist, euch alle zu blenden, um mich so auszustaffieren.« Noch nie hatte Prudence sich mehr zur Schau gestellt und verletzlicher gefühlt. Sie wollte unbedingt fort von hier. »Wie lange müssen wir bleiben?«

Sie hatten ihr Gespräch sehr leise geführt, sodass nur sie beide ihren Wortwechsel hören konnten. Das hieß allerdings nicht, dass Christina den Austausch nicht registriert hätte. Sie trat näher. »Schau nicht so elend drein, Prudence. Nimm den Kopf hoch und tue so, als ob du nirgendwo anders hingehörst.«

Der Herzog kam auf sie zu. »Wir sollten tanzen, Lady Glastonbury.«

Das war keine Aufforderung. Nicht, dass sie ihm einen Korb gegeben hätte.

Sie legte ihre Hand auf seinen Arm, und er führte sie auf die Tanzfläche, sobald das nächste Stück begann.

»Ich tanze nicht mehr oft«, meinte er schroff. »Aber es ist wichtig für meine Schwester, also werde ich mein Bestes geben.«

»Ich habe selten getanzt, Euer Gnaden.« Sie betete, dass sie ihn nicht in Verlegenheit bringen würde.

»Nennen Sie mich nicht ›Euer Gnaden‹. Wir sind jetzt gesellschaftlich gleichgestellt, also würden Sie mich Herzog nennen. Aber du bist meine Nichte, also wirst du mich Onkel Evesham nennen.«

Sie nahmen ihre Positionen auf der Tanzfläche ein, und Prudence musste sich zügeln, um nicht in Panik zu geraten. Die Musik setzte ein, und sie kam recht gut zurecht, da sie die Schritte auswendig kannte. Das war hauptsächlich darauf zurückzuführen, dass sie bei Fionas Unterricht zugesehen hatte, als diese in die Stadt gekommen war, und ihr dann gelegentlich beim Üben geholfen hatte.

Als sie und der Herzog nahe beieinander waren, sagte er: »Wie ich schon sagte, mache ich das nicht oft. Lucien wird mich bald ablösen, und ich werde den Ballsaal umrunden und deine Anmut und Tugend preisen.«

Tugend. Prudence wäre fast gestolpert.

»Danke ... Onkel Evesham.« Ihr Onkel war ein Herzog.

Aus irgendeinem Grund begann diese neue Situation, dieses neue *Leben*, endlich in ihr Fuß zu fassen. Selbst wenn sie nicht die Tochter eines Viscounts und einer Countess und die Enkelin eines Herzogs gewesen wäre, so war sie doch eine Viscountess. Sie war Lady Glastonbury, und sie gehörte unabdingbar hierher, ob sie nun wollte oder nicht.

Der Tanz endete, und Lucien nahm die Stelle seines Vaters ein. Bevor der Herzog die Tanzfläche verließ, beugte er sich zu ihr und küsste ihre Wange. »Du bist die Tochter meiner Schwester. Du trägst unser Blut in dir. Nur das zählt.«

Er schaute sie nicht an, als er sich umdrehte und davonging. Sie sah ihm mit überwältigender Dankbarkeit und Zuneigung hinterher.

Lucien ergriff ihre Hand, als die Musik einsetzte. »Du siehst aus, als wärst du ein wenig fröhlicher«, bemerkte er mit einem Lächeln.

»Überraschenderweise, ja.« Das hätte sie sich nie vorstellen können.

»Dann kann ich kaum erwarten, zu erleben, was der Abend noch alles mit sich bringt.« Er schwang sie in einer Drehung herum, und sie trennten sich, sodass sie ihn nicht fragen konnte, was er meinte.

Der Rest des Musikstücks verging in einem atemlosen Wirbel. Ihr unterliefen nur wenige Fehltritte, und Lucien war geschickt genug, sie zu decken, damit sie sich nicht blamierte.

Sie bedankte sich bei ihm, als sie die Tanzfläche verließen. »Bitte sag mir, dass ich nicht mehr tanzen muss. Das war ganz schön anstrengend.«

Als sie den Kopf drehte, um nach Cassandra oder Christina Ausschau zu halten, erstarrte sie und ihr Körper blieb stockstill, als wäre sie gegen eine Mauer gelaufen. Neben ihren Verwandten standen ihre anderen Verwandten: Flora und Minerva.

Ihre Kleider waren furchtbar unmodern, aber sie lächelten breit, und Prudence freute sich sehr, die beiden zu sehen. Sie war schockiert, aber erfreut.

Als sie sich wieder gefasst hatte, eilte sie auf die beiden zu. »Flora, Minerva, wie kommt es, dass ihr hier seid?«

Stille schien sich über den Ballsaal zu legen. Die Gespräche verstummten, und die Luft wurde dünner.

»Ich habe sie mitgebracht.«

Die beiden Frauen traten beiseite und gaben den Blick auf Bennet frei. Elegant in Schwarz gekleidet mit seiner üblichen, einfach geknoteten Halsbinde, war er alles, was sie sich je gewünscht hatte. Sogar bevor sie gewusst hatte, was sie sich wünschte.

Vereinzeltes Gemurmel durchbrach die Stille. Aber nur kurz, ehe wieder Stille – und gespannte Erwartung – die Oberhand gewannen.

»Bennet«, hauchte sie und konnte kaum glauben, dass er kein Traum war und sie ihn wirklich vor sich sah.

Er holte tief Luft und sprach mit lauter, klarer Stimme. »Guten Abend, meine liebe Frau. Ich freue mich sehr, heute Abend wie geplant hier bei dir sein zu können.« Da Stille im Saal eingekehrt war, konnten alle seine Worte gut hören.

Minerva neigte den Kopf und schritt auf Prudence zu. »Ja, wir danken dir, dass du unserem lieben Jungen erlaubt hast, seine Reise nach London zu verschieben, damit Flora sich von ihrer Erkältung erholen konnte.«

Welche Erkältung?

»Wie rücksichtsvoll von dir, ihn zu schonen«, sagte Flora. »Aber jetzt sind wir alle zusammen hier, wie vorgesehen.«

Sie erklärten öffentlich, warum Prudence ohne ihren Mann nach London zurückgekehrt war. Prudence stockte der Atem und ihr Puls begann zu rasen.

»Ja, wie vorgesehen«, wiederholte sie.

Bennet schritt auf sie zu und sein Blick war auf sie und nur auf sie gerichtet. Er nahm ihre Hand und drückte seine Lippen auf die Innenseite ihres Handgelenks. »Wie ich dich vermisst habe«, murmelte er nur für sie. Dann erhob er noch einmal seine Stimme. »Ich fühle mich, als müsste ich vor allen Leuten kundtun, dass ich dich über alle Maßen liebe. Ich würde dich wieder und wieder heiraten, eintausend Mal, wenn ich könnte. Du bist die Frau meiner Träume und die Dame meines Herzens. Und das sind die Gründe, warum ich dich geheiratet habe.«

Seine blaugrünen Augen waren so glänzend. Waren das Tränen, die überzulaufen drohten? Wenn dem so war, dann ließ er sie nicht.

Sie sorgte sich, dass sie nicht über die gleiche Selbstbeherrschung verfügte. Ihre Emotionen wallten auf, ihre Kehle schnürte sich zu und ihr Gesicht wurde heiß.

»Hurra!«, rief Lucien aus. »Auf Lord und Lady Glastonbury!«

Mehrere Ballgäste in der Nähe antworteten mit »Hurra«. Prudence konnte ihren Blick nicht von Bennet losreißen.

Er bot ihr seinen Arm. »Sollen wir promenieren?«

Sie nahm das Angebot sofort an und freute sich über seine Stabilität. »Auf direktem Wege nach draußen«, flüsterte sie.

»Natürlich.« Er führte sie zu den Türen und nickte lächelnd den Leuten zu, als sie vorbeigingen.

Prudence konzentrierte sich, genau geradeaus zu schauen denn sie wollte niemanden ansehen oder etwas von der Art und Weise mitbekommen, wie sie von den anderen angestarrt wurde. Als sie draußen waren, atmete sie endlich erleichtert auf und die Anspannung ihres Körper ließ nach.

Bennet fasste sie um die Taille und zog sie dichter zu sich

heran, als er sie beide vom Haus weg manövrierte. »Alles in Ordnung?«

»Das wird schon wieder. Das war ... ich weiß nicht, was ich sagen soll.« Sie drehte sich zu ihm um. »Du hast ein richtiges Spektakel veranstaltet.«

»Das habe ich. Absichtlich. Es ist unser Spektakel – unser Zugeständnis. Keine Geheimnisse mehr. Ich möchte, dass alle wissen, wie ich für dich empfinde.« Er runzelte die Stirn. »Vielleicht hätten wir über Großtante Floras Erkältung nicht schwindeln sollen. Ich hätte vor allen zugeben sollen, dass ich ein Dummkopf war, weil ich nicht ehrlich zu dir gewesen bin und weil ich dich nicht nach London zurückbegleitet habe.«

»Ich bin froh, dass du das *nicht* getan hast. Ich habe mit einer ganzen Menge zu kämpfen, hauptsächlich mit meinen Emotionen in ihrer überwältigenden Fülle, die mich in letzter Zeit überfallen. Ich glaube nicht, dass ich damit fertiggeworden wäre, wenn die Gesellschaft so viel erfahren hätte. Die Gerüchte waren schlimm genug.« Sie verzog das Gesicht.

»Es tut mir leid, Pru. Ich hätte dir vor langer Zeit die Wahrheit sagen sollen. Das Dumme ist, dass ich immer gewusst zu haben glaubte, du würdest es verstehen. Du bist die erste und einzige Frau, die ich mir tatsächlich in meinem Leben vorstellen kann, auf Aberforth Place, *mit* meiner Familie.«

Bei seinen Worten wollte sie von einer unbändigen Freude getrieben in die Lüfte aufsteigen. Dies war ein Überschwang von Emotionen, den sie genoss. »Ich hätte nicht einfach so abreisen sollen. Nachdem ich meine Gefühle so viele Jahre unterdrückt hatte, war ich von ihnen wie erdrückt.«

»Ich verstehe. Du hattest fortgehen müssen – von mir.«

Er lächelte sie zaghaft an. »Wenn du immer noch von mir getrennt sein willst, werde ich das verstehen.«

Das tat sie nicht. Wenn sie jetzt nicht für immer mit ihm zusammen sein könnte, wüsste sie nicht, was sie tun sollte. »Hast du gemeint, was du gesagt hast? Du liebst mich?«

Seine Augen glommen vor Emotion. »Über alles.«

»Das war eine tolle Vorstellung!« Die schrille Stimme riss sie auseinander. Prudence starrte die Frau an, die auf sie zukam. Sie war groß und wirkte eher harsch. »Aber wenn ihr glaubt, das würde den Schaden wettmachen, habt ihr euch selbst hereingelegt. Wenn dieses Balg auf die Welt kommt, werden alle die Wahrheit erfahren – dass du sie geheiratet hast, weil sie eine Hure ist und sie hatte Glück genug, Verwandte zu haben, die dich kaufen konnten.«

Bennet tat zwei Schritte auf die Frau zu, bis er kurz vor ihr stehen blieb. »*Du* hast das getan?«

»Hast du geglaubt, ich würde dich unsere Vereinbarung ohne irgendwelche Konsequenzen brechen lassen?«

Prudence beobachtete, wie Bennet die Hand zu einer Faust ballte und er im Gesicht und am Hals rot anlief, während er den Kiefer zusammenbiss. Sie hatte ihn schon einmal zuvor so wütend gesehen – bei dem Kampf in Croydon an dem Abend, an dem er die Männer angeheuert hatte, sie zu entführen.

Genau davor graute ihm. Die Kontrolle zu verlieren. Sie hatte nicht vor, ihn gewähren zu lassen.

»Wie hast du alles über meine Frau herausgefunden?«, grollte Bennet und ging sogar noch näher auf die Frau zu, bei der es sich, wie Prudence annahm, um seine frühere Verlobte, Mrs. Merryfield handeln musste.

»Du hattest ihre Schwangerschaft nicht geleugnet, als ich diese Vermutung angestellt hatte«, konterte die Frau hochnäsig.

»Ich habe dir nie geantwortet!« An seinem Hals trat eine

Vene hervor und Prudence wusste, dass er im Begriff war, eine Grenze zu überschreiten.

Die Gäste, die sich im Garten aufhielten, drehten sich langsam herum und verfolgten das Geschehen.

Bennet beugte sich vor und kräuselte die Lippen. »Du Miststück.«

KAPITEL 22

*B*ennet sah rot. Hitze und Wut pulsierten ihn ihm, als er wie durch einen Tunnel auf Mrs. Merryfield blickte. Außer ihrem arroganten, wütenden Gesicht konnte er nichts anderes sehen.

Er spürte, wie sich eine Hand um seine legte. Der Duft war vertraut … Prudence. Sie schob sich vor ihn und verdeckte ihm mit ihrem Kopf die Sicht auf seine frühere Verlobte.

Wie hatte er überhaupt je in Betracht gezogen, diese Harpyie zu heiraten?

»Ich weiß nicht, wie Sie von meinen Eltern erfahren haben«, meinte Prudence leise, aber mit einem bedrohlichen Tonfall, den Bennet sich nie hätte vorstellen können. »Ich gehe allerdings davon aus, dass dies mit niederträchtigen und skandalösen Mitteln geschehen ist.«

Mrs. Merryfield machte den Mund auf, doch dann presste sie ihre schmalen Lippen wieder zusammen.

»Sie sollten sich schämen. Stellen Sie sich vor, wie armselig Sie sind, einzig und allein aus Eifersucht ein Gerücht über jemanden in die Welt zu setzen. Sie hätten keinen größeren Fehler begehen können.« Prudence trat zurück und legte den Arm um Bennets Taille. Sie lehnte sich an ihn. »Wie Sie sehen können, sind wir sehr verliebt.«

»Wir hatten eine Vereinbarung«, knurrte Mrs. Merryfield.

Bennet hatte gerade angefangen, sich zu entspannen, doch er wurde von einer neuen Welle der Wut überkommen. »Nicht noch einmal. Wenn du –«

»Bennet, gestatte mir bitte«, meinte Prudence liebenswürdig. »Mrs. Merryfield, denken Sie an Ihre Kinder und das Beispiel, das Sie ihnen vorgeben. Ich kann mir nicht vorstellen, dass sie stolz auf Ihr Benehmen sind, aus welchen Grund auch immer Sie es gerechtfertigt sehen. Das ist es einfach nicht. Außerdem ist kein Schaden entstanden. Bennet und ich sind verheiratet, wir sind glücklich und wir werden weiterhin glücklich sein. Ich hoffe, Sie können eine Möglichkeit finden, das Gleiche zu tun. Nun tun Sie sich selbst einen großen Gefallen und gehen Sie.«

Mit einem letzten Starren wirbelte Mrs. Merryfield herum und stolzierte auf das Haus zu. Bennet sah, dass seine und Prudence' Familie nach draußen gekommen war, und nun bei den Türen stand. Als Mrs. Merryfield an ihnen vorbeirauschte, schien es, als würden seine Großtanten und Cassandra sich ihr in den Weg stellen. Alle drei machten den Eindruck, als wären sie zu physischer Gewalt fähig. Glücklicherweise war Wexford dort und trat vor sie. Beinahe gleichzeitig wendeten sie ihre Aufmerksamkeit Prudence und Bennet zu und ihre finsteren Blicke wandelten sich jeweils in freudestrahlendes Lächeln.

Dann brach ein donnernder Applaus im Garten aus, der von ein paar Hurrarufen begleitet wurde. Bennet konnte fühlen, wie Prudence sich entspannte und seine Wut verflog. Noch nie zuvor war das so schnell passiert. Normalerweise dauerte es Stunden, bis er sich wirklich wieder beruhigt hatte.

Er sah zu seiner Frau und verspürte einen größeren Frieden als je zuvor.

Sie lächelt die Leute an, die ihnen winkten und die Köpfe neigten. Ein Gentleman trat zu ihnen und rief aus: »Bravo!«

Jetzt wurde Prudence rot.

»Sollen wir gehen und mit unseren Familien reden?«, fragte sie.

»Nein, ich brauche dich einen Moment für mich allein.« Bennet legte einen Arm um sie und führte sie zu einer dunklen Ecke. Dann zog er sie hinter ein Gebüsch und legte die Hände um ihr Gesicht. »Ich liebe dich.« Er küsste sie erst sanft und dann inniger, während sie die Arme um seinen Nacken schlang.

Schließlich zog er sich zurück und streifte mit den Lippen über ihre Wange, ihre Stirn und ihre Schläfe. »Ich liebe dich schon so lange.«

»Wie lang?«, fragte sie atemlos.

»Seit Riverview – das erste Mal«, fügte er hinzu. »Ich stelle mir gern diese Tage vor, die wir zusammen verbracht haben, außer, dass ich dich nicht hätte entführen müssen und ich nicht an meine Familie oder meine Pflichten gebunden sein müsste. Ich wäre sorgenfrei und in der Lage, meinen eigenen Weg ohne Angst zu wählen. Ich hätte dich gewählt. Ich hätte um deine Hand angehalten.« Mit den Fingern zog er ihren Haaransatz von der Stirn bis zur Wange nach.

»Jetzt bitte ich dich um Verzeihung. Es tut mir leid, dass ich nicht ehrlich zu dir war. Ich war wegen meiner Zukunft voller Angst – und der Zukunft eines Kindes, das ich zeugen könnte. Diese Angst hat mich daran gehindert, heiraten zu wollen, und meine Liebe zuzulassen.«

Sie legte ihre Handflächen auf seinen Oberkörper und schob sie seitlich bis fast zu seinen Schultern. »Ich wollte auch nicht heiraten. Nach dem Tod meines Vaters hat meine Mutter mich gedrängt, meine Emotionen zu begraben und mir versichert, dass sie nicht hilfreich wären. Ich glaubte ihr, insbesondere nachdem sie gestorben war und ich mich so allein gefühlt habe. Wenn du dir nicht gestattest, zu fühlen, ist die Einsamkeit viel leichter zu ertragen.«

Ihre Worte zerrissen ihn innerlich, sodass er kaum Luft bekommen konnte. »Oh, Pru. Du hast immer so stark und selbstbewusst gewirkt.«

»Ich habe nicht einmal erkannt, dass ich allein war, bis ich dich kennengelernt habe.« Sie berührte seine Wange. »Aber ich denke, ich war – bin – auch stark und selbstbewusst. Ich bin überzeugt, dass ich dich liebe. Ich war allerdings nicht überzeugt, ob du mich liebst. Insbesondere, als ich erfuhr, dass du die Wahrheit über deine Familie vor mir verheimlicht hast, war ich sicher, dass du mich nicht liebst.«

Ohnmacht und Bedauern brandeten über ihn hinweg. »Wenn ich noch einmal von vorn beginnen könnte, würde ich dir alles von Anfang an erzählen.«

Sie zog eine Augenbraue hoch. »Von Anfang an? Du würdest mir alles über die Schwierigkeiten deiner Familie erzählen, während ich wie ein Fasan verschnürt war? Ich denke, das hast du gesagt, nicht wahr?«

Er konnte nicht anders als zu lachen. »Vielleicht nicht genau in dem Moment.« Dann wurde er wieder ernst. »Zweifle niemals an meiner Liebe zu dir. Ich gelobe, dir das viele Male am Tag für den Rest unseres Lebens zu sagen.« Wieder küsste er sie und es war eine langsame Erkundung, die voller Versprechen war.

Sie zog sich zurück und blickte eindringlich zu ihm auf. »Was ist mit dem Baby? Hast du immer noch Angst?«

»Ja.« Er würde sie nicht anlügen. Jetzt nicht mehr. »Aber mit dir habe ich weniger Angst. Meine Großtanten haben auch ausgeführt, dass ich – wahrscheinlich – nicht von der

Familienkrankheit betroffen bin. Es scheint, als sei ich bloß, ähm, emotional. Oder das kann ich zumindest werden. Und obwohl ich einige eher schlechte Entscheidungen getroffen habe, sind sie mit nichts von dem vergleichbar, was mein Vater auf dem Gewissen hat. Ihrer Meinung nach zeige ich keinerlei Verhalten, das außerhalb des Normalen der meisten Menschen liegt.«

»Wie liebenswürdig von ihnen.«

»Ja, das war es tatsächlich.« Bennet war den beiden außerordentlich dankbar.

Sie legte die Hand an seine Wange. »Du bist so lange in deiner Angst und Sorge allein gewesen und hast diese schreckliche Bürde geschultert, selbst als dein Vater noch am Leben war, vermute ich. Aber du bist derjenige, der sie alle zusammenhält. Erkennst du nicht, wie wundervoll das ist? Wie viel Liebe und Kraft es braucht, derjenige zu sein, der du bereits geworden bist?«

Wie gern würde er das glauben. »Du siehst einen besseren Mann, als ich in Wahrheit bin, aber andererseits stimmt es auch, seit ich dich entführt habe.«

»Du bist ein weit besserer Mann, als du glaubst, aber vermutlich werde ich dich einfach jeden Tag daran erinnern müssen.«

»Ich werde dessen nie müde werden«, entgegnete er leidenschaftlich. »Der Gedanke, jeden Tag mit dir verbringen zu dürfen, erfüllt mich mit einer Freude, die ich mir nie vorgestellt habe.«

»Ich weiß, dass keiner von uns das wollte, und wenn nicht dank einer Abfolge von Unglücksfällen, wären wir jetzt nicht hier. Aber es tut mir nicht leid.«

»Du sagst Unglücksfälle, und ich hätte dir zugestimmt. Ich habe dir von meinem Pech erzählt. Das glaube ich nicht mehr. Ich betrachte diese Unglücksfälle und sehe das größte Glück, das ein Mann haben kann. All dies hat mich zu dir geführt. Zu uns.« Er legte seine Hand auf ihren Bauch und dachte an das Leben, das in ihr wuchs. »Was immer die Zukunft bringt, werden wir es bewältigen – zusammen.«

Sie erhob sich auf die Zehenspitzen und berührte seine Lippen mit den ihren. »Zusammen.«

EPILOG

*P*rudence sprang in dem Moment von ihrem Sessel auf, als sie männliche Stimmen hörte. Sie eilte in die Eingangshalle, als der Herzog von Evesham aus Bennets Arbeitszimmer kam und Bennet ihm folgte.

»Dein Mann hat ein ausgezeichnetes Plädoyer gehalten«, meinte der Herzog und blieb neben Prudence stehen.

»Er ist sehr engagiert, was Aberforth Place und seine Familie anbelangt.« Prudence wünschte, sie hätte an dieser Besprechung teilnehmen dürfen, doch wie sie wusste, hätte der Herzog das nicht gutgeheißen. Für ihn waren finanzielle Verhandlungen eine reine Männerdomäne.

»Den Anschein hat es.« Der Herzog drehte sich zu Bennet und schüttelte ihm die Hand. »Ich freue mich auf Ihren ersten Bericht.«

»Ich danke Ihnen, Sir.« Bennet lächelte und warf Prudence einen Blick zu, der eine Mischung aus Freude und Erleichterung ausdrückte.

Prudence wollte ihren Onkel am liebsten in die Arme schließen. »Sehen wir uns heute Abend beim Essen?« Sie trafen sich später bei den Wexfords zu einer Feier.

»Nur kurz«, entgegnete er mit einem leichten Stirnrunzeln. »Ich störe euch junge Leute nur ungern, aber ich schaue noch einmal vorbei, bevor ich in meinen Club gehe.«

Prudence nahm ihren Mut zusammen und küsste seine Wange. »Danke, Onkel«, flüsterte sie.

Er grunzte zur Antwort, ehe er sich verabschiedete.

Prudence drehte sich zu ihrem Mann. »Es ist gut gelaufen, nehme ich an?«

»Sehr gut.« Bennet hob sie hoch und wirbelte mit ihr durch die Eingangshalle.

Lachend flehte sie ihn an, sie abzusetzen. »Mach mich nicht wieder krank.« An diesem Morgen war Prudence zum ersten Mal wegen des Babys übel gewesen. Jetzt ließ es sich nicht mehr leugnen – nicht, dass irgendjemand das getan hätte.

Bennet setzte sie ab und küsste sie leidenschaftlich. »Ich kann mich nicht erinnern, wann ich mich das letzte Mal so gefühlt habe. Wahrscheinlich noch nie.«

Sie sah grinsend zu ihm auf und genoss sein Hochgefühl. »Wie fühlt es sich an?«

»Ich bin mir nicht sicher, ob ich es beschreiben kann. Ich habe tatsächlich das Gefühl, als könnte ich aufatmen, denn ich muss mir keine Sorgen mehr machen, ob ich Tante Agatha weiter in dem einzigen Heim unterbringen kann, an das sie sich erinnert, oder ob ich Tante Judith und Großtante Esther zwingen muss, nach Aberforth Place zu ziehen. Niemand will das«, fügte er trocken hinzu.

Prudence kicherte. »Ich bin so froh, dass der Herzog eingewilligt hat, dir ein Darlehen zu gewähren.«

»Nicht nur das, auch die Bedingungen waren sehr günstig.«

»Was meinte er mit einem Bericht?«, fragte sie.

»Ich soll ihm vierteljährlich einen Bericht über meine Fortschritte zukommen lassen. Das war zu erwarten, und ehrlich gesagt, bin ich froh, dass er mich fördert. Mein Vater war in der Verwaltung des Anwesens sehr ungeschickt, und ich war zu jung, um vor dem Tod meines Großvaters viel darüber lernen.«

Plötzlich öffnete sich die Tür und Flora und Minerva traten ein, gefolgt von Mrs. Hennings. Minervas Eichhörnchen lugten aus ihrer Schürze hervor, und Flora trug einen Korb mit Blumen. Sie sahen beide erfreut aus. Mrs. Hennings wirkte ein wenig angeschlagen.

»Wie ich sehe, habt ihr am Russell Square viele Blumen gefunden.« Bennet behielt seinen Arm um Prudence, während er zu seinen Großtanten sprach.

Flora nickte energisch. »O ja, es hat sich gelohnt, den zusätzlichen Weg auf sich zu nehmen. Er ist viel größer als Bloomsbury. Wenn ihr mich jetzt entschuldigt, ich muss mich daranmachen, diese Schönheiten zu pressen.« Sie schlenderte zur Treppenhalle und setzte ihren Weg weiter in den Salon hinauf fort, den sie zur Hälfte zum Pressen ihrer Blumen in Beschlag genommen hatte.

Minerva tätschelte George. »Mr. George scheint heute einen Freund gefunden zu haben. Wir werden morgen wiederkommen müssen, damit sie einander sehen können.«

»Mrs. Hennings kann euch nicht jeden Tag durch die Stadt begleiten«, bemerkte Bennet gleichmütig.

Blinzelnd sah Minerva von ihm zu Prudence und wieder zurück. »Dann wirst du oder Prudence eben mitkommen müssen.« Mit einem glücklichen Lächeln rauschte sie aus der Eingangshalle.

»Vielen Dank, Mylord«, meldete sich Mrs. Hennings zu Wort. »Ich sollte nun einige Arbeiten erledigen.«

Prudence hielt sie auf. »Nur einen Moment, Mrs. Hennings. Ich wollte Ihnen sagen, dass ich mich heute mit Jane getroffen habe. Sie reicht ihre Kündigung bei Lady Basildon ein.« Am Tag nach dem Spektakel auf dem Tilden-

Ball hatte Bennet vorgeschlagen, die Tochter der Haushälterin einzustellen. Offen gesagt brauchte der Haushalt ein weiteres Dienstmädchen, und Jane konnte Prudence auch als Zofe dienen. Prudence hatte sich zunächst gesträubt, doch sie mochte Mrs. Hennings so gern, dass sie einem Treffen mit Jane zugestimmt hatte. Nachdem Prudence die sympathische und enthusiastische junge Dame kennengelernt hatte, wollte sie sie unbedingt hier haben. Außerdem wollte die arme Jane dringend von ihrer klatschsüchtigen Arbeitgeberin fort.

Mrs. Hennings Augen leuchteten, und sie klatschte in die Hände. »Ich bin so erfreut – und dankbar – Eure Ladyschaft. Ich danke Euch.«

»Ich bin froh, sie beide zusammen zu wissen – und auch dass Sie mehr Hilfe haben. Sie arbeiten zu hart.« Sie warf Bennet einen Seitenblick zu. Er wusste um Mrs. Hennings Überlastung. Das war teilweise seine Begründung gegenüber Prudence gewesen, als es um Janes Einstellung ging.

»Ich tue, was nötig ist«, widersprach Mrs. Hennings. »Es ist mir ein Vergnügen und eine Ehre, Seiner Lordschaft zu dienen – und jetzt Euch. Ich mache mich besser auf den Weg.« Sie strebte auf die Rückseite des Hauses zu, wo sie über die Hintertreppe nach unten in die Küche gelangte.

»Ich sollte wirklich auch einen Diener einstellen«, überlegte Bennet. »Doch ich gestehe, dass ich zögere. Mir kommt es immer noch so vor, als könnte ich es mir nicht leisten.«

»Dann können wir das vielleicht auch nicht. Ich brauche keinen Diener. Ich brauche das alles nicht«, meinte Prudence. »Meinetwegen können wir jederzeit das Leben wieder aufnehmen, das wir in Riverview geführt und genossen haben.«

»Das können wir.« Bennet senkte seinen Kopf, um sie erneut zu küssen. Ein paar Augenblicke später trennten sie sich atemlos. »Darf ich vorschlagen, dass wir nach oben gehen, um uns auf das Dinner bei den Wexfords vorzubereiten?«

»Das ist noch Stunden hin«, gab Prudence lachend zu bedenken.

»Ohne Kammerdiener oder Zofe wirst du zugeben, dass wir länger für unsere Toilette brauchen.« Er schaute sie unschuldig an, während er sie zur Treppenhalle dirigierte.

Prudence unterdrückte ein Lächeln. »Ich freue mich auf heute Abend.«

All ihre Freunde und ihre Familie würden dort versammelt sein – außer den Verwandten aus Bath und natürlich Tante Agatha. Bennet hatte Prudence versprochen, sie im August mitzunehmen, wenn er ihr seinen jährlichen Besuch abstattete.

»Du willst Ada nur ausreden, zu deinem grantigen Schurken von Bruder zu gehen, um ihm zu helfen.«

»*Halbbruder*«, korrigierte sie ihn mit finsterem Gesicht. »Du könntest recht haben. Allerdings ist es zu spät, da sie morgen abreist. Er hat ihre Hilfe nicht verdient. Tatsächlich werde ich ihr vielleicht sagen, dass sie die Dinge noch verschlimmern soll.«

Bennet schüttelte den Kopf und ein Lächeln umspielte seine Lippen, als sie anfingen, die Treppe hinaufzugehen. »Das wirst du nicht tun. Dein Herz ist zu gütig und nachsichtig.«

Prudence war nicht sicher, ob sie zustimmte, insbesondere wenn es um ihren herzlosen Halbbruder ging. »Sei nicht so sicher. Und wenn ich höre, dass er Ada belästigt oder beleidigt oder ihr auf irgendeine Weise Schwierigkeiten macht, wird er mir Rede und Antwort stehen müssen.«

»Wenn er das wüsste, würde er in seinen Stiefeln zittern.« Auf dem oberen Treppenabsatz schwang Bennet sie in seine Arme und entlockte ihr damit ein Keuchen. »Das dauert zu lange. Ich habe es sehr eilig.«

Sie klammerte sich an seinen Hals, als er sie in ihr Schlafzimmer auf der Rückseite des Hauses trug. »Aber wir haben
Stunden, erinnerst du dich?«

»Oh, ich habe es nur eilig, hierher zu kommen. Ich habe
vor, die Zeit gut zu nutzen.« Sein Blick traf den ihren und er
hielt ihn. »Ich werde sie *sehr* gut nutzen.«

Die Vorfreude schickte ein Schaudern über ihre Haut und
sie fragte sich, ob diese Empfindung je verebben würde. Sie
hoffte nicht. »Was hast du im Sinn?«

Er führte seine Lippen an ihr Ohr und beschrieb flüsternd eine Reihe von Aktivitäten, die eine nach der anderen
eine Welle des Verlangens auslösten, bis sie vor Wollust
keuchte.

»Nun, Lord Glastonbury, Ihr seid überaus unschicklich.«

In seinen Augen leuchtete ein verführerisches Versprechen. »Das hoffe ich, meine Liebste.«

Wollen Sie vierzehn Tage mit Ada auf dem Anwesen des
Viscount Warfield verbringen und herausfinden, ob er so
grantig ist, wie alle behaupten? (Das ist er!) Adas Neugier auf
ihren mürrischen und unwilligen Gastgeber überwiegt, und
Max wünscht sich, sie würde einfach verschwinden – bis sie
in ihm einen Hoffnungsschimmer weckt, was er seit Jahren
nicht mehr erlebt hat. Versäumen Sie nicht das spannende
nächste Buch des Phönix Clubs,
**Unmöglich: Eine Schöne und ein Scheusal im
Liebesglück!**

Ich danke Ihnen sehr, dass Sie **Unshicklich** gelesen haben.
Ich hoffe, es hat Ihnen gefallen!

Möchten Sie erfahren, wann mein nächstes Buch verfügbar
ist? Sie können sich für meinen Deutscher Newsletter

anmelden, mir auf Amazon.de folgen und meine Facebook-Seite liken. Alle Newsletter-Abonnenten erhalten exklusive Bonus-Geschichten, die sonst nirgends erhältlich sind, unter anderem auch die einleitende Vorgeschichte zur Buchreihe *Der Phönix Club.*

Rezensionen helfen anderen, Bücher zu finden, die für sie geeignet sind. Ich schätze alle Bewertungen, ob positiv oder negativ. Ich hoffe, dass Sie erwägen werden, eine Bewertung bei Ihrem bevorzugten der Seite Ihres bevorzugten Internet-Netzwerkes abzugeben.

Ich mag meine Leser so sehr. Danke!

Sind Sie an weiterer Regency-Romantik interessiert? Schauen Sie sich meine anderen historischen Serien an:

Die Unberührbaren
Geraten Sie ins Schwärmen über zwölf der begehrtesten und schwer fassbaren Junggesellen der feinen Gesellschaft und die Blaustrümpfe, Mauerblümchen und Außenseiterinnen, die sie in die Knie zwingen!

Die Unberührbaren: Die Prätendenten
In der faszinierenden Welt der Unberührbaren spielend, handelt die Saga von einem Geschwistertrio, die sich darin auszeichnen, sich als jemand auszugeben, der sie nicht sind. Werden ein unerschrockene Bow Street Ermittler, ein niedergeschmetterter Viscount und eine desillusionierte Dame der feinen Gesellschaft es schaffen, ihre Geheimnisse zu lüften?

Ruchlose Geheimnisse und Skandale
Sechs unglaubliche Geschichten, die sich in den glamourösen

Ballsälen Londons und den herrlichen Landschaften Englands abspielen. Das erste Buch, **Ihr ruchloses Temperament** erscheint in Kürze!

Die Liebe ist überall
Herzerwärmende Nacherzählungen klassischer Weihnachtsgeschichten im Regency-Stil, die in einem gemütlichen Dorf spielen und von drei Geschwistern und dem besten Geschenk von allen handeln: der Liebe.

Der Club der verruchten Herzöge
Sechs Bücher, geschrieben von meiner besten Freundin, der New York Times Bestseller-Autorin Erica Ridley, und mir. Lernen Sie die unvergesslichen Männer von Londons berüchtigtster Taverne, dem Verruchten Herzog, kennen. Verführerisch attraktiv, mit Charme und Witz im Überfluss, wird eine Nacht mit diesen Wüstlingen und Filous nie genug sein ...

BÜCHER VON DARCY BURKE

Historische Romantik

Der Phönix Club
Ungehörig: Das Mündel des Earls
Leidenschaftlich: Eine zweite Chance für das Eheglück
Intolerabel: Die Schwester des besten Freundes
Unschicklich: Eine Vernunftehe
Unmöglich: Eine Schöne und ein Scheusal im Liebesglück

Die Unberührbaren
Ein Earl als Junggeselle
Der verbotene Herzog
Der wagemutige Herzog
Der Herzog der Täuschung
Der Herzog der Begierde
Der trotzige Herzog
Der gefährliche Herzog
Der eisige Herzog
Der ruinierte Herzog
Der Herzog der Lügen
Der betörende Herzog
Der Herzog der Küsse
Der Herzog der Zerstreuung
Der unverhoffte Herzog
Der charmante Marquess

Der verwundete Viscount

Die Unberührbaren: Die Prätendenten

Geheimnisvolle Kapitulation

Ein skandalöser Pakt

Des Gauners Rettung

Ruchlose Geheimnisse und Skandale

Ihr ruchloses Temperament

Sein ruchloses Herz

Die Verführung des Halunken

Verliebt in eine Diebin

Die Schöne und der Halunke

Einmal Halunke, immer Halunke

Die Liebe ist überall

(eine Regency Weihnachtstrilogie)

Der Earl mit dem flammendroten Haar

Das Geschenk des Marquess

Eine Freude für den Herzog

Der Club der verruchten Herzöge

Eine Nacht zum Verführen by Erica Ridley

Eine Nacht der Hingabe by Darcy Burke

Eine Nacht aus Leidenschaft by Erica Ridley

Eine Nacht des Skandals by Darcy Burke

Eine Nacht zum Erinnern by Erica Ridley

Eine Nacht der Versuchung by Darcy Burke

ÜBER DIE AUTORIN

Darcy Burke ist die USA Today Bestsellerautorin für sexy, emotionale, historische und zeitgenössische Romantik. Darcy schrieb ihr erstes Buch im Alter von 11 Jahren – mit einem Happy End – über einen männlichen Schwan, der von der Magie abhängig war, und einen weiblichen Schwan, der ihn liebte, mit nicht sehr gelungenen Illustrationen. Schließen Sie sich ihr an newsletter!

Darcy, die in Oregon an der Westküste der Vereinigten Staaten geboren wurde, lebt am Rande des Wine Country mit ihrem auf der Gitarre spielenden Ehemann und ihren beiden ausgelassenen Kindern, die das Schreiben geerbt zu haben scheinen. Sie sind eine nach Katzen verrückte Familie mit zwei bengalischen Katzen, einer kleinen, familienfreund-lichen Katze, die nach einer Frucht benannt ist, und einer älteren, geretteten Maine Coon, die der Meister der Kühle und der fünf-Uhr-morgens-Serenade ist. In ihrer ›Freizeit‹ ist Darcy eine regelmäßige ehrenamtliche Mitarbeiterin, die in einem 12-stufigen Programm eingeschrieben ist, in dem man lernt, ›Nein‹ zu sagen, aber sie muss immer wieder von vorne anfangen. Ihre Lieblingsplätze sind Disneyland und das Labor Day Wochenende in The Gorge. Besuchen Sie Darcy online unter https://www.darcyburke.net.

facebook.com/darcyburkefans
twitter.com/darcyburke
instagram.com/darcyburkeauthor
pinterest.com/darcyburkewrites
goodreads.com/darcyburke